志賀直哉

暗夜行路の交響世界

宮越 勉 Miyakoshi Tsutomu

翰林書房

1912（明治45）年１月４日「白樺」同人新年会（神田「みやこ」にて）。
前列左より田中雨村、直哉、里見弴、柳宗悦、園池公致、三浦直介、有島生馬、後列左より武者小路実篤、小泉鉄、高村光太郎、木下利玄、正親町公和、長与善郎、日下諗

『児を盗む話』（1914年４月「白樺」）

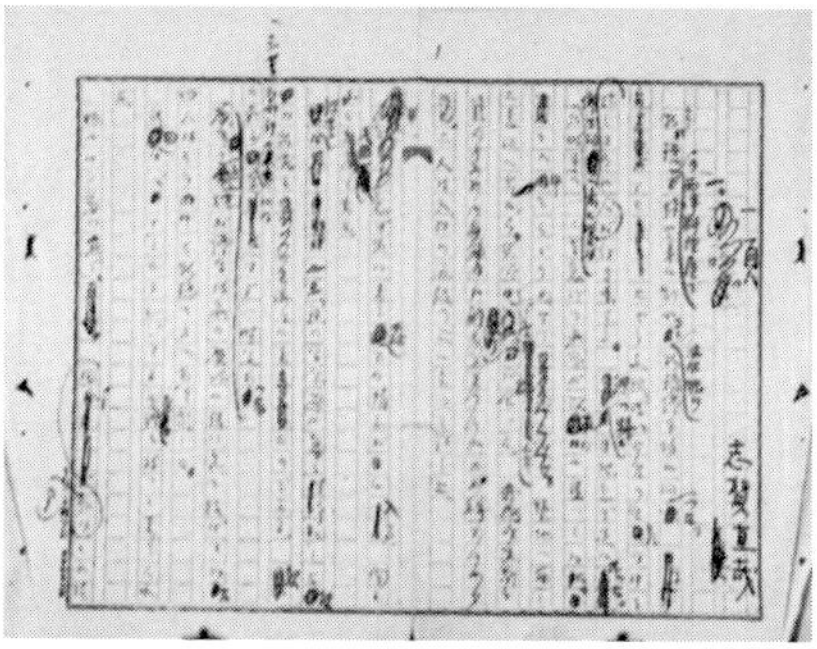

『ある一頁』の草稿。はじめ「一日二夕晩の記」（執筆時は1909（明治42）年９月14日）とし、やがてそれを「一頁」と書き改めている。

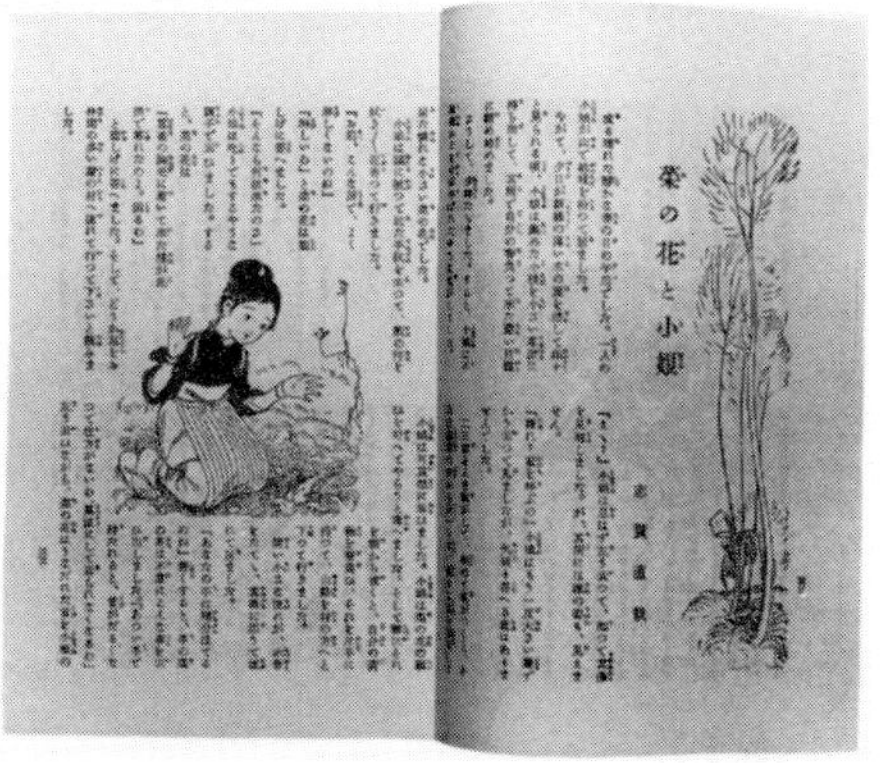

『菜の花と小娘』（1920年１月「金の船」）

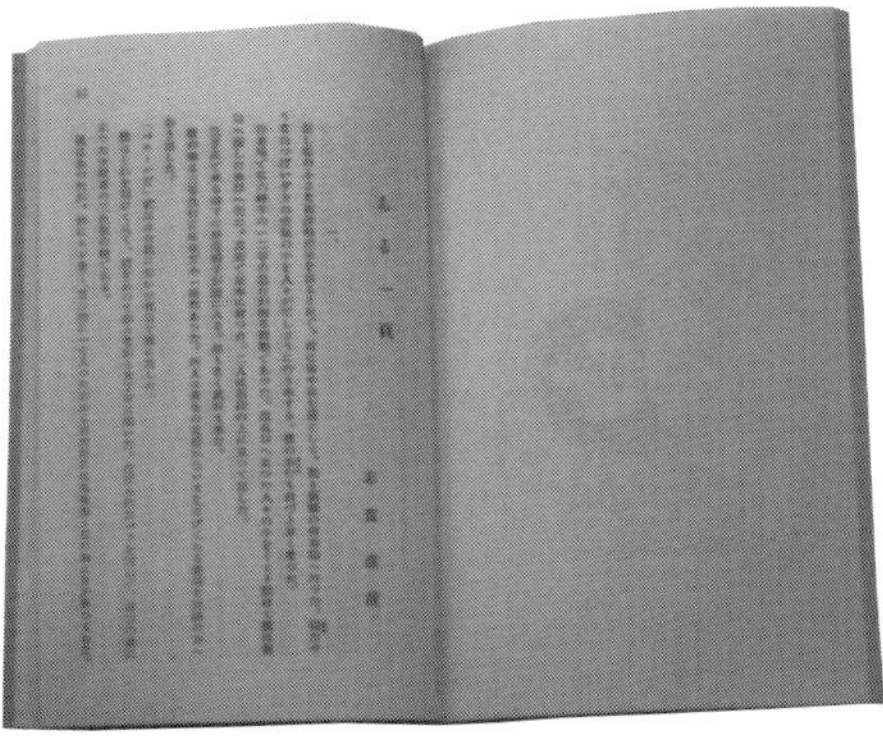

『ある一頁』（1911年６月「白樺」）

1921（大正10）年ころ、我孫子の家の書斎にて

お菊虫（ジャコウアゲハのさなぎ）

鳥毛立女（樹下美人）屏風の部分（正倉院宝物）『現代日本文学アルバム第6巻志賀直哉』（学習研究社）

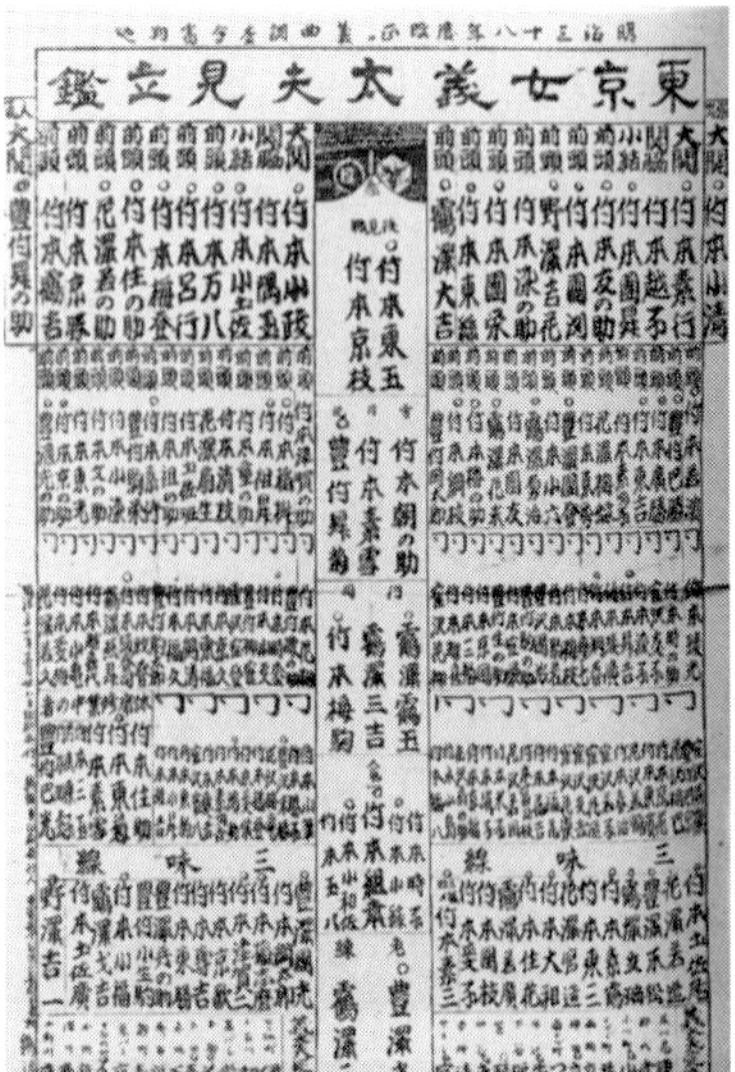
東京女義太夫見立鑑

『女義太夫見立鑑』（1905年）。『暗夜行路』の栄花のモデル、竹本広勝の名前（番付、向かって右側二段目右から三番目）も見ることができる。

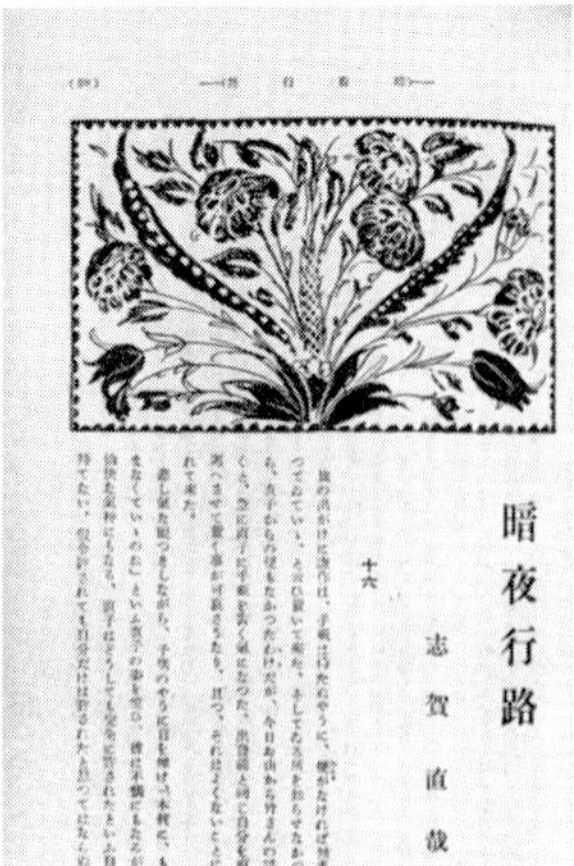
暗夜行路
志賀直哉
十六

『暗夜行路』最終回（後篇第四　十六～二十）が載った「改造」（1937年4月）。初めて1921年1月「改造」に発表されてから16年が過ぎた。

志賀直哉　暗夜行路の交響世界◎目次

第Ⅰ部

第Ⅱ部

付記

一　志賀直哉のテキストは次の二種類の全集および〔復刻版〕『白樺』を使用した。
①志賀直哉全集（全十五巻・付別巻）、岩波書店、一九七三・五～一九八四・七
②志賀直哉全集（全十六巻と補巻全六巻）、岩波書店、一九九八・一二～二〇〇二・三
③主に〔復刻版〕『白樺』第二巻第六号・第四巻第十号・第五巻第四号、岩波ブックサービスセンター、一九八八・二、四、五

二　暗夜行路に関しては、第Ⅰ部では雑誌「改造」連載中のものを念頭にして「暗夜行路」と表記し、第Ⅱ部では定本に近い単行本を対象にするということで『暗夜行路』と表記した。

三　志賀テキストからの引用に際してはルビを適宜省いた所がある。また旧字は一部を除き新字に改めた。

四　既発表論文はできるだけ初出時の形をとどめるようにしたが、論考のすべてにおいて修訂、加筆を施した。また、便宜上、西暦表記に統一した。論考のなかの敬称はすべて省略させていただいた。

五　本論文の四〇〇字詰原稿用紙換算の枚数を記しておきたい。
第Ⅰ部・約四九五枚、第Ⅱ部・約四七五枚、合計約九七〇枚

六　本論文で言及した志賀作品・各種草稿・未定稿などの数が極めて多いので、末尾に「志賀直哉作品年表」なるものを作成し掲げた。先後関係などを見るうえで参照していただければ幸いである。

七　「索引」は、人名（志賀直哉以外）・作品名（但し志賀の各種草稿・未定稿などはふくむ）に限定したが、幾つかのものは省略した。また、「索引」は本論文部分（7～389ページ）の範囲とした。

第Ⅰ部

第一章　「ある一頁」の世界――貸間捜しの振り子運動――

はじめに

「ある一頁」（一九一一・六、「白樺」、なお本稿のテキストとしてこの初出時のものを使用する）は、京都に二、三ヶ月の滞在予定で旅立った主人公「彼」が、わずか一日の貸間捜しに疲れ果て、すぐさま東京に舞い戻ったという内容を扱った作品である。主人公「彼」イコール志賀直哉とみれば、おのれの未熟さ、いまだ地に足のついていない自分のバカさ加減を客観視し、戯画化した作品と規定することができる。が、本稿は、主人公イコール作者という定式をいったん解体し、作品自体を虚心に読み、子細に検討することから始め、ついでこの作品が志賀文学の展開上どのような意義を持っていたのかを闡明にしてみたいと思うのである。

「ある一頁」についての先行論文は思いのほか少ない。今村太平は、「ある一頁」について、「志賀文学の視覚的特徴を集中的に示した作品」、「すべての客観は不快な心理状態にあるこの青年の主観の下にある」としたうえで、「明治の貧困を生々と垣間見せ」、「庶民の姿を客観している」「ドキュメンタリイ」文学であると高く評価したのであった[1]。また、篠沢秀夫は、作中の夥しい事実事象について主人公にとって「不愉快な要素」と「感じの良い要素」との二分法によるその価値付けを行ない、この作品では「西洋化日本」対「土着日本」の対立が問題視され、「土着日本」京都は、〈芸術性〉として体現するはずであったが、その実は、〈低俗〉でしかなかった、そこに「彼」の苦しみがあったのだと論じた。(2) いずれも志賀文学オマージュの立場にあるのだが、「明治の貧困」や「土着日本」をクローズアップさせたところにこの作品の価値や意義があったとしていいのだろうか。私は、この作品に社会性や歴史性の通路をみるよりもむしろその芸術性にもっと目を凝らして読むべきではないかと思う。

「ある一頁」の作品構造は、決して平板なものではない。奥行のある、しかも動的なものを形成している。このことについてこれから子細にみていくのだが、さらに先走って言えば、「ある一頁」は、のちの志賀文学につながる諸要素を幾つも持ち合わせ、初期志賀作品群にあって極めて重要な作品であったことを指摘しておきたい。

1　京都での貸間捜しの振り子運動

主人公の「彼」は、終始動き回っていた。それはあたかも振り子運動のように右へ行っては左へ、左へ行っては右へと、落ち着く暇がなかった。大きな振り子運動として、「彼」は、東京（新橋）→京都→東京（新橋）と移動したが、その振り子運動が最も顕著にあらわれるのは、その京都における貸間捜しにおいてであった。大雑把にみて、「彼」は京都の町を北上し南下するのだが、その南下のあり方は、小刻みなジグザグ運動、小さな振り子運動を積み重ねてのものだったのである。その足跡を精細に辿ってみたい。

主人公「彼」は、京都で都合五ヶ所の貸間を見ているのだが、それが美事なまでの振り子運動を形成している。「彼」は、京都の町を「京都七條の停車場」（現在の京都駅）から荒神橋へと向けて北上し右折する。その間、人力車の上から多くの貸間札を見たため、知人の紹介状に頼らず、自力で貸間捜しをすることにしたのだ。

一番目は、荒神橋から少し引き返したところで「鍍金其他金物細工」とした看板札の下がっている家である。これをAとしておく。ここでは、「乳首のきたなく地どつた、大きな乳房を露はした女」（傍点は作者）が、「襟頸にアセモの一ッぱいに出来た赤児」を抱いて中腰で出てきた。貸間を選ぶ際、家賃、部屋の様子、周りの環境などが重要なポイントとなろうが、その家の大家さんの様子も大切な決め手となる。この主人公は殊にこの点を重視しているように思える。九月初旬でまだ暑いとはいえ、上半身裸の母親と汗疹だらけの赤児を眼前にして、「彼」は「其儘引き還えしたいやうな気」がするのだが、「惰性的に部屋を見せて貰いたいと申し込むだ。」のであった。が、「蚤の多さうな所だ」と思い、遠回しに断わってここを出たのである（三節前半）。

二番目に見た貸間は、Aからさらにもと来た道を戻る格好で、貸本屋を経由しての、「ふじ」だけを仮名で「田」を本字で書いた表札の家であった。これをBとしよう。ここで出迎えた「五十六七の身長《せい》の高い老女」に主人公は「何となく上品で、親しみ易い感じ」を受けたのである。大家に好感を持ったことから部屋を見せてもらうが、四畳半と六畳の二つがあり、六畳にはもうじき出ることになっている工学士がまだ住まっているという。「彼」は六畳の方が気に入るのだが、工学士のことがあって、ひとまず保留にせざるを得ない。六畳をB1、四畳半をB2としておきたい。やがて「彼」はそのいずれとも決めかねる羽目に陥るのである。

三番目の貸間は、「ブラリ〳〵と南へ向か」って歩き、しばらくして見つけた「下駄屋」の貸間である（四節前半）。ここをCとしておこう。ここで「彼」は、「大きな乳房をぶらんと下げた、色の黒い女」に案内されるのだ。Aのバリエーションといってよい。大家に好感を持てないのである。部屋は、「陰気な重苦ろしい感じ」がし、「三十分も我慢が出来ない」と思って、戸外へ出たのであった。

そこから「彼」は「今来た路を引き還」す。つまり、今度は北上し、Bに戻るのである（四節後半）。「彼」は、「老女」に四畳半の方（B2）でいいから借りたいと申し出た。が、ここはあまりはっきりしない依頼を近所の荒物屋を通して受けていたのだが、それを「老女」がはっきりと断わりに行くと、皮肉なことに荒物屋経由の舞鶴の人から葉書が来ていて、部屋を借りることになったという。B2は塞がったのである。翻って「彼」は、工学士に階下の娘さんの部屋に移ってもらおう、という話を「老女」に持ちかけるが、これは工学士および娘さんの承諾が必要で、翌日の午後に結論が出ることとなった。またもや保留である。

ここ（三、四節）までで、主人公は、A→B→C→Bと動いたことになる。まさしく振り子運動をしている。しかも一番気にいったBにもB1とB2があり、ここでも振り子運動が起こり、決定しかねるのである。

五節は、「彼」は「ブラ〳〵と的もなく南へ向いてゐ丶加減に道を歩いた。」ということで始まる。またもや南下運動を起こすのである。そして四番目に行ったのは、「下御霊神社」の前の「シムメトリカルな家並」の所である。「此シムメトリカルな家並が何となく彼の小供らしい好奇心をそゝつた。」というのだ。ここをDとする。大家の様子合いは二の次で、環境にひかれてのものとしていい。が、面白いことに、貸間の候補としてここでも二ヶ所出てくる。「ダダッ広い女」の所と「青白い女」の所である。前者をD1、後者をD2としておこう。ここは、Bの「老女」の所が「いけなくなつた時の用意」（傍点は作者）として考えたのである。D1から先に見るが畳が古ぼけている。D2はD1と同じ作りで畳が綺麗ということでD2に傾く。もっとも胃病の亭主がいること、および「意地の悪さうな、五十近い女」の仕出し屋に毎日の食事を頼むことになるなど不安材料がないでもない。が、ともかく、Bのスペアにしておこうと思い、返事は「青白い女」の亭主の意向を待つということで、一時間程あとにまた立寄ることにしてここを立ち去ったのであった。

六節は、「彼は殆ど的《あて》もなく横丁を右へ折れ、左へ折れして歩いた。」の一文で始まる。右往左往、ジグザグの小さい振り子運動をしているのである。ここから主人公は、三條通り、さらに四條大橋の方へ出、やがて「二階貸します」という札の下がっている「或る菓子屋」に立ち寄った。ここをEとしよう。「いんごおらしい爺」（傍点は作者）が入口の所にいたが、店の奥には、「房々として髪の真白になつた、品のい丶爺の母らしい老婆」が「呑気らしく、チンと坐り込むで黙つて彼の方を愛らしい眼で見てゐた。」のであった。主人公がこの「老婆」の存在にひかれたことは確かである。そういえば、Bにおいて「彼」は初め貸本屋の「六十近い意地の悪さうな男」(爺)に不快感を抱くが、藤田の「老女」には好意を抱いた。このEにおいても「爺」に不快感を持っても「老婆」の上品さにひかれ部屋を見る気になったのだと思われる。この点でEは先のBに近似する。だが、ここの貸間の十畳間は畳が古く、悪光りしている。天井も低い。気に入らずにすぐこの家を出たのであった。

それから「彼」は五條の方に「ブラ〲と」歩き、旧友にばったり会い、別れてさらに氷水屋に入ってしばしの休息をとる。それから、大滝という銭湯に入り、吉岡屋という宿屋に泊まろうとするがそこで断わられ、電車に乗って、再びDの家に寄ってみるのであった。

「青白い顔の女」(D2)の所には亭主が戻っていたが、体《てい》よく「彼」は断わられたのである。が、振り子運動はとどまることなく、「彼」はD1の「ダダッ広い顔の女」の方にもつい声をかけてしまい、ここにも断わられてしまうのであった(七節)。

D1およびD2に断わられたことは主人公にとってショックであり、「此調子ぢやあ婆さんの家だつて駄目に決定《きま》つてる」、つまりBも明日断わられるだろうと卑屈な思いに沈むこととなるのであった。もはや「彼」の貸間捜しは徒労に帰し、挫折したのだといってよい。

主人公「彼」の京都における貸間捜しの足跡を子細に見れば、「彼」はまるで一個の物体と化したかのように振り子運動を行なっている。A→B→C→B→D→E→Dと、京都の町を北上し南下する、また東へ西へと何度も繰り返し動き回った。さらに注目したいのは、五ヶ所の貸間のうち、Bが一番気に入り、Dが第二候補となるのだが、BにB1とB2がありそのいずれとも決まらない事態が起こり、DにおいてもD1とD2がありそのいずれにも断わられるという結末に至る、そういった二重の意味での振り子運動の作用が読み取れるのである。

2　シンメトリー形成と偶数の蔓延

ここでいう振り子運動とは別言すれば左顧右眄、右往左往、まさしく宙ぶらりんな状態にあることをいう。ここに主人公「彼」の、地に足のついていない未熟さが象徴的に表現されたとしていいだろう。だが、振り子運動は、「左」「右」もしくは「上」「下」といった二極を持ち合わせることから、付随的にあるいは必然的にシンメトリー（左右対称）を形成し、さらには「二」という偶数に支配されることに注意したい。この点を中心に「ある一頁」の作品構造をさらに詳しく吟味してみたい。

最も見やすいシンメトリー（左右対称）の構図としては、京都行きの列車および帰りの東京行きの列車（いずも夜汽車）に示される。

主人公は、早く京都に着きたい気持ちの表れか、「一番先の列車」に乗り込んだ（一節）。そして帰りは、おのれの情けなさを引きずってか、「最後の客車」に乗り込んだのである（九節）。

このような首尾呼応にこだわれば、篠沢秀夫が指摘しているように、往路における手助け（書生）・二人の商人・一人の知的人物（高等学校生徒）が、復路における手助け（若者）・二人の商人・一人の知的人物（騎兵士官）にそれぞれ照応するというシンメトリーがすでに形成されているのである(3)。

これらのうち、それぞれの「二人の商人」にかかわるエピソードを詳しくみてみたい。

行きの列車で「彼」と背中合わせに座った「六十近い油切つた洋服の男」と「三十四五の男」は、かなり晩くまで大声で話し、話は「吉原」のことに及び、「兎も角、こいつばかりは一と通りヤッテ了はないと人間が落ちつきませんよ」という言葉だけが「彼」の〈耳〉に特別に残ったというのである。主人公「彼」の落ち着きのなさはこのあと白日のもとに曝されるのだが、だとしたら、「吉原」への関心は主人公の性欲の圧迫を暗示させるものだとするのは深読みにすぎるであろうか。

一方、帰りの列車では、「彼」の右斜めに座った「大阪弁の商人らしい男が二人」が、「彼」の〈目〉をひく行為を行なうのである。年をとった方がビールのコルク栓を開けようとして、コロップ抜きをこわしてしまう。若い方がナイフを出して色々工夫するが開かない。ついに年をとった方がコロップを瓶の中へ押し込んでしまい、「泡ばかり出て少しも水の所が出ない。」ということになる。「注ぐ。置く。泡が盛り上がる。あわてゝ又注ぐ。泡が少しづゝ茶椀へ入る。此循環が何遍も根気よく繰り返えされた。」のである。この情景は主人公の京都における貸間捜しの有様を集約的に示していよう。徒労なのである。だが、これは笑いを誘うものであった。「彼」の隣にいた若い士官が失笑してしまうが、これにつられて「彼」も笑い出し、さらに二人の商人も一緒に笑ったのであった。この時初めて「彼」はこの一昼夜、「遂に一度も笑はなかつた事」に心附いたのである。

行きと帰りの列車内におけるシンメントリーの細部にこだわれば、狸寝入りをする連中、主人公を襲う下痢の症状、僅かな睡眠時間しかとれなかったことなど、双方に共通しているのが確認できるのである。

さらに構造的にみれば、次のようなシンメトリーも指摘しうるであろう。「彼」は京都駅に到着するとすぐ「荒神橋」と命じて人力車を走らせ、その車上から町の様子を注意深く観察した。黄色に塗ったポスト、その家の職業を一字だけで軒燈に書いてある家々、貸家貸間の札を下げた幾つかの家などを目にとめたのである。流れゆく風景は、「彼」のこの日の京都彷徨の序幕にふさわしいものを感じさせている。これと似通ったシーンが帰りの列車内でも起こっている。藤沢、大船、横浜、品川と流れていく車窓の風景は、「彼」の数々の想い出、記憶と重なったものとして眺められているのである。主人公の視線による流れゆく風景のシンメトリーとしていいだろう。

以上のように、この作品のいわば額縁に当たる部分のシンメトリー性、首尾呼応の様は美事としかいいようがない。むろん、貸間捜しの部分でも幾つかのシンメトリーが指摘できるのだが、作品の構造上、Dの「シムメトリカルな家並」、そこの二軒（D1とD2）の貸間がシンメトリーの中心部を形成することは言うまでもない。

次に、偶数「二」の蔓延、偶数に導かれての振り子運動、あるいはシンメトリーの形成に着目してみたい。これは、六節後半以降、貸間捜しの失敗が自覚されていく過程において顕著となる。

まず、「彼」は八坂神社の近くで旧友の今泉とばったり出会った。が、今泉は「五十ばかりの太つた女の人」と一緒だった。もし今泉が一人であったなら、このあと別な展開をみせたかもしれない。しかるに、友は並立的偶数の片割れとして「彼」の前に現われた。「彼」はしばし二人のあとをついていく形で歩を進めるが、疲れを感じ、別れねばならなかったのである（六節後半）。

それから「彼」は、大きな神社を抜け、河原に出て、喉の渇きをいやすため、そこに幕を張ってある「小さな氷水屋」に入る。するとそこの女が「雪に致しますか、みぞれに致しますか」（傍点は作者）とたずねてくるのだ。「雪」と「みぞれ」、並立的偶数の前で「彼」はどちらとも決められない（七節前半）。店の女まかせとなるのだが、これと似通ったシーンが後にも出てくることに注意したい。

偶数の蔓延ということでいえば、このあと「彼」が大滝という銭湯に行くと、そこには「四畳敷程の湯壷」が「二つ」と、「二畳敷位の礦泉」が「二つ」あったのである。「彼」の行くところどこまでも偶数がつきまとってくるのである。

次に「彼」は、「三條小橋の吉岡屋といふ宿屋」に向かう。ここで泊りを断わられて「自暴自棄《やけ》に近い気分」になってDの貸間の返事を聴きに行くことになるのだが、Dの貸間二つに断わられ、「四條小橋の宿屋」に落ち着くまで（七節後半）がまたひとつのシンメトリーを形成している。

「彼」は、Dに向かうのに「北野行の電車」に乗った。そこで、行き先の停留場名を車掌にうまく言えず、京都不案内を曝すことになる。その時、「こんな事も何か眼に見えない物の悪意からだと云ふ風に彼には感じられた。」というのである。被害妄想的に落ち込んだ心理状態にあるのだ。

右のようなシーンは、Dでのやりとりを終えてすぐシンメトリーとして描出される。Dの二つに断わられた「彼」は、「「東廻り停車場行き」といふ電車」に飛び乗った。ここで車掌に「四《よ》條小橋」と言ったら、「四《し》條小橋ですか」とすぐ言い直されたのである。またぞろ京都不案内を曝すことになった。そして「彼」は、「寄つてたかつて乃公を侮辱するんだ」という気持ちになり、Bの貸間もこの調子では駄目だ、好意を寄せるそこの「老女」に断わられたら「悪意」を持たずにはいられない、と心がひるむのであった。さらに一層落ち込んだ状態となっているわけだが、電車内というシチュエーションといい、Dのシーンをはさんで美事なシンメトリーを形成しているといわねばならない。なお、Dの行き帰りの電車における二人の車掌がからんでの「悪意」二つは、いわば継起的偶数の出現と呼んでおこう。

ところで「彼」は、「三條小橋の吉岡屋」に断わられ、「四條小橋の宿屋」に落ち着くのだが、そこで「三階が空いてるかしら?」と尋ねると、女中が「空いとります。どうぞお上り下さい」と丁寧に応対したことに、面白いものを感じる（七節末尾）。これは「二」階という偶数であってはいけないのだ。「三」という奇数が出てきてやっと主人公は落ち着けるのである。そういえば、五ヶ所の貸間はすべて「二」階にあった。

宿に落ち着いてからも「彼」の振り子運動はやむことがなかったことを明らかにしておきたい（八節）。

まず、主人公が「去年も此家へ来たぜ」と宿の男に話すと、去年の四月なら、代替りをしているという。去年の思い出話もできない。翻って、京都駅に到着し荒神橋に向かう際、車夫の交代があった（二節）ことを思い返したい。ここにも継起的偶数とそれに伴う小さなシンメトリーが発見できるのである。

ついで、「彼」が体の不調から医者を頼むと、女中は「お隣」（外科）にも「お向ふ」（内科）にも医者はいると言う。

またぞろ並列的偶数の出現である。結局、内科医の不在で医者にかかることはなかったが、次第に東京に帰ろうかしらの気が起こってくるのであった。

だが「彼」は、帰ろうかとどまろうかでなおも迷う。はじめ帰ることを女中に告げるが、次にはベルを押し、「矢張り泊る事にしましたから」と言う。が、しばらくしてまたベルを押して帰るような旨を告げるのである。優柔不断、鈍い決断力、結局「彼」はベルを二度押したのである。これもまた「彼」の内面に起こった振り子運動とすることができる。

復路の列車、車内の様子（九節）もまた往路の列車、車内のそれ（一、二節）とシンメトリーを形成することは先に述べた通りである。そして「何んといつても東京は故郷だ。自分にとつて東京よりメモリーの豊かな土地は一つもない」として、この旅を終えることになる。が、ここに至っても擱筆とはならない。まだ安息を得ないのだ。ラストの一行は、「彼は其日から五日床に就いた。」（傍点は引用者）というものであった。[4] ここは奇数でないとしめくくりとはならないのである。主人公が偶数の支配する世界から逃れ、振り子運動をともかくも終息させるには、どうしても奇数の力に頼らざるを得なかったということなのである。

3　祖母コンプレックス

ところで、主人公「彼」が二ヶ月程の滞在予定で京都に赴いた動機とは、一体いかなるものだったのであろうか。このことは、作品内に明確に示されているわけではないが、次のような一節にその手掛かりを見出すことができる。

> 彼は又低い窓に腰かけて「帰らうかしら」と考へた。が直ぐ昨日迄の東京の事が色々と頭に浮むだ。大学を中

途でよして、二十七になつて、未だに定まつた職業もない男に、自家《うち》の人々が感じさせずには置かない心持――それを想ふと、彼は迷はないわけに行かなかつた。（八節）

主人公の「彼」は、大学を中退し、定職を持たぬ、もう二十七歳にもなる青年なのだ。当然、「自家の人々」に対して負目がある。また、「自家の人々」との間にいろいろな軋轢が想像される。むろん「自家の人々」とは具体的に誰を指すのかなどはつかめないのだが、「自家の人々」との関係を中心とした「東京の事」全般があまり面白くないことから、この京都行がなされたのだと捉えることができるのである。

ここで「ある一頁」の草稿作「一日二ヶ晩の記」（一九〇九・九・十四執筆）を参看してみたい。この草稿作には京都行の動機が詳しく書かれている。一に、遠方（瀬戸内海）まで足を運んでは経済的負担が大きく京都辺りが適当だと思いついたこと、二に、「何となく自家が面白くない。殊に祖母に対して何となく不平が少なくなかつた。」こと、三に、「余り仲間と会ひ過ぎるのがイヤにな」り「暫く一人でゐたい」と思ったこと、四に、今の生活に飽き好きな京都で生活の変化を考えたこと、五に、柳（宗悦）が来年から京都の大学で学ぶというので自分が先に試しに京都に住んでみようと思ったこと、六に、京都の博物館を見物したいと思ったこと、という具合にまとめてみることができる。しかし、草稿作の後半では、いずれも「深さを持つた理由ではない」と列挙した動機の一つ一つが否定される。つまり、強固な意志のもとでなされたものではなく、ここに主人公の未熟さ我儘さがみてとれるのである。

このような叙述を思い切って省略、省筆したことは「ある一頁」の構造美を造り出すうえで効果的であった。これらがくだくだと述べられていたら「ある一頁」のダイナミックな振り子運動は著しくそがれることになっただろう。主人公の何遍も繰り返される振り子運動でもって主人公の未熟さ、腑甲斐なさは十分に描き出されているのである。

さて、先にみたように、「ある一頁」の主人公は不機嫌さのなかにいて、京都で初めて接する多くの人々に対し、多く不快感を抱いた。が、そのなかで、Bの「老女」、Eの「老婆」に対し好意を寄せていることが注目される。いずれもその品のよさにひかれてのものだが、とりわけBの「老女」に対するその執心ぶりは異様でさえある。「彼」は、Bの家に「入るとから」、「何んとなく此老女が好きであつた。其自分を老女もウロンに思ふ事は出来ない筈である。」とする。加えて、これはDの所では意識的に避けて言わなかったことだが、「只京都に住はうと思つて」来た、「二タ月か三月《みつき》で帰る」つもりなのだなどと、この「老女」の前ではすこぶる正直になっている（三節）。また、Cの貸間が思わしくなくBに戻って来たところで、「彼は老女に何か思ひきつた我儘でも云つてやりたいやうな気になつた。」というのだ（四節）。さらに、Dの貸間を断わられたあと「此調子ぢやあ婆さんの家だつて駄目に決《き》定《ま》つてる」と気弱になり、「幾ら好きでも断はられたら自分の性質として悪意を持たずにはゐさうもない」としているのである（七節）。

何故、かくまで「彼」は「老女」に執着し、甘えようとさえするのか。ここは「彼」イコール作者志賀として読むとたいへん理解しやすい。草稿作から直哉の京都行の動機の一つとして祖母留女に対する不平、不満があったことが窺えた。が、母代わりである祖母留女といざ離れてみれば、直哉は祖母が恋しいのである。おそらく直哉は祖母留女に満たされないものをBの「老女」に求めたのである。「ある一頁」における「老女」は、祖母留女の代替であり、ここに直哉の祖母コンプレックスが露呈されているとすることができるだろう。

むろん「自家の人々」が具体的に誰を指すのか明確にされていない以上、「ある一頁」のみから作者志賀の祖母コンプレックスを指摘することは難しい。ただ、「ある一頁」の持つ芸術性とは別にその背後に横たわっているものを掬い取っておきたかったまでである。

4 後続作品との相似性

先に私は、「ある一頁」が後続の作品につながる要素を幾つも持ち合わせることから、初期作品群にあっては大変重要な作品であるとした。以下、このことについて述べていきたい。

「ある一頁」にはシンメトリーの構図がふんだんに盛り込まれていた。実際の出来事をそのまま題材にしたにしろ、そこには作者志賀の物事を鋭敏かつ的確に見る眼が働き、作品化に当たっては余分なものを削ぎ落とし、その作品世界を構造美にまで高める作用があったのだと考えられる。その点で、「出来事」（一九一三・九、「白樺」）は、「ある一頁」と同趣の作とすることができる。

この作品の首尾を形成するのは、真夏炎天下のもとの電車の乗客たちの描写である。「七月末の風の少しもない暑い午後」、一台の電車が単調に退屈そうに走っている様を描くことから始まる。車内にいる「私」は、ただぼんやりとし、強い日光に目をはっきりと開いていられないほどだった。「電気局の章《しるし》のついた大黒帽子をかぶつた法衣着《はっぴぎ》の若者」は、「不機嫌な顔をしてうつら〳〵としてゐ」た。「二人連れの書生」は、「よく眠入《ねい》つて居た」が、その汗ばんだ素足にかかったほこりが暑苦しい汚い感じを与えていた。「洋服を着た五十以上の小役人らしい大きな男」は、「思い切つて気のない顔」をし、ぼんやりとしていた。一つ手前の停留所から乗り込んだ「肥つた四十位の女」は、「汗ばんだ赤い顔」をしていた。このように、ダルな状況下に置かれた乗客たちの姿が描かれる。しかし、電車が男の子を轢きかけ、うまく救助網が下りて男の子が助かったことから、作の展開軸は〈不快〉から〈快〉へと百八十度の転回をみせた。ラスト・シーンでは次のように再び動き出した電車の乗客たちの様子が描かれる。「若者」は、笑い、「善良な気持のいい、生き〳〵とした顔つき」になっていた。二人の「書生」も何か話し始めた。「小役人」

は手振りを加えながら「四十位の肥つた女」に何か話している。「私」も今は「快い興奮」を楽しんでいた。「半睡の状態に居た乗客」たち皆に活気がもたらされたのである。

　このような対照を含むシンメトリーの構図は、乗客たちの描写に施されたのみではない。当初、ダルな状況にある乗客たちに対し、一匹の「白い蝶」は、「独り」活気に満ち、電車の中をあちこちと飛び回っていた。さらに、芝居の広告板の「真黒い」「かんてい流の太い字」の部分に止まると、その「真白い羽根」をあざやかに浮き上がらせていたのである。そして、ラスト・シーンではその姿を消していたことを言い添えている。

「白い蝶」の点綴により、二重、三重のコントラストが形成されているのである。

「出来事」は単なるスケッチの作ではない。そこには、日常の現実世界を鋭い視線で見つめ、作品化に際しての無駄の刈り込み作業から、ある出来事を構造美にまで高めての再構築を行なえる作者の技量が働いていたとみなされるのである。その先蹤として、「ある一頁」を措定することができるのだ。

「ある一頁」の主人公は気分に支配されやすい人物である。「彼」は、発車時刻に少し余裕があることから、見送りに来た友人三人（正木、森下、武田）と連れ立ち新橋から京橋方面へと歩きだすが、その時の気候に注意したい。それは、「風はあつたが、妙にムシ暑」いもので、しばし買物に入った店から出た時は「気味悪く彼の胸に汗が伝つてゐた。」というのである。この気候から受けたわずかばかりの不快感、不調和は、次第に「彼」の内部に浸透していくのだ。なお、「彼」を見送る友人が、のちに田島が加わり、四人という偶数になったことは、「彼」の振り子運動の発進にふさわしく皮肉なことであった。

　ひとたび悪い気候から受けた心の不均衡は漸次増幅されていく。「彼」は友人武田から餞別として貰い受けたベナールの絵をほぐして心の平衡を取り戻そうとするが、二度とも失敗する。初めは、列車に乗り込んですぐのことだが、「周囲が変つてゐる為めか、いつものやうな心持では見耽けられなかつた。」（傍点は作者）という。次は、京都駅に着いて人力車に乗ってからのことだが、「九月初旬の京都と云ふものが余りに世帯染みた姿になつてゐる」せいか、やはり心の平衡を取り戻すことはできなかった。それに加えて、下痢の症状（体の不調）まで現われ、悪戦苦闘の一日を過ごす羽目となったのである。

このように主人公にひとたび付着した不快はなかなかふるい落とされず、かえってその不快の度合を増し、作品の進行はその不快解放の一点に向かっていくという形となる。このような展開パターンは、志賀の後続作品に幾つもみられるものなのである。

「クローディアスの日記」（一九一二・九、「白樺」）の主人公は気分で生きているような人物である。「自分程外界の事情に気分を支配される人は少ない。」（二日目の日記）といい、「自分は其朝の夢からさへ終日の気分の均衡を失ふ事が少くない。」（七日目の日記）という。これは、「ある一頁」の主人公と同質、同じ血肉を持つ人物としていいのである。

「大津順吉」（一九一二・九、「中央公論」）の主人公順吉はまさしく「ある一頁」の主人公と臍の緒のつながる人物である。ここでは詳述しないが、順吉はその日の気候、気分に影響され、執拗なまでにその不機嫌に取りつかれるのである。これは、主人公とその内側に巣食う不機嫌との格闘の物語だったとしてもいい。

「十一月三日午後の事」（一九一九・一、「新潮」）の冒頭の一節は、「晩秋には珍しく南風が吹いて、妙に頭は重く、肌はじめ〳〵と気持の悪い日だつた。」というものである。この気候から受けた不快感は主人公にこびりついて離れない。気分転換のために近くに住む従弟と散歩がてらの鴨買いに出かけるが、そのおり「北の空が一寸険《けは》しい曇り方をして居た。」とされる。これは不愉快事の起こる予兆なのだ。こうして主人公は理不尽な軍隊の演習を目撃し涙まで流す。買ってきた鴨は野性のものではなく、家に着いた時は半死状態だった。その姿が先に見た疲れ切った兵士たちの姿と二重写しになる。帰宅したあとも主人公の不快は解放されない。鴨を隣の百姓に殺してもらい、他（よそ）にそれを送ることでようやく不快を取り除くことができたのである。

「ある一頁」でも、主人公は、不愉快事が起こる前兆とも思えるムシ暑さの中にいて、心の平衡を失いかけていた。ついで、その体調不調と相俟って、不愉快は昂じていく。京都での貸間捜しの振り子運動は完全におのれを失った姿なのである。東京に舞い戻り、「其日から五日床に就いた。」とすることで、やっとのこと、作品を閉じることができたのである。

外界の諸事に影響を受けやすく、ひとたび不快に囚われるとなかなかそれを解放できないばかりか、さらに不快を増幅させてしまう主人公が志賀文学のなかに多くみられる。この観点でいえば、「ある一頁」は、後続の「クローディアスの日記」「大津順吉」「十一月三日午後の事」などの先蹤作として存在したことが確認されるのである。

5　憐れな男との相似性

「ある一頁」は、先に見た通り、偶数の蔓延した世界であった。ところで、蓮實重彥は、「暗夜行路」（一九二一・一～一九三七・四、「改造」に断続掲載）に偶数的世界の支配を読み、その作品構造において偶数・双極的世界が廃棄されるところにこの作品が終わりを迎えることを論じた。[5] すこぶる刺激的な論文で、その検討もじっくりとしなければならないのだが、「暗夜行路」に文学の持つ重みと深さを見たいと思っている私としては、蓮實論文で「暗夜行路」全体を律することはできないと考えている。が、「暗夜行路」に偶数原理が働いていることは否めない事実なのである。そこでここでは、「暗夜行路」において最も偶数性が頻出する「憐れな男」（一九一九・四、「中央公論」）の部分、すなわち「暗夜行路」前篇第二の十三後半から十四（最終節）にかけての部分（初出は、廿五の一部および廿六、一九二一・八、「改造」）に着目してみたいと思う。「ある一頁」と酷似する位相が随所に発見できるのである。

主人公時任謙作は、「蒸暑い風の吹くいやな日」の午後、行き所がなくなって、結局「悪い場所」にその足を運ぶ。そこで謙作はプロスティチュート二人を相手にする。「小さい女」と別れたあと、階段の下の所に坐っている「若い女」を見かけ、いったん戸外に出たのを引き返し、その「若い女」を名指しするのであった。それは「若い女」の「神妙らしい様子」に勝手なイリュージョンを抱いたことによる。二人のプロスティチュートの出現、「ある一頁」の例でいえば、継起的偶数ということになる。さらに面白いことに、謙作が「若い女」をしばし待たねばならなかったのは、その隣の客が二人の女をつづけ様に相手にしていたからなのである。偶数は二重になっているのである（第二の十四前半）。

その翌日の夕方、謙作は銀座界隈を散策するが、そこで多くの偶数に遭遇することとなる（第二の十四後半）。謙作は、「寒山詩を買はう。」と思い立ち、日本橋方面に歩きだして間もなく、「彼より五つ程年上の旧い友達」が「若い細君らしい女」と一緒に向うからやってくるのを見かける。が、「もう少し前にも彼は彼より年下の知人が肉附のいい矢張り細君らしい若い人と往来の向側《むかうがは》を歩いてゐたのを知つてゐた事を今更に心附いた。」という。主人公が一人で歩いているところに、年下の知人・年上の旧友がそれぞれ細君を伴い、彼の視野に入ってきたのである。偶数「二」が二重になって、一人の「彼」に迫っているのである。ここに、結婚願望を強く抱く孤独な青年謙作の姿が強調されたとしていいだろう。

このようなシーンは、「ある一頁」で主人公の「彼」が今泉という旧友とばったり出会うシーン（六節後半）を想起させる。今泉一人であったならば、その後別の展開をみせたかもしれない。が、今泉は「五十ばかりの太つた女の人」と連れ立っていたのである。「彼」は「二人」のあとについて「二町程」歩くのだが、体調不調から話をするのさえつらくなり別れたのであった。知人・旧友が一人で現われない、「ある一頁」と「暗夜行路」ではその意味合いが異なるであろうが、その主人公は、一人でいることを余儀なくされているのである。

そもそも謙作は、銀座界隈を「松が叫び、草が啼いてゐる高原の薄暮を一人、すうつと進んで行く」、そういう境地（気持ち）を望み、「寒山詩」を求めようとしていた。が、ここで「彼より五つ程年上の旧い友達」に会って、相手の居所を話しているうち、「我（が）」を「我（がん）」と言いかけてドギマギしたことなどで先の気持ちは乱されてしまう。ここは、「ある一頁」で主人公が「四《よ》條」と言って〝四《し》條〟と車掌に言い直されたこと（七節後半）に通い合うものがある。おのれを失いかけ、周囲から一層浮き上がってしまうのである。

さて、謙作は、「寒山詩」を求め歩きだす。「松山書店」という古本屋に入ると「寒山詩」も「宗門葛藤集」も置いていない。そして「青木嵩山堂」という本屋に入って「李白の小さい詩集」を購入するのであった。二軒の書店に入って、目的の「寒山詩」を買うことができず、結局別のもので妥協してしまう。しかも、「十年程前にも同じ本を此店で買つた事がある。」（傍点は引用者）という。このようなところにも偶数の支配が認められ、偶数が主人公を落ち着きのないところに追いやっているさまを確認することができるのである。

次に、謙作は、食事を思い立ち、魚河岸の中に入っていく。そこでは、「顔馴染のある怠け者のすし屋」が珍しく「屋台」を出していたのだが、そこを素通りして、「天ぷら屋」へ入った。謙作は、「すし屋」の前を通り過ぎる際、「すし屋」が「自分を怒つて、どうかしはしまいか」という不安をちょっと感じたが、「天ぷら屋」で食事を済ませて出ると、「すし屋」が「待伏してゐて自分を袋叩きにしはしまいか」という不安を感じたのであった。凄まじいまでの強迫観念に囚われている。が、ここは、謙作に「すし屋」に入るべきだったという気があったことを示していよう。「天ぷら屋」でなければならない確たるものはなかったのである。

ここで、謙作が、由《よし》という女中を博覧会見物にやるのは「何日《いつ》」がいいか、とお栄に相談するシーンを想起したい（第二の十三後半）。お栄が、「何日でもかまひませんよ。一人でやるんですか、それとも誰か連れて行つてやるの？」と言うと、謙作は、「一人で行けるでせう」と答える一方で、一人では「少し無理かな」と考えてしまい、また、

「何日」かも「劫々決められない」、さらに、「決めて了ふと何か其処に困る事が起りさうに思はれる」というのだ。つまり、近頃の謙作は、ある種の「心の病気」から、物事の決断力を著しく鈍らせていたのである。

それがその翌日にもっと重い症状となって現われたのである。謙作に「すし屋」か「天ぷら屋」か決めかねる迷いがあったことは確かで、それが「すし屋」をやり過ごしたことから、「すし屋」に「袋叩き」にされるという強迫観念を抱くまでにエスカレートしてしまったのである。

さらに、しばらくして、謙作は、ある時計屋の飾り窓の前に佇む。前日はそこの或る時計を欲しいと思ったのだが、今日は欲しい気が起らない、「近頃は一つ物に妙に執着が感じられなくなつた。」というのだ。とはいっても、ここには、買おうか買うまいかの迷いが働いている。だから飾り窓の前にしばし佇むことになったのだ。すると、次の段階には、「店の者が自分を泥棒と思ひはしまいか」という気を起こす。これも決断能力の低下からくる一種の強迫観念に囚われてのことと解されるのである。

このようなことは、「ある一頁」の主人公が、Bの貸間で六畳（B1）か四畳半（B2）か、Dの貸間で「青白い女」の所（D2）がダメなら「ダダッ広い女」の所（D1）はどうか、としたこと、また、宿で東京に帰ろうか、いやとどまろうか、と迷ったことなどと似ている。主人公は、偶数「二」の強い支配下に置かれ、その決断力が著しく鈍くなっているのである。「ある一頁」では振り子運動にとどまり、強迫観念に囚われなかっただけまだましだったといわねばならない。「暗夜行路」の主人公謙作もまた、偶数「二」の強い支配下に置かれ、選択能力を著しく低下させていた。そして、強迫観念に囚われ、自己卑下意識にも陥っていた。本多秋五の言葉を借りれば、まさしく「どん底の男」と呼ぶのにふさわしい状況下にあったのである[6]。

以上のことで、「ある一頁」と「暗夜行路」、とりわけ「憐れな男」の部分とが、同じような位相を持つことが明らかにされたと思う。偶数「二」の支配する世界の強烈な圧迫を受け、それぞれの主人公の選択能力、物事の決断力は極端に低下し、みじめな状況を招来するに及んでいるのである。比喩的に言えば、「ある一頁」は、その京都版、「憐れな男」の部分はその拡大深化版であり、東京版とでもいってよいだろう。

むすび

「ある一頁」に主人公の繰り返される振り子運動を見、それが偶数に導かれたものであること、さらにそれに伴いしばしばシンメトリーを形成することなどを読んできた。ここでこの作品についてのまとめとして次の三点を挙げておきたい。

「ある一頁」の執筆モチーフは、作者自身の、地に足のついていない未熟さを面白おかしくまた悲しむべきものとして描くことにあったと思われる。それは、自己客観化の試みであり、「悲喜劇」の形成でもあった。だが、草稿作での京都行の動機などをすっぽりと省略したのは、自分につきすぎることを排除する配慮が働いたためと思われる。ここに自己客観化の度合が一段と進み、作者イコール主人公という定式を取り払っても十分読み応えのあるものとなったのである。

私は、志賀文学に「悲喜劇」の系譜というべきものを設けたいと考えている。いま、その詳細にわたる余裕はないが、その嚆矢は「鳥尾の病気」（一九一一・一、「白樺」）であり、その第二弾がこの「ある一頁」であった。(7)

直哉は日常生活にあってもこの「悲喜劇」ということに強い関心を寄せていた。その具体例として、一九一二年（明治四十五年）四月三十日の志賀日記の次のような一節に注目したい。

馬鹿にした奴に馬鹿にされる所に悲喜劇が起るのだらう。寧ろ喜悲劇かも知れない。

おのれ自身を知ること、自己探求は、初期志賀文学の重大なテーマの一つであった。そのモチーフのもとに「ある一頁」は書かれたのである。

　第二点として、「ある一頁」はすこぶる芸術性を備えた作品になっているということである。草稿作の末尾には、「床についてゐて、京都行の一昼夜半を考へたが、自分でも不思議に思つた。」と記されている。これは草稿作を一気呵成に筆を運ばせた後の感懐であろう。いったい何が「不思議」に思われたのか。直哉は、おのれの行動を顧みて、終始右往左往したが、それは偶数の導きによるものであり、また、しばしばシンメトリーを形成していたことに心当ったのではないのか。事実ありのままの出来事のなかに、ある規則性、「不思議」なものを意識したのではないのか。こうなるとあとは、彼持ち前の削除の美学を働かせ、より完成度の高いものに仕立てあげることである。

　このようにして、主人公の大きな振り子運動としては東京→京都→東京という構図を設け、さらに小さな振り子運動である京都における貸間捜しをその間に配し、しかも随所にシンメトリーをちりばめる、そういう極めて芸術性の高い作品へと結晶化されていったと考えられるのである。これは、いわば見開きの一頁に過ぎないが、ダイナミックなものとして仕立てられたのである。

　おしまいに、「ある一頁」が初期志賀文学にあって、その出来栄えのみならず、後続作品との関連から、極めて重要な作品であったことを言い添えておきたい。

　志賀初期にあって、その草稿作「非小説、祖母」（一九〇八・一）はすでに書かれていたが、「或る朝」（一九一八・三、「中央文学」）は、まだ成立していなかった。後年、この「或る朝」が志賀いうところの三つの処女作のなかで特に重視されるのは志賀研究史をみるまでもないのだが、「ある一頁」も、当時の直哉の創作意識からいって、小説ではなかった。その草稿作「一日二タ晩の記」には〈小説〉という角書きが冠されていないのである。その点で、「ある一頁」は「非小説、祖母」の流れをくむものとしてよい。また、「ある一頁」は、第一創作集『留女』（一九一三・一、洛陽堂）にも収録されなかった。しかしながら、先にみたように、「ある一頁」は、後続の志賀文学（「クローディアスの日記」「大津順吉」「十一月三日午後の事」「暗夜行路」など）が持つ重要な要素を幾つも持ち合わせていた。このような点で、「ある一頁」を、志賀初期の重要作、秀作の一つとして再評価する必要があるのである。

注

（1）今村太平『志賀直哉論』（筑摩書房、一九七三・九）

（2）篠沢秀夫『志賀直哉ルネッサンス』（集英社、一九九四・九）

（3）注（2）に同じ。

（4）「ある一頁」の草稿作「一日二ヶ晩の記」（一九〇九・九・一四執筆）では、「自分は其日から四日床についた。」となっていた。「四日」から「五日」への改変に、単なる偶然、恣意的なものとは思えないものを感じさせる。

（5）蓮實重彦「廃棄される偶数・『暗夜行路』を読む」（『國文學』、學燈社、一九七六・三）。のち『「私小説」を読む』（増補新装版）（中央公論社、一九八五・一一）に収録。

（6）本多秋五『志賀直哉（下）』（岩波書店、一九九〇・一）

（7）志賀直哉の「悲喜劇」の系譜として、「ある一頁」のあとは、「赤西蠣太」（一九一七・九、「新小説」、原題は「赤西蠣太の恋」）と「いたづら」（一九五四・四、六、「世界」）を措定することができる。この両作については、拙稿「志賀直哉のラブレター・トリック――『赤西蠣太』と『いたづら』――」（「群系」第九号、一九九六・八）で論じている。

第二章 「児を盗む話」の世界——試練としての一人暮らし——

はじめに

志賀直哉の「児を盗む話」は、一九一四（大3）年四月、「白樺」に発表された。が、一九一七（大6）年六月、新潮社刊行の「新進作家叢書」の一冊『大津順吉』に収録の際、初出の冒頭のかなりの部分と末尾の若干部分が削除されるなどの改稿がなされた。それ以降はわずかな字句の修訂があって定稿となるが、初出作「児を盗む話」は、小説の持つニュアンスとしてかなり異なるものとなった。そこでまずは両作の比較検討が必要となる。初出作については、作者の年譜的事項を敢えて排除し、虚心にかつ丹念に読むことにしたい。初出作と改稿作（ほぼ定稿に近い）の相違については、志賀の他作品も念頭にし、その性質の違いを明らかにしたい。また、「児を盗む話」の幾つかの描写部分やエピソードは、「暗夜行路」（一九二一・一〜一九三七・四、「改造」）の尾道の場面（前篇第二の二〜九、「改造」初出は一九二一・三〜六）の一部に流用されている。幼女誘拐を主要テーマとする「児を盗む話」と母と祖父との不義の子の物語である「暗夜行路」とでは全く異なる虚構世界を形成しているので、「暗夜行路」においてその重複する部分がいかなる意味合いの変容を遂げているのかを検証してみねばならない。さらに、作者志賀直哉の尾道生活（一九一二年の秋〜翌年の春）の実状も改めて考察してみねばならない。このことが闡明にされることで、逆に志賀独特の小説作法などが浮き彫りにされてくるだろう。以上のように私の設定したもろもろの観点からは、志賀直哉の初期から中期にかけての十年ほどの歩みも考察することができるのである。

1　初出作「児を盗む話」を読む

初出作「児を盗む話」は、いわゆる枠小説の形をとっている。主人公の「私」が「五つになる其女の児」を盗んだものの、「三日目」には露見し、抵抗もし得ないまま尋常に縄にかかり、警察署の簡単な訊問を受け、翌日にはそこから「三時間」ほどかけて県庁所在地の地方裁判所に廻され、それから「三日目」に法廷に出されたあとの主人公の所感が比較的に長めに綴られている。その要点は、裁判官などから好意を持たれていると意識したせいか、裁判の結果を「示談とか、刑の執行猶予とか、そんな事だらう」と思ったこと、そして東京から「父が来るか、叔父が来るか、それとも友達が来てくれるか。」とまで想像していることにあるだろう。が、奇数の数詞が頻出することにも注意しておきたい。のちに削除された部分はまだこのあとに続くのだが、ここまでがいわゆる額縁の前半部分である。それに時間的に連結するフレームの後半部分も重要だが、それは後回しにして、作の展開に即し読み進めていきたい。

いわゆる中身の部分（表記上、枠部分から前後とも一行アキになって挟まれた格好になっている）の書き出しは、主人公の「東京を出る二ヶ月程前の事」として、「私の最も親しい友達の一人」と仲たがいをすると同時に「或る若い美しい女」を恋したことが語られている。それらは「単調な日を続けてゐた私」に刺激のある心地よいものを齎した。「単調」という言葉はのちに頻出していてこの作品のキイワードの一つとなっているが、「或る若い美しい女」を恋した方面はディスイリュージョンに帰してしまう。そして間もなく「又別の美しい女」に惹かれるが、やがて興味をなくし、「又単調な生活」に帰ってしまったとされる。一方の「仲たがひをした友達」（傍点は作者）に対しても、憎しみや怒りが減退していたという。主人公の青年は、何か激しいものを望んでいたとみられるのだが、その友人関係および恋愛感情の二分野（これは若い独身の男性の二大関心事といってよい）において「単調な生活」、換言すれば、何の刺激性もない「無為」の状況に戻ってしまったといえるだろう。

そんな折、父から「貴様は一体そんな事をしてゐて将来どうするつもりだ」（傍点は作者）などと叱責されたのである。主人公も父に「乱暴な事」を言い、久しぶりに泣き、その翌日には荷を持って家を出て「京橋区の或る小さい宿屋」に泊り、そこで半月ほど暮らしたのであった。この主人公の家庭生活の方面が示されたわけだが、父から「左う云はれた事では別に感情を害さなかつた」というのだから、早計に父との不和を家出の原因にすべきではなく、その家出の動機は明確にはつかめないとしなければならない。そして「私は誰からも一人になつて暮らさうと思い、「九月末の或日」、「五百哩ばかりある瀬戸内海に添ふた此地方」に来たというのである。

このような東京を遠く離れた地での「一人住ひ」の経緯をどう解釈したらいいのだろうか。のちの記述に、この主人公は「物心ついて三週間と東京を離れた事がなかつた。」という。そして「丁度三年前の秋、急に自家《うち》が厭になつて二三ヶ月京都で住むつもりで」、大きな荷を持って東京を発ったものの、「急に京都が厭になつて」、一晩も泊まらずに東京に舞い戻ったといういかにも腑甲斐ない経験があったことが語られている。が、今回の家出は、父との口論が切っ掛けとなったとはいえるが、父との関係が大きな原因をなしての家出ではないとすべきで、「三年前」の「京都」行の時とは漠としているがその「気持」も「事情」も異なっていて、「瀬戸内海に添ふた此地方」に場所を変え、独居生活に再チャレンジしたものと解すべきだと思うのだ。ただ、その一人暮らしの生活費、経済上の問題の記述がないので、それは小説としての大きなマイナス点としていいが、その遠隔地での一人暮らしは、その「単調」を打ち破る、刺激性のある大きな試練として敢行されたものだとしていいのである。

主人公は「市全体《まち》と海と島とを一と眼に見渡せる山の中腹に気に入った小さい貸家」を見つけ、そこに住まうことになる。この「小さい貸家」は、のちに按摩の家の女の児を誘拐して来てすぐには発覚しなかったことからすると、一戸建てのものと推測される。が、「三年前」の京都での貸間探しで「キタナイ部屋ばかり」で厭になったというのだから、まずはその住環境の整備に努めるのであった。「腐れかけた畳」の上に「キタナイ蟋蟀」が蝟集していた。そこで「畳表」と「障子紙」を新しくさせた。「黴の生えた」「傷だらけな」壁には、「美しい更沙の布《き》れ」を下げ、隠しきれない所には「造花の材料にする糯子を打ち抜いた木の葉」をピンで留めたりした。電灯や瓦斯も引くことにした。女中は置かないことにしたので、「必要な世帯道具」（自炊用の膳、椀、出刃、薄刃、大根おろしのようなものなどまで）も買い求めたのである。だが、「キタナイ」ものは完全には排除しきれなかったことに注意したい。新しい畳にして掃除も出来、寝床に入ってウトウトしていた折、枕元から「三寸ばかりの青黒い百足」が這い出し、殺し損ねて、逃がしてしまったのだ。「青黒い百足」は、「キタナイ」もの、気味の悪いものといえる。いつまた主人公を襲って来るか分からないのである。

「景色はい丶所だつた。」とされ、主人公の視覚と聴覚を楽しませるのである。向かい側の島の造船所からの槌の音、同じ島の石切り場からの歌声、眼下に見える棍棒を振る子供の姿、後ろの山寺の時の鐘の音とその反響する音、百貫島の燈台の光のさま、多度津通いの連絡船の汽笛の音、その舳先の赤と緑の灯りなどが主人公に心地よいものを与えたのである。

このような東京とはまるで異なった生活が主人公に「落ちついた気分」を齎し、「暫く休んでゐた長い仕事」に取りかからせ、「快い興奮状態」にさえ浸らせたのである。ここで主人公が物書き（おそらく小説家）を仕事としているのが判然とするが、どんな内容のものを書いているのかは示されない。それはこの作品では重要なことではなく、久しく続いた「単調」を打破したことを確認すればよいのである。

しかし、その夜間の仕事は「半月程」は順調だったのだが、肩凝りなどの体調不良から熟睡が出来なくなってしまう。そして次のような悪夢を見る。

それは半睡半醒の夢としていい。「未だ手を入れてないしみだらけな皮つきの瓢箪の肌を其儘に顔の皮膚にした十二三の女の児」（傍点は作者）が、「気味の悪い笑ひ」を浮かべながら主人公の顔を見つめ、「グーッと」近寄って来て、その鼻先に「くつ着きさうに」（傍点は作者）なる。苦しくなる。が、「其小供」は急にうつむき、その乱れた髪の間から「気味の悪い赤さをした下唇」（傍点は作者）を垂れ下げている。その顔は見えないが、それはもう女の児ではなく、「五十ばかりのキタナイ婆」で、髪の毛の裏で笑っているとするのである。懸命に眼を覚ます努力をし、やっと起きてその蜂谷から額の辺りに我流のマッサージなどをするが、また眠くなってしまう。そして今度は「輪廓のぼやけた、薄赤い大きな物」が眼前に現われて来る。これは自分の鼻だと気づいて、また「暫く気持の悪い努力」をしてやっとの思いで起きるのであった。

夢判断は難しいものがあるが、この夢を私は次のように解釈したい。前段の夢では「未だ手を入れてないしみだらけな皮つきの瓢箪の肌を其儘に顔の皮膚にした十二三の女の児」から「五十ばかりのキタナイ婆」に入れ替わる。いずれにしろ、気味の悪いもの、「キタナイ」もので、先に取り逃がした「青黒い百足」の姿を変えた再来とも解される。そして「気味の悪い赤さをした下唇」は女性の陰部のメタファーである。だが、不気味な「十二三の女の児」と「婆」は妙齢の女性ではないので、その性欲は多分に退行し、萎縮しているとも解されるのだ。後段の自分の「鼻」にうなされる夢をどう見るべきか。「鼻」はむろんのこと男根のメタファーだが、それを「気味の悪い大きな物」としているのだから、若い男性の性欲衝動をむしろ忌み嫌っているとも解される。ともあれ、主人公は仕事に熱中するあまり、しばらく心身ともに禁欲的生活を自らに強いていたに相違ない。その「疲れ」がこのような悪夢を見させたのだと解釈するのである。

その仕事は半分まで行くが、その出来栄えが気に入らなくなっていった。軽いホームシック、烈しい肩凝り、神経過敏症などから、ついに仕事を中止し、「無為」の日々を過ごすようになる。が、気分転換のため四国への旅を思い立つ。金刀比羅の宝物は主人公を楽しませ、屋島では塩を煮る湯気の様に慰藉されたのだが、屋島の宿では「ヤニツコイいやな離れ」(傍点は作者)に通され、折角のいい景色も楽しく感ずることが出来なかったのである。結局、旅は何の効果も齎さなかった。

　主人公は、肩凝りの治療のため、「五十近かい大きな男」の按摩の家に出掛けた。荒療治だったが、ここで「傲慢な奴」とされるその按摩が、何か小言らしいことを言っているその娘の「五つばかりの色の黒い可愛い児」に「五厘銭」の小遣いを放り渡す、ある種微笑ましい場面を目撃したのであった。

　主人公はいったん中止したはずの仕事にまた取りかかる。が、一日で挫折する。そして「単調な其日々々」から「全くの孤独」に陥る。東京が恋しくなって誰か友達に長距離電話をかけてみようと思っても実行はできなかった。「或る北風の強い夕方」、大声を出してみようとして市を少し出た海岸に出掛けるが、「何んだか力のないイヤな声」しか出ず、「悲しい気分」になっただけであった。また、鉄道の線路のなかに「白い鳩」を見て鳩が危ないのか自分が危ないのか判然としないという自殺の危険性を感じたこともあったのである。このような状況にあっても、主人公は東京に帰ろうと思わなかったという。何故かくまで一人暮らしに執着するのであろうかと訝しく思うが、ともあれ主人公は「全くの孤独」の状況に置かれてしまった。ここまでをこの作の前半としていいだろう。

　主人公は、市の小さい芝居小屋に落語の興業があった時、ある晩出掛けてみるが、落語家の中に「純粋な東京者」が一人いて、その言葉が「非常に愉快」に感じられたのである。ホームシックにかかりながら東京に帰ろうとしない主人公にとって幸運なことであった。

　そしてある晩、そこで「六つばかりの美しい女の児」に出会うのである。その「美しい女の児」は、祖母らしい人と母らしい人に連れられて来ていた。色白で、目つきと口元に愛らしい所があった。しかも主人公の子供時代に好きだった近所の人の小児時代に似ていたというのである。その翌晩も出掛け、今度は祖母と父らしい人と女中に連れられて来ていた。主人公はその父を羨ましく思う。どこの児か後をついて行きたく思ったが、それは出来なかった。この「六つばかりの美しい女の児」は東京のイメージにつながるとしてよいだろう。

主人公の気分は変化する。先に東京で好きになった二人の女性の場合より、「純粋な而して透明ない、感じ」を受けたとし、頭について離れなくなる。「其の女の児を自分のものにしたいと云ふ欲望」から、「其女の児を盗んで来る」という「空想」にまで発展していった。だが、それは成人の異性への愛とは異なる。「教育でも、生活でも、夫を持つやうな場合でも、少なくも其の児の父母が彼女の為めにしてやるよりは完全にして見せるがな」という思いを抱いたことからすれば、それは性欲のからまない父性愛に近いものだったとしていいだろう。

が、そうした昂揚した気持ちは持続しない。その後、芝居小屋に行ってもその女の児には会えず、散歩しても見かけられなかったのである。盗むという空想も萎みかけていくのであった。

市では「誓文払ひといふ暮れの売出しのやうな事」（傍点は引用者）が始まった。主人公のこの地での一人暮らしも三ヶ月近くになるとみていい。その「誓文払ひ」の行事は「五日間」行なわれるという。その二日目に二度目で午後二時頃に例の按摩の所に出掛け、「色の黒い五つばかりの女の児」を見かけ、今度はこの女の児を盗む「想像」に及ぶのである。が、「二」が重なっているように（二番目、セカンドの意）、これは先の芝居小屋で見た女の児の代替に過ぎない。また、その「野趣」に惹かれたというのは、この按摩の家の女の児が東京とは対照をなすこの地方（田舎）に執着することをも意味していると思われるのである。

こうして「誓文払ひ」の最終日、すなわち五日目に、主人公はその母が買物に気を奪われているすきに女の児を連れ出すことに成功したのであった。が、おんぶをしてやると、その「田舎の子供らしいイヤな臭ひ」に今後荷厄介になる予感を早くも感じるのだった。とはいえ、一人暮らしの孤独を慰めるべく児を盗むという空想は実行に移され成功したのである。その「額」に接吻してやったのはこれからのパートナーへの親愛を込めた挨拶としてよいだろう。こうして主人公は「自家《うち》」に着いて、久しく感じられなかった「緊張」を覚え、とうとう「恐しい事」をやってのけた、「弱々しい顧慮」に打克ったとメモ書きするのだった。少しの中断があって、この行為は「気まぐれか気まぐれでないかはこれから決定する事だ。」とメモ書きを続けるのであった。では「気まぐれ」でないとすれば女の児を今後どうすることなのか。やはり父親代わりとして女の児を養育していくことなのか。具体的なことが書かれなかったことは「悪い気まぐれ」に過ぎないという認識への傾斜が早くもあったとしてよいだろう。「セルロイドで出来た西洋人形」の玩具を使っての遊びは女の児を笑わせ、幸先のよいものだった。だが、女の児の手を見るとすごく汚れていることに気づいた。潔癖症ともいえる主人公は「スツカリ洗つてやらなければならない」と思うものの、この土地での銭湯へは連れていけない、「あの広い東京が一番安全だ」と思うのであった。ここにも本音としての東京志向が頭をもたげている。泣き出す女の児を何とか宥めすかし、夜明け近くにようやく寝かしてやったのである。主人公の方はなかなか眠れず、「臭い髪をした小さい女の児」(低い鼾も立てている)を「不思議な物」が入って来た、周囲と「調和」が取れていないようにも感じるのであった。この女の児がこの土地での主人公の生活を象徴する(1)とすれば、その挫折はもう目睫のものなのである。

　朝方八時頃に主人公は眠りに入ったが、その女の児の父親に追い掛けられる夢で苦しめられたのだった。夢では、按摩の父親が眼が見えて、抱いて逃げる女の児の方が眼が見えないことになっていた。しかも父親は主人公が女の児を肉体的に穢していると誤解していた。幼女誘拐行為に常識的な罪の意識を持っていたことになる。崖の上まで追い詰められた主人公は夢と気づきながら崖から飛び降り、眼が覚めたのであった。女の児を抱いたまま崖から飛び降りるのは、先の「セルロイドで出来た西洋人形」の玩具遊びでの落下の連想が関わっていると思われるが、その誘拐行為を「気まぐれ」なものとしたくない執拗なまでの女の児（この地での生活）へのこだわりを意味していよう。午後の一時頃に目覚めたのだから五時間ほどの睡眠を取ったことになる。

外は雨であった。「裏の別荘」で「誓文払ひの済んだ祝ひ」でもするのだろう、四五人の男や客らしい人々、それに芸者などが坂道を登って行った。三味線の音や唄などが聴こえた。ということは、主人公の所の大きな物音も聴こえる可能性があるということになる。眼を覚ました女の児を主人公は洗顔してやった。「去《い》ぬく」といって泣き出す女の児をまた宥めすかした。食事は都会風の「ソオセーヂの鑵詰」は食べず、多分普段から食べていただろう「味つけ海苔」と「福神漬」はよく食べたという。が、後の記述を見ると、都会風の「木の実の入つたチヨコレート」は喜んで食べたというのだから、女の児が主人公にやがて馴致される可能性は残されていたのだ。もう室内ですることはなくなったのだろう、主人公は女の児を連れ、外出した。雨はとっくに上がっていた。夜の暗い浜の方の町を少し歩き、女の児がむずかると、「別荘」の宴会のさまをその台所の窓からちらちらと見せてやったのである。が、もう女の児を持て余していて、早くこの土地を離れようと思い、また、「もう此女の児を可愛くは思へなかつた。」、さらには「私は元々此女の児をそれ程愛しては居なかつた事を今更に考へた。」ともいうのである。夜の十時頃には「別荘」の客たちが帰り出し、女の児は「いぬく」といって泣き出した。十一時頃に最後の客が帰り出すと、女の児は大声を挙げて泣いたのである。おそらくこの折、客の誰かがそれを聞きつけたか近所の人に気づかれたに違いない。主人公も初めて恐ろしい顔をして低い声で鋭い調子で叱りつけた。その後は女の児は意固地になって決して親しもうとはしなかったという。その様子を見て、主人公は自分の行為を「許し難いイゴイステイツクな」ものだったと思うに至る。やがて前夜メモ書きした紙を抽斗を開けて取り出し、細かく裂いてしまう。そして主人公は涙を流し、女の児を抱きしめてその「頬」に接吻するのだった。二度目の接吻でシンメトリーを形成しているが、先の「額」への接吻とは意味が違う。これは自分の孤独を癒すことのできなかった哀れな感情からのもの、あるいは父親代わりになれなかった敗北感からのものといえるだろう。こうして主人公は泣き出し、女の児も声を挙げて泣き出したのだった。その後、主人公は女の児を胸に抱いて寝るが二人は眠れず、女の児は黙したままで、「木の実の入ったチヨコレート」を与えても食べなかったのである。主人公は浅い眠りのなかで、繰り返し女の児が床を抜け出して行く夢を見たのだった。

その翌朝、巡査や女の児の母親が坂道を登って来た。主人公はもう逃げようとはしなかった。出刃包丁を持ち出したが、平凡な姿勢でただ持っていただけであった。こうしてわずか三日間の幼女との生活は終わり、主人公は警察に曳かれていったのである。

この悪戦苦闘ともいえる幼女誘拐の顚末は、主人公がこの土地で一人暮らしを始め、芝居小屋の落語興業に出掛けるまでの生活とオーバーラップしているように思えてならない(2)。まず、この土地での当初の生活は、「キタナイ」ものの排除、修繕はあったものの、その景色のよさからその気分は落ち着き、「長い仕事」に取りかかって「快い興奮状態」に浸ることが出来たのである。これは、女の児を盗み出すことに成功し、その「イヤな臭ひ」やその手の汚れが気にかかったものの、「久しく感じられなかった緊張」を感じ、用意していた玩具で女の児を楽しませ笑いを齎すことが出来たことに照応していると読めるのである。が、この土地での生活は、烈しい肩凝り、神経過敏症などから仕事を中止するに至り、気分転換のため四国への小旅行に出掛けた。ここは女の児を荷厄介に思いながらも宥めすかし、浜の方の町に散歩に出たことや「別荘」の宴会の様子を見せてやったことと見合うように読めるのだ。この土地での生活、すなわち女の児に執着し、厭になっても決して見捨てはしないのである。そして、その最終段階として、全くの孤独感に陥り、或る北風の強い夕方海岸で大声を出しても「力のないイヤな声」となり「悲しい気分」なったこと、汽車の線路の中に白い鳩を見て危ないとして自殺の危惧さえ感じるに至ったことは、女の児が再三泣き出し、ついには自分まで涙するに及び、女の児との気持ちの上での懸隔を認識するに至るプロセスと似ていると思うのだ。それは孤独の再確認であり、一人暮らしの失敗を意味する。この土地でのその一人暮らしの顚末は、幼女誘拐の当初の興奮からのメモ書きとその破棄という行為にもピタリと平仄を合わしているとさえ読めるのである。

だが、初出作はそのフレームの後半部を書き添えている。それを全文引用してみたい。

私には気違染みた気分は少しもない。然し裁判官がそれに近かいものと解しやうとするのを反対する気はない。私は多分近日許されて此所を出るだらうと思ふ。それから私は何所へ行かう？　矢張り東京へ帰るより仕方がなさゝうだ。もうあの市《まち》に行く事は出来ない。東京へ帰らないとすれば、どうするだらう？　私は又同じやうな生活に堕ちて行かなければ仕合せである。若し同じ生活が繰返つて来れば私は今度は更に容易に同じやうな事を起し兼ねないと云ふ気がするから…………

女の児はどうしてゐるだらう？

主人公が無罪放免に近いものを想定していること、そして東京に戻り暮らすのが一番よいものとしていることが把捉できる。ここでフレームの前半部の「東京からは誰れが来るか。父が来るか、叔父が来るか、それとも友達が来てくれるか。」という一節を想起してみるとよい。叱責された父までその身元引受人に想定しているのである。この主人公はいわゆる父離れが出来ていない。東京から離れてはまっとうに生活していけないのだ。その遠隔地での一人暮らしも、幼女誘拐という犯罪も所詮は「悪い気まぐれ」に過ぎなかったと結論づけていいのである。

2　改稿の意味、夢の方法

初出作「児を盗む話」は、一口に要約していえば、東京からの遠隔地で「一人住ひ」を始めた或る青年が、肩凝りなどの体調不良やホームシックから自殺の危険まで感じるに至るものの帰京せず、やがて幼女誘拐という新たな目的を設け実行するが、それも挫折し結局は東京にしか自分の居場所はないと自覚する、いわば延引された試練としての一人暮らしの物語であったといえるだろう。となれば、この作は、「ある一頁」（一九一一・六、「白樺」）の続編的な意味合いを持つものとして志賀文学の展開のうえで位置づけられる。[3]「ある一頁」については先に論じたので繰り返さないが、その要点の一つをいえば、京都における貸間捜しでは偶数が氾濫し、いわば右往左往の振り子運動を余儀なくされたが、東京に舞い戻り「五日」（奇数）床に就くということでその振り子運動を終息させた、東京という故郷確認の書であった。そしてこの初出作「児を盗む話」は、先に述べたように奇数の頻出が特徴的であり、盗み出す女の児の年齢も「五つになる其女の児」でなければならなかったのである。こうなると作者志賀は数詞の使用において極めて意識的であったとしていいように思う。[4]

改稿作「児を盗む話」は、まずは枠の部分をすべて削除してしまった。そもそも初期志賀文学では、「濁つた頭」（一九一一・四、「白樺」）や「襖」（一九一一・一〇、「白樺」）がいわゆる枠小説であり、その結末が小説の冒頭部で読み手に提示されるという点では「清兵衛と瓢簞」（一九一三・一・一、「読売新聞」）がそうであった。では、何故その改稿でフレームを取り除かねばならなかったのか、それを考察してみたい。

第一に、いみじくも初出作「児を盗む話」で「私は法律の事は知らなかつた。」と書かれているように、裁判などに関する正確な知識のないまま、主人公を無罪放免の方向で処置したことがリアリティーのないものと認識されたに相違ない。

第二に、その身元引受人の一人に父を想定したこと、東京に帰るしかないとしたことが我慢ならなかったのではなかろうか。改稿作「児を盗む話」は一九一七（大6）年六月であり、父直温との和解直前とはいえ、かえって父への憎悪、反感が強かったことは、「和解」（一九一七・一〇、「黒潮」）を参看してみれば明らかなことなのである。また、直哉は松江、京都、赤城などを放浪し、その間に父の反対する結婚もして今は我孫子に父とは独立した一家の主となっていることから、その題材が半ば自伝的なものによるとはいえ、初出作「児を盗む話」における主人公のいわば父への甘えをできるだけ消去したかったと考えるのだ。

かくして改稿作「児を盗む話」は、その主人公のその後のいわば居場所はない、という読後の印象に変質したのである。その敗北のさまは初出作より強い。

次に、初出作「児を盗む話」の中身の最初の部分、二人の女性に対する恋愛感情の推移や親しい友人の一人との仲たがいなどが削除されたことをどう理解すればよいのだろうか。

これらは「東京を出る二ヶ月程前の事」（初出作）であり、主人公の「瀬戸内海に沿うた或小さい市《し》」（改稿作）での一人暮らしにその中心主題を置くのであれば、むしろ無駄なものと判断されたに違いない。先にも述べたように、それらの出来事は「単調」な日々を打破したものの、やがてまた「単調な生活」に戻って行ったことを語っているに過ぎず、それは直接幼女誘拐という中心テーマには関わりの薄いものなのである。また、作者志賀の実体験に基づく二人の女性に対する恋愛感情の所在を消去することで、改稿作「児を盗む話」の主人公がその孤独を癒す対象として性欲のからみにくいより純粋な幼女に惹かれるという、禁欲的な青年の物語として虚構化が進み、より焦点化されたと思うのである。私は、改稿作「児を盗む話」を禁欲的な青年の悲劇的な物語と規定するが、それは後述する直哉の尾道生活が明らかにされることで立証されるはずだ。

次に、これは初出作「児を盗む話」の時点ですでに獲得されていたことではあるが、志賀文学における夢の方法について述べておきたい。

先に初出作「児を盗む話」をそのコンテクストに即して読んでみたが、夢が三ヶ所、実に効果的に配置されていることを認めなくてはならない。

第一の夢はその浅い眠りのなか、気味の悪い赤い下唇に脅かされたり、自分の鼻にうなされるというもので、一種の性夢だが、その性欲はむしろ退行していて、仕事に熱中することでの禁欲的生活の「疲れ」が見させたものだと解釈した。この主人公は禁欲的な青年であり、現にプロスティチュートと遊ぶこともなかった。「キタナイ」ものを極端に嫌がり、やがて純真な可愛い女の児に惹かれるのもごく自然な道筋となるのである。

第二の夢は、その父親に追われながらも盗んだ女の児を抱いたまま崖から飛び降りるという執着の強さにポイントがある。按摩の女の児はこの土地での一人暮らしを象徴しているのだから、易々とは手放せないのだ。

第三の夢は、もう按摩の女の児を可愛くは思えなくなっている時点のもので、別離の予感から女の児がその床を抜け出して行くさまを繰り返し見させたのである。

直哉はよく夢を見てしばしばそれを作品のなかに描いていた。「イヅク川」（一九一一・二、「白樺」）は、美しい景色の夢で、夢から醒めたあと美しい感じを受けたが、夢のなかで擦れ違った「或知人」は海江田から豊次に入れ替わっていた。夢ではこういう現象がしばしば起こる。「児を盗む話」の第一の夢の前段でも、不気味な「十二三の女の児」から「五十ばかりのキタナイ婆」への入れ替わり現象が起こったのである。「黒犬」（一九二五・一、「女性」）では、主人公の「私」が寝つきの「夢現《ゆめうつつ》の境」で非常に気味の悪い婆さんの顔を見る。それは「眉毛だけあつて、眼の辺から下が煮豆で一杯つまつて居る顔」だった。「今から三十年程前の話」というのだから、直哉の初等科時代にまで遡るものとしていいだろう。「児を盗む話」の夢のなかの「十二三の女の児」の異様な顔、すなわち「五十ばかりのキタナイ婆」の気味悪い形象に通じ合うものがあるのである。

が、ここで私の強調して言いたいことは、「児を盗む話」の夢は三ヶ所であり、それらが主人公の置かれた状況なりその人柄をよく表していて、ストーリーのなかに巧みに嵌入されているのを確認するとき、これはその作中に四ヶ所の夢が描かれた「暗夜行路」の先蹤になっているのではないかという小説における夢の方法、技巧についてである。ここでは「暗夜行路」の四ヶ所の夢の解釈には及ばないが、「児を盗む話」の三ヶ所の夢は決して恣意的なものではなく、極めて意識的な創作行為から編み出されたものだったとしたいのである。

3　「暗夜行路」の尾道との比較検討

「児を盗む話」における幾つかの描写部分やエピソードは、「暗夜行路」前篇第二の尾道のシーンに流用されている。「児を盗む話」と「暗夜行路」とはむろん別々の虚構世界を形成しているわけで、両作の徹底的な比較検討が必要となる。そこから重複するエピソードの意味合いの差異などが明らかとなるだろう。

まず、「児を盗む話」ではその一人暮らしの地をどういう経緯で「瀬戸内海に沿うた或小さい市《し》」としたのかは示されず、その地方都市の固有名も明かされることはなかった。もっとも、向かいの島に造船所があること、百貫島の燈台が見えること、多度津通いの連絡船が帰って来ることなどから、尾道だとは想定できるが、作者は意識的に固有名を避けている。しかるに「暗夜行路」では「尾の道」と明示している。謙作は最近お栄を妙に意識し出しその危険性から逃れるためと純粋に一人になりたいために、自ら「多分山陽道の何処か、海に面した処で、簡単な自炊生活をする」ことを計画したが、兄信行に「尾の道へ行くといい。尾の道はいい処だよ」と勧められた（第一の十二）。船旅をし（第二の一）、尾道の千光寺下の「三軒長屋」の貸家を二つほど見るが、道後や厳島に小旅行をして帰り、先に二度目に見た家を借りることにしたのだった（第二の二）。当初は自炊生活を考えていたが、謙作の住まう「棟割長屋」の隣の婆さんに食事や洗濯などの世話をすぐ頼んだのである（第二の三）。従って、「児を盗む話」の主人公のように、大根おろしに至るまでの「必要な世帯道具」を揃えたという記述は見られない。

「暗夜行路」の「景色はいい処だつた。」以下のパラグラフ（第二の三）は、その文章表現のニュアンスを若干変えてあるが、「児を盗む話」の相当部分と重複している。また、畳表や障子紙を新しくさせたこと（第二の二）、傷だらけの壁を更紗の布で隠したことなども「児を盗む話」と重複している。が、「きたない蟋蟀」や「青黒い百足」の出没は書かれていない。それ故かえって、「児を盗む話」における「きたない蟋蟀」や「青黒い百足」は重要な意味を付与されているように思えてくるのだ。

「暗夜行路」ではこのあと「落ついた気分」になって「計画の長い仕事」、「自分の幼時から現在までの自伝的なもの」に取りかかる。そして、「一ト月ばかりは先づ総てが順調に行つた。」とされる。「児を盗む話」では「半月程」になっていたが、二倍の長さになった。そのあと謙作は、「生活の単調」に苦しめられ、「孤独」に陥り、ホームシックにもかかり、「或る北風の強い夕方」、浜辺に出掛け大声を発してみるが、それは「如何にも力ない悲し気な声」でしかなく、「腹立たしい程意気地ない気持」になって帰って来たのだった。こういう「或る北風の強い夕方」の浜辺でのエピソードは「児を盗む話」にもあった。だが、「児を盗む話」では、主人公の四国への小旅行のあとに配置されていた。そして白い鳩が線路のなかにいるのを見て危ないとする自殺の危険性のあったエピソードに繋げているのである。つまり「児を盗む話」では、「或る北風の強い夕方」の浜辺でのエピソードと「白い鳩」のエピソードとが主人公の「孤独」のピークをなすものとしてあったといえる。しかるに「暗夜行路」の謙作の「孤独」のピークは四国への小旅行（季節は春、第二の四）となるのである。

謙作は、「或る北風の強い夕方」のシーンの直後、その「孤独」を癒すためか、「百姓娘のプロスティチュート」

と遊んでいる（第二の三）。それから気分転換のための四国への小旅行を行なった。船上での象頭山の空想が描かれ（第二の四）、金刀比羅から高松、そして屋島に行き、その宿で「新太《しんた》さんといふ独者《ひとりもの》の乞食」の「孤独」と自分のそれは変わりないと思い、ついにはお栄との結婚を考えるに至るのであった（第二の五）。屋島の宿にその「孤独」のピークが置かれているのだ。しかるに「児を盗む話」では、金毘羅から高松、屋島というコースの小旅行は描かれているが、さほど重要な意味を持たない。「旅は結局何にもならなかつた。」とされるだけなのである。そして、按摩の所に行きそこで「五つばかりの色の黒い可愛い児」を見たこと、「仕事」の中断からやがて「全くの孤独」に陥りホームシックにもかかったこと、そうして「或る北風の強い夕方」の浜辺でのエピソードと「白い鳩」のエピソードにつながっていくのである。むろんプロスティチュートと遊ぶこともない。再三述べることだが、「児を盗む話」の主人公は、極端なまでの潔癖症の印象があり、禁欲的な青年として描かれている。が、そのあとの落語興業の場面からは新たな展開をみせ、幼女誘拐の顛末が描かれていくのである。

　同じ題材を扱っていても、「児を盗む話」と「暗夜行路」とではその意味合いが違っている。その有り様を図表にまとめ整理しておくこととした。

「児を盗む話」

●父からの叱責→家出
◉九月末、瀬戸内の小都市での一人暮らし
●きたない蟋蟀と百足
◎畳屋と提灯屋を呼ぶ
●三年前の京都行回想
●世帯道具を揃える
◎眼前の景色がいい
◎長い仕事→半月程
◎悪夢、肩凝りなど
◎四国への小旅行
◎孤独、ホームシック
◎北風の強い夕方の事
●線路内の白い鳩の事
●落語興業に通う
●年末、誓文払ひ
●按摩の女の児を盗む
●警察に曳かれる

「暗夜行路」前篇第二

●冬、神戸までの船の旅→尾の道→小旅行
◉尾の道、三軒長屋の貸家での一人暮らし
◎畳屋と提灯屋を呼ぶ
●隣の婆さんに世話
◎眼前の景色がいい
◎長い仕事→一ト月程
◎孤独、ホームシック
◎北風の強い夕方の事
●百姓娘のプロスティチュートと遊ぶ
◎肩凝り、不快な夢
◎春、四国への小旅行
●象頭山の空想
●屋島の宿での孤独感
●お栄との結婚を思う
●出生の秘密を知る

4 尾道生活の実状を探る

最後に、「暗夜行路」の草稿類や日記などをもとにして、志賀直哉の尾道生活の実状を推測しておきたい。ここから、ここまで論じてきた初出作「児を盗む話」、改稿作「児を盗む話」、「暗夜行路」前篇第二の前半部に関する私の読みの裏づけが得られるかもしれない。

まず、「暗夜行路草稿」2「尾の道に行くまでの事」を読むと、直哉の尾道行が父直温からの叱責が直接的なバネとなったのは事実だが、父直温に悪感情を抱くことなく、尾道での一人暮らしを敢行したことが明らかとなる。直哉は、父から言い出された「自活」（直哉は自分の今のだらけた生活に「嵐」、すなわち何らかの試練が訪れることを待っていた）を引き受け（日記によると一九一二年十月二十四日）、翌日家を出て、父との約束の自費出版の費用五百円の小切手の金を引き出し、京橋の宿を借りることにした。直哉が本当に家を出て行ったと知らされた父が義母浩に「どうしやう〳〵」と言って慌てたことを聞くと、直哉は「一寸涙ぐましい気持になつた。」のである。さらに、しばらくして直哉が麻布の父のもとに暇乞いに行った折は、父から「なるべく早く帰つて来い」と言われ、胸がつまり涙を流し、「生れて初めて父の左ういふ感情のあらはれた言葉を聴いた、而してそれがどんなに自分の希ひ求めてゐたものだつたかを強く感じた。」としている。繰り返すが、直哉はその尾道行に際して、父には悪感情どころか、むしろその反対の、日頃から求めていた血縁の愛情を感じ、出発したのであった。それは「暗夜行路草稿」5でも今回の家出に際しては、「父との烈しい感情の衝突はなかつた」とされ、父の「なるべく早く帰つて来い」という一言は感涙を誘うものとして顧みられ、むしろ最愛の「ヒヨワな祖母」のことが心配だったとされているのである。

だから、初出作「児を盗む話」および改稿作「児を盗む話」とも、父の叱責にあっても、「私はさう（左う）云はれた事ではそれ程（別に）感情を害さなかつた」（括弧内は初出作）という一節が書かれ、その家出の本当の動機は別にあるというニュアンスを醸すことになったのである。また、父への悪感情がなかったのだから、初出作「児を盗む話」で、直哉の分身としてよい主人公が幼女誘拐で逮捕されても、その身元引受人の一人に父を想定するという父への甘えが露呈したのも無理からぬこととなるのだ。

その後、直哉は田舎での一人暮らしを思い立ち、その候補地は伊豆大島、勢州鳥羽港、尾道と移ったが、その尾道も自分で選んだ土地ではなかった（草稿2では「四つ上の叔父の一番親しい友」が尾道を勧め、草稿3では鳥羽を勧めた友とは別の「他の友」が尾道を勧めたことになっている）のである。こうして豪州行きの船で神戸まで行くことにし、十一月十日に尾道に到着したのであった。その翌朝には尾道の千光寺近辺に貸家捜しに出掛け（三軒長屋のそれや家賃四円の一軒建てのものもあった・草稿4）、先の京都での貸間捜しの経験と比較し（草稿3および4）、尾道の「人気」（じんき）のよさを感じたのであった。それから東京から荷が届くまで、道後、松山、さらに宮島と旅をするが、芸者遊びなどをしていて今の自分には「女」は「常食」である（草稿4）とまでしているのである。

志賀日記によれば、十一月十七日の項の冒頭に「久ぶりで自分の床にネた。」とあるので、その前日に東京から着いた荷を借家に決めた宝土寺上の棟割長屋に運び込んだものと思われる。十八日には瓦斯も取り付けた（日記より）。さらに快適な生活にするため、いろいろな世帯道具を買い集めたり、畳替えや壁に更紗を下げるなどの工夫を凝らしたことも事実のようである（草稿11）。が、自炊は「仕事」に差し障るとしたのだろう、隣の婆さん（小林マツ）に食事と洗濯を頼むことにした。小林太兵衛・マツ夫婦のことについては阿川弘之が詳しく書いている。(5)

志賀日記の十一月二十五日には「円をきく／書いてゐた。」という記事があり、その後ほぼ同様の内容が二十九日まで書かれている。「円」（まどか）とは、新全集(6)の「日記注」によると「落語家の橘ノ円か」とされている。「橘ノ円」とは、この分野の事典(7)によると、初代橘ノ円（明3生）のことで、実兄の二代目三遊亭円馬とともに初代三遊亭円朝の弟子であり、円朝の引退を機に兄とともに大阪に移り、やがて「円頂派」と称して一座を創ったこの折（明39）に橘ノ円となって地方を巡業するようになったものの、その後上京して柳家円と改名したこともあった（明43）が、まもまく大阪に戻り橘ノ円に復したとされる。このような閲歴からすれば、大正元年の十一月末に尾道で興業していた可能性は極めて高い。が、私がことさらこの落語興業にこだわったのは、「児を盗む話」の落語興業の題材がここにあったのではないかと推測するからである。この興業で「純粋な東京者」が「一人」混じっていてもおかしくはないのだ。それよりも私が重視したいのは、この尾道当初の体験が「児を盗む話」では線路内の白い鳩を危ないと思う自殺の危険性があったことのあとに使われていることである。「児を盗む話」の主人公の孤独のピークともいえる線路内の白い鳩のシーンも実体験であろうが、それは第二期尾道生活に属しているはずであり、作者志賀の虚構処置、実体験のアレンジの様をここに見る思いがしたのである。

ともあれ、直哉の尾道生活の当初は、落語を五日間連続で聴きに行ったり、義太夫を習いに行ったり、玉突き遊びをしたり、家族や友人との便りを頻繁にしたりということはあったとしても、その「仕事」はおおむね順調に運んだとみていいだろう。

しかし直哉は、祖母の病気看護のため、東京にいったん帰ることとなった。「暗夜行路草稿」11「帰る旅」では、尾道に「五週間程」滞在ののち、東京には「四週間」いて、「祖母の病気ももう心配が要らなくなると、自分は尾道の一人住が切りと恋しくなつて来た。向ふへ置いて来た仕事が自分を呼むでゐる。」（傍点は作者）としているのである。「五週間程」に及ぶ直哉の第一期尾道生活（十二月中旬までその頃「誓文払ひ」の行事も見聞しただろう）は、快調だったといえるのだ。

一九一三（大2）年一月九日夜、直哉は新橋を発ち、福井市に行っていた武者小路実篤と米原で落ち合い、膳所中学校に勤務する山脇信徳を訪ね、三人で大津、三井寺に遊び（草稿11）、一月中旬に尾道に帰って来たのである。それから四月上旬に帰京するまでが直哉の第二期尾道生活となる。この時期の日記の記載はなく、残された書簡からは、二月上旬に九里四郎が泊まりがけで尾道を訪ねて来たこと、二月下旬に京都で遊んでいたことがつかめるくらいである。

阿川弘之は、「春になってからの話だが、尾道中で、冬の間ガス会社に一番たくさん料金を払ったのが浜辺にある新地の某料亭、二番目が宝土寺上三軒長屋の志賀直哉だった」というエピソードを語っている(8)。いくら「寒いのが何より苦が手の直哉」にしてもこれは驚くべきことである。だが、直哉は「妙な潔癖」から、「浜のナマ臭い人々と一緒」に「銭湯」に入る気になれず、「一週間に一度十日に一度位、瓦斯ストーブで部屋を八十度位にして置いて、湯を薬かんで何度もワカシて、古新聞を沢山しいて、バケツと金だらいをもち出して、真裸になつてからだを洗ふ。」ということをしていたのだ（草稿8）。これならガス料金が嵩むのも納得がいく。

直哉の「仕事」は深夜になされるのが主だったが、次第に行き詰まっていった。そこで、気分転換のため、四国への小旅行となった。琴平、高松、屋島に旅するが、屋島の宿が重要である。屋島の宿では寝つかれず、「色々と考へてゐる内に、若しかしたら自分は父の子ではなく、祖父の子ではないかしらといふ想像をした。」のであった（「続創作余談」、一九三八・六、「改造」）。これがのちに所謂私小説「時任謙作」から虚構の「暗夜行路」への転換の端緒となったのである。が、ここでは同じ屋島の宿の部屋を表現するにしても、「暗夜行路」では「海を見下す、崖の上の小さな風雅作りの離れ」となっているのに対し、「児を盗む話」では「風雅のつもりで作つたヤニッコイいやな離れ」（初出作では「いや」の部分に傍点が付けられている）となっていて、主人公を取り巻くものが不快事であったことに注意したい。翻って、「児を盗む話」では、その貸家の「きたない蟋蟀」（初出作では「キタナイ蟋蟀」）にしろ、「青黒い百足」にしろ、それらは実際のものだったろうが、いわばマイナス因子のものが小説の題材として意図的に選択されていたことに気づかねばならないのである。

北風の強い夕方の浜辺でのシーンは、「児を盗む話」と「暗夜行路」に重複して描かれているが、これも第二期尾道生活での実体験だったと思われる。むろん、「児を盗む話」の線路内の白い鳩を見て危ないと思ったこともこの時期の実体験だっただろう。とすれば、「児を盗む話」ではそれらの体験をある年の年内のこと（初冬）にいわば前倒ししたことになるのである。

直哉の第三期尾道生活は、山の手線の電車事故（八月十五日）での傷の後養生のため滞在した城崎温泉から直行した十一月八日から一週間ほどのものに過ぎない。中耳炎にかかり、東京の病院で治療を受けるためとされるが、孤独に苛まされた第二期の生活の繰り返しをしたくなかった、というのが本音ではなかったろうか。とはいえ、一人暮らしの試練を続行する思いは持続されていたはずだ。現に、この年の暮れには大森に住まうことにしたのである。東京からの遠隔地での一人暮らしに懲りたとしてもいい。だから、翌年「正月」に大森で執筆された初出作「児を盗む話」の末尾では、東京しか自分の一人暮らしに適した場所はない、といった感じの文脈が示されてピリオドが打たれたと考えるのだ。

だが、その大森生活は、皮肉にも深い谷底に落とされたような惨めさを味わされたのだった。その後、直哉の場合、山陰の地、松江での一人暮らしからその心持ちも幾分落ち着いたものになっていった。さらにその後のことは素描するしかないが、京都に移ってからの父の同意を得ない結婚（一九一四年十二月）、赤城そして我孫子に居を移しての長女慧子の死（一九一六年七月）から起こった父への反感などから、父とは同居していないにも関わらず、その不和感情や憎悪は以前にも増してふくらんでいった。だから、改稿作「児を盗む話」では、父への甘えや東京固着傾向を残すフレームの部分は削除されねばならなかったのである。

注

(1) 安岡章太郎は、「児を盗む話」の主人公が盗んで来た「女の児」に作者志賀「自分自身の仕事とその生活内容の全体」を置き換えて読むことが可能だとする見解を提出している(『志賀直哉私論』、文芸春秋、一九六八・一一)。

(2) 拙著『志賀直哉——青春の構図——』(武蔵野書房、一九九一・四)の「青春の熱狂——尾道行前後——」の章の「五　尾道生活」の節で私は、「児を盗む話」の前半部(白い鳩と自分とを同一視した自殺の潜在意識の所在を語ったシーンまで)と後半部(芝居小屋の落語興業に出掛けたシーンから)には「連続性よりもむしろ重層性が感じられまいか」としたが、本稿ではそれを敷衍している。

(3) 伊藤佐枝は、初出作「児を盗む話」について、「初期志賀直哉文学の集大成的性格を備えた作品」であるとし、具体的には、「剃刀」や「范の犯罪」に続く「犯罪小説」であり、「西日本での独居を志した東京の部屋住みの青年の挫折の物語」として「ある一頁」の「姉妹篇」でもあるなどとしている(「明日が今日と同じ日であることの欝屈—志賀直哉『児を盗む話』(初出形)論(二)—」、「都大論究」四一号、二〇〇四・六)。

(4) そもそも「ある一頁」の主人公「彼」(志賀直哉)は、「四人」(偶数)の友人(正木、森下、武田、田島で、それぞれのモデルは正親町公和、木下利玄、武者小路実篤、田中雨村(治之助)だろう。とりわけ田島のモデルを田中雨村としたのは「ある一頁」の作中に「身長《せい》の高い田島」とあることによる。本書口絵写真を参照されたい。なお、「濁つた頭」にも田島という同姓の友人が出てくるが、こちらは「米国のアマーストの学校にゐる」とあることから、そのモデルを田中平一とすることができる。)に見送られて新橋の駅を出発した。そして偶数の氾濫する京都での貸間捜しに疲れ果てて東京に舞い戻って「五日」床に就いたことでその振り子運動を終息させた。初出作「児を盗む話」が「ある一頁」の続編的な意味合いを持つというのは、奇数(五日)で終わった「ある一頁」の世界を受け、奇数(とりわけ「三」と「五」)の頻出でその自立への希求である「一人」暮らし(その執筆時の一九一四年一月、直哉は大森での「一人」暮らしに入っていた)を強調させたとみるからである。

(5) 阿川弘之「尾道好日」(『志賀直哉　上』、岩波書店、一九九四・七)

(6) 『志賀直哉全集　第十二巻』(岩波書店、一九九九・七)

(7) 『古今東西落語家事典』(平凡社、一九八九・四)

(8) 注(5)に同じ。

第三章　「范の犯罪」とその周辺——「右顧左顧」からの脱却——

はじめに

志賀直哉の「范の犯罪」（一九一三・一〇、「白樺」）は、志賀文学を論じる際、避けて通れぬ重要な作品として存在する。これまでに夥しい数の論考がなされているが、はじめに、「范の犯罪」批評、研究史といったものに触れておかねばならぬ。

「范の犯罪」の本格的な作品論は後述する須藤松雄に始まるといえるが、それ以前に、以下の三名の高名な志賀論に目を通しておく必要がある。

まず、広津和郎は、「范の犯罪」を「クローディアスの日記」（一九一二・九、「白樺」）などとともに、志賀が「人間の心のいろいろ複雑な面を、如何に知つてゐるか、その理解の広さ、深さ、緻密さを十分に語つてゐる」作とし、その人間心理解剖の鋭さを指摘した(1)。ただ、その際、創作者の態度・性格に触れ、志賀が「強い心の持主」であることを言い添えているのを見逃してはならぬだろう。次に、小林秀雄は、「范の犯罪」作中の「殺した結果がどうならうとそれは今の問題ではない。牢屋に入れられるかも知れない。しかも牢屋の生活は今の生活よりどの位いいか知れはしない。其時は其時だ。其時に起ることは其時にどうにでも破つて了へばいいのだ。破つても破つても破りきれないかも知れない。然し死ぬまで破らうとすればそれが俺の本統の生活といふものになるのだ。」という范の供述のひとくだりを引用して、「これが氏の思索の根本形式だ。」「氏は思索と行動との間の隙間を意識しない。」とし、志賀の「古典的」かつ「原始性」を指摘、強調したのである。[2] さらに、井上良雄は、小林秀雄が引用した前掲の「殺した結果がどうならうとそれは今の問題ではない。………（略）………然し死ぬまで破らうとすればそれが俺の本統の生活といふものになるのだ。」という部分を二度まで引用し、范は「何よりも原始的な生活人」であり、その「犯罪」は「人間の内部に潜んでゐる自然力そのもの」によって齎されたもので「罪」ではない、「私」（＝井上）は、「この男々しい言葉」を「今後」「私の心の楯としようと思ふ。」としめくくったのである。[3]

上記三つの評論のうち、近代インテリゲンチャーの衰弱と対置して志賀直哉を捉えた小林論文、およびその延線上に范を近代プロレタリアートの人間と直結させた井上論文は画期的なものであり、のちの須藤論文以下に多大な影響を及ぼすことになったと思われる。が、今日からみれば、本多秋五がいみじくも解説するように、井上論文が書かれた「時代の空気」、「抑圧の強い社会」という時代背景に十分考慮せねばならぬことも確かである。[4]

須藤松雄は「范の犯罪」について三度論及している。[5] 最初の論稿[6]のポイントを述べれば、抽象的な法廷、抽象的な人物（范および裁判官）の設定に即し、はじめてにしてほとんど最後の「自我の凱歌」が歌われたとしているのである。その作品成立過程について志賀日記や「創作余談」（一九二八・七、「改造」）の記事を援用して辿り、また作品の文脈に即した読みがなされている点で、「范の犯罪」の本格的作品論の始まりだとしてよい。が、次の論稿[7]では、「自我貫徹の生の凱歌」という作の要点を繰り返し言うものの、それが自画像形成ではなく抽象的圏域内でのものであったこと、および作家論的見地から志賀の城崎体験（一九一三・一〇）における急激な自我貫徹の生の衰退という事柄が論者須藤の意識に刷り込まれているせいか、「范の犯罪」には「悲しい響きが交じっているようである。」とか、「陰影が流れているようである。」という評言も目立つことに注意したい。

本多秋五は、志賀における「神なき自我の肯定、絶対者を知らぬ自我の怒張」の文学的絶頂点を「范の犯罪」に措定し、その一方で「城の崎にて」（一九一七・五、「白樺」）をそれとはコントラストを形成するものとして捉え、「范の犯罪」から「城の崎にて」への推移は「暗夜行路」（一九二一・一〜一九三七・四、「改造」）の前篇から後篇への推移とアナロジーの関係にあると論じた[8]。この見取図のうえに立って、「范の犯罪」の作品内に踏み入っての読みが開始され、ここに描かれた裁判や范のような旅芸人は現実にはありえないものの、この小説が表現している「詩的真実」とは、「絶対的な自己忠誠、それをどこまでも貫こうとする決意の凄じさ」であるとし[9]、さらにその後も詳しく論じ、この作は「志賀直哉が上りつめた自己中心主義のピークを示す」ものと駄目押しをした[10]のである。

私もかつて作家論的に「范の犯罪」について少しく論じたことがある[11]。復唱すれば、一九一二年初頭にアナトール・フランスの「エピキュラスの園」の読書体験がバネとなって直哉の仕事（文学）への意欲は高まり、自我も高揚するが、一方にその経済的基盤である父直温との関係を穏便に、いやもっと言えば己れの進む文学の道にその対立者である父の理解を求める心が強く働き、一九一二年九月発表の三作「正義派」、「クローディアスの日記」、「大津順吉」にはいわば自我の不完全燃焼ともいえる燻ったものが蟠り、その後の尾道での自活における高揚した気持ちとその挫折を経、一九一三年九月作の「范の犯罪」には范イコール志賀、裁判官イコール志賀[12]という図式のもと、今度はまさに自我の完全燃焼ともいえる直哉の自家（父）離れの決意がその虚構の裏側に透視できることを論じたものであった。

紅野敏郎の論[13]も、范イコール直哉とみ、そこには直哉の実生活の反映があり、「中ぶらりん」の破壊をめざす覚悟のほどが見て取れるもので、范の「本統の生活」を求めてのすさまじい内面の要求はそのまま志賀の実生活上の生活感情にオーバーラップするものだとしているのである。

以上の論考は、「范の犯罪」の読みにおいて強さに力点を置くものだったとしてよい。が、以下に示すように、ここ二十年近い年月の間に「范の犯罪」の読みは、強さにアクセントをつける見方から、弱さにアクセントを置くそれに変化しているのである。

重松泰雄の論文(14)は、須藤松雄の所論に対する疑義から書かれたものである。先にも触れたように須藤の論は、「激しく明らかな歌」(一九六三年の著書)とする一方で、「陰影」を引きずった「別れの歌」であった(一九六七年の著書)としており、重松はそこに「ユレ」があり、「ズレ」につながる可能性もあって、「范の犯罪」の解読と評価に関してはまだ安定したものがないとしたのである。その重松論文のポイントを述べれば、范の妻殺しの思いが一晩のうちに細々しくしぼんでしまったことに着目し、「范の犯罪」は後年の作者自注に見合うような〈巧妙な他殺〉の物語でないばかりか、その執筆過程における直哉の不安定な気分、自信喪失ぶりなども検証し、「范の犯罪」は「一つの迷いの中で書かれていった」、「作者の自我思想、自我主義の信念自体の腰くだけを物語るもの」としたのであった。また、「むしろ予想以上にあの次作「児を盗む話」(「白樺」大正3・4)に近い作品だと言える。」ともしたのである。この重松論文から「范の犯罪」を弱さにアクセントをつけた読みが始まったとしてよい。

つづいて山口直孝の論文(15)が重要である。これは、須藤、本多、紅野、そして重松論文などに「一つの暗黙の前提」としてあった小説の舞台設定を非現実的なもの、抽象的なものと見做す把握への疑義からその修正を迫ったものであった。山口によれば、「范の犯罪」の舞台は、現実のものであるが、公判ではなく、旧刑事訴訟法下の予審、その予審段階の取調室とするのが妥当だとする見解を示したのであった。この点に関しては私もおおむね賛同したい。が、しかし、范が「無罪」になったのは、范のケースが非「責任能力」者の行為、もしくは「心神喪失」者の行為に該当するためとした読みはどうであろうか。その検討はのちに委ねるが、山口が「范の犯罪」を弱さに力点を置いて読んでいることは確かなのである。

最新の「范の犯罪」に関する論考のなかから一つ、秋山公男の論文(16)に触れておきたい。秋山は、その主人公がキリスト教信者であることや本当の生活もしくは痛快な感じのする生活に入りたがっていることなどをはじめとして、そのモチーフの点でも「范の犯罪」は「濁つた頭」（一九一一・四、「白樺」）と近似した小説であるとした。秋山がそのモチーフにつき、「昏迷する自意識・理性への懐疑、ひいては人間存在の脆弱性の表出にある」とするとき、「范の犯罪」を弱さにアクセントを置いて読んでいることは明らかなのである。

かくして「范の犯罪」の受容、読みの歴史は、強さから弱さに力点を置く論調に変化、移行しているさまが捉えられるのである。果たして、范は強いのか弱いのか。この作品を真正面に据えてじっくりと考察し直してみる必要があるのだ。

論考の手順として、私はやはり、「范の犯罪」の形成過程を綿密に辿ることから始めたい。作品のみに執した読みからだけでは把捉できない重要な事柄が見えてくることもあると信じるからである。ついで、「范の犯罪」の文脈に即した読み、解読を行ないたい。むろん本稿の中心はここにあるのだが、その際、読み取れる範囲のものとそうではない読みの逸脱には十分配慮したいところである。しかし、論考はここで終わらない。作家論的通路を開いておきたい。すなわち、志賀文学全体における「范の犯罪」の性格と位置づけ、またその背景にある作者志賀の生活意識などにも注意したいと思うのだ。

1　従弟の死をめぐって

後年の志賀は、「范の犯罪」に関する創作上の裏話を数度に渡って語っている。「創作余談」（一九二八・七、「改造」）、「『范の犯罪』に就いて」（一九三五・三、「現代」）、「「好人物の夫婦」あとがき」（一九四七・一一、『好人物の夫婦』太陽書院刊）などであるが、それらをまとめて言うと次のようになる。

はじめに、「支那人の奇術」（ナイフ投げの曲芸）を見ていて、もし間違い（殺害）が起こった場合、「過失か故意か分らなくなる」と思いつき、それを何らかの形で創作に活用できぬものかと漠然と考えていた時期があった。思いつき、着想段階のもので、殺人など刺激的な題材に興味を抱く初期の直哉の特徴をみることができる。そのような折に、直哉の「従弟の一人」が夫婦関係のもつれから自殺するという事件が起こった。そのあらましはこうである。従弟を仮にAとすれば、Aの親友にBという男がいた。二人とも華族である。そのBがBの従妹と関係し子供が出来ていることを知らずに、従妹をAにすすめて二人を結婚させた。子が早く産まれ、Aは自分の子ではないと煩悶した。そして気持ちの上でついに負けて自殺してしまった。このような事件の内容をあとで知らされた直哉は、善良な性質の従弟を歯痒く思うと同時に、自分ならば夫婦関係で両立しない場合、女を殺す方がましだ、と考えたという。そこに先の思いつきが合流し、「范の犯罪」という作品が書かれることになったというのである。

これを志賀日記などの資料をもとに、より詳しく「范の犯罪」の形成過程を辿ってみたいと思う。

一九一三年七月三〇日の日記に、「午后、平一から電話、〇〇氏が脳溢血で前日死むだといつた。間もなく行つて見た。おせい叔母は愚痴らしい事を少しもいはなかつた。尚同情した。」とある。「〇〇氏」が問題の自殺した従弟に当たるわけだが、「おせい叔母」とは、佐本源吾・ふくの三女で、直哉の生母ぎん（源吾・ふくの五女）の姉に当たり、再婚して吉田子爵家に嫁していた。[17]「〇〇氏」は、その吉田子爵が先妻との間に設けた人で、直哉より三つ年下である。だから直哉とは血のつながらない義理の従弟ということになるが、少なからぬ交流はあったようである。なお、この時点で従弟の死に関する正しい情報は直哉に入っていない。

ついで八月四日の日記を引用する。

〇〇氏の葬式ある筈、俥で行く途その列に会ふ。少しいつた所でお春叔母に会ふ　直ぐ順天堂へ行つてそのかへり北山吹町の佐本の祖母訪問、此所で○○の死は鉄砲の自殺といふ話をきく。妻の心持の惨酷さが悽い感じがした。妾といふ十六の女も見た。心の苦悶には縁ない女だつた。

またこの記事に注をつければ、「お春叔母」とは、佐本源吾・ふくの四女のぶ（通称はる）のことで、先の「おせい叔母」の妹、直哉の生母ぎんの姉に当たる。直哉の順天堂通いは性病の治療のためであり、この年の春に尾道から東京に舞い戻っていたのもその性病を完全に治すという目的があったためである。ともあれこの日直哉は、「佐本の祖母」すなわち「ふく」から、従弟の死の真相を明らかにされたのである。

先の「『范の犯罪』に就いて」によれば、A（自殺した従弟）は若い子供のような年齢の「妾」を持っていたという。また、その鉄砲自殺が起こった際、嫁の母が「どうしたのだらう」と言うと、嫁はただ「自殺なさつたのでせう」と冷然として答えたという。おそらく八月四日のこの日、こういったことまでが祖母「ふく」から直哉に語られたに違いない。

「范の犯罪」はこの事件を土台にするものの、虚構化を大きく施した作としてある。が、この事件からその虚構内に紛れ込んでしまったものもあるはずだ。しばしこの事件の実相を追究してみたい。その際、志賀直哉からの発言とは別に、この事件を題材にして武者小路実篤と里見弴が創作に及んでいるので、こちらの方面から事件の核心部に迫るという方法をとってみたい。

武者小路実篤の戯曲「罪なき罪」（一九一四・三、「白樺」）のあらすじは以下のようなものである。広田子爵とその妻とめ子は新婚で、子供が出来たばかりである。が、広田子爵は、その子が八月（やつき）で生まれたことを気にかけ、とめ子にかつて英語を教えていたという前島という男の胤《たね》ではないかと疑い、とめ子に正直なところを言うように迫る。が、とめ子は泣いて「あれは貴夫の子です」と言うばかりである。広田は、妻の罪を許したいと思っていて、クリスチャンではないが、時々教会に通いバイブルを読んでいるという。妻の告白を得られない広田は川中という友人に妻の本当のことを聞いてもらいたいと頼む。川中はとめ子と話し、ついにとめ子は、たった一度だけ、「暴力でとは申しません」として前島と関係したことを告白した。また、お金をゆすられていることも話す。前島は、とめ子との関係はごく瞬間の出来心からのもので、それで赤子が出来たとは知らなかった。広田からそのことを直接打ち明けられると前島はひたすら詫びるのであった。こうして広田は理性のうえで妻とめ子を許せるとし、時の経過を待つということでしめくくっている。

作中の川中という人物は作者武者小路の分身であるだろう。実篤もまた「○○氏」との交際は少なからずあり、この事件にショックを受けた一人だったのである。

文芸作品として「罪なき罪」をみた場合、女の方の罪を主題にしているのだから、とめ子の苦悩、罪意識がもっと浮き彫りにされていなければならないのだが、それが十分出ているとはいえない。が、理性はすべてのことを許せるという前向きな解決法をとっているのはいかにも武者小路らしい。また、作中主人公の広田がキリスト教に近づきバイブルを読んでいたとあることから、実際上の「○○氏」も同じような手段で感情を理性によって克服しようとしたのではないかと思われる。

ついで武者小路は、同じ題材のもと、「不幸な男」(一九一七・五、「新公論」)という小説を書いた。主人公の田島は、早くに両親を失い、係累が少ないばかりか友達も少ない。唯一の友は、山村といい、子供からの学習院での同窓で、二人とも成績が優等、同じ法科にいた。田島は、その山村から或る女性(時子)を妻に持たないかと勧められ結婚する。が、田島は内緒で医者に見てもらい自分に子種がないことを知らされていた。結婚後も山村はよく自分の家に遊びに来、田島は不愉快な思いをしていた。が、やがて妻から妊娠を告げられると、ここで田島は、それは自分の子ではなく山村のものだと確信するに至る。妻は、「あなたを愛してゐ」る、私を出すより「殺して下さい」と言って夫にかじりつくのであった。しばらくして田島は妾を置いた。妾宅に泊まることが多くなり、そこに救いを求めたのである。が、その妾も、「もしかしたら子供が出来たのかも知れませんわ」と田島に告げると、妾に情夫がいるのではないかと邪推していた田島は、妾をはじめてなぐり、足蹴にもしたのであった。そして結末は、自家の二階にひきこもり、護身用に持っていたピストルを額にあてて引き金を引いたのである。

作者自身「序のかはり」なる文章で、主人公はモデルとは違う境遇、異なった性質の人間にしたといい、また子種がないことを大きな虚構軸にしたとしている。が、妻時子は、この家にいたいといい、実家に戻ろうとしない。実家には父の後妻がい、兄嫁がい、帰りにくい事情があったとされる。この妻の境遇のあり方には特に注意しておきたい。

里見弴の小説「恐ろしき結婚」（一九一七・四、「太陽」）は、A子爵が新妻粂子と新婚旅行中にあって、楽しいはずのその旅行にも二人の間に隙間があると感じることから始まる。粂子には、男嫌いというより、男を呪うという心情が根づいていた。作品は入れ子型のようにして、粂子の分身富子（彼女らは双生児として生まれた）の恐ろしき結婚を語る。富子が嫁したC男爵は、外づらは君子人のようになっているが、その内実は多くの娘（女中）を毒牙にかけた全くの獣であった。その今は亡き富子の秘密を結婚以前の粂子はふとしたことから知り、結婚そのもの、男のすべてに深い不信感を抱いていたのである。なお、粂子（妾腹の子）の実家は、その兄（B子爵、正妻の子）の放蕩によって家産が傾いており、実家には帰りづらい事情があった。一方、A子爵は、結婚まで童貞を守り通し、結婚に理想を抱いていた（ここは武者小路の「罪なき罪」の主人公広田子爵とほぼ共通している）。結婚生活がうまくいかないA子爵は粂子に八つ当りをしたりするが、粂子は「殿様が出て行《ゆ》けと仰有《おつしや》つても、私は死んでも戻りません――」と鋭くキッパリと言い、「私には帰るうちも、親兄弟も御座いません」とも言うのであった。A子爵は次第に神経衰弱になっていく。やがて男の子が生まれるが、表面上の平和とは裏腹に、A子爵の神経衰弱は高じる一方だった。そしてA

は、ある日、粂子を呼び、彼女の目を見ながら、「私は、死にます。……最後まで、貴方を愛し続けてゐます。……では階下《した》に行つて下さい」と言い放つ。粂子は、頭を下げて階下におりる。すると二階から非常な音がする。粂子は、「御前様《ごぜんさま》が自殺あそばしたので御座います」と、そばにいる後室に冷然と語るだけであったのである。この作品は、妻の過失（不義）という「〇〇氏」事件のことは扱っていないが、「〇〇氏」の妻の冷淡さ、残酷さは多分に生かされていると思われる。武者小路作の「不幸な男」同様、妻側にはその実家には戻りにくい事情があった。妻粂子は、味気ない結婚生活を送りながらも実家へは戻ろうとはしない。すなわち離縁されることをかたくなに拒んでいるのである。

以上、志賀以外の「〇〇氏」事件を素材にした三作をみてきたが、そこから次のようなことが言えるのではないだろうか。事実として、「〇〇氏」は、その親友の男の胤を宿した女性と結婚することになった。「〇〇氏」は、品行方正、あるいは結婚まで童貞を守ってきた男かもしれない。だが、妻が自分の親友の子を生んだと分かって、その妻を理性では許し切れない感情が根深く残った。妾を置いたりして、逃げ場もしくは救いの道を求めたが、決して心は癒されなかった。一方、妻の方には、その実家には戻りにくい事情があって、愛されてはいないものの夫にしがみつく道を選んでいた。そうこうするうちに「〇〇氏」の神経衰弱は一層高じていき、ついには自殺するに及んだのだ、と。

2　作品形成過程の考察

「范の犯罪」の形成過程に話を戻そう。

「〇〇氏」の死の真相を聞かされた三日後、一九一三年八月七日の志賀日記には、「晩、「徒弟の死」を書きかけて見る。」とある。この「徒（従）弟の死」なる作の草稿は現存しない。どのようなものだったかは推測するしかないのである。

八月一五日には、山の手線の電車に跳ね飛ばされて九死に一生を得るという直哉の全人生においても大変重要な出来事が起こった。直哉は東京病院に入院したのだが、八月一七日の日記には、「………然し此時はもう気だけはハツキリして、〇〇氏の死后に就いて自分の考へなどを反つて見舞ひに来てくれた人に大きな声をしていつてゐた。」と記している。「〇〇氏」の事件に対する執拗なこだわりがみられるのだ。

では、「従弟の死」なる作はどのようなものであったのか。それはやはり、後年の自注「創作余談」が語るように、「私は少し憤慨した心持」で「二人が両立しない場合」、「自分が死ぬより女を殺す方がまし」と「考へた」ことをモーフにしたものとするのが至当だろう。つまり、創作化のほとんど施されない事実に即した感想文風のものだったと考えるのだ。おそらくは「〇〇氏」の事件の輪郭を辿り、自分がこの従弟の立場に立てば、妻を殺しても構わない、敗者でなく勝者にならねばならぬと自己の思いをストレートに吐露したものではなかっただろうか。だとすれば、前年の一九一二年三月一三日の日記記事、「自分の自由を得る為めには他人をかへりみまい。而して自分の自由を得んが為めに他人の自由を尊重しやう。他人の自由を尊重しないと自分の自由をさまたげられる。二つが矛盾すれば、他人の自由を圧しやうとしやう。」と位相を同じくする自我の高揚のもとでなされたものであったと推察されるのである。

「范の犯罪」の第一稿「従弟の死」なる作は、自分の感想を主体にしたものであった可能性が高い。だが、モデル問題が当然ながらからみ、途中での放擲もしくは篋底に秘されることとなったと思われる。

しかしこの段階で重要なのは、妻殺害のあり方において、故殺もしくは謀殺が妥当なものであって、過殺はあり得なかったということである。邪魔者は消せの論理に過失が入り込む余地は全くないのだ。

こうして九月一日の日記に、「「支那人の殺人」を書いた。」という記事が現われる。「従弟の死」から「支那人の殺人」へと改題改筆されたのだ。が残念なことに、「支那人の殺人」なる作の草稿も現存しない。これまたその内容は推測するしか術がないのである。(18)

「支那人の殺人」の段階において最も重要なのは、ここに支那人のナイフ投げの奇術を見ていての思いつきが導入されたことである。殺人という事実は厳然として存在するが、それは過殺か故殺か全く分からなくなる、そういう知的興味の勝ったモチーフが入り込んで来たのだ。ここに至って事実に即した「従弟の死」は、虚構の枠組のしっかりした「支那人の殺人」のなかに吸収、合体されたのである。また、それに伴い、妻殺害のあり方は、故殺もしくは謀殺の線が著しく後退し、それに代って、故殺か過殺か分からないというあいまいなものが前面に押し出されて来たのである。このことは「従弟の死」から「支那人の殺人」への移行において極めて重要な変更点であったとせねばならない。

では、「支那人の殺人」とはいかなる〈小説〉として構想、執筆されたものか。直哉は、「范の犯罪」に先立つこと三、四年、「剃刀」（一九一〇・六、「白樺」）という犯罪小説を作っていた。今日「剃刀」には三種の草稿が残されていて、その形成過程をつぶさにみることができるのだが、そこに「支那人の殺人」の内容を類推するヒントがあるように思われる。幾分長くなるが、「剃刀」の草稿類から、「支那人の殺人」のあらましを推察してみたい。

「剃刀」は、剃刀の名人芳三郎が、インフルエンザの熱に苦しみながら、ついには客の咽につけた「五厘程もない」（初出は「五分《ぶ》程もない」）傷がもとになってか、その客を発作的に殺害してしまうという経過をビビッドに描いた秀作短篇である。だが今は、「剃刀」の形成過程のうちで削ぎ落とされた部分こそ重要なものとなってくる。

「剃刀」の第一稿は「小説人間の行為〔A〕」（一九〇九・九・三〇執筆）である。すでに〈小説〉と角書きされていることから、虚構の作としてあることは明らかだ。が、ここでは「自分」なる人物が登場し、辰床の親方芳三郎の兵隊殺し（のち芳三郎に不快を与える嫌味な若者に変更される）の真相を追究する形をとっている。また、その「自分」なる人物が事件についての情報を得るのは、新聞記事であって、新聞には「当人が予審庭でいつた事が載つてゐた。」というのだ。それによると、芳三郎は、ちょっと手元が狂って三、四厘の傷を客の咽につけてしまった。これが殺人行為の動機（原因）と考えられるという。兵士への遺恨や雑貨店の女に対する痴情の争いからではないとするのだ。これに対し裁判官は、殺人という重い行為に比し、その動機があまりにも軽すぎると考える。そこで近々、某精神病学者の鑑定を受けさせるつもりだともいう。このような情報を新聞記事から得た「自分」は、「裁判官のいふやうに、人間の行為の軽重が必ずしも動機の軽重と正比例するものだらうか。」と疑問を投げかける。また、「精神病者でなくてもかういふ行為はする、少なくも自分にはその素質があるやうに思つた。」とするのである。ここの「自分」は作者志賀とイコールとみてよい。すでに兇行者芳三郎への作者の同情、感情移入の方向性がみられるのだが、これとは別に、直哉が予審（裁判）に並々ならぬ関心を抱いていたことに着目しておかねばならない。

次に、「小説人間の行為〔B〕」が書かれる。芳三郎を主人公に据え、その兇行までのプロセスを綿密に辿ろうとしたもので「剃刀」に近い作となっている。ただ、殺害シーンは回避され、殺害シーンを描くことの難しさを伝えることとなっている。が、今はこの草稿はさして重要ではない。むしろ次の「小説殺人」（一九〇九・一〇・一三執筆）に注目せねばならない。この草稿はさらなる書き直しによって細かい描写にも張りが出ているが、「小説人間の行為〔B〕」のあとに付け足す形で、新聞記事として予審のことが綴られているのだ。判事の問いに芳三郎は、動機らしいものは、「三、四厘の傷」だとした。判事は、「人間の心には――例へば此所に美しい絵がある。それを大事にしてゐる時何かの場合、誤つてそれへブツリと一つ穴を開けたとする。その時それを直さうといふ考へよりも直ぐビリ〳〵に破つて了ひたいといふ気があるものだ。此男のも左ういふ心持の一種ではなかつたらうか。」という解釈を行なう。そして判事は、芳三郎を〈精神病者〉と解しようとしたというのだ。ここには根強い直哉の裁判（予審）への関心と、判事に感情移入しての芳三郎弁護のベクトルが働いている。結局は、視座の一元化という方策のもと、「剃刀」において削ぎ落とされるのだが、一九〇九年の秋の時点で直哉が予審にただならぬ関心を抱いていたことは見逃してはならぬのである。

ところで、直哉の予審もしくは刑事裁判などに対する理解度はどれほどのものであったのか。

いま問題の予審について手元にある『法学事典』[19]で調べてみた。その「予審」の項には次のように書かれている。

> 公訴提起後、公判手続」前の裁判官による取調手続で、事件を公判に付すべきか否かを決定し、同時に公判で取り調べがたいと思われるような証拠の収集・保全を目的とする手続をいう（旧刑訴二九五）。この手続は非公開で弁護人の立会もなく、被告人は予審判事の一方的取調の客体にすぎず、しかも予審の結果を記載した予審調書は公判廷において無条件に証拠能力を有したため、予審はまさに糺問手続の観があった。すでに、旧刑事訴訟法当時から廃止論があったが、当事者主義」的な現行法はこの制度を採用していない。

「予審」は、非公開を原則とする。それならば、一部の例外を除き、新聞記事として予審のことが報道されることはまずあり得ない。また、「小説殺人」には、検事の姿も予審廷に登場していて、これもまたおかしなことである。かくして「小説人間の行為〔A〕」および「小説殺人」は、リアリティーに欠けるものとなってしまうのだ。直哉の予審に関わる知識は不備、不完全なものだったとせねばならない。しかし、直哉には、精神病者は殺人を犯しても無罪になるという認識が備わっていたように思われる。そもそも旧刑法七八条には、責任能力に関する規定も明文化されていて、精神鑑定、すなわち医師の証明はごく早い時期から司法機関によって尊重され、受け入れられていた。[20]だから、この点に関しては、直哉の知識はかなりのもので、「小説殺人」において判事が芳三郎を無罪に処するため精神病者だとしようとしたのは、芳三郎への同情かつ弁護からであって、ここの判事は「小説人間の行為〔A〕」の「自分」の延長線上になった人物だといえることになるのである。

「剃刀」の草稿類への検討から予審に関わることまでを長々と綴ってしまったが、「范の犯罪」の第二稿「支那人の殺人」の輪郭もようやく朧気ながら見え始めてきたように思われる。

おそらく「支那人の殺人」なる作は、予審の場面を中心に据えたもので、その裁判官は直哉の分身であり、あるいは被告の「支那人」以上にこの裁判官の内面にスポットが当てられたものだったかもしれない。それは、先にみた「支那人の殺人」に先行すること丸四年、「剃刀」の草稿である「小説人間の行為〔A〕」や「小説殺人」に示されていた予審への関心、裁きへのこだわりがまたぞろ直哉にやって来ていたと推察するからである。犯行に及ぶ「支那人」は従弟の「〇〇氏」の逆のケース（自殺せずに妻を殺してしまう）を辿る気弱で善良な男、それを裁く予審廷の裁判官は直哉の分身、そのようなものであったのではなかろうか。だからここでは妻殺しが過失か故意か判断がつきにくいのはかえって好都合だった。裁判官の腕の見せ所なのだ。また、作中人物と作者（志賀）との関連でいえば、「支那人」と作者の距離よりも、「裁判官」と作者の距離がより近かったのではないかとみるのである。

「従弟の死」は主観の勝った感想文的なものであったろうが、「支那人の殺人」に至って虚構化がなされるとともに客観性がより強く意識され、作者の主観は公的にも力を持つ裁判官（予審判事）に託すという形のものが構想されたのではないかと思われるのだ。

もっとも「支那人の殺人」は結局は改稿を余儀なくされた。それは、直哉に「予審」に関する知識、理解度の浅さが再認識されたからに他なるまい。こうして次の段階である「支那人の殺人」から「范の犯罪」への移行に際し、裁判官ではなく、「支那人」（一般性にとどまる）ならぬ「范」（固有性を増す）なる人物に焦点を当てたものに方向転換がなされたのだと考えるのである。

ところがその最終稿（第三稿）である「范の犯罪」は思いのほか難渋した。九月一三日の日記に、「どうしても「范の犯罪」に手がつかぬ。」という記事がみられ、翌一四日の日記には「帰宅後「范の犯罪」を書きあげた。疲労しきつた。それでもまだ何か出来さうに元気がある。」とあり、このあたりの時点でタイトルも「范の犯罪」と決定し、執筆着手から一応の完成をみるに至ったさまが窺える。だが、九月二四日に、「「范の犯罪」を後半を殆ど書いた。」という記事がみられ、一四日に完成したというのは棚上げにしなければならなくなる。「范の犯罪」は、九月二四日に至って書き直しを伴い本当の意味での完成をみたのである。

そこで少し長くなるが、九月二四日の日記記事を次に引用してみる。この日は、「范の犯罪」成立のうえですこぶる重要な日となったのだ。

> 午前病院、かへり稲生訪問　午后は自家。
> 御祭りで稲荷を皆おがむ。自分はどうでもいゝと思つて、カン主から榊を受取つた、その時急に腹が立つた。自分は毛の先程の霊も稲荷などに感じてはゐない、自家〔ママ〕は小さな家、（おもちや）に形だけでも頭を下げるといふのが不意に腹立たしくなつた。然し大勢ゐた。自分は榊を捨てゝ帰つて来れなかつた。部屋へ帰つて、からも不快で〳〵ならなかつた。
> 「范の犯罪」を後半を殆ど書いた。不快から来た興奮と、前晩三時間位しかねなかつた疲労が、それを助けて書き上げさした。三秀社へ持つて行つた。

じつは志賀家にとって毎年九月二四日は特別な一日だった。直哉の異母妹実吉英子の回想[21]によると、「毎年九月廿四日には庭の隅に祀られている子育稲荷のお祭りがあ」り、当日は、「のぼり」が立てられ、「ぼんぼり」も飾られ、氷川神社から神主さんがやって来られたという。お詣りには、親類の人々も、出入りの職人も大勢入る。が、「兄はお稲荷さんなどをおがむのはいやだと云ってお祭には出て来ませんでした。」という。現存する志賀日記の一九〇四年、一九〇七年、一九一二年には、稲荷の祭りの件は全く記載されておらず、一九一〇年のものには「子育稲荷の祭りで親類出入職人等の集まる日なり、」とあるものの、それに参加したとは書いていない。では何故、一九一三年（大正二年）に限って、直哉は稲荷の祭りに参加したのであろうか。

私は、ここに直哉の自家に対する顧慮をみる。直哉は、その前年の秋、父直温からの叱責が直接のバネとなって家出し、尾道に赴き、自伝的長篇に着手した。が、翌一九一三年の春からは、性病を治すためもあって麻布の家に戻っていたのである。尾道行以前の生活に逆戻りし、父の庇護のもと、友人たちと頻繁に遊び回る生活をしていた。尾道行直後の意欲的で張りのある気持ちは緩んでいたとしてよい。九月九日には、未定稿「船が重い」という「散文のやうな詩」（日記による）を書いていた。それは、文学の仕事の進捗がおもわしくなく、自己の才能に対する失望さえ吐露したもので、気持ちの落ち込み、気弱になっていることが見て取れる。むろん直哉は、目的や夢を失わず、自己鞭撻をしてこの詩稿をしめくくっているが、全体の基調は重苦しく、暗い。直哉の当時の心的状況は、気弱であり暗いものだった。四六時中直哉の自我は高揚していたわけではない。むしろ当時は高揚することの方がまれだったとしてもよいだろう。だから自家（父）への顧慮から、ほとんど列席したことのない稲荷の祭りに出てもいたのである。が、おのれの意思に反する行為をなしたことから直哉の自我は爆発する。むしろおのれ自身への怒りから、「范の犯罪」の書き直しと後半部の一気呵成の完成へと向かう。この事実は重くみねばならない。

とりわけ「范の犯罪」後半部において、主人公「范」はその客観性を失い、作者志賀の内なる声が表面に出やすくなっていたと考えられる。別言すれば、「范」は一旅芸人の「支那人」という制約を越え、作者志賀との距離を縮めてしまうことになったのではないかとみるのである。その切っ掛けとして、九月二四日における稲荷礼拝事件を重視したいと思うのだ。

3　初出作「范の犯罪」を読む㈠・二項対立の作品構造

「范の犯罪」（テキストとして一九一三年一〇月「白樺」初出のものを使用する）をどのように読むべきか。部分に執した読みは避け、作品全体をその文脈に即した読みで把捉しなければならない。その際、作品の構造、作中人物の造型のあり方に特に目を配りたいと思う。

プロローグは、衆人環視のもと、「范《はん》といふ若い支那人の奇術師」が、ナイフ投げの演芸中に「其の妻」の頸動脈を切断し死なせてしまった出来事を語る説明叙述部である。その語り口は冷静であり、「此事件」が「故意の業か過ちの出来事かゞ全く解からなくなつて了つた」ことをポイントとして掲げる。故殺か過失かの二項対立は、この作品を展開させる梃子のような働きをし、その最終部にまで生き続ける。

ところが、右のような導入部からいきなり「裁判官は座長に質問した。」という一文が示される。警察による取り調べなどは飛ばされ、座長から助手の支那人、さらには本人（范）が「其所」に呼ばれ、裁判官の訊問を受けるのである。

では「其所」とはいったいどこなのか。この作品の舞台をめぐってまずは考えてみたい。

先にも述べたように、山口直孝は、「范の犯罪」の舞台設定について、旧刑事訴訟法下の予審、公判ではなく予審段階における取調室だとする見解を示した。なるほど、最終部では范が「シッカリした足どりで此室を出て行った。」とあり、裁判官（予審判事）は「此室」に事件に関わる関係者を次々に呼んで訊問をしていたということになりそうだ。また、事件発生直後の警察による取り調べや予審での書記の存在が省略されたことも、山口が指摘するように、これは予審を中心に据えた「圧縮度の強いテクスト」[22]であるということでおおむね納得できるものとしてよいだろう。だが私は、山口の説に賛同しながらも、これが全くの現実のものとしてしまうには躊躇してしまう気持ちを拭い去れない。詳細は後述することになるが、予審の場とするにしても、リアリティー不足を感じさせる箇所が幾つも見られ、抽象的だとみなされても仕方ないものが残るからである[23]。

さて、裁判官は、座長、助手、范の順で訊問を行なった。事件を外側から次第に内側に、いわば求心的に追究しようとしている。その点スリリングでもあるが、裁判官の目的は、これが過失によるものか故意のものか、つまり事の黒白をつけたいとするところにあるのを見逃してはならない。

座長の答えは、故意か過失か「つまり私には解りませんのです」というものであった。黒白をつける手掛りさえつかめなかったといえよう。

ついで助手が訊問を受ける。范夫婦の最も身近にいた人物で、范およびその妻の人となりなども伝えられる。この点に関しては後回しにするとして、肝心の事件の目撃者としてはどうであったかをつかんでおこう。助手は、あの事件が過失によるものか故意によるものか、「考へれば考へる程段々解らなくなつて了ひました。」と答えた。これでは埒があかない。そこで裁判官は、「では出来事のあつた瞬間には何方とか思つたのか？」（傍点は引用者）というふうに質問を切り替えた。が、助手は（殺したな、）と思ったとするものの、一方で、口上言いの男が（失策《しま》つた）と思ったことを言い添える。助手は口上言いの男と対になっている。この助手はおのれの主観のみを言わない。物事を客観的にみようとしている。自分とは立場の違う口上言いの男の証言をも代弁するのだ。かくして助手への訊問においても過失か故意かの黒白はつけられなかった。

ところで范およびその妻はどのような人物として設定されているのか。

まず、「助手の支那人」について「范が此一座に加はる前から附いてゐた」とされていることに注目したい。ということは、范とこの助手は、それ以前に別の一座にいたということになるだろう。旅芸人一座といってもいろいろだ。范の妻が所属する一座に、あとから范およびその助手は別の一座から移籍して来たとみるのが妥当だろう。

范の妻に関しては、「四年も旅を廻はつて来た女」とあり、范と一緒になってからは「三年近かく」になるという。また、「故郷の兄といふのが放蕩者で家はもうつぶれて無い」という。さらには、「働くにしては足が小さくて駄目だ」とされる（のちの范の証言）。つまり、纏足なのだ[24]。纏足は下層階級の出自の者は行なわない。よって、范の妻は、上流階級、少なくも中流以上の階級の家に生まれ育ち、そこから零落した女性ということになる。助手が言うように、傍からみれば、「可哀さうな女」ということになるのだ。

范の出自はどうであろうか。助手によると、范は「英語も達者」で、最近は「バイブルや説教集」をよく読んでいたという。ではいったいこのような教養や知性はどこから得、身につけたのか。

裁判官は范の生い立ちに関する訊問を全く行なっていない。この裁判官の范に対する訊問は生温いといわざるを得ない[25]。親兄弟のこと、実家（故郷）のこと、英語などの教養はいつどこで身につけたのか、親友だったという范の妻の従兄とはどこで知り合ったのかなどの質問が范に浴びせられてしかるべきだったのではないか。

われわれは范の出自、その過去を想像するしかない。范は、「妻の従兄」とは親友であったという。先に妻の出自が少なくも中流以上、上流階級の者であろうとしたが、その従兄も同じ階級に属していただろうことから、范もまた同じような階級の者だった可能性が高い。となれば、范が教養豊かなインテリであるのも納得がいく。そうして何年か前、何らかの事情で旅芸人の身になったという具合に読むことができるのである。

だが、これが限界だろう。右のような范の生い立ち、過去ではなんとも物足りない。実際上、「まさに糾問手続の観があった[26]」とされる「予審」においてその迫真性が希薄だとする一根拠がここにあるとしてよい。

ところで先に私は、この作品において事件が過失か故意のものか、またその目撃証人として助手と口上言いの男とが対になっていることをみた。相反するものが対置されているのである。次に、范夫婦の生活を子細にみるが、ここでもそのような配置がなされていることに気づかされるのだ。

范とその妻が結婚してからは「三年近かく」になる。が、妻の出産のあった「二年程前」を境にして、二人の間に亀裂が生じたという。范は、赤子が「八月目に生れた」ことからその赤子を自分の子ではないとする。また相手の男は、妻の従兄だと「想像」しているという。だが、事の真相を范が妻に追及したわけでもなく、妻からの告白があったわけでもない。単に早産だった可能性もあるのだ。しかるに范は頑なにおのれの子ではないと信じ込む。

ここには、おのれの胤か、妻の従兄の胤かという二項対立がある。だが、范の一方的ともいえる思い込みにより、後者のものとして決着がつけられ、素通りされる。むろんこの件に関しても裁判官の厳しい訊問はない。

さらに赤子の死をめぐって謎が残されている。妻は過ちからだとしたが、范はそのことについて妻を深く追及しない。妻が嬰児殺しという故意の仕業をなした可能性もあるのだ。その場合、妻は自身の罪を悔い、犯罪を犯したことになる。だが、作品から読み取れるのは、赤子の死ということだけで、それが妻の過失によるのか故意かは謎のまま残されるだけである。

かくして「范の犯罪」の作品構造は、その「二年程前」の妻の出産とその赤子の死をめぐって、上記二点の二項対立事項（謎）が作品の底深い所で渦巻いているのである。

その後の范はおのれ自身の世界に一層内攻していく。おそらくは妻の従兄（親友だった）とは絶交したであろうし、他者を一切信じなくなっていったのではなかろうか。そういう范が助手を心底から信用するはずがない。赤子の死については早産によるものだと言い聞かせた。また、范夫婦が赤子の死を境にごく下らないことから口論となるのをみて助手は「それ程不和なものをいつまでも一緒にゐなくてもいゝだらう」と進言したことがあったが、范は「妻には離婚を要求すべき理由があつても、此方にはそれを要求する理由はない」と答えたという。ここは品行方正な范からすればいささか矛盾した言い方となる。范の方にこそ「離婚を要求すべき理由」があるはずだ。范は、おのれらの夫婦にある秘密、苦悩を助手（他人）に明かさない。これは誤魔化しの答弁であったろう。それほどに范は他者に心を開かない。深い人間不信に陥っているとしてよいだろう。

さらに重要なのは、妻を許せるか否かは范おのれ一個の問題になったことである。妻との対話、話し合いによる夫婦間のもつれの修復はなされないのだ。ひたすら范は内攻していく。范は、赤子の死を「総てのつぐなひ」（傍点は作者）のように思って、理性の上で妻に寛大になろうとした。そのため、「バイブルや説教集」を読むようになったが、これは理性による感情の超克を目指してのものである。ここにも理性と感情という二項対立がみられる。だが、その感情はどうしても許すことをしない。妻の「そのからだを見てゐると、急に圧さえしきれない不快を感ずる」（傍点は作者）始末なのだ。ここでの二項対立は理性が感情に負けそうになっている。逆に言えば、おのれの感情に正直な范が妻を次第に愛さなくなっていくのは当然の筋道となるのだ。

さて一方の、その結婚生活に亀裂を生じさせてしまったのちの范の妻はどうであったろうか。この妻は、もし離婚されれば、「生きてはゐない」と范に申し立てていたという。実家がつぶれてしまい、また再婚の道も自ら働くとも閉ざされている。しかしこれは一種の脅しではないのか。離婚されれば、自害を選ぶというのだ。范が離婚を切り出し実行するならば、范は間接的に妻を殺してしまうことになる。こうして二人は愛のない不毛な同棲をつづけていく。若いせいか互いの性欲の捌け口のような肉体関係は普通にあったという。だが、荒涼たる結婚生活であることに変わりはない。しかるに、妻はそれを堪え忍んでいたという。この妻こそ生きながらの死人として生きる道を選んだ、いや余儀なくされていたとしていいだろう。

だが、事は妻一人の問題ではなくなっていて、この妻は范をも巻き添えにしようとしていたというのだ。范は「妻は私の生活が段々と壊づされて行くのを残酷な眼つきで只見てゐ」たと述懐する。この夫婦関係においてその力関係をいえば、妻の方がむしろ優位に立っていたとせねばならぬだろう。[27] 妻は零落の極みを尽くし、その未来に何らの期待を抱くことなく、自分と同じ地点まで夫の范を引きずり込もうとしている。こうして夫と妻という二項対立において、夫は妻に負けそうになっているとすることができるのである。

そのような范にとって、「本統の生活」と「誤りのない行為」とが二律背反する形で鬩ぎ合うことになった。「誤りのない行為」とはいかなることをいうのか。それは多分に、世間体や体面を気にかけてのものではなかろうか。離婚すれば、その妻の死を招く。また、逃亡の場合も結果は同じである。妻を死に至らしめたのは自分の責任となり、のちのちまで良心の呵責の念に煩わされることになる。それよりは冷えきった関係でも世間（他の人々）からとやかく言われない道を選ぶのである。これが「誤りのない行為」ということになるだろう。が、そのうち范は妻が死ねばよいと思ったという。自分の「本統の生活」に入るのに足枷となっている存在の死を願うのだ。外見上その死を悲しむだけで世間体や体面は保持される。だが范は、そういうことを思う自体、自分が弱かったためだと顧みる。かくして、「誤りのない行為」（二年程つづいていたことになる）は弱さにつながり、「本統の生活」は未だ獲得していない強さにつながることになるのである。

4　初出作「范の犯罪」を読む㈡・范の供述部分の検討

「范の犯罪」の中心部を形成するのは、いうまでもなく裁判官が范を呼び訊問し、范の供述が繰り広げられる場面である。が、この間、范が饒舌となって長い供述を行なう箇所が三度ほどある。事件が起こる前夜のこと、妻殺害に及んだ演芸中およびその直後のこと、妻の死に遭遇したその後のこと、以上の三段階においてそれぞれ他とはバランスを失した長い供述がなされるのだ。それらは時間的経過に即したものとなっているが、その一つ一つを検討してみたい。

范が急に饒舌となるのは妻への殺意を初めて抱いた真夜中のことを語った部分である。多くの評論家、研究者が必ずといっていいほど引用する箇所である。じつに力強いものであり、読後ここが特別に印象深く残るほどの迫力を持っている。やはり本稿でも引用することにしよう。

「い、え。然しいつになく後まで興奮してゐました。私は近頃自分に本統の生活がないといふ事を堪まらなく焦々して居た時だつたからです。床へ入つてもどうしても眠れません。興奮した色々な考へが浮むで来ます。私は私が右顧左顧、始終キヨト〳〵と、欲する事も思ひ切つて欲し得ず。イヤで〳〵ならないものをも思ひ切つてハネ退けて了へない、中ブラリンな、ウヂ〳〵とした此生活が総て妻との関係から出て来るのだといふ気がして来たのです。自分の未来にはもう何んの光りも見えない。自分にはそれを求める欲望は燃えてゐる。燃えてゐないまでも燃え立たうとしてゐる。それを燃えさせないものは妻との関係なのだ。しかもその火は全く消えもしない。プス〳〵と醜くイブツてゐる。その不快と苦みで自分は今中毒しやうとしてゐるのだ。中毒しきつた時は自分はもう死んで了ふのだ。生きながら死人になるのだ。自分は左ういふ所に立つてゐるに尚、それを忍ばうといふ努力をしてゐるのだ。而して一方で死んでくれゝばいゝ、そんなきたない、イヤな考へを繰返えしてゐるんだ。其位なら何故殺して了はないのだ。殺した結果がどうならうとそれは今の問題ではない。牢屋へ入れられるかも知れない。しかも牢屋の生活は今の生活よりどの位いゝか知れはしない。其時は其時だ。其時に起る事は其時にどうにでも破つて了へばいゝのだ。破つても破つても破りきれないかも知れない。然し死ぬまで破らうとすればそれが俺の本統の生活といふものになるのだ。――（以下省略）……」

范は興奮し、気が高ぶっている。が、ここから、ある疑問が生じてくる。范は、自分の「未来」に「光り」を求める「欲望は燃えてゐる」、いや「燃え立たうとしてゐる」という。では仮に足枷の妻が突然死んだとして、その後の范にどのような「未来」が開けるというのか。いったい、范の考える「未来」とはいかなるものか。ところがその具体的な姿は浮かんで来ない。范は奇術師としての今の職業に自足していないというのだろうか。ここは范とは別人の、野心や大望を抱く青年のあがきの声を聞くような印象を受けてしまうのだ。

右の件はさておき、范の現状は、常に「右顧左顧」(28)していて、「イヤで〳〵ならないものをも思ひ切つてハネ退けて了へない、中ブラリンな、ウヂ〳〵とした」生活を送り、それに「中毒しやうとしてゐる」という。ならば、嫌なものは嫌だとして断乎拒否する、「右顧左顧」することのない行動を取れることが彼のいう「本統の生活」ということになるだろう。その「本統の生活」に入る入口を妨げているのが妻の存在だということになる。范のいう「光り」ある「未来」、そこに向けての「本統の生活」を始めるに当たって、ついには妻殺しを思い立つ。むろん殺しの方法が考えられたわけではない。ただ単純に殺してしまえと思っただけである。そして殺した結果、牢屋に入れられるかもしれないが、その生活は今のそれより余程ましだとするのだ。范のいう「未来」の具体的な姿は見えないものの、じつに雄々しい主張であることは否定できない。

先にみたように、「范の犯罪」は一九一三年九月二四日の稲荷事件を切っ掛けにして、書き直しを含む後半部の一気呵成による執筆がなされた。おそらく右に引用した范の供述部分あたりからそれがなされたに相違ない(29)。范の急激なボルテージの高い饒舌、作の基調の変化が認められるからである。

しかしながら、范の「あれ程に思ひつめた気」は、一晩のうちに「細々《ほそぐ》しく」なってしまったという。再び范は「自身の弱い心を悲しみもした」というのだ。のちの范の供述からしても、結果的に范が妻殺しを思うのはこの晩一回限りのものであった。が、いかにその想念が一晩のうちに「細々《ほそぐ》しく」しぼんでいったにしろ、積極的かつ能動的なものが出現したことは弱い范にとって強くなる一歩であったとしてよいだろう。

以上のような長い范の供述のあと、裁判官は「起きてからは、二人は平常と変らなかつたか?」と質問する。時間的推移からいえば、事件当日のことに移るのだ。しかるに裁判官は、「お前は何故《なぜ》、妻から逃げて了はうとは思はなかつたらう?」という質問をする。この質問は、順序からすれば、もっと前でよかった。妻への殺意が湧き起こる以前のことに属するからである。だが、妻からの逃亡という手段を示すことによって、范の生の強弱が推し量られたのではないのか。范は、妻を殺してしまうことと妻の前から逃げ出すこととは「大変な相違です」と答える。いうまでもなく前者は積極的、能動的な姿勢であり、強くなるための第一のステップであって、後者は消極的、逃避的なもので、弱いままとなるのである。裁判官のここにおける反応は、「和らいだ顔つきをして只首肯いて見せた。」というものである。これは范が弱さから抜け出て強くなろうという方向性にあることを確認し得た、いわば納得のうなずきと捉えたいと思う。

こうして次に、妻を死に至らしめた演芸中のことを中心とした范の長い供述が展開される。その演芸は、厚板の前に直立した妻のからだを象るように一本ずつナイフを投げていくというものであった。まず、頭上に、ついで左右の胴の脇へとナイフを打ち込む。左そして右へと交互にナイフを打つのだ。面白いことに、この演芸自体、范の日頃の「右顧左顧」の生活ぶりを象徴しているといえまいか。

また、ここで「范」という名前に注目してもよい。「范」という文字の持つ意味として、「わく」「規範」「おきて」を表わすと同時に「わくを越えるもの」「侵犯」という意味もあるという。(30) 作者志賀がそこまで了解のうえで支那人の奇術師の名を「范」としたとは考えにくいが、単なる偶然のいたずらにしてはよく出来ている。すなわち「范」はその名からして、引き裂かれた二方向のベクトルの間で悩み苦しむという宿命を背負っていたのである。

ついにその時はやって来た。この時の范は、「フラ〳〵と体のユレるのを感じ」るほど不安定な状況にあった。が、妻の頭上、左右の胴の側へとなんとか無事にナイフを打ち込んだ。そして妻の頸の左側に一本打ち、次に右側へ打とうとすると、妻が「急に不思議な表情」をしたという。発作的な烈しい恐怖、自分の頸にナイフが突き刺さることを予感したのだろうか。そういえば、妻もまたその前夜、一睡もしていなかったようだ。妻の内面は描かれることはないが、妻は妻なりに范との夫婦関係に思い悩んでいたのだろう。こうして妻の「恐怖の烈しい表情」が「自分の心にも同じ強さで反射したのを感じ」、「殆ど暗闇を眼がけるやうに的もなく手のナイフを打ち込むで了つた」というのだ。

ここをいかに解釈するか。この犯行は、大嶋仁がいうように、「不明な、人間の意識を超えた魔力が、肉体という媒体を通じて」襲ってきたもの[31]とすることもできるし、秋山公男がいうように、范と妻との「恐怖感の相乗作用」が犯させた「犯罪」であるとする[32]こともできる。つまり、ここに描かれた範囲からでは過失とも故意とも決定しかねるのだ[33]。

作品の展開上、この妻殺害のシーンはどうしても扱わないわけにはいかなかった。だが、それを過失か故意か分からなくなるように描けばその目的は果たされる。ここはこの小説の最大のヤマ場とはなり得ない。作品の核心部はひとえに范の生のあり方、生き方にこそあるからである。

次に范は犯行直後の心理分析を行なう。断わるまでもなく、事件はすでに過去のものとなっていて、事後の范の心理、その変転のさまにこそ我々は注目しなければならない。犯行直後の范は、故意の仕業のような気が「不意に」したという。そして「不図湧いたズルイ手段」から、祈るふうを装った。それは「過殺と見せかける事が出来ると思つた」ためである。過失か故意かの二項対立の図式でいえば、故殺に傾いたベクトルを無理矢理過失にねじ曲げる偽装がなされたこととなるのだ。

さらに時間的経過があって、「私は後で考へてゾッとしました。………」以下の、比較的長い范の供述が展開される。第三のヤマ場となるのだが、ここに范の重要な心理変化をみることができる。
まず、犯行直後の、過殺と見せかけようとした行為に対し、「若し一人でも感じの鋭い人が其所にゐたら勿論私のワザとらしい様子は気づかずには置かなかつたと思」い、冷汗を流す。時の経過に伴い、自分の行為を冷静に振り返り批判できる心の働きも起こってきたのである。

こうして「其晩」のことが語られる。「其晩」とは事件のあったその日のことかどうか明確でないが、真夜中になると范の自我は高揚してくるのだ。范はこの時点において「どうしても自分は無罪にならなければならぬ」と「決心」したという。故意か過失かの二項対立のなかで、過失と「我を張つて了」う、その際、「何一つ客観的な証拠のないといふ事」が「心丈夫」にさせたというのだ。が、ここにも作為、欺瞞が介在してくる。しばし范は「過失だと思へるやう」な「中立ての下拵へ」を考えたというのである。

ところが、さらなる転回が起こる。「何故、あれが故殺と自分で思つたらう?」という「疑問」が生じて来たのだ。そしてついには「段々に自分ながら全く解らなくなつて了」い、「興奮」と「愉快」とを覚えるのであった。

このあと裁判官の短い質問が一つ入ってまた范の少し長めの供述が続けられる。まず、「只全く自分でも何方《どつち》か解から無くなつた」と繰り返す。そして次のような発言に注目しなければならない。

> 私はもう何も彼も正直に云つて、それで無罪になれると思つたからです。只今の私にとつては無罪にならうといふのが総てです。その目的の為めには、自分を欺いて、過失と我を張るよりは、何方か解からないといつても、自分に正直でゐられる事の方が遥かに強いと考へたからなのです。

「正直」ということを第一義に置く。過失とも故意とも分からないというのが「正直」なところのものだとするのだ。ここには「右顧左顧」がない。だから本多秋五がいうように、「「本統の生活」を求めることと「自分に正直でゐられる事」とは、一本の線によって串刺しに貫かれている」といえるのである。[34]おのれの心を見つめ、一点の虚偽、欺瞞をも排除し、「正直」なところのものに従う、そういう姿勢を取ることが「強い」ことだとするのだ。ここに至って范は新しく生まれ変わったといえよう。もはや「誤りのない行為」をしようとして「右顧左顧」していた「弱い」范ではない。「正直」を第一に掲げ、「右顧左顧」を脱却して、「本統の生活」の入口に踏み込んだ「強い」范が誕生したといってよいだろう。

裁判官は、そういう強い范を確かめるべく次のような質問をする。「所でお前には妻の死を悲しむ心は少しもないか?」と。これに対して范は、「全くありません。私はこれまで妻に対してどんな烈しい憎みを感じた場合にも、これ程快活な心持で妻の死を話し得る自分を想像した事はありませんでした」と答えた。妻の死に対して悲しみは全くないという。少しでも悲しみを感じればそこから後悔の念や憐憫の情が湧き起こってくるだろう。弱い范ならば妻の死を悲しむ気持ちが必ずや揺曳するはずなのだ。しかるに范は妻の死を悲しむ心は全くないと言い、さらに妻の死を「快活な心持」で語り得るとするのだ。これは「本統の生活」に入り得た証左なのである。

「もうよろしい。引き下がつてよし」という裁判官の言葉以降がこの作品のエピローグとなる。

草稿の「支那人の殺人」の段階ではあるいは裁判官の心理が大きく取り上げられていたかもしれない。が、「范の犯罪」の段階では、主人公は范と定まり、その心理描写は詳細を極めるものとなり、一方それに対峙する裁判官はその存在感を希薄化させていった。[35]とはいえ、最終部における裁判官の「無罪」判決の理由を考えてみねばならない。

裁判官は、范が退室したあと、自身に「何かしれぬ興奮」の湧き上がるのを感じる。これは范への共鳴でなくて何であろう。范の主張、その生き方、強さを獲得したことに感動したのである。だから「無罪」と即決したのだ。

そもそもこのような裁判官（予審判事）が現実に存在したとは到底考えられないが、公判には付さず、そういう意味合いでの「無罪」判決ではなかったろうか。このことは裁判官の行動、仕草にも示される。范が「シッカリした足どりで」退出していったのと平仄を合わせるようにして、この裁判官も「矢張りシッカリした足どりで此室を出て行つた。」という叙述でしめくくられるのだ。裁判官の范に対する共鳴とするしかないだろう。裁判官は范を支援する立場を取ったのである。

山口直孝は、「范の事例は、非『責任能力』者の行為、もしくは、『心神喪失』者の行為に該当しよう。」として、裁判官の「無罪」は法的判断として妥当なものであったと解釈している。(36) だが、裁判官の「何かしれぬ興奮」を「冷笑的な興趣」と捉えるには無理がある。「冷笑的な興趣」なら「少し赤い顔」をしているはずはないからだ。范は決して狂人などではない。その供述は理路整然としていた。裁判官は、訊問者というよりむしろ聞き手として存在し、范に圧倒され、その支援者となるに止まったのである。

むすび

初期の志賀直哉は、病的で刺激の強い題材を好んで扱う傾向にあり、いわば犯罪小説といえるものを数篇発表している。すなわち「剃刀」「濁つた頭」「クローディアスの日記」「范の犯罪」「児を盗む話」の五作である。そこでそれぞれの犯罪小説としての特徴を明らかにし、主に「范の犯罪」との相違点に着目しておこうと思う。

「剃刀」は、先にも述べたように、その草稿段階では予審の場も描かれようとしていた。直哉の予審（裁判）への関心の所在を証するのだが、結局描き上げられたものは兇行者芳三郎に焦点を合わせたその犯行までのプロセスであった。従って、小説の最終部でなぜ芳三郎が発作的にその犯行に及んだのかの機微は分からずじまいとなった。

草稿の記述からその犯罪心理のメカニズムをある程度まで捉えることは可能だが、それは所詮削ぎ落とされたものであり、われわれ読み手は、風邪の熱にうかされた芳三郎の一挙手一投足、その心理状況の推移に注意しながら、その殺害シーンまでを享受するに止まることとなったのである。

「范の犯罪」は「剃刀」が削ぎ落とした予審の場を舞台にすることから、ある意味で「剃刀」の続篇的な意味合いを持つことになる。しかるに「范の犯罪」において裁きはリアリティーのあるものとして描かれたとはいえない。裁判官（予審判事）にスポットが当てられることは幾度かあったが、その訊問は生温さを感じさせるものであり、最終部近くにおけるその「つぶやき」（傍点は作者）の内容もついに明確にされることなく、いとも簡単に「無罪」判決がなされただけであった。つまり作者志賀の根強い予審（裁判）への関心とは裏腹に、それを描破する力量（知識）のなさを露呈させることとなったともいえるのである。こうしてやはり作の中心は主人公范の供述部に置かれることとなった。すこぶる饒舌となった范の、その自我閉塞状況を抜け出て自己の心に正直になることから「無罪」を勝ち取ろうとする強い意欲が際立つこととなったのである。最早、裁きの問題はさして重要なものとして機能しなくなった。それよりも范の供述から浮かび上がって来た、彼の生き方、その生のあり方がインパクトのあるものとしてわれわれ読者に迫ってくることとなったのである。

「濁つた頭」は、志賀の自伝的モチーフと芸術的モチーフの合流したところに形成された。主人公の津田は志賀と臍の緒のつながる人物として造型されている。温順なキリスト信者であった若き日の直哉は、約七年もの長い期間にわたり、キリスト教のいう姦淫戒と自身の性欲との葛藤に苦しんだ。結局は性欲（自然）の力を肯定し、棄教に至った直哉だが、一方で性欲の力をおそれ、それに負けてしまうことを危惧していた。だから、元々あまり好いてはいない女性（お夏）と性欲のみでつながっているような津田はおのれのネガティブな分身であったのだ。が、一方で、この作には芸術的モチーフが早い時期から働いていた。それは、「二三日前に想ひついた小説の筋」（一九〇八・一〇・

一八執筆）という草稿作で、そこには、「二人の関係は、事実で、温泉宿の畳がへまでは本統なのだが、それから、雨戸を開けて月夜の外へ出るまでは全然、夢だつたのだ。」とか、「兎も角、夢と現実とが、ゴッチャ〳〵になる所が書きたい」などと記していた。この青写真通りに「濁つた頭」のプロットは運ばれたとみる。従って津田はお夏を実際には殺していない。これは夢のなかでの殺人であったのだ。それを実際に殺したと思ったことから津田はついに発狂するに至った。さらにそのうえ、現在の彼は、「二年間」の「癲狂院」生活を終え出て来たのだが、「未だ常人とは行かぬ人」として設定されているのである。

「范の犯罪」における范も短い期間だがキリスト教に接近していた。しかしこれを志賀に当てはめることは控えたい。志賀は夫婦関係のもつれから自殺してしまった従弟の「○○氏」とは逆のケースを描こうとした。その過程において感情のうえで許すことのできない妻を理性のうえで許そうと努めた。キリスト教はそういう「ため直し」のために使われた手段に過ぎない。また范は、津田のように狂気には陥っていない。その供述はかなり整理されたものとしてある。確かに弱さを何度も口にするが、それはすでに過去のものとなり、自己忠誠を第一義とする最後の主張には強さが備わっていたのである。

「クローディアスの日記」は、犯罪小説という側面でいえば、クローディアスの兄王殺しがその想像のなかで行なわれたことが注目に値する。これは想像力の恐ろしさをいっているのだ。クローディアスにおいては「想ふ」ことと「為す」こととは等価であるという。狩場での一夜、クローディアスは、そばでうなされて眠っている兄王の夢のなかで兄の首を絞めているのは自分であると想像する。この想像裡に映し出された殺害シーンの画像はのちのちまでクローディアスの意識にねばりつき、まとわりついた。これは肥大する想像力の恐ろしさを描いたものなのである。

「范の犯罪」における妻殺しは現実のものとして存在する。「濁つた頭」における夢のなかでの殺人とも「クローディアスの日記」における想像裡の殺人とも違う。范の想像力ということを問題にするならば、妻の産んだ赤子の胤を妻の従兄としたぐらいである。また、実際上の殺人としても、それが過失か故意か判然としないもので、いわば偶発的にもたらされたものだったことに注意せねばならない。

「児を盗む話」（一九一四・四、「白樺」）[37]は、殺人を扱っていないが、幼女誘拐という犯罪を取り上げている。ここの主人公「私」は、当初の目的の芝居小屋で見た「六つばかりの美しい女の児」を誘拐することはできなかった。その代替として按摩の家の「色の黒い五つばかりの女の児」が身近にいたこともあって誘拐の標的とされ、それが断行されたのである。しかし、いざその女の児を盗み出したものの、やがてこの女の児を元々それ程愛していなかったことに気づく。誘拐行為はすでに徒労であったのだ。私は、この作品における誘拐行為は直哉の尾道での自活生活にスライドさせることができると解釈する。執筆は「范の犯罪」よりあとなのだが、作者はおのれの尾道生活を振り返り、挫折したことを悲嘆しながら反芻したのである。犯罪に託し描かれたものは敗者の姿であり、おのれの過去をなぞり、後ろ向きの作となっているのである。

しかるに「范の犯罪」は、勝者のものであり、その「未来」に「光り」が見え始めるという、前向きの作となった。この作こそ志賀初期文学の掉尾を飾るにふさわしいものなのである。が、ここでは、「范の犯罪」に描かれた世界がそのまま執筆当時の作者の実生活を反映していることを述べておきたい。

范はその妻とのうじうじとした関係を清算できずに何かにつけ「右顧左顧」する弱い人間となっていた。「范の犯罪」執筆時の直哉もその自家（父）との関係において「右顧左顧」することが多かった。人類の永生に寄与する文学の仕事を目指し、自家（父）を離れて尾道で自活生活を行なったものの、それは半年あまりで挫折し、再び自家（父）につながる生活に戻っていた。なるほど麻布の父の家での生活は経済的に困窮することはない。また、最愛の祖母留女と一緒にいることもできる。その点では「誤りのない行為」なのかもしれない。しかし、九月二四日の稲荷礼拝の件に見られるように、「イヤで〱ならないものをも思ひ切つてハネ退けて了へない」局面をしばしば体験させられるのである。こうしてこの日、直哉の自我の発火装置に火がつき、ついに爆発することとなった。「范の犯罪」の世界はその後半部から基調を変える。旅芸人の范は旅芸人としての枠を越え、作者志賀の内なる声を代弁する者となる。范（直哉）は、自我閉塞の状況を打破し、「光り」ある「未来」を希求する。それをはばむ者、すなわち妻（父）を殺してしまえと思う。「本統の生活」とは、父（自家）との関係を清算してしまうことなのだ。これは、自己忠誠という生き方とも直結している。もはや父（自家）と折り合いよくやっていこうとする気持ちは毛頭ない。ここに直哉の自家離れ、自活への再度の挑戦が決意されたのだ。裁判官（これも直哉の分身）の「無罪」判決は自己鞭撻、自己正当化に他ならないのである。

最後に、「范の犯罪」発表後の直哉について一瞥し、この論稿をしめくくりたいと思う。

直哉の自我高揚は「范の犯罪」執筆時をピークとしてここから急激に沈静化していく。一〇月一一日の日記に「午后順天堂に行く　もう来なくていゝと小澤といふ人がいつた、」とあるように、東京在住の目的であった性病の完治がなった。こうして直哉は再び尾道に向けて出発する。が、尾道に行く前に、交通事故での傷の後養生のため、城崎温泉に立ち寄って滞在することにした。

「城の崎にて」の作品世界をここで論じる気はないが、一九一三年一〇月中旬、城崎滞在時において直哉の自我が急激に沈静化していったのは事実である。そこでは「范の犯罪」の反対のケースとして「殺されたる范の妻」という作が考えられたというのだ。自我高揚の反動としてうなずけるものがある。

そもそも志賀直哉という作家は両極的な思考をめぐらし、その創作においても或るものを描けばその対極に立つものを考えることが多かった。例えば、電車事故に遭って子供が死ぬ話を「正義派」（一九一二・九、「朱欒」）に書いたあと、それとは逆の、子供が助かる話を「出来事」（一九一三・九、「白樺」）として書いた。また、「クローディアスの日記」を書く一方で、発表には至らなかったものの「ハムレットの日記」(私は一九一五年秋以降から一九一六年上半期にかけての執筆と推定する）も書きかけていたのである。

直哉は城崎温泉で自我の沈静化という思わぬ体験をするものの、尾道へと舞い戻った。これで尾道生活がずっと続くはずだった。しかるに今度は中耳炎を患う。これも思わぬアクシデントだったろう。そして、東京に戻りきちんとした治療を受けた方がよいと医者に言われ、東京に戻った。が、自活再開を思いとどまったわけではない。尾道の家はたたみ、新たに大森を自活の場として選んだのである。一九一三年一二月一一日の日記には、「自家との関係を奇れいに断つ事は淋しい心に時々自分をする、然しその反対の時もある、前のやうな場合の心持には根はない。それは長い慣習から来る心細さで、それに負けてはならぬ」と記している。のちの自伝的作品「くもり日」(原題は「曇日」、一九二七・一、「新潮」）によると、父に「廃嫡して貰ひたい」と申し出、やがて「父も承知し」、「衣食に困らないだけの金を受け取り、家を出た。」とされている。自家（父）離れの方向性は一貫していた。「范の犯罪」で表明したおのれの生き方（自己忠誠を第一義として前向きに生きること）はまさしく実践されたのだ。とはいえ、大森生活期当初に書かれた「児を盗む話」(初出作）には自家（父）離れが容易ではない未練がましい思いも揺曳していた。だが、その後の松江や京都、我孫子生活の経過のうちに、「范の犯罪」で得た「自分に正直に」という生き方は、自己欺瞞や周囲との妥協から父とたやすく和解してしまうことを頑なに拒否する「和解」(一九一七・一〇、「黒潮」）の主人公のそれに重なっているのを確認できるのである。

注

（1）広津和郎「志賀直哉論」(「新潮」、一九一九・四）
（2）小林秀雄「志賀直哉――世の若く新しい人々へ――」(「思想」、一九二九・一二）
（3）井上良雄「芥川龍之介と志賀直哉」(「磁場」、一九三二・四）

（4）本多秋五『志賀直哉㊤』（岩波書店、一九九〇・一）

（5）須藤松雄①『志賀直哉の文学』（南雲堂桜楓社、一九六三・五、のち増訂新版、桜楓社、一九七六・六）②『近代文学鑑賞講座　第十巻　志賀直哉』（角川書店、一九六七・三）③『志賀直哉研究』（明治書院、一九七七・五）

（6）注（5）の①

（7）注（5）の②

（8）本多秋五「志賀直哉小論」（河出書房新社、『日本文学全集14　志賀直哉集』「解説」、一九六六・六、のち『本多秋五全集第十巻』、菁柿堂、一九九六・二に収録）

（9）本多秋五「志賀直哉における自覚の問題」（「文学」、一九七〇・二）

（10）注（4）に同じ。

（11）拙稿「志賀直哉――尾道行前後の生活と文学――」（「文芸研究」第四十三号、一九八〇・三）。のち拙著『志賀直哉――青春の構図――』（武蔵野書房、一九九一・四）に収録。

（12）太田正夫「范の犯罪」（西尾実監修『作品研究志賀直哉の短編』、古今書院、一九六八・二所収論文）は、裁判官は直哉の分身であると指摘している。

（13）紅野敏郎『鑑賞日本現代文学　第七巻　志賀直哉』（角川書店、一九八一・五）

（14）重松泰雄「「范の犯罪」解読」（「近代文学論集」第7号、一九八一・一一）

（15）山口直孝「志賀直哉『范の犯罪』論――「范」の形象と舞台設定とをめぐって――」（「日本近代文学」第51集、一九九四・一〇）

（16）秋山公男『近代文学　弱性の形象』（翰林書房、一九九九・二）

（17）「〇〇氏」に関することは、川村渡『伊勢亀山・志賀直哉の文学―母方佐本家の人々―』（三重県郷土資料刊行会、一九八五・二）を参照した。

（18）「范の犯罪」の成立過程を考察した論文に、田中榮一①「「范の犯罪」」（「現代国語研究シリーズ10志賀直哉」、尚学図書、一九八〇・五所収論文）、②「「范の犯罪」の世界―志賀文学における意味再考―」（「新大国語」第二十二号、新潟大学教育学部国語国文学会、一九九六・三）、重松泰雄「「范の犯罪」解読」（前掲注（14）論文）、中嶋昭「志賀直哉『范の犯罪』を読む――須藤松雄・重松泰雄両氏の御論に触れて――」（「中央学院大学人間・自然論叢」第九号、一九九九・一）などがあるが、「支那人の殺人」について、田中榮一は「手のこんだ復讐譚的作品」（①②とも）、重松泰雄は「Aを「支那人」に置き換えた〈巧妙な他殺〉譚」とそれぞれ推測している。

(19) 末川博編『全訂　法学辞典』（日本評論社、一九七一・一）

(20) 中谷陽二『精神鑑定の事件史』（中央公論社、一九九七・一二）

(21) 実吉英子「若い頃の兄志賀直哉の憶い出」（『志賀直哉全集』第九巻「月報」、岩波書店、一九七四・三）

(22) 注（15）に同じ。

(23) 水野岳「文学と法と――「義血俠血」「范の犯罪」など――」（「研究紀要」第五十七号、日本大学文理学部人文科学研究所、一九九九・一）は、明治四十年（一九〇七年）公布の新刑法や旧刑事訴訟法の条文などを援用し、「范の犯罪」が公判でもなく予審段階のものですらないことを説き、その「抽象性」を確認している。

(24) 岡本隆三『纏足』（弘文堂、一九六三・一二）によると、「纏足」は実に十世紀の長きに渡って続いた「中国の男尊女卑の封建性」を示す「女性を家庭にとじこめた非人間的、野蛮きわまる奇習」であり、「当時のふつうの家庭では、纏足するのが当り前であり、纏足は美人の条件であり、結婚の条件でさえあって、労働する身分のいやしい女性だけが自然のままの足をしていたのである。」とされている。

(25) 旧刑事訴訟法下での刑事事件に関し、今日われわれが手軽に読むことのできる「予審調書」は阿部定事件（一九三六年）のものである。（七北数人編『阿部定伝説』、ちくま文庫、一九九八・二所収）。それによると、予審判事は阿部定に対し、「どうして吉蔵を殺す気になったか」（第一回）などはごく当然のものとしても、「学校は何処まで行ったか」、「親兄弟は」、「親兄弟や親戚に精神病者はないか」（第二回）などの生い立ちに関する訊問を行ない、それに答える阿部定の半生がくっきりと浮き彫りにされているのを確認することができる。

(26) 注（19）に同じ。

(27) 吉岡公美子「「范の犯罪」試論―フェミニズムの視点から―」（『文学理論研究89』、筑波大学　現代語・現代文化学系　赤祖父哲二研究室、一九九〇・三所収論文）は、「范が妻に対して支配権をもたないと感じる理由」は、「まず、妻が本当に婚前にあやまちを犯したのかどうか、そして赤児を故意に殺したのかどうか、という出来事の真実性が、范には知り得ないこと」にあるとし、その〈弱さ〉を逆手にとる妻は、范に対し「アイロニカルな支配権」を持つ、と指摘している。これは的確な読みであると思われる。なお、同じフェミニズムの立場からなされた千種・キムラ・スティーブン『『范の犯罪』（志賀直哉）と性の政治《ジェンダー・ポリティクス》」（『男性作家を読む　フェミニズムの成熟へ』、新曜社、一九九四・九所収論文）は、范の妻は従兄にむりやり犯された可能性が高く、また産んだ子を死なせてしまったのは「過ち」である可能性が強いとし、さらには妻は范から「精神的虐待」をうけていたとして范（男性）を徹底的に批判している。が、これは深読みの典型的な例で、「想像」から別の物語を作ってしまっていると言えまいか。

(28) 「右顧左顧」については、一九一八年一月の『夜の光』（新潮社刊）収録の際、「とみかうみ」とルビが付けられた。

(29) 「范の犯罪」の書き直しをふくむ「後半」部の始まりを、須藤松雄（前掲注（5）の②の著書）は、「いゝえ。然しいつになく後まで興奮してゐました。」以降、紅野敏郎（前掲注（13）の著書）は、「其時は其時だ。」以後、中嶋昭（前掲注（18）の論文）は、それらより以前の「いつもより、それが烈しかつたのか？」以後、とそれぞれ推測している。

(30) 上田仁志「『范の犯罪』論―規範と侵犯、主体なき「犯罪《つみ》」の戯れ―」、および富岡雄一郎「さ、殺人は爆発だぁア！　―「范の犯罪」にみるル・サンボリックとル・セミオティックの葛藤―」（ともに『文学理論研究89』、筑波大学現代語・現代文化学系　赤祖父哲二研究室、一九九〇・三所収論文）は、藤堂明保編『学研　漢和大字典』（学習研究社、一九七八）により「范」の字義に注目している。

(31) 大嶋仁「カミュ『異邦人』における殺人思想――志賀直哉『范の犯罪』と対比して――」（『比較文学』第23号、一九八〇・一二）

(32) 注（16）に同じ。

(33) 長尾龍一は、「「未必の故意」と「認識ある過失」の限界如何？　と刑法学者たちが論じて来た典型的な事例でしょう。」としている。（『文学の中の法』、日本評論社、一九九八・七）

(34) 注（4）に同じ。

(35) 初出「范の犯罪」の最終部において裁判官は、「無罪」の「判決書」を作成し捺印したあと、「何かつぶやきながら」（傍点は作者）、「此室」を退出して行った。いったいこの時どのような「つぶやき」があったのだろうか。おそらく草稿「支那人の殺人」の段階ではそれがはっきりした言葉として示されていたのではないか。しかるに、初出「范の犯罪」では何かの「つぶやき」としてぼかされ、さらに一九一八年一月の修訂では末尾の裁判官の所作も著しく削除されるに至る。これは再三述べるように、作者志賀に予審や裁判のあり方についての知識不足が認識されての処置であったと考えたい。

(36) 注（15）に同じ。

（37）初出「児を盗む話」では、その冒頭部および末尾に、この事件についての裁き（法廷）に関することも叙述されていた。裁判官は「私」を「気違ひ」と鑑定したらしい。それで主人公にはその自覚は全くないものの、「私は多分近日許されて此所を出るだらうと思ふ。」ということまで記されていたのである。が、のちの一九一七年六月、新潮社刊行の『大津順吉』に収録の際、この部分は削除された。よって、少なくも初出「児を盗む話」の執筆時である一九一四年一月の時点までの直哉には、その知識は不十分ながら、裁判への興味、こだわりが根強く存在していたとしていいだろう。

第四章　志賀直哉の叶わぬ恋の物語——「佐々木の場合」と「冬の往来」——

はじめに

私はかねがね、志賀直哉における中期の諸短篇のなかで、「佐々木の場合」（一九一七・六、「黒潮」）と「冬の往来」（一九二五・一、「改造」）には通底するものがあると感じていた。もっともすでに高田瑞穂が「冬の往来」に関する短い解説の一節で、「全体としての印象は『佐々木の場合』に近い。」としているのだが[1]、この両作（テキストとして全集収録のものを使う）を子細に比較検討すれば、その作品構造およびテーマの類似性にとどまらず、その基底部に共通する或るものが浮かび上がってくるのである。

論考の段取りとして、はじめに作者のこと（とりわけその制作の舞台裏に関わること）をなるべく度外視し、虚心に「佐々木の場合」と「冬の往来」を読むことから始めたい。いずれも、いわば三層構造となっていて、端的にそのテーマを言えば男の叶わぬ恋の物語であることを明らかにしたいと思う。ついで両作とも初期との関わりを密接に持つことから、その作品形成過程を辿り、作者との通路をつけてみたい。そこからこれまでに知られていない作者志賀に関わる或る重要な伝記的事項さえ見出すことができるのである。

1　「佐々木の場合」を読む

「佐々木の場合」は、その形式のうえで、枠小説となっている。冒頭の一節は、「君は覚えて居るかしら、僕が山田の家《うち》に書生をして居た事は。君が国の中学に居る頃だ。」云々というものである。「僕」すなわち佐々木が「君」に語りかけるのだ。そして佐々木のかなり長い語りが終わったあと、「君」すなわち「自分」の所感が綴られ、佐々木は「自分」の「眼前《めのまへ》」で「苦しさうな様子」をしていて最早一言も発しないばかりでなく、「自分」も「何と云つていいか分らなかつた。」として、これまた一言も発しないまま、作品の幕は閉じられるのである。この枠の部分は分量的には作品全体の一割弱になるが、後半部に比重が置かれ、小説の現在時にもなっていることから、最終の第三の層とすることにしたい。

枠に囲まれた部分は、二つの層から成っている。まず「……僕はお嬢さんの守《もり》つ児と関係したんだ。」以降からは、「士官学校の入学準備をしてゐる」佐々木の書生時代（十九歳ほどの時点）に起こった或る事件が長々と語られる。分量的には作品全体の六割強を占める。そして佐々木が山田の家から故郷に逃亡してのちのことは一足飛びにされ、今現在から一週間前、大尉となっている佐々木が、かつての「お嬢さんの守つ児」すなわち富と成長したお嬢さんを「偶然」銀座通りで見かけてからのちのことが中心に語られる。すでに第一の層からは十六年の歳月が経っていた。この近接過去の部分を第二の層とするが、分量的には作品全体の三割弱を占めている。

では、第一の層から考察していこう。

富は、石川県出身の十六歳で、小柄で、「顔は普通だつたが何処か男を惹きつける所のある娘」だったとされる。玄関番をしていた佐々木も地方出身者で、どのような経緯で富と関係を持ったかは語られないが、その逢引の場所は「漬物臭い物置き」で、しばしの間秘密裡に行なわれていた。が、二タ月ほど後、主人の母親の隠居所建設のため七八人ほどの大工たちが入っていたが、そのなかの「左官の泥練りをやつてゐる滑稽な爺《ぢぢい》」から二人の関係がすでに周知のものであったと知らされる。おそらく他の女中の口から主人側にも二人の関係は告げ口されていただろう。だから佐々木は主人や抱車夫にも神経をピリピリさせるのだ。一方の富は自分の行為を罪悪と思い込んでいたが、佐々木の専横的な態度にも関わらず従順で、寸暇を盗んでの接吻を主とした「例の黴臭い物置」での逢引に従い、周囲の眼にも「一体に暢気な気分」でいられたという。それはおそらく佐々木の繰り返して言う、これは「所謂いたづらな関係」ではなく、将来「少尉か中尉になれば必ず正式に結婚する」という約束を信じていたからに相違ない。が、ここにお嬢さんの存在が大きく立ちはだかっていた。この五歳ぐらいのお嬢さんは、「ひどいすが眼で顔だちも痩せて妙に鋭く、性質もいやにひねくれて居た。」（傍点は作者）とされる。「一体子供好きでない方でもあつた」佐々木は、このお嬢さんを嫌う。ただの嫌悪にとどまらず、お嬢さんは富との関係を知っていて、意識して富との関係に邪魔をしてきたり、さらにその意志がないのに富との逢引の妨げをすることさえあると思うようになっていた。お嬢さんが富との関係に「呪のやうにつきまとつて来さうな気がした」ということは、あとの展開を考慮しても、かなり重要なこととしなければならない。そしてある夕方、佐々木が冬場の大工仕事の焚火の後始末を十分になしえず、富との逢引に強引に赴いたそのわずかな時間に、お嬢さんが大火傷を負うという惨事が起こったのである。お嬢さんの肩の火傷の唯一の療法は、他人の肉を切り取り、それで補うしかないという。お嬢さんの火傷事件の日、大工たちは皆帰った後なので焚火の火を水で消す役目は佐々木にあったのだが、「何か少し癪に触つてゐる事」があり、また急に富に強い接吻をしてやりたい欲望が起こったせいもあり、冷静さを失って、佐々木は焚火の火の後始末を怠った。お嬢さんの火傷の原因を自分が作ったという自責の念から強迫され、自ら肉の提供者になろうと一旦は思い立つ。が、「尻《しり》ぺたの肉」を取るのだと聞き、士官学校の体格検査に影響しまいかと考え、肉提供を申し出ることはなかった。このエゴイズムの発露を「二十歳《はたち》前の目的に対する執着」から「超越」できないことだったと回想している。周囲は子守の富の落度としていたので、奥さんは人肉の提供を富に強いてもよいとさえ言ったという。が、その前に富は強迫されてではなく、「心から」願い出たのである。火傷事件のあと富は佐々木と一切口をきかなかったという。そういう機会さえ与えるのを避けているようだったともいう。こうして佐々木は、富が手術のため入院した二日目かに、いたたまれず、山田の家を逃げ出し、自分の故郷に帰ってしまったのである。

このような第一層について、中村孤月は、性欲のことを描いても志賀は「表面だけの描写を為ない」といい、またとりわけ火傷事件前後の佐々木および富の「心持」や「感情の働き」も極めて「自然」に描かれていると高く評価している。[2] さらに和辻哲郎は、お嬢さんが焚火の火の中に倒れていた場面の描写などを、徳田秋声の到達した技巧よりはるかに上のものだと激賞している。[3] 私のいう第二層、第三層に対する中村孤月の見解はあとで紹介するが、富をめぐる佐々木とお嬢さんの心理的な角逐、よくない偶然が重なってのお嬢さんの惨劇（「坐りの悪い椅子」に乗って「仰向け」に倒れ脳震盪を起こした）もうまく描かれていると思うのだ。

ただ、佐々木の富に対する愛情は本当に真実のものであったかどうかは一考を要するように思える。「富に対する責任」は強くあり、それをいつか果したいとしながら、富宛ての置き手紙一本すら残さずの逃亡はその誠意を疑いたくもなるのである。

次に、第二の層を考察してみよう。

「それからの事は細々《こまぐ》と云ふ程の事もない。」という一文から始まるのだが、佐々木は大尉となってロシアに七八年いて、つい近頃帰って来たという時間帯にまで飛躍する。その間、富のことを忘れず、勧められる結婚も皆断わり、またどういう伝からかは示されないが、富の消息はつかんでいて、富が「お嬢さんのお附き」女中として山田の家に居ついていることも知っていた。そして今から「一週間前」のこと、「偶然」、銀座通りでお嬢さんを連れた富を見かけたという。あれから十六年が経っていて、二十か二十一になるお嬢さんの「襟首から頬へかけた火傷《やけど》のひっつり」でお嬢さんを初めに認め、そのあとで富に気づいたという。富は「今は人並以上大きい女」になっていた。もし、そばにお嬢さんがいなかったら、富と気づかないほどの外見上の変貌を遂げていたというのである。聞き手の「君」に「常陸山の死んだ細君」を連想してほしいと言い添えている。三十二三歳になっているが、「何処か若々しい所」があり、「落ちつき」も見えたという。そして佐々木は「今更に新しい感情」の湧き起こるのを感じた。つまり求婚の意志を持つに至ったと解してよいだろう。だが、お嬢さんを恐れる佐々木は富に直接会うこともなく、立ち去り、その晩電話で話すことにしたのであった。富と電話で話してみると、昼間の富の印象とはまるで違い、「切口上」で物を言い、「大変年を取つた女のやうに」感じたという。一応、自分の宿に来てもらう約束を取ったが、富はやっては来なかった。電話もなかった。そのうち富から手紙が来て、手紙で済ませる用ならそうしてほしいとして、「自分で書いたらしい女名前の封筒」（表面上の差出し人としてだろう）が二枚入っていて、また今後電話を掛けて下さるなとも追白に書いてあったという。それからは二人の文通による内容が語られる。富は佐々木が逃亡した折、佐々木を「口程にもない薄情男」と思ったが、佐々木のその後のことを手紙で知り、「大変ありがたく」、「満足」したとしている。だが富は、山田家の人々に「長い間非常によくして下さつて、もう生涯困らないやうにして頂いて」いるので、「今少しも不幸ではない」とする。そして「一生お嬢様の御傍で働くつもり」であるとして佐々木の求婚を断わる。佐々木はお嬢さんに良縁があってからでの結婚はどうかと二通目の手紙に書いたが、それには返事をして来ないという。お嬢さんの火傷の跡はひどく、結婚は難しいのではとされていた。佐々木はお嬢さんに「呪はれとほすかも知れない。」としてその長い語りを終えるのであった。

第二層での最大のポイントは、富の外形が大きく変わってしまっていることである。「小さい女」だった富は「今は人並以上大きい女」になっていた。「常陸山の死んだ細君」をイメージすればいいともいう。つい最近発表された古川裕佳の「佐々木の場合」に関する初めてといえる本格的な力作論文(4)によれば、「常陸山の死んだ細君」とは、一九一一年四月七日、三十二歳で亡くなった市毛知可のことで、晩年は二十一貫（八〇キロ）以上に達した体格の持ち主で、相撲茶屋「高砂屋」を経営して家計を支えた「しっかり者」であったとされている。これでは佐々木が十六年ぶりに富を見かけても単独では気づかなくて当然だといえる。一緒にいたお嬢さんの火傷の跡から、富だと認識したのである。この別人のように変貌した富から受ける感じにより、佐々木は「今更に新しい感情」を湧き起こした。十六年前の恋情とはその性質を異にしているとしなければならないのだ。

そもそも逃亡後の佐々木の富に対する誠意はどれほどのものであっただろうか。佐々木は富と関係を持ってから、これは「所謂いたづらな関係」ではなく、「僕が少尉か中尉になれば必ず正式に結婚するのだから」と何遍も富に言い聞かせていた。お嬢さんの火傷事件、および富の肉提供の件、佐々木の逃亡と続いたが、なぜ佐々木は少尉なり中尉になった折、富に改めてアプローチしなかったのだろうか。いや、いかに動転していたとしてもその逃亡の際、富宛ての置き手紙一本すらなかった。これでは富がいうように「口程にもない薄情男」とされて当然である。たとえ少尉となった佐々木が富の前に現われても、富はその求婚に応じたかは分からないが、少なくもこの十六年後の求婚よりは誠意のあるものではなかったか。また、もしこの「偶然」による再会がなかったとしたら、佐々木は富のことをどうしようとしたのだろうか。おそらくそのままやり過ごした公算が大である。よって、十六年前の富との関係は所詮「いたづらな関係」とされても仕方のないものだったといいたい。

中村孤月は、この私のいう第二層について、「イゴイストの神経質な」佐々木が、軍人になって、しかも三十歳で大尉になっているのは驚くべき早い進級であり、富を銀座通りで見かけてそのままにして電話をかけるのも軍人の行動としては変であるとしている。おそらく中村孤月には軍人に対する或る固定的なイメージがあって、このような批評をしているのだと思う。それにしても、十六年後の大尉になっている佐々木は、やはり軍人のイメージにそぐわない繊細な神経の持ち主で、しかも消極的、内向的な人物に映ってしまうのはどういうわけなのだろうか。

佐々木の「今は人並以上大きい女」になっている富への恋は叶えられるのであろうか。古川裕佳は、富が望んだのは、佐々木との過去の恋愛を完成させること、「結婚という保証を必要としない恋愛、別れることで完成される悲恋」であったとしている。富にしてみれば、佐々木からの手紙で、書生時代の佐々木にもて遊ばれただけのことという長年の誤解が解けたのだからそれで「満足」であり、今ある幸せを手放し敢えて佐々木の求婚に応じる可能性はほとんどゼロに等しいといえる。富は、佐々木の宿を訪れる約束を反古にして、佐々木との文通（それも山田家の人々や他の女中たちに佐々木とのコミュニケーションを気づかれないようにした）でいわば自己納得するに至った。最早、昔のように佐々木に「無闇と従順」ではなくなっているのであり、今後佐々木と会う必要性も感じていないだろう。一方の佐々木は「会へばどうにかなると思つて居る」が、お嬢さんが大きな障壁になっている。最後の「たうとう僕はお嬢さんに呪はれとほすかも知れない。……」という言は、あの十六年前の富をめぐるお嬢さんとの三角関係で大火傷という代償を払ったお嬢さんに敗北したという再認識を表すものなのかもしれない。佐々木の「今は人並以上大きい女」になっている富への恋、十六年後に新たに湧き上がったこの恋は、ほぼ間違いなく叶えられることはないとしていいのである。

最後に、第三の層を考察してみよう。

この小説のフレームの部分に当たるのだが、その後半部は佐々木の故郷の後輩に当たる「自分」の所感が綴られている。富の「紋切型な道義心と犠牲心」をそう高く「価《あたひ》づけ」はしないにしろ、佐々木はそれを余りに低く見ているとする。さらに富が佐々木の妻になることが必ずしも幸福を増すことになるとは考えないという。一方の佐々木に対しては、「決して不愉快なイゴイスト」ではないとする。富が佐々木の求婚を承知しないのであればそれは仕方のないことだとしながら、佐々木の肩を持ちたいところもあり、何らのコメント、アドバイスを与えることなく、沈黙のうちにその幕が下ろされるのである。

中村孤月は、第二の層への批判から、第一の層でこの創作はやめるべきで、いよいよこの第三の層は必要のないものであるとしている。が、これはのちに考察することだが、志賀はどうしても第二の層および第三の層を書きたかったのであり、そこにあるものの探求は後回しとして、ここでは作者に還元しない範囲内でこの第三の層を検討しておきたい。

この「自分」なる人物は佐々木と故郷を同じくするのだが、今どのような職業にあるのだろう。小説家なのであろうか。早計にそうみることはできないが、佐々木からいわば人生相談を受けていることは確かである。が、この「自分」なる人物は佐々木の話の細部まで正確に捉えているだろうか。作中、「其女の従順な弱い性質を知りぬいて居る佐々木」とあるが、この判断は誤っているといえまいか。先にも述べたように、第一の層の富は佐々木に対し「無闇と従順」で「弱虫」だったといえるが、第二の層の富は、佐々木の意向に従いその宿に赴くことはなかったし、文通に切り換えたことも「相変らずの弱虫」としての行為ではなく、むしろ知恵を働かせたしっかり者の行為だったといえるだろう。「自分」には富の外見上の変化にとどまらないその内面の変化がよく見えていないとしたい。

とはいえ、佐々木の打ち明け話からその要点を読み手に向けて簡潔にまとめているので、中村孤月がいうように無駄なものだとは思わない。「自分」は、富が軍人として高い地位にありそれを誇りにさえ思っている佐々木と結婚することが幸福を増すことだとはしていない。富の今現在持つ幸福に一定の価値を認めている。また、おそらく佐々木の求婚は叶えられないとしていることも確かなようだ。が、佐々木には「自分には感じられない強さの欲情」があるとしてこの求婚を思いとどまるようには進言できずにいる。おそらく富に対する責任、愛情といったものの所在の強さを感じているのだろう。ともあれ、佐々木に関しては「不愉快なイゴイストではない。」ということを一番強調して言いたかったのだと思う。このことは読み手の共感さえ誘うものになっているように思えるのである。

2　「冬の往来」を読む

「冬の往来」も、その形式のうえで、枠小説となっている。そして枠に挟まれた部分は、さらなる入れ子型になっていて、この作品もまた三層の時空間からなっているといえる[5]。

枠、額縁に当たる部分は、この小説の現在時で、冬の夕暮時、山の手の或る町の往来を小説家の中津栄之助と「私」なるこれも小説家とみられる人物の二人が、歩きながら話しているシーンから始まり、そこで薫さんという中津の初恋の人と擦れ違い、以下、中津の話を「私」が書いた部分が挿入され、再び冬の往来の場面に戻るという形をとっている。分量的にはこの作品全体の四割弱を占めているが、冒頭部の方が分量的に多いので、ここを第一の層としたい。

枠に挟まれた部分、それも第一の層からすぐに接続する第二の層は、中津の二十歳から二十七歳までの時間帯のことが語られている。中津が、二人の子どもを持つ薫さんと初対面した折の印象から、その良人を亡くした薫さんを結婚の対象として意識するに至るまでのこととしてよい。むろんこの恋は叶わぬもので、打ち明けないまま葬り去った恋であった。なおこの第二の層は作品全体の三割強を占め、第一の層の五年前までのこととされる。となれば、小説の現在時における中津は三十二歳ほどの年齢ということになるのである。

このような第二の層に挟まれた部分は、時間的にさらに過去に遡及していて、薫さんの結婚後間もなくに起こった事件、岸本なる青年と薫さんの実らなかった恋の話が中心に語られている。小説全体の三割弱を占めるが、この部分を第三の層としたい。

以上のように「冬の往来」は技巧的にかなり凝った作品構築のあり方をしている。シンメトリーを形成しているといっていいのであるが、これは志賀の初期作品「ある一頁」（一九一一・六、「白樺」）や「出来事」（一九一三・九、「白樺」）などと類似し、さらに発展させた作品構成のあり方といえるだろう。

　では、便宜上、時間的に最も古い第三の層から考察していこう。

　薫さんの父は、或る新聞社の主筆をしていたが、その周りに集まって来ていた青年たちの一人に岸本というのがいた。岸本は、「でつぷり肥つた如何にも落ちついた所謂胆汁質といふ側の人」（傍点は作者）で、「何かしら人を惹きつけるものを持つた、信頼するに足るといふ感じを与へる方の人」だったという。当時十七八の薫さんは、第一の層や第二の層で「肥つた女の人」、「如何にも豊かな感じの人」、「大やうな豊かな感じ」の人とされていたのとは違って、ごく普通の体型をしていた。そういう薫さんと岸本は、互いに心のうちで好いていたが、互いに相手の心を知らずにいた。そのうちに薫さんは結婚をしてしまう。これも第二の層に書かれていることだが、その結婚は周囲からの「云はれるまま」の結婚でしかなかった。こうしてその結婚の一年余りののち、薫さんの父が亡くなり、そのお通夜の席で、薫さんと岸本の両方の心は通じてしまう。これを書き手は「運命の悪戯《いたづら》」とする。岸本は結婚まで考えるのだが、薫さんはすでに人妻であり、その離婚の手伝いまでは出来ないとした。薫さんは自分の力で離婚しようとするが、それは難問題で、「空しく幾月かが過ぎて了」う。待つ一方の岸本は、「息抜き」に渡米しようとするのだが、横浜の宿に薫さんが家を飛び出して来て、自分も連れて行ってくれと泣きせがんだ。が、岸本は相手が人妻だという意識を拭い去れない。薫さんの実母を呼ぶが、良人も同行して来、ここで薫さんが妊娠四ヶ月であることを知らされ、「崖からいきなり突き落されたやうに感じた。」のである。その後の岸本は、アメリカに長く滞在し、帰国後もすぐ満州に渡り、いまだに独身だという噂もあるという。薫さんが「そのままうやむやに」（傍点は作者）、良人の家に落ち着いてしまったことは言うまでもない、としてこの層の物語を閉じている。

　このような悲恋物語に何をみればよいのか。

一つは、書き手もいうように、相思相愛の岸本と薫さんがそのどちらか一方でもその気持ちを現わすことが出来たら、薫さんの父は比較的自由な考えを持っていた人だというのだから、幸せな結婚の道が開けたのである。いや、互いにその心を知らないで通せば、何の問題も起こらなかった。薫さんの父のお通夜の席で互いの心が通じてしまったのがその悲劇の始まりだといえる。この「運命の悪戯」、ここには運命のテーマがちらつく。さらに、もし薫さんの妊娠がなければ、薫さんの家出の折、あるいは薫さんがその良人と離婚をする道が開けたかもしれない。薫さんと岸本の恋愛は、まことにタイミングの悪いものだったとしなければならない。

もう一つは、志賀文学の特徴の一つである対照の妙味が出ていることである。これは第二の層ですでに書かれていたことだが、薫さんの良人は、官吏として切れ者で先のある人とされるものの、その体型は「痩せた小さな人」で、また「変にひねこびた感じ」（傍点は作者）のする人とされていた。「でつぷり肥つた如何にも落ちついた所謂胆汁質といふ側の人」（傍点は作者）で、「何かしら人を惹きつけるものを持つた、信頼するに足るといふ感じを与へる方の人」だったという岸本とは、まさしく対照的なのである。さらに、岸本との恋が叶わなくなったのちの薫さんが、皮肉にも岸本と通い合う、「大やうな豊かな感じ」の人、「肥つた女の人」として変貌を遂げていることにも注意する必要がある。先走っていえば、薫さんは、一生一度の恋愛に破れ、その後は二児の母としてのみ生きる存在だったのではないかと思われるのである。

第二の層の考察をしてみよう。

ここでは「僕」という一人称が用いられるが、これは中津のことである。「僕」は二十歳の時、その姉の結婚披露の席で、薫さんを初めて見た。薫さんは相手側の親類として来ていて、四歳位の男の児と十歳位の女の児を連れていた。むろんその良人も同席していたが、「僕」はこの人にそれほどの好感は持てなかった。初対面の「僕」の薫さんに対する印象は、「一人の立派な母性として映つてゐた」という。「親しい感じ」を抱いたが、まだ恋してはいない。そののち、薫さんが神経衰弱で転地療養をしているという噂を聞き、「あの大やうな」薫さんにそぐわないものを感じるが、姉から薫さんがその結婚後、或る恋愛事件のため家を出た事のある人だと聞かされる。こうして先に述べた第三の層が挿入される。薫さんの娘雪子さんが胎児の時の事件だから、十年ほど前のことだとすることができる。「僕」すなわち中津は、薫さんの過去の事件を知り、薫さんが「熱情」を隠している人だとし、これまで岸本と同様、余りに平面的に見ていたとする。が、薫さんに好意を抱きながらも、人妻を恋することに罪悪感めいたものがあり、自らブレーキをかけ、しばらくは「不即不離の状態」で推移していった。ところが、中津が二十七歳の時、薫さんの良人がインフルエンザで亡くなる。さらに中津は、薫さんに再婚話が起こっているのを祖母と姉の会話から知り、動揺するが、薫さんがそれをきっぱり断わったと知ると、安堵する。これとほぼ同時に、これまで薫さんを「漫然四十越した小母さん」だと思っていたが、三十四か五だと知らされる。自分より六つか七つ上であるに過ぎないことで、にわかに結婚ということが意識に上ってくるのだった。中津は姉に打ち明けてもよいと考えたが、「愚図々々」していた。そんな或る日、薫さんの突然の訪問を受け、二人きりで一時間ほど和やかに話すことが出来た。これでずっと薫さんに近づくことができ、いつまでも受け身でいるのは臆病と思い、こちらから薫さんを訪ねて行こうとも考えた。が、それから三四日後、姉の用意周到な訪問を受け、「今日は栄《えい》さん、お前さんの事で、少し御相談があつて来たのよ」と言われ、「或予感」で「どきり」とするのであった。第二の層はここで閉じられている。

ここでまず注目すべきことは、薫さんの体型がかなり変貌していることである。岸本との事件のあと十年ほどを経ているのだが、薫さんは「大やうな豊かな感じ」のする人となっていて、煙草まで吸うようになっていた。おそらく良人との仲はギクシャクしたものがあったに違いない。だから神経衰弱にもかかるのである。また今風に言えばストレス太りをしていたのかもしれない。

が、この層の主役はあくまで中津である。中津の母は不在で何ら語られないが、おそらくすでに母を亡くしているのであろう。だから二十歳の中津は母性を感じさせる薫さんに好意を抱いていくことになるのである。中津の薫さんに対する恋はエディプス・コンプレックスによるものとしていいだろう。

ここでは二十歳から二十七歳までの中津が描かれているのだが、中津の、のんびりした性格、その恋愛に対する消極性が指摘できる。中津は薫さんの年齢について勘違いをしていた。実年齢よりも五つか六つも上にみていた。でもこれは薫さんの母性にひかれるあまりのこととして、かえってリアリティさえ感じさせるものとなっている。未亡人となった薫さんに対する消極性も、エディプス・コンプレックスによるものとすれば、理解できる範囲のことのように思われるのである。

これは第一の層の後半部で明らかとなるのだが、薫さんは娘の雪子さんと中津を結婚させようとしたのであった。十歳位の雪子さんは「痩せた女の児」とされていて、父親似ともいえ、それはその七年後でもさして変化はなかったと思われ、中津の好みではないのである。姉の一言（薫さんの娘の雪子さんを「僕」に貰う気はないかということ）で、中津は「崖から突き落された。」とする。中津の「或予感」ははずれ、ここでも大きな勘違いをしたことになる。さらに中津は、岸本が胎児の雪子さんに、自分は成長した雪子さんに「突き落され」、「因縁」めいたものを感じるとしている。運命のテーマは、この第二の層にも働いていたといえるだろう。

最後に、第一の層を考察してみたい。

冒頭の一節は、「寒い空《から》つ風の吹く日暮だつた。私は小説家の中津栄之助と山の手の或町を歩いて居た。」というものである。とりわけ用があってのものではない。中津は、原稿の締め切りが迫っているのに、まだ何も出来ていない、材料はあるがどれに手をつけても物になりそうもないので、「愚図々々」してしまうのだと言う。往来には時折、砂埃を巻き上げる強い風が押し寄せていた。そこに、四十以上に見える「でつぷりと肥つた、如何にも豊かな感じ」の女の人が、一台の俥に乗って通りかかる。その人は薫さんといい、中津の知り合いのようであるが、大砲の煙のような埃をその顔にまともに受け（その両手は塞がっている）、「妙な顰《しか》め面《づら》」をした直後にやっと中津を認め、「あら……！」と言って頭を下げ、「その奇妙な顰め面」のまま擦れ違って行った。薫さんは中津の初恋の人で、その思いを打ち明けないまま失恋した相手だという。中津は今この題材で小説は書けないというが、以下、中津の話を「私」が書くということで、その時空間は過去に遡及する。そして私のいう第三の層を包み込んだ第二の層が終わったところで、また冬の往来の場に戻る。中津から五年前の「或予感」が間違っていたこと、雪子さんとの縁談は断わったことなどが語られる。さらに中津はこの話から「二つの主題」を見出しているとするが、今はそのまま書けないのでそのうち短篇に書くつもりだと言う。末尾は、「私」によって先刻の薫さんの「顰め面」が思い出され、ピリオドが打たれているのである。

　この層では、薫さんの「顰め面」が首尾呼応して強調されているのだが、これは何を意味するのであろうか。おそらく、タイミングの悪い、男運のない女性の〈生〉の表徴であろうか。寒々とした冬の往来、そこに哀感漂う薫さんという女性の半生が、凝縮度の高い短篇で美事に描き出されたのである。

　なお、中津の話のなかにある「二つの主題」とは明確にできにくいが、その一つは、岸本および中津が、雪子さんという存在により、「崖」から「突き落された」ように思っていることから、因縁あるいは運命のテーマを見ていることは確かなように思われるのである。

　「冬の往来」の同時代評として「新潮合評会」の記事がある。[6] 田山花袋、芥川龍之介、久米正雄、宇野浩二、加能作次郎、千葉亀雄、久保田万太郎、中村武羅夫の八名による、「黒犬」（一九二五・一、「女性」）および「濠端の住ひ」（一九二五・一、「不二」）を含めた三作についての合評である。これは志賀文学の特徴をよく捉えていて、今日の研究にも益するところがあるので、以下その要点を幾つか紹介しておきたい。

芥川龍之介は、「冬の往来」に「可成り感心して居る」と言い、しきりに「玲瓏としてゐる」と評している。これは「冬の往来」の読後の醸し出す感じを言ったものだと思われる。哀感漂う女主人公の〈生〉、倫理的に清潔で真面目な岸本および中津のあり方から、このような評となっているとみられるが、これは適切なものだったと思う。久保田万太郎も「黒犬」より「冬の往来」を好むとするが、「「留女」時代を思はせる懐しい作品」だとしている。それに千葉亀雄は「初期時代の志賀さんのやうに思はれる」と同調し、芥川龍之介は「或は前に書いたものかも知れない」と発言している。これはのちに詳しくみることだが、「冬の往来」はその初期からの長い試行錯誤の末にようやく完成に至った作品であった。その点でもこの合評会は「冬の往来」の作品としての性格を美事に捉えていたといえるのである。また、千葉亀雄は「脚色に意識した技巧が見える」とし、久米正雄はこの作に「敬服」したと言いつつも、「前後の額縁がちよつと志賀式に臭いと思ふ」と発言している。かねがね私は志賀文学は総じて技巧的だとみていて、「冬の往来」でもその対照の妙味や首尾呼応、シンメトリーの作品構成のあり方を指摘してきたのだが、千葉亀雄や久米正雄などはそれをすでに見抜いていたといえるだろう。ともあれ、同時代評における「冬の往来」は好評のうちに迎えられたといえるのである。

3　両作の共通項について

先に私は「佐々木の場合」と「冬の往来」には通底するものがあるとした。ここで両作の作品構成のあり方を図示したので、それを参照しながら、その共通項を整理しておきたいと思う。

まず、いずれも三つの層の時空間から成っているということが挙げられる。そのうちとりわけ両作の第二の層の類似性が際立っている。「佐々木の場合」における富は「小さい女」から「今は人並以上大きい女」に変貌を遂げていた。「冬の往来」の薫さんもその結婚前後の普通の娘さんらしい体型から「大やうな豊かな感じ」のする太めの体型へと変貌していた。ここの制作の舞台裏を探るのが次の課題となるのだが、この両作における女主人公の外形の変化は単なる偶然だとは思われないのである。

次に、「佐々木の場合」の大尉となっている佐々木と「冬の往来」の岸本および中津の恋が叶わないその障壁として、「佐々木の場合」はお嬢さん、「冬の往来」は雪子さんだと言え、そこに呪いのテーマや運命や因縁のテーマが見られることで、すこぶる類似したものが感じられるということである。しかも「佐々木の場合」のお嬢さんも「冬の往来」の雪子さんも痩せ形の少女であったことが共通している。これも、両作におけるそれぞれの第二層の富および薫さん（こちらはその第一の層ですでにその「でっぷりと肥った」体型が明確となっている）との対照の妙味を感じさせるものとなっていることは言うまでもない。

さらに細かい類似点を挙げれば、佐々木はロシアに行き、岸本はアメリカに行っている。しかも佐々木と岸本はどうやら独身を通すことが濃厚である。

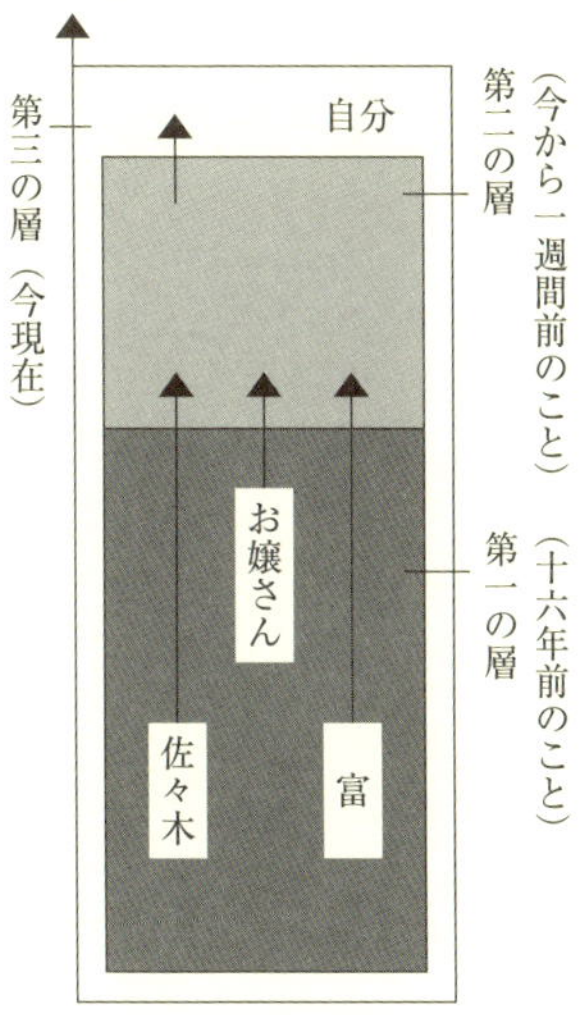

「佐々木の場合」

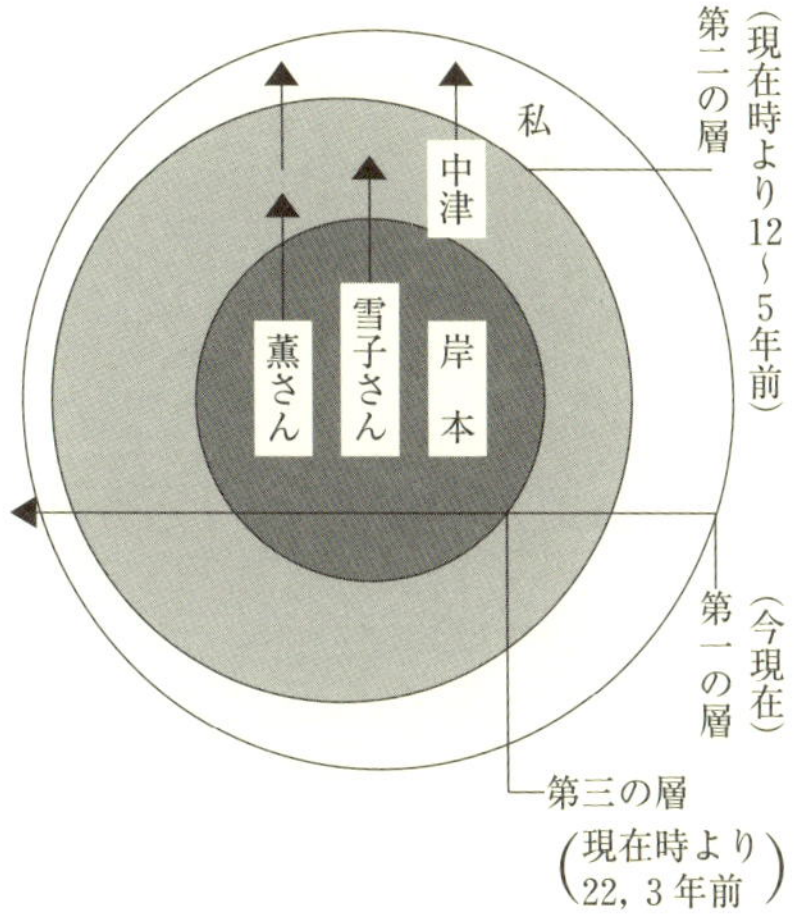

「冬の往来」

ともあれ、両作とも男（佐々木、岸本、中津）の叶わぬ恋を描いていることは、その背景にあるものの穿鑿は後回しとしても、際立った共通項だといえるのである。

4 「佐々木の場合」の形成過程

「佐々木の場合」の形成過程を考察してみよう。

「佐々木の場合」は、その「創作余談」（一九二八・七、「改造」）によると、「新聞の三面記事から思ひついた。新聞には書生は逃げて了ひ、女中は自分の肉を提供した、これだけが書いてあつた。私は逃げた書生にも言訳の根拠はあるかも知れないと思つた。それが、書く動機となつた。」としている。ここでいう「新聞の三面記事」について、それが実際にどのようなものであったかは調査をしてみたものの、発見するに至らなかった。が、「創作余談」の記事の通り、「佐々木の場合」のストーリーの骨格が形成されたことは確かであろう。

私はかつて、「佐々木の場合」の第一稿として、夥しい未定稿群のなかから未定稿「坂井と女」（その執筆時は志賀日記より大正二年六月六日および八日とすることができる）を指摘し、志賀の初期と中期のコントラストを素描したが、[7]ここではそのアングルを少し変えて「坂井と女」を検討してみたい。

彫刻家の坂井と画家の「私」は横須賀行きの汽車に乗っていて、或る女を見つめている。その「太つた三十位の大がら女」は、「古い仏像を想ひ出させるやうな顔」をし、色は白くないが、「黄と浅い黒さとがキメの細かい皮膚にシットリとにぢむだその美しさは日本人以外では見られないゝ色だつた。」と「私」の目を通し細叙される。また、その「からだつき」が「如何にも豊か」なのは彫刻家の坂井には「どんなにいゝ事だらう。」と忖度される。さらにその女は、「片面にヤケドか何かのヒドイヒッツリ」がある「十五六の美しいなりをした女の児」を連れていて、二人は肉親の関係ではないようだが、「何所か母らしい態度も見える。」とされる。

ここに描かれた「女」は、まさしく「佐々木の場合」の第二の層に登場してくる富のイメージと通い合うのである。が、「坂井と女」ではこの女性の名前は示されていない。ただ、ここでは志賀の身近なところにそのモデルが存在したのではないかとだけ言っておきたい。

一方の坂井は、やがてその女の方へ近寄って行き、何かを話しかけるのであった。女は眉をしかめ、やがてその顔に「青い不快の色」が混じって来ていた。女の児の方も「驚いた顔」をし、「憎悪の表情」まで表わしていたとされる。「私」にはその会話の内容が席が遠いことと汽車の響きもあって聞こえなかった。坂井と「私」は鎌倉で下車するが、このスケッチ旅行は、「気分の変りやすい」坂井の気紛れから、坂井はすぐ東京に帰ることになって、別れ別れになる。「私」はそのスケッチ旅行中も坂井とその女のことが気にかかっていた。旅行から戻り坂井のアトリエを訪ねると、そこで坂井は「あの女と結婚しやうと思つてゐる事、然し女がどうしてもそれを承知しない事だけ」を話し、「あの女」が「ビッコだつたよ」ということを付け加え笑うのであった。さらにしばらくして今度は坂井が不意に「私」を訪ねて来た。坂井には何となく元気がなく、「とう〳〵承知しなかつた」と、「どれ程執着強く、積極的に彼が女を説いたあげ句の断念であるかを想はせるやうな調子」で言うのであった。こうして、坂井が今から「十三年程前の事」、「ある華族の家の書生」をしていて「美術学校」入学の準備をしていた時分のこと、その女との関係を詳しく話し出したところでこの作は中断されているのである。

以上のような「坂井と女」は、「佐々木の場合」の第二の層に当たるものだといえるが、佐々木に相当する坂井は軍人ではなく彫刻家（書生時代は画家志望）であった。これでは、お嬢さんの火傷の治療のための肉提供を逃れる強い根拠が付けにくい。そのあたりがこれが未定稿となった大きな原因の一つと思われるが、男主人公の叶わぬ恋という主題はこの時点ですでに決定的だったといえるのである。

なお、坂井という命名は、すでに本多秋五が指摘しているように[8]、明らかに志賀の分身であるといえる。さらにいえば、里見弴の「君と私と」（一九一三・四〜七、「白樺」）で志賀に擬せられた「坂本」という人物を念頭に置いたものだったと思われる。もっと先走って言えば、「佐々木の場合」の佐々木という命名もまた志賀の分身の要素を持ち、こちらは里見弴の「善心悪心」（一九一六・七、「中央公論」）で志賀に擬せられた「佐々」という人物をもじったものと思われるのである。が、ここでは里見弴との関わりに深く踏み込まないこととする。

ともあれ、一九一三（大2）年の六月の時点で「佐々木の場合」の第一稿は成っていた。それが約四年近くの歳月を経て完成稿となるのであるが、ここで作者志賀との関連をみるという視点から「佐々木の場合」を再度吟味してみたい。

第一の層での佐々木と富のあり方からみていこう。須藤松雄は、「佐々木の場合」について、「佐々木は、ある程度、作者の自画像の要素を含んでいるようであり、富《とみ》は「大津順吉」の千代にかなり近い。」としている[9]。この評言は第一の層に関して適合するものと思われる。富は「顔は普通だつたが何処か男を惹きつける所のある娘だつた。」とされている。志賀直哉が自家の女中Cとの結婚騒動を起こしたのは一九〇七（明40）年夏のことであったが、その当時に書かれた「手帳7」に、Cについて「彼は決して美しい女ではない、たゞそのエッキスプレッションに何か男子の心を引きつける或る物を持つてゐる、」という一節を見つけることができる。この点からも当時「多分十六」の富とほぼ同年齢であったCとは符合するのだ。一方、書生の佐々木は富に対し専制的であって、その点からも当時の志賀に通い合うことは言うまでもないのである。が、それ以上に、先にも述べたように、佐々木の富に対する愛は性欲の充足が先行したものであったといえ、この点でも当時の志賀のCに対する態度と見合うものがあるのである。なお、佐々木と志賀と重ならない部分を捜すならば、その境遇はさておき、子供好きともいえる志賀に対して、佐々木は「一体子供好きでない方でもあつた」として、お嬢さんへの嫉妬や敵意を引き出し、「佐々木の場合」

執筆時に新たに加わった呪いのテーマへと繋げていることがつかめる。こうして第一の層は、新聞の三面記事から触発された筋に合わせ、士官学校の体格検査に不利になるとその肉の提供を思いとどまる軍人志望の佐々木のエゴイズムを剔抉し、いたたまれなくなってのその逃亡までを美事に描いているのである。

だが、第二の層になると富を女中Cで擬することはできなくなる。十六年後の富は「人並以上大きい女」となっていて、「常陸山の死んだ細君」を連想してほしいとさえ変貌を遂げているのである。もっともこれは「坂井と女」の段階ですでに決定済みのことであったともいえるのだが、ここには作者側のいかなる事情が介在したのかと訝しく思ってしまうのだ。

「ノート12」にこのたび新たに加えられた次のような文章[10]がこの問題を解決させる重要な示唆を与えている。以下その全文を引用したい。

昨日当地に来て三木屋から廻送して来た十三日御出しの御手紙を拝見しました、富が肺結核になつたといふ事は非常に驚かれました。昨日は終日不愉快でした。私は富を愛して居ります、これは富の結婚の話のあつた半年程前からです、私が富を愛してゐる事は打明けたのではありませんが、知つてゐる人が三人位あると思つてゐます。然し私は其人達に自分を耻かしいとは少しも感じません。だから、かういふ事を明ら様に書く事も私にとつては少しも恥かしい気はないのです。然し母上には嘸ぞ気持のお悪い事だらうと御察しします。

ここでいう「当地」とはどの地をいうのであろうか。即座に尾道だろうと考えたが、そうすると義母浩からの「十三日御出しの御手紙」が城崎から「廻送」されて来たというのが辻褄が合わなくなる。直哉は一九一三（大2）年十月十八日より城崎温泉の三木屋に逗留し、十一月八日には尾道に到着している（しかもわずか一週間の滞在にすぎない）からである。では、翌年一九一四年五月中旬（十七日）からの松江であろうか。松江生活に入る前に直哉は城崎温泉（おそらく三木屋）に立ち寄っているからである。多分に後者の方が蓋然性が高いが、この記事は義母浩からの手紙を見て、その返事の下書きとして書かれたものに違いないのである。

だが、この資料で重要なことは、志賀家の女中とみられる「富」なる女性を直哉が心ひそかに「愛してゐ」たという事実である。これはむろんこれまでの志賀の伝記事項に漏れていたことである。「富」なる女性については推測するしかないのだが、私は次のように想像する。おそらく「富」なる女中さんは、大柄で、多分に太った女性ではなかっただろうか。少なくも母性を感じさせる女性だったとしてよい。また、その年齢も三十以上、あるいは直哉よりかなり年上であった可能性が高いのではないか。ともあれ、義母浩にとっては驚くべきことであり、それを知ったならば、「憮ぞ気持のお悪い事だらう」とするのは至極当然のこととなるのである。

私は、この「富」なる女性が「佐々木の場合」の第二の層における富のモデルとなったと推定する。先にも述べたように、この第二の層で佐々木の富に対する恋は第一の層とは趣を異にしている。実名のまま虚構のなかに用いたことになるが、そうであってこそ、佐々木の富に対する消極性、その叶わぬ恋もよりリアルなものとなったのではないのか。なお、「坂井と女」の時点では問題の女性には名前がなかったのだが、この時点でも「富」なる自家の女中さんが多少のデフォルメはあるにしろモデルとなっていたと考えたい。しかしそれは「富」が「肺結核」になる以前のことである。「肺結核」となったその後の「富」のことは不明だが、「佐々木の場合」執筆時点では、それ以前に比べ直哉の胸のうちで、より大きな存在として甦っていたことは確かなことだと思われるのである。

こうなると「佐々木の場合」における富は、志賀家の女中Cに「富」なる女中をいわば接木したことになる。女中Cのイメージではその十六年後、佐々木の求愛を頑なに拒む富のあり方を創造しにくかったと言うこともできるだろう。そしてこのことが第三の層で作者側からのモチーフを体現しやすくさせたのである。

第三の層では「自分」なる人物の感想や批評が綴られている。本多秋五は、この「自分」なる人物は「執筆現在の志賀直哉」であるとし、また、この「自分」の眼には、「単にこの女の行動だけでなく、佐々木の意のごとくならぬ多くの他人の動きが見えていたはずである。」ともいい、それが「作者の成熟」であると結論づけた(11)。本多以外にも「自分」という第三者の設定を評価する評者がいるなかで、古川裕佳は、「自分」は地方出身の佐々木と同郷という作者志賀とは異なる閲歴を持つ存在で、「自分」イコール志賀直哉説は疑われてよいし、「自分」の解釈の優位性も疑われてよいだろうとした上で、佐々木の語りのポイントであるお嬢さんの「呪」いの物語には取り合わないでいて、この相談は失敗しているとしている(12)。

本多秋五および古川裕佳の説はいずれもそれなりに説得力を持っている。が、この「自分」なる人物は、先にも述べたように、今現在の富が昔のように「従順な弱い性質」ではなくなっていることを見誤っている。また、佐々木の語りのポイントであるお嬢さんの呪いの物語についても何らの感想も持ち得ないでいる。このようなことから、「自分」イコール志賀直哉とするには躊躇せざるを得ない。といって、古川裕佳が説くように「自分」と作者志賀とのいわば臍の緒を切り離すべきではないと思う。「自分」は佐々木に富に対する責任なり愛情の持続力のある強さを見ている。佐々木は「自分」によって客観視されねばならなかった。第三の層で作者志賀が一番書きたかったのはここであろう。「自分」のこうしたいわば佐々木観は読み手の共感さえ誘発する。そこには志賀直哉の若気の過ちといえる女中Cに対する贖罪の意が込められていたのではないか。お嬢さんの呪いのテーマ、その消えない火傷の跡は、直哉が女中Cを結果的に傷つけてしまった表徴として機能するのである。佐々木の富に対する恋が叶わないことでそのモチーフは遂行できるのだ。私はこの点にこそ「作者の成熟」をみるべきだと考える。

5　「冬の往来」の形成過程

「冬の往来」の形成過程について考察してみたい。

まず、「冬の往来」の「創作余談」の記事に着目する必要がある。ここには「古い原稿を後年書き直したものである。……（略）……薫さんといふ女主人公は私の知つてゐる三人の人から出来てゐる。」と記されている。薫さんのモデルは「三人」というが、具体的にどのような女性たちなのか。また、「古い原稿」とはどのようなものであったのか。このような問題点を念頭に置き、その形成過程をできるだけ綿密に辿っていきたい。

生井知子は、「有島武郎の妹・山本愛子と親友・増田英一との間に生じた恋愛事件が、志賀直哉をインスパイヤアし、『冬の往来』のモデルとなっているという事実を発見した。」として、山本愛子と増田英一の恋愛事件を題材にして成ったとする志賀の未定稿作「不具の子」「愛子と徳田　梗概」「小説薫さん」「革文函の手紙」や里見弴の「箱根行」（一九一五・六、「太陽」）、有島武郎の「観想録」などをもとに、山本愛子と増田英一の恋愛事件とその後の実状を究明し、その事件から受けた有島武郎と志賀直哉の反応の相違を闡明にしている。[13] この生井論文の出現により、「冬の往来」の薫さんのモデルの一人として山本愛子を挙げることができるようになった。その点で教えられることの多い、大変優れた論文であると思うが、部分的には若干の疑義があり、それは後述したいと思う。

山本愛子と増田英一の恋愛事件をもとに志賀が最初に構想したのは、「手帳3」のなかにある「不具の子」という戯曲の梗概メモである。その執筆時は一九〇六（明39）年五月二十二日である。お静は昨年石元家に嫁いでいたが、夫の俗人なのにには少なからず失望していた。その兄と兄の親友増川を尊敬し、増川とは相思相愛であるにも関わらず、互いに気にも見せずに過ごして来たのであった。が、実家の祖母の病気看護の間に二人の意志は通じてしまった。危険を思う増川は米国に行くことにする。が、その出発の前夜、お静は増川の宿を訪れる。増川は、石元家を出たならば夫婦になろうと約し、お静の母を呼んで帰した。その後、お静は家を出ることができず、夫との間に男子が生まれた。が、生まれた子は醜かった。その後三人の子が生まれ、お静は子の愛のために石元家にとどまる。増川は帰国したが、間もなく満州へ渡り、今は満州にいるのである。

このような梗概から、先に私が「冬の往来」の第三の層とした薫さんと岸本の恋愛事件とほぼ同じ内容のものがすでに書かれていたと確認できるのである。生井論文によると、一八九九（明32）年六月に祖母山内静が死去するに際し、英一と愛子は「お互いの恋愛感情に気付いたらしい。」としている。さらに、直哉はこの事件のあらましを「生馬や弴から」「聞いたと考えるのが最も穏当であろう。」とみている。

次に、この題材で創作を試みたのが未定稿「愛子と徳田　梗概」であるといえる。その執筆時は一九〇七（明40）年一月十八日である。前年の「不具の子」とその粗筋はほぼ同じだが、愛子はその実名のまま用いられ、その女としての愛の目覚め、そして増田に当たる徳田の人妻を恋する苦悶を中心にしようとする意図が感じられるものとなっている。だが、この時点の直哉には身丈に合わない題材であったと思われる。

「冬の往来」の第二の層を中心とした部分が書かれているのが草稿「小説薫さん」である。その執筆時は一九〇九（明42）年十一月六日とされている。「冬の往来」の形成過程で最も重要だと思われるので子細に検討してみたい。

草稿「小説薫さん」では、主人公の姓名は不明で、その呼称も「彼」「私」「自分」などと特定されていない。先に「冬の往来」を考察した際、中津の母の不在から母をすでに亡くしているのだろうとしたが、この草稿作には、「私は其時分廿七で、十三の時に生母と別れ」、「母の愛」、「薫さんのやうな母が欲しいとよく思ひました。」と記されている。ここは直哉の成育事情とも合致し、その本音が出ているところだとしてよい。

そういう主人公は、姉の結婚の日の夜、薫さんは、雪子さんという十三四の娘さんと四つ位の重氏さんを連れて自家を訪ねて来たこともあった。その夫は「瘠せた神経質の人」で、薫さんは「体格も性格も夫とはマルデ反対」で、「大やうな」人に感じられたという。だが、その後、薫さんが神経衰弱になったことを聞き、姉からは「今の御亭主を持つてから、或るラブアッフェヤの為め大変なドサクサを起した事のある人だといふ事」を知らされた。それからは薫さんの顔に「悲哀」を感じ、「気の毒な人」という思いも付け加わったのである。それからしばらくして、薫さんの夫が心臓麻痺で死んだ。その直後の諸事を薫さんは、「一種の権威を以つて女王の如くに」、内外の事を取り廻していたのである。主人公は薫さんの「更に違ふ一面」を見、尊敬の念さえ抱くようになる。それから三ヶ月ほど経て、家人が皆留守の時、薫さんが訪ねて来て、主人公と二人きりで一時間半ほど話をした。薫さんが帰ったあと、嬉しい心持ちになった。さらに一ト月ほどして、祖母から、薫さんの娘の十七となっている雪子さんを貰う気はないかという話を聞かされた。しかし雪子さんは「お父さん似」で、主人公は妻にする気は起こらず、この縁談を断わろうと思うのであった。が、この草稿作のポイントは、その終末部近くにあり、主人公が薫さんの年齢について勘違いをしていたことにある。それまで、薫さんを母のように、また叔母さんのように思っていた。だが、主人公よりわずか「四つの姉」に過ぎないという。「ドウかしてくれ!!!」とその心に叫ぶのだが、いまさら薫さんとの結婚を言い出す勇気はないとするのだった。そしてこれは後で書き足したものと推定するのだが、その末尾には、「所で本統の失恋はこれからなのです。それから四年程経つた年暮れの事□」とあり、改行して「シカメた面を見る事」と書いているのである。

　以上のような内容からなるほど「冬の往来」の第二の層を形成するものがすでに書かれていたといえる。が、微妙なところで中津の薫さんに対する恋情の重さの違いが感じられる。「冬の往来」では、未亡人になった薫さんに結婚話があると知ると、中津は「その席に居堪《ゐたたま》らない気持」になって自分の部屋に入ってしまう。薫さんがその縁談を断わったと聞くと、「思はずほつと息をついたものだ。」とする。このような部分は草稿「小説薫さん」にはなく、のちに構想されたものだといえる。また、薫さんの本当の年齢（自分より六つか七つ上に過ぎない）を知るのは、雪子さんとの縁談が持ち込まれる以前のことになっていて、中津は薫さんをその結婚の対象として考えるようになりながら、その自信のなさ、臆病さを歯痒く思うさまが美事に描かれているのである。

だが、草稿「小説薫さん」で一番言いたいことは、薫さんの「三人」いるモデルのうち、山本愛子とは違う別の女性がここに入り込んでいるのではないか、ということである。薫さんの「或るラブアッフェヤ」や神経衰弱になったことなどは山本愛子のことを当て込んだものとしていい。しかし、この草稿段階で薫さんはその「体格も性格も夫とはマルデ反対」だとされる。つまり、太った体型をしていて、その性格は大様ということになるのである。しかも直哉を擬することがある程度可能な主人公に母性を感じさせる女性なのである。

そういう女性は先に「佐々木の場合」を考察しているうちに浮上してきた志賀家の女中「富」以外に考えられない。当時志賀家に何人の女中さんがいたのかは定かでないが、その資産家の家柄、子供の数からいって、少なくも五六人（炊事婦や子守もふくむ）はいたと思われる。むろん十代の若い娘さんばかりでなく、年増の女性もいただろう。先に私は志賀家の女中「富」に直哉が心ひそかに思いを寄せていた資料を掲げたが、この「富」には結婚の話があり、その後も志賀家にいたとみられることから、「富」はこの縁談を何らかの事情で断わったものと推測される。それはおそらく草稿「小説薫さん」執筆以降のことであったに相違ない。そしてその時の心的体験が「冬の往来」に流用されたとみるのである。

ここまで来て、「佐々木の場合」における第二、三の層の富と、「冬の往来」の第一、二の層の薫さんとが、同一のモデルであったとすることができるであろう。「佐々木の場合」の富は「常陸山の死んだ細君」を連想してほしいとされていた。「常陸山の死んだ細君」は体重が八十キロを超える太った女性だったという。「冬の往来」の薫さんは「でつぷりと肥つた」女性として登場して来た。これらと志賀家の女中「富」が全く同じような体型だったとは言い切れないが、それに近いものであったと想像するのである。実母を亡くしている直哉に母性を感じさせるにふさわしい女性だったとみるのだ。だから、生井知子が「実際には評判の美人だった同じ愛子をモデルにしながら、『冬の往来』の薫をひどく肥満させ」などとしているのは修正が必要だと思われるのである。

次に、一九一一（明治四十四）年一月十三日の志賀日記に注目する必要がある。

九里の所への途。霞町で小供を抱いて俥で来るお蔦さんに会つた。二年半程前一寸電車で会つた（其時はアイサツもしなかつた）以来である。御辞儀をした、其時風が砂をまいて吹いて来た。お蔦さんは小供を抱いてるから手をつかへない、御辞儀をしながら口をゆがめ、片眼をつぶり。顔の筋肉を堅くした。その顔はグロテスクに近かゝつた。「暫く」と自分は帽子をとつて歩みをゆるめたが車夫はそのまゝ走つて行つた。

これが「冬の往来」の第一の層、その冒頭部の材源であることは言うまでもない。「お蔦さん」とは、菅（旧姓高崎）蔦である。「速夫の妹」（一九一〇・一〇、「白樺」）のお鶴さんのモデルとなった女性だが、「冬の往来」の「三人」のモデルの残る一人であることは言うまでもない。

この時の体験をもとに、直哉は「ノート9」（明治四十四年の執筆）の（薫さん）を書いたと思われる。ここでは二人の男が日比谷を散歩していて、薫さんの娘に会うところから始まり、一人が薫さんに会った時の事を話す、として、「風の吹く日、赤子を抱いて、片手につゝみを持ち、砂に顔をしかめるScene」などという記述がみられる。先の草稿「小説薫さん」も組み入れ、薫さんにはすでに孫がいるという設定のもと、モデルの「お蔦さん」の顰め面に力点を置いて創作しようとした構想メモとみられるが、あまり熟しているとはいえない。これと前後して、先の草稿「小説薫さん」の末尾に「シカメた面を見る事」などの書き込みがなされたと思われる。

このようにみてくると、「冬の往来」がもっと早い時点で創作、発表に至ってもよかったように思われるが、直哉はさらに試行錯誤を続けたのである。

未定稿「Barにて」は、或る酒場に五人の男が集まっていて、そこに酒場の主人もその話の仲間に加わり、失恋談を一人ずつ話すという趣向の作となっている。主人の七つの時の失恋譚（「子供四題」の「次郎君」の灰まみれの飴のエピソードを含んでいる）に続き、菊井という小説家の二十歳位の時の失恋譚（未定稿「小説「ブラックマライヤ」」（明治四十一年四月二十四日の執筆）を流用したもの）となり、伊東という若い詩人の番となって薫さんのことを話し始めたところで中断している。執筆時は明確ではないが、作中すでに「白樺」がスタートしていることが分かる（「白樺が、四月号に原稿が足りないといってる」とある）ので、全集[14]「後記」（紅野敏郎）同様、一九一一（明治四十四）年かその翌年頃のものと推定したい。書きためた幾つかの原稿を、割に分量の多い作品として一つにまとめようとした意欲作のように思える。が、これは欲張りすぎた。こうして「小説薫さん」関連のものは、長く篋底に秘されることとなったのである。

未定稿「革文函の手紙」（全集[15]「後記」（紅野敏郎）はその執筆時について「大正十三年十二月よりは前、そして文中にある「震災」の語から、大正十二年九月以降の作と考えられる。」としている）は、「冬の往来」の第三の層を独立させ、短篇仕立てにしようとしたものと思われる。「私」なる人物が亡くなった建築家の父の書斎の片づけものをしていて、一つの革文函から父に宛てられた手紙を読んでしまうことから始まる。それは「私」が生まれる以前の母の恋愛事件に関わるもので、或る男から「私」の父に宛てたものであった。「冬の往来」でいえば、岸本が薫さんの夫に宛てた書簡ということになる。山本愛子と増田英一の恋愛事件という古い材料を、別の仕立て方から扱おうとしたものといえる。しかしこれも挫折した。

次に、「手帳16」（全集[16]「後記」（紅野敏郎）に「大正十二年秋より十三年頃まで、つまり京都山科時代の手帳である。」とある）の冒頭部に以下のような文章を発見できる。

寒い風の吹くいやな日暮れだつた。私は野嶋と二人山の手の或る町を歩いてゐた、風は往来の埃りを、上げて丁度大砲の烟のやうにそれを押して来る、然し私達は幸ひにそれを脊に受ける向きに歩いてゐたのである、

「冬の往来」の冒頭部のシチュエーション形成がほぼ出来上がっていることを窺わせるものになっている。だが、「冬の往来」の僅かな断片にすぎない。

「冬の往来」は、「創作余談」によると、わずか「二日半」で書き上げたものだという。最後に、「冬の往来」全体を通しての私なりのコメントを述べておきたい。

これまでその形成過程を辿ってきたが、「三人」の女性をモデルとする三つの層がうまく結合することはなかった。「冬の往来」で中津は小説の「材料」はあるが、「どれに手をつけても、さう直ぐは物になりさうもない」とこぼしているが、これは初期志賀の実状、いや「冬の往来」完成までの苦心の跡を物語るものにさえなっていると読み取れるのである。それをわずか「二日半」で先に述べたような二重の入れ子型で三つの層を繋げたその手腕を高く評価したいと思う。

第三の層に関しては、志賀流に山本愛子と増田英一の恋愛事件をうまく潤色を加え描き上げたと思う。薫さんの一生一度の恋に賭けるその「熱情」と岸本の倫理感の強さで、一つの悲恋物語として読み手に切々と伝わってくるものになっているからである。実際の増田英一はのちに結婚したらしいが、「冬の往来」の岸本は生涯独身のニュアンスが濃い。そうであってこそ薫さんとの恋愛も重みのあるものとなるのだ。

第二の層の中津は、その姓からして志賀の分身「大津」の一歩手前のものであり、ここに志賀の自家の女中「富」に対する、打ち明けずに葬り去った恋の反映をみるのである。その恋は母恋いともいえるものだが、志賀の女性に対する消極性という一面も出ていて、志賀らしい或る男の叶わぬ恋の物語が形成されたと思う。

第三の層における岸本および第二の層における中津の恋が叶わなかったのは、胎児の雪子さんおよび成長した雪子さんが障壁となったともいえ、運命なり因縁のテーマで第三の層と第二の層はうまく接合するのである。雪子さんは「佐々木の場合」のお嬢さんほど無気味な存在ではないが、その役割は「佐々木の場合」のお嬢さんと近似したものとなっているといえるのである。

第一の層に関しては、まずその情景描写のうまさが指摘できる。強風が「大砲の煙」のように砂埃を「捲き上げ」押し寄せて来るといった表現は、円熟期にある志賀だからこそ出来たといえよう。なお、「冬の往来」の形成の初期段階では薫さんの「顰め面」は主人公に幻滅を誘うものとしてあったようだが、中津は薫さんの「顰め面」を見ても幻滅することなく、「僕の初恋の人だ。そして今でも恋人なのだ」と言っている。先にも述べたように、薫さんの「顰め面」は、タイミングの悪い、男運のない女性の表徴として、その最終部で「私」によって「憶ひ出」され、寒々とした冬の往来に哀感を漂わせるものとして機能しているのである。

作者志賀は「冬の往来」の出来栄えについてそれほど満足していなかったようだ（未定稿「自分の気持」参照）が、私はこれまで述べてきたことをその理由として、かなり高い評価を与えてよい作品だと思うのである。

注

（1）高田瑞穂「『小僧の神様・城の崎にて』について」（新潮文庫『小僧の神様・城の崎にて』、新潮社、一九六八・七）
（2）中村孤月「七月の文壇（二、三）」（「読売新聞」、一九一七・七・六、七）
（3）和辻哲郎「応酬」（「文章世界」、一九一七・八）
（4）古川裕佳「女中は軍人と結婚すべきか――志賀直哉「佐々木の場合」――」（「日本近代文学」第67集、二〇〇二・一〇）
（5）「冬の往来」の作品構造などについては、すでに拙稿「「冬の往来」の生成」（『志賀直哉全集補巻五』月報、岩波書店、二〇〇二・二）で言及したが、本稿はそれをもとに言い足りなかったことなどを加え、発展させたものを期している。

（6）「新潮合評会」（「新潮」、一九二五・二）

（7）拙稿「志賀直哉――その青春の終焉――」（「文芸研究」第四十五号、一九八一・三）。のち、拙著『志賀直哉――青春の構図――』（武蔵野書房、一九九一・四）に収録。

（8）本多秋五『志賀直哉㊤』（岩波書店、一九九〇・一）

（9）須藤松雄『志賀直哉の文学』（桜楓社、一九六三・五、のち増訂新版、一九七六・六）

（10）『志賀直哉全集補巻六』（岩波書店、二〇〇二・三）

（11）注（8）に同じ。

（12）注（4）に同じ。

（13）生井知子「有島武郎と志賀直哉――ある恋愛事件への反応をめぐっての一考察――」（有島武郎研究会編『《有島武郎研究叢書》第八集　有島武郎と作家たち』、右文書院、一九九六・六）

（14）『志賀直哉全集補巻二』（岩波書店、二〇〇一・一二）

（15）注（14）に同じ。

（16）注（10）に同じ。

第五章　「城の崎にて」の重層構造——変転する「気分」と「頭」の働き——

はじめに

周知のように、「城の崎にて」（一九一七・五、「白樺」）は、志賀直哉が約三年半の創作活動休止期を経て文壇に再デビューを飾った作品である。今日まで論じられることが多く、本稿執筆に当たり四十編ほどの論考に目を通したが、表現分析に関するもの、草稿「いのち」（一九一四）との比較を中心にしたものなど様々な角度からアプローチがなされている。[補注]が、「城の崎にて」研究に先鞭をつけたともいえる伊藤整の言説[1]はいまなお色褪せないものがある。その要点をいえば、蜂、鼠、蠑螈の死の描写シーンは作者の怪我の体験と密接に関わり、「特定の構成のある作品で、完成した形式美」を持つというのである。この作品を享受するに当たり、主人公は作者自身とみるのが前提とされるが、素材は厳しい取捨選択を受け、事実の意図的な改変もあるとすれば、これは単なる随筆の類いではなく、作者の綿密な計算が働いたものとみるべきである。「城の崎にて」（本稿のテキストとして全集収録の定稿作を用いる）の「完成した形式美」の内実とはいかなるものか、その作品構造の分析を試みてみたい。

1　城崎体験の濾過作用

冒頭の一節は、「山の手線の電車に跳飛ばされて怪我をした、其後養生に、一人で但馬の城崎温泉へ出掛けた。」というものである。「背中の傷」に脊椎カリエスになる可能性が残され、「二三年で出なければ後は心配はいらない」とはいうものの「要心」のためやって来たというのだ。そして「三週間以上——我慢出来たら五週間位居たいものだと考へて来た。」とされる。この冒頭部は、末尾の「三週間ゐて、自分は此処を去つた。それから、もう三年以上になる。自分は脊椎カリエスになるだけは助かつた。」というパラグラフと呼応している。首尾呼応の小説作法は志賀の初期作品（「ある一頁」「出来事」など）にもみられることだが、この末尾に至って、主人公の城崎滞在が「三年以上」も前のことだったと判明する。また、最少の三週間の滞在で終わり、何に「我慢」できなかったのかについての考察も必要となる。

直哉は一九一三（大2）年八月十五日の夜、山の手線の電車に背後から跳ね飛ばされ「頭」を切り「背」を打つという大怪我を負った。が、「想像以上に軽傷で済むだ」ことに「不思議な愉快な気分」（8・17、日記）を味わう。ところがしばらくして、医者に「脊椎カリエスといふ病気の話」をされ、少し「不快」（8・24、日記）になる。以後、「頭」の傷より「背中の傷」が気がかりとなったようで、これが「城の崎にて」で語られる。一方、「城の崎にて」に「頭の傷」という記述はなく、「顔の傷」として改変、もしくは後退したとみられるのである。

冒頭部に続く段落は、「頭は未だ何だか明瞭《はっきり》しない。物忘れが烈しくなつた。然し気分は近年になく静まつて、落ちついたいい気持がしてゐた。稲の穫入れの始まる頃で、気候もよかつたのだ。」というものである。ここでいう「頭」とは思考力や記憶力をつかさどるものを指していよう。それの働きが鈍っているというのだ。が、それと対応するように「気分」の方は「近年になく」平静を保ち、落ち着いているという。ということは城崎温泉にやって来る直前までの「気分」は平静ではなかったことになる。また、この主人公は気候などの外界の条件に左右されやすい人だということも分かる。

志賀日記によると、八月二十七日に退院、九月は主に性病治療の通院と「范の犯罪」執筆で費やされ、十月十四日に東京を出発、途中里見弴と落ち合い、大阪に赴き、九里四郎と三人で遊び呆け、十月十八日に城崎温泉に到着している。これでは、その「気分」が落ち着き、平静であったはずがない。「城の崎にて」では城崎温泉への経路などは一切省かれ、冒頭部の「一人で」という語に特別の意味を込め、さらに「近年になく」という言葉に重みを持たせているのである。

城崎温泉滞在当初の主人公の生活は、「読むか書くか、ぼんやりと部屋の前の椅子に腰かけて山だの往来だのを見てゐるか、それでなければ散歩で暮してゐた。」とされる。まずは散歩のことが語られ、いつしか夕食前のお決まりの散歩コースもできていたとされる。散歩中、「静かないい気持」に包まれているが、怪我のことをよく考え、「一つ間違へば」青山の墓所に仰向けになって寝ている（土葬のイメージ）ところだったなどと思う。しかも祖父や母の死骸とは没交渉であることを想像する。翻って、九死に一生を得たことに対し、ロード・クライヴのように「何か」（神のような超越的存在としていい）が自分を殺さなかった、と感じたかったとあり、現に「そんな気もした。」とされている。が、そういう方面に主人公の想念は発展していかない。その「気分」は静まり、「死に対する親しみ」が起こっていたというのである。

ここまでが「城の崎にて」のいわば提示部である。ここも実際上の城崎体験とはニュアンスを多分に異にしているとせねばならない。志賀日記によると連日のように「玉突き」遊びなどに出掛け、また草稿「いのち」には「自分は精出して入浴した。」と書きつけている。が、入浴や遊びのことは一切捨象されている。執筆回想時の一九一七

（大6）年四月において城崎滞在時のことはいわば濾過作用を受け、厳選されたものだけが定着されたとみねばならぬのである。

2 死と生をめぐる思索

次から蜂、鼠、蠑螈のシーンが順次展開される。この作品の構造上の特徴を幾つかの先行論文[2]からまとめていえば、蜂の死骸を発見するのは「或朝の事」で、場所は主人公の泊まる宿の玄関の屋根の上であり、鼠の「動騒」を見るのは蜂の死骸が主人公の眼界から消えて「間もない」折の、「ある午前」の小川に沿って散歩（いつもの散歩コースとは違う）に出ていた途次のことであり、蠑螈のシーンは「又暫くして」の「或夕方」のいつもの散歩コースからさらに遠くに行った先の出来事であり、時間的には朝から午前を経て夕方に、空間的には宿からより遠くに、そして死後のこと、死の直前、死の原因という配列で組み立てられているのである。

実際上は蜂より鼠のシーンが先であったのではないかという推測も一部にあるが、その確証は得られていない。ともあれ、極めて整然とした重層的ともいえる構成法が取られている。この三つのシーンに主人公の交通事故体験が密接に絡むのであるが、以下それを子細に検討していきたい。

蜂のシーンでは、まず毎日忙しそうに働く蜂の姿態がクローズアップの描写法で活写される。やがて主人公は「一疋の蜂」の死骸を発見する。それは「如何にも死んだもの」という感じを与え、それには冷淡に忙しく這いまわる「他の蜂」が「如何にも生きてゐる物」という感じを与えることと対照的に描かれる。ここでは明らかに〈生〉と〈死〉は両極にある。主人公はその蜂の死骸の「静かさ」に親しみを感じるのだ。提示部をそのまま承けているといえる。そして少し前に書いた「范の犯罪」（一九一三・一〇、「白樺」）のあらましを語り、今は殺されて墓の下にいる范の妻の「静かさ」を書きたいと思ったとする。だが、「其前からかかつてゐる長篇」の主人公の「考」と大きく異なるので弱ったというのである。

ここでは「書く」ことの方面が示されたが、実際の城崎滞在時でも、おそらく懸案の「長篇」の一部として「五十枚」は書かれた（10・23、日記）のである。草稿「いのち」の一節には「何しろ今迄のやうに呑気にしてゐては駄目だ、出来るだけの事を本気になつてやり貫うさうと心に誓つた。」とある。自己叱咤、気のあせりもあったというのが実情に近いだろう。が、草稿「いのち」はそれに続けて「然るに自分はその割りに実際活気ある気分にはならなかつた。」「死に対して今まで感じなかつた静かな、親しさを感じてゐたのである。」としている。直哉にとって「静かさ」に親しむ「気分」の到来は意外なものであったに相違なかろうが、紛れもない事実であったのである。

鼠のシーンでは、二三人の子供と車夫の投石にあって、一生懸命に逃げ回る鼠の姿をその「動作の表情」に感じ取る。それは投石のあおりを食って驚く二三羽の家鴨の「頓狂な顔」と対照的に描かれる。鼠の「動騒」は、主人公の「希つてゐる静かさ」または「気分で希ふ所」すなわち〈死〉の入口に当たる。それを目のあたりにした主人公は「淋しい嫌な気持」になる。〈死〉に到達するまでの「動騒」の苦しみが恐ろしいからである。こうなると最早「静かさ」に親しむ「気分」に存分に浸ってはいられなくなるのだ。次に、主人公は自身の電車事故の直後、病院の指定など自身で行なう「頭」がよく働いたことなどを思い返す。そして、今、仮にフェータルなものが来たらどうかと想像するが、「あるがまま」に振る舞うしかないというところに逢着する。この時点でも主人公はまだ〈死〉の「静かさ」の方にひかれているといえよう。ただし、ここでも〈生〉と〈死〉は両極にあるが、蜂の場合よりはかなりその距離を縮めているといえるのである。

主人公は「或夕方」、いつもの散歩コースを延長して山陰線の線路を越える。周りの景色も淋しさを増す。「物が総て青白く、空気の肌ざはりも冷々として、物静かさが却つて何となく自分をそは〳〵とさせた。」というのである。

ここで主人公は外界の変化に敏感に反応して「そは〱」した「気分」になっている。そして桑の葉の不思議な現象に遭遇するのだ。風もないのに「或一つの葉」だけが同じリズムで動くのが見え、その桑の木の下に行ってしばらく見上げていると風が吹いて来て、その葉は動かなくなったというのである。

このシーンを「黄泉の風景」とする説[3]があり、またそれに同調する見解も二、三あるが、決してそのようなものではない。主人公が死の国や幽界に踏み込む必然性はないからである。ここは草稿「いのち」では「書く程もない事」「別に意味もないさ細な事」とされていた。それが採択されたことに逆に大きな意味をみねばならない。「城の崎にて」では「原因は知れた。」と自己納得だけで済ませているが、それはおそらく説明調になって文章のリズムが崩れるのを避けたのだろう。草稿「いのち」では「一葉の桑の葉」が「他の物には感じられない微かな風を其向きと、ジクの弱さ加減とで其葉だけ感じてゐた」ところに「他の物も感じるやうな風の吹く時には反つてそれは止まつた。」とされている。これは自然界にまれに起こる物理現象だったのである。

この桑の葉の不思議な現象は〈動〉と〈静〉が分かちがたく同居していることを示している。「何か」でこのような場合を主人公は知っていたと思ったとあるが、それは大きな交通事故に遭ったことのある者にしか感得できない微妙な感覚であったかもしれない。そしてこのシーンは次の蠑螈の不意の死のシーンのいわば前奏の役割を担っていたのである。

主人公はここらで引き返そうと二度まで思うが、その歩みは止まらない。そして「何気なく」、「傍《わき》の流れ」を見ると水から出たばかりの蠑螈が「半畳敷程の石」の上にいるのを発見する。蠑螈は「未だ濡れてゐて、それはいい色をしてゐた。」とされる。先の蜂のシーンでの比喩を用いれば、それは「如何にも生きてゐる物」という感じを与えていたのである。それから主人公は「何気なく」しゃがんで蠑螈を見ながら、蜥蜴や屋守などに対する好悪を語る。蠑螈に関し今は「好きでも嫌ひでもない。」というのである。一見この部分は無駄のようにみえるが、主人公が蠑螈に対し特別の感情を抱いていないことを言いたかったのだろう。こうして主人公は蠑螈を驚かして水に入れようと思う。それは生きていることを確認したかったからに他ならない。主人公はしゃがんだまま、「小鞠程の石」を取り上げ、投げてやった。むろん蠑螈を狙ってはいない。が、石は蠑螈に命中し、蠑螈は死んでしまうのである。殺意がないのに蠑螈を殺してしまったことに主人公は「妙な嫌な気」になる。が、主人公は蠑螈との一体感を深め、「生き物の淋しさ」を一緒に感じる。「自分は偶然に死ななかつた。蠑螈は偶然に死んだ。」と、「偶然」を強調し「淋しい気持」になって帰路につくのであった。

このような蠑螈のシーンで気になるのは、蠑螈の死の描写でクローズアップが用いられているにも関わらず、蠑螈の体のどの部位に石が当たったか明確に書かれていないことである。石の音と同時に蠑螈は「四寸程横へ跳んだやうに見」え、次の瞬間には「尻尾を反らし、高く上げた。」のである。志賀日記には「頭」に当たったとある(10・31)が、「城の崎にて」では状況から推して「頭」と「背」だとすることも可能である。とすれば、これは直哉の電車事故と同じで、その再現だとすることができるのだ。

その〈生〉と〈死〉を分けたのは単なる「偶然」にすぎない。もし投げた石がもう少し小さかったら、あるいは当たる角度がずれていたら、蠑螈は死なずに済んだかもしれない。逆に直哉の場合、電車のスピードがもっとあったなら、あるいは跳ね飛ばされ方がずれていたなら、即死もありえたのである。いずれも単なる物理的作用によるものだったのだ。一九一四(大3)年の「いのち」の段階では、直哉は怪我軽傷の由来を心理的なものに置いていた。子供が電車事故に遭い助かった後味のよさを残す「出来事」を書き上げた直後の事故ゆえに自分も助かったとしていること、およびちょっとした電車事故で死んだ老人に比べ若い自分には生命に対する執着の力が強かったことを長々と記していた。だから電車事故のことと蠑螈のこと(書きかけてすぐ放擲されている)は有機的関連をもって描けなかったのである。だが、その後、直哉は自身の怪我軽傷の合理的原因を物理的なものに置くようになった。それに

伴い、桑の葉の不思議な現象も意味あるものとして甦ってきたのである。(4)

「城の崎にて」において、蜂の死を中心にした前半部と、いつもの散歩コースを延長して山陰線の線路を越えてからの後半部とでは、主人公の「気分」のあり方が明らかに異なっている。執筆回想時の直哉は、〈静〉に親しむ調和的な気持ちに漸進していた。そういう心的状況と城崎滞在時はその位相をほぼ同じくしていたと顧みられたに相違ない。それが「城の崎にて」の前半部に定着された。がその一方で、電車事故での怪我軽傷の合理的原因を追求するモチーフが作品内に底流し、それが後半部において体現されるに至った。ここに「城の崎にて」全体の基調の差異の起因するものを見ることができるのである(上掲の図を参照のこと)。

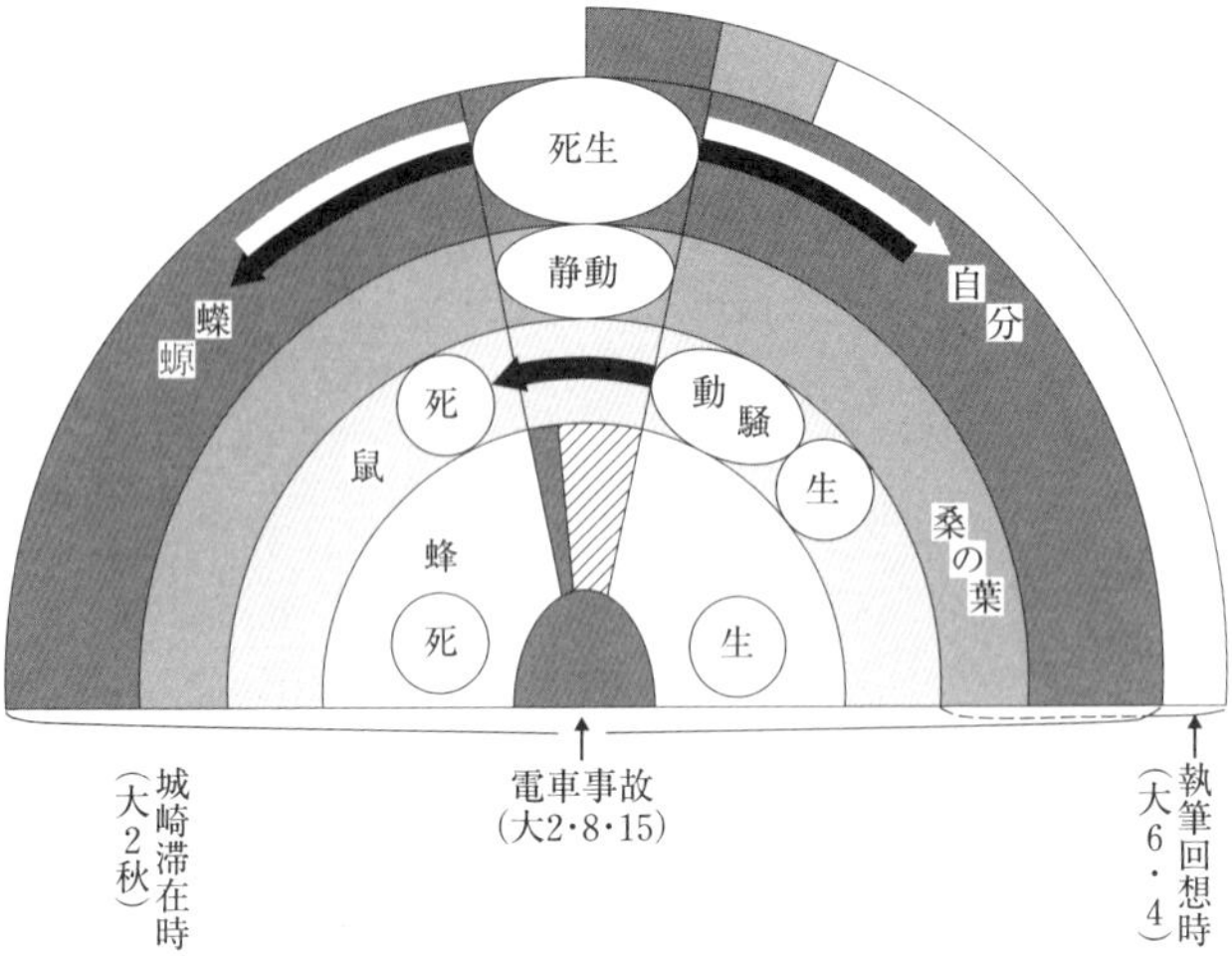

「城の崎にて」の重層構造

散歩の帰路で主人公は〈生〉と〈死〉は両極ではないと認識する。生きていることはさしてよいことでもないという無力感に捕われたといえよう。そして「視覚」と「足の踏む感覚」はバランスを失い、ただ「頭」だけが「勝手に働く。」という状態になる。この時、何を思い、考えていたのであろうか。城崎温泉滞在当初の「頭」の状態とはよほど違う。また、「気分」の方も平静さを失っていて、これも城崎温泉滞在当初のそれとは大きく異なるのである。

むすび

作者に還元していえば、城崎体験は「静かさ」に親しむことから始まり、それ以前の平静さを失った日常に舞い戻って終わったといえまいか。伊藤整の喩え方でいえば、海の底にいる状態から再び海面に浮き上がってしまったということになる。具体的には、父との不和の問題、今後の自身の生き方の問題がより深刻さをもって意識されてきたといえまいか。こうなるとのんびり城崎温泉に逗留することは「我慢」できないものとなる。前年からつづく「自活」の問題、父（自家）との関係の問題が喫緊のものとしてその「頭」を働かせることになったに相違ないのである。

作品の末尾の「脊椎カリエスになるだけは助かつた。」とは、助からないかもしれないことが今なおあるということである。執筆時の直哉にとって父との不和はいまだ暗礁に乗り上げたままであったのだ。

注

（1）伊藤整『改訂文学入門』（光文社、一九五六・一二）。なお伊藤整の「城の崎にて」への言及は大正文学研究会編『志賀直哉研究』（河出書房、一九四四・六）に始まる。

（2）宮本静子「「城の崎にて」」（西尾実監修『作品研究志賀直哉の短編』、古今書院、一九六八・二所収）、三谷憲正「「城の崎にて」試論――〈事実〉と〈表現〉の果てに――」（「稿本近代文学」15、一九九〇・一一）など。

（3）今村太平『志賀直哉との対話』（筑摩書房、一九七〇・一〇）、および今村太平『志賀直哉論』（筑摩書房、一九七三・九）。

（4）拙稿「志賀直哉――その青春の終焉――」（「文芸研究」第四十五号、一九八一・三）。のち、拙著『志賀直哉――青春の構図――』（武蔵野書房、一九九一・四）に収録。

（補注）「城の崎にて」に関する主な論考（前掲文献を除く）を列挙しておきたい。

① 谷崎潤一郎「実用的な文章と芸術的な文章」「調子について」（『文章読本』、中央公論社、一九三四・九）
② 竹盛天雄「志賀直哉「城の崎にて」―描写について―」（「國文學」、一九六六・五）
③ 須藤松雄「城の崎にて」（『近代文学鑑賞講座　第十巻　志賀直哉』、角川書店、一九六七・三）
④ 川崎寿彦「「城の崎にて」志賀直哉」（『分析批評入門』、至文堂、一九六七・六）
⑤ 亀井雅司「志賀直哉の短篇――その構造――」（「国語国文」、一九七一・四）
⑥ 遠藤祐「「城の崎にて」論」（「國文學」、一九七六・三）
⑦ 重友毅「直哉の『城の崎にて』」（「文学研究」第四四号、一九七六・一二、のち『志賀直哉研究』、笠間書院、一九七九・八、所収）
⑧ 今野宏「「城の崎にて」」（『作家作品シリーズ1志賀直哉』、東京書籍、一九七八・四、所収論文）
⑨ 須藤松雄「大正六年（一九一六・三十五歳）」（『志賀直哉の自然』、明治書院、一九七九●四）
⑩ 江種満子「「城の崎にて」の構成・位置など」（『現代国語研究シリーズ10志賀直哉』、尚学図書、一九八〇・五、所収論文）
⑪ 紅野敏郎「城の崎にて」（『鑑賞日本現代文学　第7巻　志賀直哉』、角川書店、一九八一・五）
⑫ 門倉正二「『城の崎にて』について」（「国語展望」58、一九八一・六）
⑬ 佐々木靖章「「城の崎にて」」（『一冊の講座　志賀直哉』、有精堂出版、一九八二・一〇）
⑭ 篠原拓雄「「城の崎にて」を読む――作品享受の前提――」（「金城学院大学論集」〈国文学編〉第25号、一九八三・三）
⑮ 鳴島甫「『城の崎にて』のそわそわの気分」（「月刊国語教育研究」137、一九八三・一〇）
⑯ 本多秋五「晩拾志賀直哉（八）――生と死を分つ透明な膜」（「群像」、一九八四、七、のち『志賀直哉㊤』、岩波書店、一九九〇・一）
⑰ 小泉浩一郎「「城の崎にて」――一つの終焉――」（「国文学解釈と鑑賞」、一九八七・一）
⑱ 鶴谷憲三「「城の崎にて」の構造」（「蟹行」第3号、一九八八・三）
⑲ 相原林司「半客体化のリアリズム――志賀直哉『城の崎にて』の表現分析――」（「国文学　言語と文芸」107号、一九九一・八）
⑳ 山口直孝「『城の崎にて』の叙述と構成」（「日本文藝研究」第四十三巻第四号、一九九二・一）
㉑ 宮崎隆広「「城の崎にて」論――〈自分〉の事語り――」（「活水日文」26、一九九三・三）

㉒　小林幸夫「「城の崎にて」における〈自分〉」（「日本近代文学」第49集、一九九三・一〇、のち『認知への想像力・志賀直哉論』、双文社出版、二〇〇四・三、所収）
㉓　池内輝雄「「城の崎にて」論」（田中実・須貝千里編『〈新しい作品論〉へ、〈新しい教材論〉へ2』、右文書院、一九九九・二、所収論文）
㉔　町田榮「青山、志賀家墓所の空想と夢想㈢――『城の崎にて』と『佐々木の場合』――㈡」（「跡見学園女子大学国文学科報」第二十八号、二〇〇〇・三）
㉕　下岡友加「「城の崎にて」の表現――草稿「いのち」との比較検討を通じて――」（「日本研究」第十四号、二〇〇〇・七、のち『志賀直哉の方法』、笠間書院、二〇〇七・二、所収）
㉖　宗像和重「遠くへ、そして一人に――「城の崎にて」私注」（「國文學」、二〇〇二・四）
㉗　生井知子「大正六年の志賀直哉――調和的心境という神話をめぐって――」（「國語と國文學」二〇〇二・一〇、のち『白樺派の作家たち　志賀直哉・有島武郎・武者小路実篤　』、和泉書院、二〇〇五・一二、所収）
㉘　小田島本有「〈生〉と〈死〉の狭間―志賀直哉『城の崎にて』を手がかりにして―」（「釧路工業高等専門学校紀要」第三十六号、二〇〇二・一二）

第六章　「好人物の夫婦」考——身体反応、眼のドラマ——

はじめに

志賀直哉の「好人物の夫婦」（一九一七・八、「新潮」）は、広津和郎が「志賀直哉氏をこの世の刺戟から遠ざけてしまつて、一個の「好人物」の世界の主人公とさせてしまつて、それでいいのか。[1]」と警鐘を鳴らした際にその標的とされた一篇であったせいか、その後まともに論じられることなく今日に至っている。だが、「好人物の夫婦」（本稿はテキストとして全集収録のものを使用する）は、構成のしっかりした好短篇であり、その後の志賀文学展開のうえでも重要なものを内包していたのである。

1　眼のドラマ、自然発生的身体反応

「好人物の夫婦」は五つの節から成っているが、起承転結の構成法をとり、シンメトリーさえ形成している。特に作中人物の眼の動きと身体反応に着目し読んでいきたい。

「一」は、季節は秋、沼が近い或る家の夜半[2]の一室を舞台として、良人と細君の会話を中心に戯曲的な雰囲気を醸

し出しながら展開される。細君は針仕事に余念がなく、一方の良人は仰向けに寝転んで、「大きな眼」をして天井を眺めながら何か考え事をしている。静寂さのなか、細君の「もう何時？」という言葉で口火が切られ、途中二度ほど沈黙が流れるが、二人の会話は漸次昂揚していく。良人はしばらく旅行すると言い出したが、細君は旅行はいいとしても「いやな事」（浮気を指す）をしてはいやだと拗ねる。良人は「馬鹿」と言い、「意地悪な眼つき」になって細君を見た。そして細君は「少しうらめしさうな眼」で良人を見返すのだ。が、良人は「そんな事」をしないとなかなか断言しない。この葛藤の背景にある機微はあと（「四」）を読めば鮮明となるが、この良人は身持ちがいいとは言い難いのである。その後、良人が旅行を「少し億劫」に感じ、「よし、もう旅行はやめた」ということで落着する。いまだ浮気性の燻る良人とお嬢様育ちらしい細君の登場でドラマは開幕した。〈起〉の部分としていい。

「二」は、「一」の翌日のことで、旅に出るという方向性は継続されるが、良人ではなく細君の方が祖母の病気看護のため、実家の大阪に行く運びとなる。〈承〉の部分としてよい。この細君は、「赤ん坊の時から殆ど祖母の手だけで育つた児」とされ、なおさらその大阪行は是が非でものこととなる。ここでの細君は涙もろい人だということが強調される。その姉のやさしい手紙に接し、「眼」からポタポタと涙を落とす。また、良人がその手紙を読み「直ぐ行くといい」と旅出を勧めると、「ありがたう」と言って細君はその「赤い眼」からさらに涙を流す。その眼に焦点を当て細君の人柄を打ち出している。一方の良人は留守中、「俺も品行方正にして居るからね」などと「笑談《ぜうだん》らしく」言い、表面上、この良人から浮ついた感じを拭い去れない。こうしてこの夫婦は、ほぼ「四週間程」別居することになったが、祖母は次第に快方していったのである。

「三」と「四」は、〈転〉の部分ということになる。「三」は、「それは春の春らしい長閑《のどか》な日の午前だつた。」と起筆され、「二」の秋と対応している。良人は女中瀧の悪阻を目撃したのだ。「四」になると、良人はむろん潔白だが、瀧を妊娠させた相手として自分が細君に疑われても弁解しにくいものがあると思う。独身時代、「女中とのさう云ふ事も一度ならずあつた」という。また、結婚してからも「さう云ふ事」には自信がなく、細君にその危険性を「半分笑談」にして言い、ある場合は「意地悪い厭がらせ」が含まれていたとされる。いったいこの夫婦は結婚して何年になるのか定かでないが、まだ二人の間には子供はなく、それを苦にしている様子もないことから、結婚してさほど年月が経っていない夫婦だとみられる。なお、細君は結婚当初は良人の浮気性にある程度寛大な姿勢だったというが、今はそれを「認めない」ことになっているとされ、「二」のあの葛藤シーンの背後事情も窺えるのだ。だが、「四」の核心部は、良人と瀧の関係にある。それは二段構えになっていることに注意せねばならない。前段のものは細君の留守中に、良人が狭い廊下で瀧と衝突しかけ、擦り抜けて行く際に、「不思議な悩しい快感」が「咄嗟」にやって来、通り抜けて行ったというのだ。この身体反応は一体いかなるものなのか。それは後段のものが示されることでより明確なものとなる。良人は瀧が寝る前に家の習慣で「御機嫌よう」を言いに来て廊下を帰りつつある時、そのあとを「気持」のうえで「追つて行く」ことがよくあったという。また、特に必要でもない用を言いつけたりしたが、そこには「底意《そこい》」があったとする。さらに、瀧は自分の「底意」を見抜きながらも一方で「或快感」を感じているとも想像している。この一連の行為や気持ちの動きを「淡い放蕩には違ひなかつた。」としている。それに比べれば、前段のものは、「放蕩と云ふ気はしなかつた。」とされ、これは自然発生的な、瞬時の性的快感の通り抜けといえるものだろう。むろん、相手の瀧を嫌っていてこういうことは起こらない。が、この良人が「瀧に恋するやうな気持は持つて居なかつた。」ことに留意せねばならない。おそらくは、細君との別居で、性欲が抑圧され、形を変えて発現してしまったものとしていいだろう。ここに道義的な批判は加えられない。しかし、これらより一層重要なのは、この良人には「家庭の調子を乱したくない気が知らず〳〵の間《あひだ》に働いて居た。」とされていることである。つまり、より安定した夫婦関係を目指しているのだ。この良人はその表面上とは違い、その芯には良き夫になろうとする思いが強く働くようになっていたのである。

「五」は、良人がこの四五日細君に元気がないのを気にかけ、瀧を妊娠させた相手が自分ではないことを自分から言い出さねばならぬと思うところから始まる。〈結〉の部分である。細君は洗濯物の片付けをしていて坐っていた。「二」の針仕事と対応する。そこに書斎を出た良人が近づいて行き話しかける。このあたりから二人の会話を中心に展開される。「二」と同様、戯曲的な感じとなり、いわばシンメトリーを形成するのだ。ただ、二人の視線は、「二」では細君が上で、良人は寝そべっていたから下であったが、ここは良人は立っていて、細君は坐っているので、「二」とは逆になっていることに注目したい。良人は「おい」と言って気軽に細君に声を掛けた。「何?」と言って細君は受けるが、「物憂さうな眼」をしていて、それを挙げたとされる。「物憂さうな眼」は、瀧の悪阻の件で、暗に細君が良人のことを疑っているのを示すものと受け取れる。ついで、瀧の悪阻のことを話題にすると、細君の「眼」は「一寸光つたやう」だとされる。細君の気がかりなことが持ち出されたのですばやく反応したのだ。が、細君は下を向いたままでいる。良人は「知つてるなら尚いい。然しそれは俺ぢやないよ」と直截に言い放った。すると「細君は驚いたやうに顔を挙げた。良人は今度は明かに細君の眼の光つたのを見た。そして見てゐる内に細君の胸は浪打つて来た。」と叙述される。細君の「眼」が「光つた」のは嬉しさのためである。さらに良人は「……今度の場合、それは俺ぢやあない」とダメを押す。細君は「立つてゐる良人の眼を凝《ぢ》つと見つめ」る。ここは、細君が良人の「眼」に言葉の真偽のほどを再確認したところだとしていい。むろん良人の言葉が真実のものだと納得がいったので、あとはその唇を震わし、「ありがたう」と言って、「其大きく開いて居た眼」から涙が流れることとなったのである。実に「眼」という語が頻出する。これは眼のドラマなのだ。その後、良人は坐って、二人の会話はなお続くが、細君は嬉しさの興奮のあまり、その身体をブルブル震わせ、お湯を飲んで落ち着かせようとしてもその手の震えが止まらないという身体反応を示してエンディングとなる。この身体の震えも自然発生的なもので、本人の意志でどうにも制御できるものではなかったのである。

「好人物の夫婦」における良人と細君の「好人物」たる所以は、それぞれその心の状態に正直であって、それを素直に身体反応として示してしまうところにあると思われる。とりわけ、その「眼」はまさしく心の窓になっていることに気づかされる。そのシンメトリカルな構成の妙とともに、その内容ももっと高く評価されていい。

2 後続作品にみるバリエーション

「好人物の夫婦」は後続の「和解」（一九一七・一〇、「黒潮」）や「暗夜行路」（一九二一・一～一九三七・四、「改造」）の先蹤となるものを持っていた。以下、このことについて述べておく。

「好人物の夫婦」で良人は瀧と擦れ違う際、「咄嗟」に「不思議な悩しい快感」がその体中を駆け抜けるのを感じた。これと極めて似たものを「暗夜行路」後篇第四の十五に見出すことができる。謙作が見る、お由が生神様となっている「妙な夢」である。お由は十七八の美しい娘とされるが、赤子がすでにい、赤子を連れて寺の実家に里帰りをしていた。謙作は、お由に特別な感情は抱いていなかったが、親しみは感じていた。夢のなかで謙作は神社の境内にいて群集の一人となっている。そこの石段に特別にできた板敷きの通路を生神様が「急足《いそぎあし》に」「降つて来た」という。

お由は殆ど馳けるやうにして彼の所を過ぎて行つた。長い水干の袖が彼の頭の上を擦《す》つて行つた。其時彼は突然不思議なエクスタシーを感じた。彼は恍惚としながら、かうして群集はあの娘を生神様と思ひ込むのだ――そんな事を考へてゐた。

夢はここで閉じられているが、目覚めて、「あの不思議なエクスタシー」には「性的な快感が多分に含まれてゐたやうに思ひ返され」「変な気」がしたというのだ。謙作は一人大山に赴き、蓮浄院に滞在し、妻の直子とは別居中である。「好人物の夫婦」とそのシチュエーションも酷似している。もっとも、謙作の方は自己改造を目指していて、性的なものから遠いところにいると思っていた。が、夢のなかのこととはいえ、瞬間的な性的快感という電流のようなものの発動があった。これをお由に対する淡い放蕩だとはいえないし、道義的批判も加えられない。抑圧された性欲の予期せぬ自然発生的な現象とするしかないのである。ともあれ、このシーンは「好人物の夫婦」の瀧との体験のバリエーションと見ていいように思う。

「好人物の夫婦」の細君は良人の言葉の真実性をその「眼」に求めたが、これと同じようなことは「和解」でも行なわれていた。父との和解成立後、父は我孫子の主人公のところにやって来た。その別れ際、主人公は父の眼を見ている。父の「眼」に「突然」「或る表情が現はれた。」とし、それは「自分の求めてゐるものだった。」という（十五）。和解が本物であったことを「眼」で確認したのである。さらに、主人公は上京し父たちと会食などをして一日を過ごすが、「其日は自然に父の眼に快い自由さで、愛情の光りの湧くのを自分は見た。」とされる（十六）。和解の安定であるとともに、この主人公（直哉としていい）が父（直温としていい）に愛情を求めていたことも明確となるのである。

「好人物の夫婦」では、とりわけ「二」と「五」において眼のドラマを形成していた。それと同工異曲のものを「暗夜行路」後篇第四の九と第四の二十に捜し当てることができる。第四の九は、いわゆる京都七条駅事件を語っている。動き出した汽車の踏み台の上にいる謙作は、プラットホームを駆けながら汽車に乗ろうとする直子を、その片手（これはおそらく利き手の右手で、もう一方の手は赤子を抱きしめている）で発作的に突いてしまった。この時、直子は、「乗れてよ、一寸摑まへて下されば大丈夫乗れてよ」と言っているのだが、「憐みを乞ふやうな眼つき」をしていたのである。二人の視線が謙作が上で直子が下であったことに注意したい。これとちょうど逆の視線関係にあるのが第四の二十である。謙作の病室に入って来た時の直子は、「眼を大きく見開き、見るからに緊張してゐた。」とされる。謙作は仰向けに寝たまま「眼だけを向け」、直子を見る。赤子に関する短い会話があったあと、謙作は「開《ひら》いたままの片手」（これは先に直子を発作的に突いてしまった多分右手だろう）を直子の膝の所に出し、それを直子は両手で握りしめた。そして謙作は直子の顔を「眼で撫でまはすやうに只視てゐる。」のだ。一方、直子は、それを「未《いま》だ嘗て何《なに》人《びと》にも見た事のない、柔かな、愛情に満ちた眼差《まなざし》」と受け止める。この二つのシーンは、眼（それに片手が付随するが）のドラマとして首尾呼応している。その嚆矢は「好人物の夫婦」にあったことを認めざるを得ないのである。

注

（1）広津和郎「志賀直哉論」（「新潮」、一九一九・四）

（2）「好人物の夫婦」の冒頭の一節は、「深い秋の静かな晩だつた。沼の上を雁《がん》が啼いて通る。」というものである。須藤松雄（『志賀直哉の自然』、明治書院、一九七九・四）は、この「冒頭の自然」は「調和的な静かな世界に安らいでいる創作主体によって描かれ」たとし、本多秋五（『志賀直哉㊦』、岩波書店、一九九〇・二）は、この「冒頭の文句」が「殺人的」で、「たったふた筆で、寝静まった沼べりの村と、平和な家庭の空気とが、名画のように浮かび上がって来る。」と激賞している。

第七章　志賀直哉のラブレター・トリック――「赤西蠣太」と「いたづら」――

はじめに

志賀直哉にラブレター（恋文）を真正面から扱った作品が二つある。「赤西蠣太」（一九一七）と「いたづら」（一九五四）である。

いずれも、主人公らが仕掛けたラブレター（恋文）のトリック（詭計、からくり）に、主人公（蠣太・「私」こと田島）が当初の目論見とは異なる方向に翻弄されていき、やがて作全体が「悲喜劇」の様相を呈するという筋立てとなっている。

両作は、その制作年代に大きな隔たりがあるものの、その作品構造に著しい類縁性が認められる。両作（いずれもテキストとして全集収録の定稿作を用いる）を論じることで、志賀直哉の物語作者としての側面、小説作法上の特色、またその恋愛観などが浮き彫りにされてくるのである。

1　種本との比較検討・人物命名のあり方

「赤西蠣太」（一九一七・九、「新小説」、初出原題は「赤西蠣太の恋」。一九一八・一『夜の光』収録の際に「赤西蠣太」と改題された。）にはその「創作余談」（一九二八・七）で語られているように典拠とした講談があった。それは、悟道軒円玉（ただし、ここでは三代目錦城斎典山の名を借りている）の作「伊達騒動《だてそうどう》蒲倉仁兵衛」（一九一三・七・一五、「文藝倶楽部」増刊）で、町田栄によって発見された。[1]「赤西蠣太」の作品世界を分析する前に、その種本である「蒲倉仁兵衛」に是非とも触れておく必要がある。

町田栄は、「赤西蠣太」は「原（もと）の講談」に「コンストラクションの細部まで負っている」[2]とし、その後も、津田洋行、[3]水洞幸夫[4]が両作の比較検討を行なっている。が、私見によれば、「赤西蠣太」にはこれら先行の研究が見過ごしている種本からの重要な改変点が存在する。そこで「蒲倉仁兵衛」の「赤西蠣太」に関わるその前半部の概略について述べておきたい。

「蒲倉仁兵衛」において、「赤西蠣太」の赤西蠣太と銀鮫鱒次郎に対応する人物はそれぞれ蒲倉仁兵衛と今村半之丞である。仁兵衛は納戸役として伊達兵部に仕えるが実は白石片倉小十郎の内命を受けている。一方の半之丞は原田甲斐に仕えるが伊達安芸の放った隠密である。二人は一心同体、主人も一心同体、忠義が強調される。ある日、二人の隠密は、ある蕎麦屋で密談を行ない、手に入れた証拠の書類都合五通を持って仁兵衛が国元へ逃亡することを決める。その際、半之丞は、第一に「私主人安芸」に訴えて下されとし、第二に、周囲に怪しまれないような「何か罪を造《こし》らへて」逃亡に及んで欲しいと言い残し、別れたのであった。

仙台坂の屋敷に帰った仁兵衛は、その策を講ずる。彼は、「四十坂を三つ四つ越した分別盛り」で、「頭も小禿になつて居る」男である。そういう年配の侍が、「十九か二十歳」の美人の腰元玉笹（むろん「赤西蠣太」の小江に当たる）に〝付け文〟をするというのだから、間違いなく怒りをかって訴え出られ、面目をつぶすことになると考えたのである。仁兵衛が苦労したのはまさしくここの所で、艶書を書くこと自体にはさして腐心していない。「寝ては夢、起きては現《うつゝ》幻のとお定《きま》りの文句を並べ」たてる、すなわち紋切型の艶書を長々としたためたのであった。

仁兵衛は廊下で玉笹と擦れ違った際、「玉笹殿、色よき御返事を願ふ」と言ってその袂に艶書を忍ばせた。その後三日ほど何の騒ぎも起こらず「計略画餅だ」と心配していると、玉笹から、「恋しき蒲倉様へ参る、焦《こが》る、玉より」という返書があり、受け取った仁兵衛さえ、「ア、世の中は幾ら表向き高慢な面をして居る奴でも、裏面から見れば大概是れだ。……」と、たやすく落ちた玉笹に驚き呆れている次第なのである。このあたり、大衆受けをするものになっていて、この講談の一つのクライマックスを形成しているといえよう。仁兵衛の〝付け文〟計画は玉笹の予想外の返事で挫折しかかるが、仁兵衛はこれに対する返事をしたため、今度は廊下にわざと落としてくるという手段に出た。艶書を衆目にさらさんがためである。これを女中が拾い大騒ぎをしたあと御老女へと届け出る。老女は外聞にかかわるとして女中たちに口外を禁じ、仁兵衛を呼んで叱った。老女の処置で仁兵衛の計画も今度こそ失敗に見えかけたが、「女のお喋舌」は「どうして黙つては居ない」として、女中たちが仁兵衛をからかっているのを仁兵衛が耳にし、そこで「シメた〱」と暇乞いの書き置きをしたため、路用のためと御納戸金百両まで持ち出して逃亡するのであった。

以上が種本の前半部である。後半は、国元へ急ぐ旅の途次の出来事、医者大庭道益の家来八郎兵衛なる老人とのやりとりから、伊達安芸を総代とする公儀への「二十七ヶ條の目守《めやす》」が作られるまでの経緯が語られるが、「赤西蠣太」とは関わらない。

煩をいとわず種本となった講談「蒲倉仁兵衛」について綴ってきたが、もはや「赤西蠣太」との相違点は明らかであろう。

まず、「赤西蠣太」にある蠣太切腹未遂事件が「蒲倉仁兵衛」にないことから、按摩安甲の造型をふくむ「赤西蠣太」の前半部は志賀の創作だと判明する。また、蠣太出奔後の後日談も志賀の創作ということになる。

次に、蠣太出奔に際しての〝付け文〟計画を案出したのは種本では仁兵衛（蠣太）となっているが、「赤西蠣太」では、鱒次郎になっていることに注意しなければならない。先に重要な改変点がいまだ指摘されずにいるとしたのはまさにこの部分である。

種本での仁兵衛は年配の侍だが醜男というわけではなかった。それを「赤西蠣太」では美人の小江とのコントラスト、醜が美に受け容れられるはずはないという大前提のもとで〝付け文〟計画が案出された。その演出は脇役の鱒次郎が引き受けたのである。主人公蠣太があまりの好人物として造型されたためでもある。ともかく、脇役鱒次郎がラブレター・トリックの黒子役を務めることに注意したい。のちに「いたづら」をみる際、この点は銘記しておきたいところである。

主人公（蠣太）が艶書作成に苦心惨憺するのは種本とは異なるが、第二の艶書をわざと廊下に落としてくるという手段に出るのは種本を踏襲している。が、種本では、女中がそれを拾うことになっていて、老女の口止めにも関わらず、「女のお喋舌」が強調された。これを「赤西蠣太」は第二の艶書を拾うのは老女蝦夷菊自身と改変した。むろん、老女は種本からの肉付けが進み、心ひそかに蠣太に好意を寄せる人とされる。前半部の蠣太切腹未遂事件（老女蝦夷菊は安甲からこの話を聞かされ、蠣太の豪胆さに感服した）との脈絡がよく計算されているのである。また、小江から返事をもらうのは第二の艶書を廊下に落としてきたあとのこととした。小江からの返事を期待せず、直接返事をもらうのを避けてもいた蠣太としては、目的遂行第一、第二の艶書が先になるのは当然の成り行きだったともいえる。

「赤西蠣太」の登場人物における命名のあり方に「ヒュウモラス・サイド」を指摘したのは芥川龍之介であった。(5)

「赤西蠣太」の作品世界を検討する前にもう一つ、作中人物の名付け方[6]について触れてみたい。

赤西蠣太、「螺」と「蠣」、巻き貝と二枚貝で、内向的な性格（巻き貝）とともに裏表のある人物（スパイ・二枚貝）ということも含意されていよう。さらに外貌の地味さ、みすぼらしさに反し、内面の美しさも寓意されているように思える。銀鮫鱒次郎、「鮫」と「鱒」、いずれも顔の尖った魚で、攻撃的な性格、外向性を示しているだろう。按摩安甲は、大きな口の「鮟鱇」のもじりであり、おしゃべりのイメージが付与されている。小江は、「栄螺」のもじりであり、外面の美しさのみならず、内面の美しさ、内面重視の人間観の持ち主ということにもなるだろう。が、老女蝦夷菊（但し「蝦」にえびの意がある）だけは魚介類の名をもじったものになっていない。何故なのか。

「赤西蠣太」には、伊達兵部、原田甲斐という実在した人物も登場してくる。そこでもし、老女も魚介類を露骨にもじった名前になっていたら、作全体が浮わついたものとなり、背景にある歴史性、時代性は著しくそがれることになったと思われる。上層部に歴史上の人物兵部および甲斐がいる。中間層に老女蝦夷菊がいる。ここに蠣太と鱒次郎もふくまれるのだが、二人はそれぞれのちに「変名」だったとされる（本名はおそらく蒲倉仁兵衛、今村半之丞[7]なのだろう。[補注1]）そして庶民・町人階級の層に小江、安甲がいる。リアリティーをそがない程度で登場人物の配置、命名がなされ、しかもユーモアを醸すように工夫が施されているとしてよいのである。

2　「赤西蠣太」を読む

「赤西蠣太」には語り手が存在する。語り手は、作中人物たちの少し高みに立って、「昔、仙台坂の伊達兵部の屋敷に未だ新米の家来で、赤西蠣太といふ侍がゐた。……」と昔語りのように語り始める。こうして蠣太および鱒次郎の人物紹介がなされていくわけだが、ここに対偶法が用いられていることに着目しなければならない。

蠣太と鱒次郎とは、「様子あひでも好みでも、凡そ反対の男だった」とされる。蠣太は、三十四五歳というのに年齢よりはるかに老けて見え、言葉にも変な訛（雲州松江あたりのもの）があって、いかにも野暮臭い、いまだ独身の侍であった。また、酒は飲まず菓子好きで、そのため胃腸病者でもあったという。一方の原田甲斐に仕える鱒次郎は、若くて美しい、しかも利口そうな侍で、酒も好き、女道楽もたしなむということであった。

が、こういう二人に接点がないわけではなかった。それは「将棋」である。「将棋」好きというただ一点の共通項をもって二人が親友となっていくさまを語り手はさりげなく、またユーモラスな短い挿話をまじえて語っていく。

物語はいきなり衝撃的な蠣太の切腹未遂事件を展開させる。蠣太の日頃の菓子好き、胃腸病がたたり、腸捻転をひき起こしたのである。が、語り手ははじめ事件の部外者が取り沙汰する二、三の「噂」を示し、次に、按摩の安甲が老女蝦夷菊に内緒話として語る形で示していく。医者を呼んでも助からぬとみた蠣太は、一か八か自分の腹を切り、安甲に手伝わせて腸のねじれを直してしまったというのだ。蠣太にとって九死に一生を得る体験であった。老女蝦夷菊は蠣太の勇気に感服する。これがのちの蠣太への好意、善処につながることは言うまでもない。

やがて蠣太と鱒次郎の会話から二人が隠密であることが読者に明らかにされる。事件の外側から内側へと漸次叙述の筆が運ばれていることになる。蠣太は、腸捻転を起こした際、「犬死」を恐れた。二年近くかかって苦労して作った報告書を白石の殿様に見せずに命果てるのは「犬死」に等しいと思い、そばにいた安甲に報告書の隠し場所を教え、もしもの場合鱒次郎に届けるよう指示してしまったのである。蠣太はやはり骨の髄まで武士であるとみるべきである。一方の鱒次郎は、冷酷非情な面があり、スパイには適している。口封じのため安甲の殺害に及んだのは当然の処置であったといえる。

二ヶ月ほどのち、全快した蠣太は鱒次郎とはぜ釣りに出かける。敵方である兵部および甲斐の内情を探った報告書が作成され、今ようやくそれを国元に届ける時機となっていたのである。だが、どちらが逃亡するにしろ、もっともらしい口実をこしらえねばならない。鱒次郎の発案によるそれは、醜男の蠣太が美人の腰元小江に艶書を送り、当然のことながら相手の不興をかって周囲にも知られ、蠣太は赤恥をかく、それを口実に逐電しようというのであった。蠣太はこのような策略、細工は自分の領分ではないと思っていたので、鱒次郎に一任した気でいたとされる。鱒次郎こそラブレター・トリックの首謀者なのであった。

そもそも文学は善良さからのみは生まれない。人間や社会のもつ〈毒〉、〈悪〉に目を凝らさなければならない。いま、いかに大義のためとはいえ、偽の艶書を出すことは相手の心をもてあそぶことになる。また、美醜のコントラストを勘案してのこの計画も通俗的悪趣味に過ぎる。それを案出し主人公に強引に押しつける役として鱒次郎が存在する。作者志賀は、文学の持つ〈毒〉および通俗的〈悪〉趣味を脇役の鱒次郎に負託したのである。

蠣太はその心情と行為の不一致から、〝付け文〟計画を実行することにいささか消極的であったのだが、役目遂行、大義のためと承諾するに及んだ。

「秋になつて初めての珍らしく寒い晩だつた。」で始まる艶書事件のくだりはこの作品のクライマックス部分である。遠藤祐がすでに指摘しているように、語り手はこの段落に入って主人公蠣太により接近し、密着するようになる。(8) 蠣太の内面にメスを入れ、その葛藤のさまを如実に描写するためである。

蠣太は苦心の末、小江への艶書を作り上げた。そもそも蠣太には小江を恋する気持ちはなかった。日頃から小江の「清い美しさ」を認知し、そこに尊敬の念に似た心情を抱いていても、恋情はさらさらなかったのである。これが蠣太の苦心のもととなる。艶書である以上、恋情は絶対不可欠なものと考えた。蠣太は、「無理に小江を恋するやうな心持」を掻き立て、それが冷めないうちにと心がける。なんとか艶書に必要な恋情を盛り込むことができたが、蠣太は艶書を受け取る小江を気の毒に思い、相手を思いやることを忘れなかった。相手尊重、思いやりを第一としたのである。それは蠣太に自分は醜いという根深いコンプレックスがあったためでもある。

しかし、〝付け文〟計画は当初の思惑通りには運ばない。手に油汗をにじませ、小江に艶書を渡したあと、その日もその翌日も翌々日も何事も起こらないのである。蠣太は、小江が自分に恥をかかせまいとしているのではないかと思うようになる。そこでもう一つ艶書を書いてどこか人目につく場所に落としておいてやろうと考え、その晩、第二の艶書をしたためるのであった。あくまでも蠣太は「侍としての使命」に突き動かされている。その点に注意したい。

第二の艶書を廊下にわざと落としてきたあと、小江から返事をもらう。それを帰宅後蠣太が目を通す場面がこの作品のクライマックス中のクライマックスとなる。

小江は、蠣太に「前から好意を感じて」いて、尊敬の念さえ抱いていたという。町家出身で結局は町家へ嫁入る身と考えていたが、いま蠣太から好意ある手紙をもらい、「新しい問題」が起こってきた、「新しい感情」が湧いてきたという。これは、蠣太との結婚を考えるようになつたということである。身分の差を越えた結婚は、例えば町家の娘（小江）がいったんしかるべき武家の養女となり、相手の武士（蠣太）と結婚するという形で可能である。蠣太の偽恋文を求婚の意にまで受け取り、それを承諾し、具体的にその方向に向かおうとしているのである。

蠣太はこの手紙に接し、胸に「新しく出来た——それは五分前まではなかつた、妙なもの」を感じる。ここではじめて蠣太に小江に対する恋情が沸沸と湧いて来たのである。とともに、彼自身の異性コンプレックスも解消されていくのであった。人間の価値は外貌にあるのではない、その内面の美しさを見抜いてくれる異性は必ずや存在する。といったいささか教訓じみたテーマもここから引き出せることを言い添えておきたい。

しかしながら語り手は、蠣太の恋を「夢」のひとときとして語る。時間にしたらこの幸せはごく短いものであったろう。やがて蠣太は「侍としての役目」に返って行く。「夢から覚めたやうな気持になつた。」とも叙述される。〈公〉——大義と〈私〉——恋愛の相克は、〈私〉の情を自ら圧殺することで片がつくのである。遠藤祐は、この作品の核心部について、「諜報者の恋」が「諜報者と恋」に推移し、「裸かの人間の心」と「諜報者＝侍としての自己」の葛藤を描き、やがて小江のもたらした幸福は「夢」となる、と捉えている。[9] 私も同感で、ここに「赤西蠣太」一篇の主題をみるべきなのである。

第二の艶書の方は、老女蝦夷菊の好意ある取り計らいにあい、これも騒ぎを巻き起こしはしなかった。〈公〉の道、侍としての使命感で突き進む蠣太は、もはや〈私〉の方へは戻らない。武士の面汚しをしたことを恥入るとし、蝦夷菊宛の書き置きを残して出奔するのであった。

後日談の検討に入りたい。先行論文はこの部分にあまり立ち入っていない。しかし私は、ここの原田甲斐の存在（こわさ）にはもっと注目を払うべきだと思う。蝦夷菊から蠣太の書き置きは兵部のもとに届けられた。兵部と居合わせた侍たちは、蠣太を笑い者とした。蠣太（醜男）と小江（美人）の対照がおかしいとするのである。これらの人々は皆、通俗的なものに動かされている。が、原田甲斐は例外であった。蠣太と小江の話を聞き、怪しいものをかぎとった。そこで小江は甲斐に「峻酷に」調べられる。小江は、「今は本統の事を云ふより仕方がない」と思い、「悪びれずに本統の事を話した。」という。どこまで話したのか。やはり、こちら（小江）としては好意ある返事を蠣太に手渡したのに、蠣太はなぜか出奔してしまった、不可解なことだ、と話したのだろう。相思相愛ということになるのに、男（蠣太）の方が逃亡してしまうとは、彼奴は間者に相違ない、と甲斐はここで合点がいき、「益々不機嫌な顔」になったと読むしかないのである。

小江は親元へ下げられ監視の身となった。蝦夷菊は自ら願い出て退役した。また、盟友鱒次郎は甲斐のため人知れず殺されただろうという。蠣太をとりまく人々（前半部の蠣太の命の恩人安甲もふくむ）は、皆不幸になる。[10] 先に私がこの作品の性格を「悲喜劇」だとした理由がここにあるのだ。

3 物語その後のこと、悲喜劇形成の由来

「赤西蠣太」は、蠣太と小江の恋の行方を有耶無耶にしてその幕を閉じる。二人の恋の行方は作品外のことに属するが、伊丹万作や円地文子は、二人の再会といういわば後日談の後日談を創作している[11]。それだけこの作品は読み手ひとり一人に想像する楽しみを与えてくれている。が、この作品の叙述展開に即す限り、やはり二人は結ばれることはなかっただろう、と解したい。

蠣太は、〈私〉の情―恋愛を〈公〉―大義によって自ら圧殺した。彼が武士である限り、〈公〉の論理に拘束され続ける。主君への忠義が第一でそれは形を変え始終彼につきまとってくるものなのだ。いったんひとときの「夢」としてあきらめた小江との恋が甦ってくる可能性は極めて低いと考えられる。

一方の小江も、その堅い口をひらき「本統の事」を明かして親元に下げられ監視の身となった。親としては一刻も早く小江の縁談を考えたと思われる。やはり町家の者へ嫁いだ可能性が極めて高い。小江の恋（というより或る期待）もひとときの「夢」にすぎなかったのではないのか。

それより、作中、「間もなく所謂伊達騒動が起つたが、長いごたくの結果、原田甲斐一味の敗けになつた事は人の知る通りである。」（傍点は引用者）という叙述に注目したい。ここに、綱宗逼塞の件（一六六〇年）、幼君亀千代毒殺未遂の件（一六六六年）、原田甲斐の刃傷沙汰の件（一六七一年）という伊達騒動にかかわる史実を敢えて持ち出す必要はないのだが、「長い」年月、小江が蠣太の来訪を待ち続けていたとはとても考えられない。どうみてもこれは悲劇的な結末が濃厚な物語なのである。

ところで「赤西蠣太」は、一九一三年に「仁兵衛の初恋」として創作化が試みられていたことが志賀日記（九月四、

五、十九日）や「創作余談」で明らかとなっている。が、残念ながらその未定稿の作は現存しない。以下は作家論的範疇に属することになるが、「仁兵衛の初恋」なる作はいったいどのようなものだったのかを推測してみたい。
「創作余談」の語るところによると、「その時代らしく書くつもりで」臨んだが、それが「ハンディキャップになりうまくいかなかつた。」とされる。歴史小説における考証性の欠如、放置を自ら回想しているのである。が、それに加え、種本「蒲倉仁兵衛」の筋立てを利用しているうち、直哉は、主人公の〈公〉か〈私〉かの二律背反の問題に直面し、大いに苦慮したのではないかと想像される。

一九一三年時の直哉は、自我の高揚期にあった。いかに封建時代に題材をとったものにしても、〈公〉―大義と〈私〉―恋愛の二律背反にあえば、〈私〉をとる傾向がすこぶる強かったのではないか。主人公仁兵衛はおのれの大義を捨て恋に生きようとする。そもそも当初のモチーフは、小江に当たる腰元の講談における「触れれば落ちるといふ若いおさんどん風の女」の持つ「下等な感じ」に反発して、それを「賢い女」に改変したらどうなるかにあった（「創作余談」）。そういう女性のまごころをないがしろにはできなかったはずである。「仁兵衛の初恋」は、「赤西蠣太」とは多分に趣きを異にする全体的にシリアスな筆致で、別個の成り行きさえ期待できる物語として構想されたのではなかったのか。

ただ、観点を変えていえば、〈公〉を捨て〈私〉に生きる強い自我が噴出してこなかったところに「仁兵衛の初恋」の挫折（九月十九日）があったとも考えられる。同時期の執筆にかかる「范の犯罪」（一九一三・一〇、「白樺」）は、九月二十四日の日記の〝稲荷〟の件（周囲への顧慮からおのれの意に反し榊を手にして形ばかりの礼をしてしまったこと）にみられる腹立ち、不快、興奮などによって、一躍、自我高揚の作になり得たと私はみている。志賀直哉の場合、その強烈な自我の爆発を誘発させるのには、外からの何らかの圧力を必要とする。四六時中、自我高揚の只中にあったのではない。「仁兵衛の初恋」の場合、「范の犯罪」のわずか数日前なのだが、〈公〉を打破し〈私〉に突進することを促すに足る外からの何らかの強い刺激がもたらされなかったのだと考えたい。

ついでに「赤西蠣太」の形成過程に一瞥しておきたい。

「仁兵衛の初恋」の挫折、「范の犯罪」の成立後間もなく志賀は自家を出（大森へ転居）、やがて三年半に及ぶ創作活動休止期に入った。が、この間に、直哉の自我は次第に沈静化に向かった。そして一九一七年八月、急遽短時日で仕上げねばならぬ仕事（「和解」〈一九一七・一〇〉の「二」にある「空想の自由に利く材料」の作）として、かつての「仁兵衛の初恋」が「赤西蠣太の恋」として甦ってくる。その際、歴史小説の考証性を無視することで創作化はスムーズに運ぶこととなったのである。

歴史の制約を離れ、またその自我の沈静化に伴い、作品にはユーモアが齎された。さらに、「赤西蠣太」前半部にある蠣太切腹未遂事件はこの一九一七年時点で付与されたものと考えたい。蠣太像にことさら祖父直道や、志賀直哉自身の投影をみる必要はないと思うが[12]、この切腹未遂事件には直哉の実人生の裏付けがあるとみていいように思える。直哉は、一九一三年八月、山の手線の電車に跳ね飛ばされ大怪我をした。それは九死に一生を得る体験であった。また、一九一六年七月、長女慧子を腸捻転で失うという不幸に見舞われた。これらの体験は創作主体者に深く沈潜し、蠣太造型の際に影響を与えたのではないかと思われる。かといって蠣太像が直哉を投影したものだというつもりはさらさらない。作者と主人公との距離はほどよいものに保たれている。そうであってはじめてユーモアも醸し出せるのである。「赤西蠣太」は、志賀直哉のストリーテラーとしての才が遺憾なく発揮された客観小説として美事に結実したのである。

4 「いたづら」を読む

「いたづら」（一九四六・四「座右寶」創刊号で三節半ばまで発表。のち一九五四・四、六「世界」で完成）は、戦後のこの時期、志賀には珍しいフィクションの作である。「続々創作余談」（一九五五・六、「世界」）によると、野尻抱影から聞いた話をベースにしたという。野尻抱影の話の内容は詳らかにされていないが、「赤西蠣太」に種本があったように「いたづら」にもそれに類するものがあり、そこに志賀直哉流の潤色、虚構が加味されて成ったのが「いたづら」だと理解すればよいのである。私が「赤西蠣太」にとどまらず、「いたづら」を取り上げるのは、先にも述べたように、両作の作品構造が極めて類似するからである。しばし「いたづら」の世界に入ってみよう。

「いたづら」は、語り手である「私」こと田島が、四十五年前の〈話〉を物語るという形式をとっている。漱石の「坊っちゃん」が「ホトトギス」に出た頃というのだから、一九〇六（明39）年頃の〈話〉ということになる。

「私」は、東京の某私立大学を出、「東京から余り遠くない或る市」（野尻抱影の話では甲府ということだが、直哉は松江を思い描き架空のものにしている）の中学校に英語教師として赴任した。そこに山岡という同僚が登場し、主人公「私」と対偶法をもって紹介されていく。二人は、同じ中学校の同じ英語教師で、しかも同じ下宿屋に住まうことになるのだが、共通点はここまでで、あとはことごとく対照的に描かれる。「私」は、英文学に興味があり、花合や将棋などの勝負事を好み、紅茶好きであった。一方の山岡は、英語学（殊に文法）に興味があり、剣道や庭球などの勝負事を好み、酒好きであった。また副業として、「私」は翻訳の仕事をし、山岡は聯隊の若い将校達に英語を教えに行っていた。内向的で神経質な「私」、外向的で無神経なところのある山岡ということになり、二人は、「赤西蠣太」の蠣太と鱒次郎と酷似したシチュエーションのもとで登場してくるのである。

だが、「いたづら」では「私」と山岡はついに接点を見出せないまま、若者特有の張り合う気持ちを持って物語を推移させることになる。「私」になくて山岡にあるのは「芸者」遊びであり、それは「私」にとって「未知の世界」であった。「私」は内心興味を抱きつつ、その世界に入ることを潔しとしていなかった。だから、山岡が馴染みの芸者（市奴）とのことをのろけることに反撥し、不快も覚えるのである。一方、山岡に欠け「私」が勝るのは、おしゃれ方面であった。九州唐津出身の山岡と東京育ちの「私」とでは勝負にならなかった。

「私」は父から大学の卒業祝いに「夏着の薄いインバネス」を贈ってもらうことにし、それが届くのを心待ちにしていた。が、ある日のこと、山岡は「私」がそれに袖を通す前に無断で着用し、芸者のところへ遊びに行ってしまうのだった。「私」は父からの「清い贈り物」を穢されたと思い、怒り心頭に発するのだが、腕力では山岡にかなわないとあきらめ、強く抗議もできなかった。しかし「私」は、この「がさつ者」（傍点は作者）の山岡にひとあわふかせてやりたいと思うようになるのである。

「いたづら」には第三の男ともいうべき、学校で書記を務める佐多という若い男が登場する。彼は学校の宿直当番を自らかって出て下宿代を浮かせていたのだが、山岡ののろけ話を始終聞かされ、山岡の最大の犠牲者となっていた。ところが佐多は「将棋」好きであった。「将棋」好きという共通項から佐多と「私」とは懇意となっていく。蠣太と鱒次郎が「将棋」好きという一点で結びつき、親交していくのと軌を一にする。

佐多と「私」は、山岡を「調伏」してやるため、架空の良家の美しいお嬢さんをこしらえ、彼女が山岡にラブレターを出すという〝いたづら〟を思いつき、実行することになる。が、注意すべきは、その発案者が脇役の佐多であったということである。「赤西蠣太」の鱒次郎（脇役）同様、ここでのラブレター・トリックの黒子役も佐多が引き受けているのである。インバネスの件で山岡に対する怒りが絶頂に達した「私」は、佐多の企てに加担することになる。山岡をとことんからかってやろうというのだ。

だが、いささか気の弱い「私」は、いざ計画の実行の段となると、自分らの〝いたづら〟が「あくど過ぎるやうに思はれ」（傍点は作者）、じき「傍観者」の位置に後退する。となると、この〝いたづら〟の考案者・実行者は実質的に佐多一人のものということになる。文学の持つ〈毒〉や〈悪〉を佐多なる脇役が一人請負うという形になっているのである。

思うに、「赤西蠣太」および「いたづら」のラブレター・トリックの発案者がいずれもその脇役が担ったのは、それが志賀直哉自身のものでなかったからだろう。他から借用したものは主人公のものにはできないという志賀の作家としての良心をここに見てもよいかもしれない。

さて、佐多は、鶩堂流の筆跡をまね、桃色の西洋封筒と便箋を用いて、山岡に偽ラブレターをせっせと送りつづける。一方の山岡は、何度もあいびきの場所に出掛けてはすっぽかされるのだが、少しもへこたれない。かえって自分に惚れている娘がいることを「私」や佐多に吹聴し、自慢するのであった。

主人公の「私」はただの「傍観者」でいられなくなる。自分らが仕掛けたラブレター・トリックに当初の思惑とはまるで異なる方向に翻弄されていくことになるのである。つまり、架空のはずの娘が実在するように思えてきたというのだ。タフな山岡が「私」にその娘のことを繰り返し誇張して話すので、いつしか「私」は、架空の娘を頭の中で立体化し、具象して行くようになったのである（七節）。元来、この主人公には強い空想癖があった。東京にいる時分の二十歳前後の頃、ギリシャ神話のダイアナの話に魅せられ、月夜の晩、屋根の物干台に登り、ダイアナの接吻を待ち望むという「空想」にひたったことがあったのである。そして今また、自分らが創出した架空の娘を未知の実在する娘のように思い描くようになった。その娘は、ダイアナにも老松という芸者にも似ている。こうして「私」は、その美しいイリュージョンを山岡にこわされては不愉快だとばかり、佐多にこのラブレター作戦のとりやめを申し出るようになった。そもそも山岡を「調伏」するために始めたラブレター・トリックに逆に「私」が苦しめられる羽目になったのである。「いたづら」のクライマックスはこの第七節（全九節）にあるといってよい。

ラブレターの〝いたづら〟のけりのつけ方は、佐多にあずかっていたのだが、歌舞伎見物のシーンを経ることで、この架空の娘は、山岡と「私」とを取り違えていたということにした。立つ瀬のないのは山岡であるが、山岡の敗けと決まったわけではない。もともと田島（私）・佐多の連合軍に対して山岡という若者同士の張り合いの構図とでもいうべきものが存在したのだが、容易にその勝敗がついたという形にはなっていない。

「私」の下宿の引越し、山岡の佐賀の中学への転任というふうに物語は終結に向かうのだが、山岡には市奴とのことがあった。山岡を見送る市奴の涙は真実のものと「私」には受け取られたのである。もう一人の佐多はどこまでも負けるということを嫌がったという。

「いたづら」は、老境にある七十一歳の志賀直哉の筆になるものだが、青春の息吹きにあふれた実に楽しい小説となっている。山岡と佐多の脇役のキャラクターが生き生きとしている。が、ユーモア一点ばりの作品ではない。主人公の「私」は、偽ラブレターで不快な山岡を「調伏」してやろうと佐多考案の〝いたづら〟に加担したのだが、その喜劇的な成り行きとは裏腹に、自分らの仕掛けた〝いたづら〟に逆に翻弄され、いわば想像力の魔にとりつかれてかえって苦しむという悲劇的な思いを味わった。これは、「悲喜劇」（トラジコメディー）と規定すべき作品なのである。高橋英夫は、「蝕まれた友情」（一九四七・一、二、三、四「世界」）と対《つい》になる形で「いたづら」を取り上げ、この作品を「想像力のパロディー」とし、志賀の隠れている物語作者としての面貌を高く評価した。[13] なるほど「いたづら」は、志賀直哉論で素通りできない重要な作品の一つなのである。

次に、「いたづら」には志賀直哉の恋愛観の一端が如実に現われていることを指摘しておきたい。

「暗夜行路」（一九二一・一～一九三七・四「改造」）の主人公時任謙作は、その前篇で出会う女性（登喜子、お加代）ごとに美しいイリュージョンを抱いてはディスイリュージョンを味わい、やがて放蕩へと陥っていく。また、後篇に入って直子を見染め結婚へとトントン拍子で事が運んでいくが、その際も、直子のことを「鳥毛立屏風の美人のやうに古雅な、そして優美な、それでなければ気持のいい喜劇に出て来る品のいい快活な娘」として「頭で作り上げてゐた」という（後篇第三の十二）。謙作は恋愛の実際的対象よりもそこから派生した〝幻〟の像に恋をしていたともいえるのである。となれば、「いたづら」の主人公「私」と相通じるものがあるではないか。恋愛とは〃幻〃をこしらえそれに恋することなのか。そういう恋愛観を作者志賀直哉に特有のものとして指摘できるように思えるのである。

むすび

「赤西蠣太」と「いたづら」をひと組にして論じてきたが、私が結論としていいたいのは、志賀直哉という作家はストリーテラーとしての資質にも恵まれ、彼独自の「悲喜劇」の系譜とでもいうべき作品群を持つ作家であったということである。

志賀直哉の習作期に未定稿「物の観方」（一九〇八年十二月十日執筆）というエッセイがある。その前半部で、法科のS氏が「自分」に、大学の授業の最中に突然気がおかしくなった学生のことを話すが、これを「自分」＝志賀はとっさに「悲劇」だと思ったのに対して、S氏はそれをどこまでも「喜劇」だとしたことが示される。そこから後半部では、「自分」の物の見方についての反省が綴られていき、やがて「総て作でもしやうといふ人は、感情（此詞が当るかどうか知らぬが）をそれこそ、鏡のやうに、明らかに自由にして置かねばならぬ、先入的の観念を作つて置いて、見るもの〳〵その観念に直ぐ当てはめて了ふのはよくない事だ。」という創作上の新しい指針を引き出すに至る。私は、かつてその試作化、実践化を「鳥尾の病気」（一九一一・一、「白樺」）の草稿作である「小説神経衰弱」（一九〇九年一月十五日執筆）と見立てて論じたことがある。[14] 直哉は、自身の神経衰弱を「one side」からの見方ではなく、「悲劇」と「喜劇」の両要素のあるものとして実作化に及んだのである。現に、「小説神経衰弱」の最終部の方に、鳥尾（＝直哉）はきょうは「悲喜劇の主人公」になってしまった、という一節があるのだ。そして、志賀流「悲喜劇」の第二弾として、これも彼自身の戯画化、客観化の作である「ある一頁」（一九一一・六、「白樺」）を私は措定する。そして、この系譜はこれで途絶えたわけではない。

「赤西蠣太」の出現は決して唐突なものではなかった。(15) 種本からその筋立ての眼目となるラブレター・トリックを借用したのだが、出来上がった作品はユーモア小説とのみ規定できない物悲しい成り行きを醸成し、これはまさしく「悲喜劇」とするに至当なものであった。さらに同じくラブレターを扱った作品「いたづら」が時を隔てて戦後に発表されるが、その作品構造を子細に検討すると「赤西蠣太」と同工異曲の小説作法が用いられていることが判明する。「いたづら」は青春のひとこまを「悲喜劇」として回想し物語る佳品となっているのである。

志賀直哉という作家を私小説作家、心境小説の第一人者としてのみ論じる偏向をたださねばならない。そのための試みとして、志賀直哉の「悲喜劇」（トラジコメディー）の系譜というべきものを措定し、「赤西蠣太」および「いたづら」の二篇を俎上にした次第なのである。(補注2)

注

（1）町田栄「『赤西蛎太』の種本を発見」（「朝日新聞」夕刊、一九八二・一〇・一四）

（2）注（1）に同じ。

（3）津田洋行「志賀直哉『赤西蠣太』私論」（「文芸研究」51、一九八四・三）。「赤西蠣太」の「コンストラクションは講談の前半部分にのみ負っており、後半部分とは無関係である」という指摘がなされている。

（4）水洞幸夫「「赤西蠣太」論――大正六年の志賀直哉素描――」（「金沢大学文学部論集〈文学〉」、一九八八・二）

（5）芥川龍之介「澄江堂雑記」（「新潮」、一九二二・四）

（6）関谷一郎「「赤西蠣太」」（「東書国語」一九八九・一〇）、「試読・私読・恣読（Ⅳ）――「西班牙犬の家」と「赤西蠣太」」（「季刊現代文学」第40号、一九九〇・二）は、「赤西蠣太」の登場人物の「名前の付け方」に関し鋭い考察を行なっている。

（7）伊丹万作脚本・監督、片岡千恵蔵主演の映画「赤西蠣太」（一九三六年度作品）をビデオ（にっかつ・キネマ倶楽部）で観た。映画の中で、蠣太（千恵蔵）が本名を蒲倉仁兵衛とし、鱒次郎（原健作）が本名を今村半之丞として名乗っているシーンがあり、これには少なからず驚かされた。

（8）遠藤祐「「赤西蠣太」」（『現代国語研究シリーズ10志賀直哉』尚学図書、一九八〇・五所収）。

（9）注（8）に同じ。

（10）町田栄は、「赤西蠣太」の筋の流れの面から、「外貌は明るく、諧謔に富んでいるようだが、内実は次第に憂色を増していく。」といい、主人公は「大義」のもとに「登場人物のすべてを死に、破滅に追いやる。」としている。（「志賀直哉『赤西蠣太』を読む」、「群馬近代文学研究」9、一九八三・六）。さらに町田は、「破滅」は「蠣太自身もまぬかれぬ。「本名」に戻った主人公に、悲涼の後半生を想定しなければなるまい。」としている。（「赤西蠣太の恋」の「解説」、『短編の愉楽4近代小説のなかの恋愛』有精堂出版、一九九三・八所収）。また、津田洋行は、「赤西蠣太」の主に主人公の人物像造型の面から、「深層に悲劇的構造が表層に喜劇的相貌があって、それらが相互浸透している」といい、「赤西蠣太」は「喜劇と悲劇の止揚」の作であるとしている。（前掲注（3）の論文）。

（11）伊丹万作のものは前掲注（7）の映画。また、円地文子脚色の歌舞伎「赤西蠣太」は一九五七年および一九六〇年に上演されている。

（12）町田栄は、「蠣太像に付加した人物は、祖父志賀直道である。」といい、「赤西蠣太」は故直道に対する「葬送、鎮魂のうた」であり、ここに直哉の「祖父離れ」が始まるとした。（前掲「志賀直哉『赤西蠣太』を読む」一九八三・六）。形成史論、モチーフ論としては大変刺激的で面白いのだが、未見の未定稿作「仁兵衛の初恋」を志賀と自家の女中「C」との「破れた恋」を映したものとする推論もふくめ、蠣太像に祖父直道（の精神）像を嵌入するのはいささか強引すぎるように思われる。また、水洞幸夫は、蠣太像に志賀直哉自身の投影を見（部分的に同感、首肯できるところはあるが）、小江を自家の女中「C」と見立て、「赤西蠣太」は、自己の「過去」を見つめ直し「新生」を志向する作であるとした。（前掲注（4）の論文）。水洞は、「後に志賀がCを捨てたように、蠣太も結局は小江を捨てた」とするが、蠣太（醜男）は小江（美人）を捨てたのではなくあきらめたのである。さらに、蠣太の小江に対する「人間的誠意」を「罪悪感」にまでつなげるのは言い過ぎであり、小江に女中「C」を重ねることにはかなりの無理がある。

（13）高橋英夫『志賀直哉　近代と神話』（文藝春秋、一九八一・七）

（14）拙著『志賀直哉——青春の構図——』（武蔵野書房、一九九一・四）

（15）剣持武彦は、「赤西蠣太」の出現、成立に影響を与えたものとして森鷗外の「安井夫人」（一九一四・四）および「相原品」

（一九一六・一）を想定し論じている。（「志賀直哉「赤西蠣太」と鷗外歴史小説」、「道」世代群評社、一九八一・六、のち『個性と影響―比較文学試論』、桜楓社、一九八五・九所収）。鷗外作品からの影響という目新しい見解には興味をそそられたが、それはあくまでも推論の域に止まる。「赤西蠣太」は、決して「突然出現した」のではなく、志賀の作家資質、その「悲喜劇」の系譜からアプローチするのがよりすっきりするように思われる。

（補注1） 永井善久（「〈志賀直哉〉、昭和三年――「赤西蠣太」への恋――」、「昭和文学研究」第50集、二〇〇五・三）によれば、明治・大正期から昭和戦前期にかけて、蒲倉仁兵衛と今村半之丞が活躍する数々の講談速記本が刊行され、また高座でも演じられ、すでにその名は広く知られていただろうとのことである。

（補注2） 志賀直哉の「悲喜劇」の系譜に「転生」（「文藝春秋」、一九二四・三）を加えたいと思う。主人公の癇癪持ちの「良人」は、「気が利かない細君」とはいえ彼女を愛していたという。が、常日頃から「細君」には叱言を続け様に言い、「女と云ふものは全く度し難いけだものだ」（傍点は作者）とさえ思っていた。生前の夫婦間の約束で死後の「良人」は鴛鴦に生まれ変わっていたが、それから何年かして死んだ「細君」は、生まれ変わるのは鴛鴦だったか狐だったか迷った末、狐に生まれ変わってしまう。「良人の鴛鴦」は持ち前の癇癪を起し、「女狐」の「細君」に怒鳴り出す。ところが、「女狐」という「けだもの」に生まれ変わった空腹の「細君」についには食べられてしまうのだ。語り手はこれは「叱言《こごと》の報い」という教訓になる「お伽噺」だとするが、軽妙な因果応報譚であり、まさしく「悲喜劇」だとしていいのである。

第八章　志賀直哉の子ども――「暗夜行路」以前を中心に――

はじめに

志賀文学にはしばしば子どもが登場し、その描写は精彩を放っていて、高い評価を受けている。子どもが主人公となっている作品は数篇あるが、重要な脇役として、また点描されるだけのものまでもふくめ、志賀直哉における子どもというアングルからその文学に照明を当ててみたい。

このテーマを考える際、未定稿「小供の美」(明41・11・28)は見逃すことのできないものである。エッセイの類だが、直哉は学校へ行く途中電車に乗っていて、子守に連れられた「五つに七つ位の女の子」、「二人とも肥つた可愛い、児」の挙措を観察しつつ、「何となくい、心持ち」になる。そして「此心持」は音楽や絵に接した時に起こる「い、感じ」と同じものだとし、「子供の美」はむしろ「自然の美」に似ているとする。「子供の美」に大いに関心を向けるべきだということを漠然と考えるのだが、そのうち、大きい方の女の児は、途中で乗って来た女学生に自分の脇の席を少し開けて座らせてやった。その時の女の児の顔には、「何等い、事をしたといふ心持の表はれてゐない」のを見、「エライものだ」と考える。そのふるまいが意識的ではなく、あくまで自然であることをいっている。習作期の直哉が逸速く子どもを積極的にその文学の素材とする方向性をこの未定稿作に確認できるのである。

1 「子供四題」を読む

「子供四題」（一九二四・四、「改造」）は、四つの小品から構成されるが、冒頭の「次郎君」と掉尾の「軽便鉄道」をセットにして捉えてみたい。

「次郎君」は、仮に次郎君と名づけられたK氏の親類の児の話である。その「きかん坊」（傍点は作者）ぶりのエピソードを三つ挙げているが、そのうち三番目のものが一番面白い。次郎君は家にある大きな角火鉢（ここに乗ってよく母に叱られる）のそばで、飴を頬張って独り言をつぶやいていたが、思わずその飴を灰の中に落としてしまった。灰まぶれの飴を、火箸で摘まみ上げ残念そうに眺めていたが、そばにいた妹にそれを食えと強いた。それを離れた所で見ていたお父さんが「そんな事を云ふなら、貴様食つて見ろ」と幾分怒気をふくんで言った。これには流石の次郎君もちょっと参ったが、懐から紙を出し、それでくるくると飴を巻き口へほうり込んで、頬張ったまま悠々と部屋を出て行ったのである。ユーモアが漂い、「却々面白い坊主である。」としめくくっている。

「次郎君」には草稿作が残されていないが、「子供四題」のあとの三篇には草稿が存在し、後半二篇は一九〇八（明41）年の執筆であることから、「次郎君」もほぼ同時期に書かれたものと推測される。実に十五年ほどの歳月を経て甦ったわけだが、むろん無駄の削ぎ落としや文体の引きしめなどがなされたはずである。

なお、灰まぶれの飴をめぐるエピソードは未定稿「Barにて」（明44頃の執筆か）にも発見できることに注意したい。おそらく「次郎君」におけるK氏からの伝聞が事実であったと思うが、「Barにて」にはそのバリエーション（バーの主が「七つ」の時の一体験）があり、灰まぶれの飴をめぐるエピソードはよほど直哉のお気に入りのものだったとみられる。

「軽便鉄道」は、その草稿作（「湯ヶ原より」）の執筆（明41・12・22）直前頃の湯河原行で実際に見聞したことを題材にしているとみていい。「私」は小田原で熱海行の便が出るまでの一時間ほどを小田原の町を少し歩いて見て時間つぶしをする。小学校があって、休み時間で広い運動場に子どもが大勢遊んでいた。それを「私」は厭かず見物するのだ。その帰途の途々、「一体自分は子供好きなのか、それとも子供のやうな遊び事が未《いま》だに好きなのかなど考へ」るのである。ここに子どもに多大な関心を寄せる直哉を見ることができる。

が、印象深いのは何といってもそのラストシーンである。熱海行の軽便鉄道が出発し、真鶴を出た直後、学校帰りの男の児が五六人、列車を追いかけてくる。汽車のスピードが速くなるにつれて一人一人落伍していったが、「七つばかりの如何にもきかん坊らしい洟垂らし」（傍点は作者）だけが執念深く追って来た。上りになって汽車のスピードが少し遅くなると、「きかん坊」は、その「鈍栗眼《どんぐりまなこ》を出来るだけ剥き出して段々に近よつて来た。」のである。が、もう二、三間で追いつく所まで迫った時、その子どもは不意に、うつむいて立ち止まってしまった。鈍栗眼に石炭殻が飛び込んだのだ。その男の児は、「眼をこすり〳〵」いつまでもこっちを見送っていたが、やがて「眼をこすり〳〵」帰って行った。「むきになつて」（傍点は作者）元気いっぱい汽車を追いかけて来た「鈍栗眼」の「きかん坊」の姿態が実に生々と描写されている。

「子供四題」の最初と最後に置かれたのは、奇しくも、次郎君という「きかん坊」と、「鈍栗眼」の「きかん坊」であった。年齢はいずれも七歳前後とみられる。おそらく直哉は「きかん坊」の男の児に好感を抱いていたのだろう。力強く、健康的で、ユーモアさえ漂わせる、好ましい子ども像である。

「子供四題」の二番目に置かれた「かくれん坊」は、異母妹淑子が近所の仏蘭西人ジョール、オデットの兄妹と三人で隠れん坊をして遊んでいるさまをスケッチしたものである。草稿作「隠《かくれ》ン坊《ぼう》」の執筆を一九〇八（明41）年とすれば、この時点で淑子は七、八歳の勘定となる。淑子の優しい心遣いを中心に子どもたち独自の世界がほのぼのとしたものとして伝わってくる。

「子供四題」の三番目に置かれた「誕生」は、母のお産（明41・11・17執筆、昌子の誕生）をめぐる異母妹弟たちの様子を中心に描いたものである。英子、直三、淑子、隆子と実名で登場するが、「私」が一番下の妹「隆ちゃん」（母の愛を専有、当時五、六歳）に「お前は赤ちゃんの何だい？」と言って、「姉さん」と答えると、「偉いなあ」と言っておだて、「姉さんぢやもうお乳は飲めないね。……」というあたりの場面がほほえましい。

「誕生」は自分の家族である幼い異母妹弟を中心に素材としたいわば家庭小説である。この続篇的な性格を持つものとして、一九一二（大元）年秋の一日を描いた「鵠沼行」（一九一七・一〇、「文章世界」）を位置づけることができる。順吉（直哉）は、皆が拓殖博覧会に行こうとしているのを人込みが多く危険だと反対し、鵠沼の東家（旅館）に行くことにして、彼が大小八人を宰領して出掛けた。池での舟遊びや海岸の波打際での遊びなどが活写されるが、とりわけ「四つになる昌子」が無邪気にふるまい、強い印象を残している。

また、「或る朝」（一九一八・三、「中央文学」、原型作は明41・1執筆）も家庭小説と呼べるものであるが、そのラストでは上の妹（英子）、二番目の妹芳子（淑子）、弟の信三（直三）が無邪気に部屋で遊んでいるさまを描き出している。年齢の大きく離れた異母妹弟たち、直哉にとって子どもはごく身近なところにい、その文学の貴重な素材となっていたといえる。

2　追憶のなかの直哉少年

「子供四題」の草稿類が書かれた一九〇八（明41）年、直哉は自分自身の子供時代の追懐、回想も行なっていた。

「速夫の妹」（一九一〇・一〇、「白樺」）は、速夫の妹お鶴さんとの断続的な交流を中心に描いた追憶小説ともいえるものである。とりわけ「自分」が速夫の家にある鉄棒で「藤下り」（傍点は作者）をするシーンが印象深い。一人で藤下りをやっている時の「自分」（十か十一歳になる）は、蝙蝠のようにただ鉄棒にぶら下がっていた。かすれた雲を長く引く青い空、遠くの杉の木に見える鳥の群れ、それに自分の身体が逆さになっていることから顔の肉の痺れるような感触、それらが実に鮮やかに描写されている。

その草稿作（「小説速夫の妹」）は一九〇八（明41）年九月五日に執筆されたが、未定稿「小説ダイナマイト」（明41・8・29）の「口直し」として書かれたことに注意したい。習作期、初期の直哉は殺人や姦通など刺激の強い題材を好んで扱う傾向にあった。「ダイナマイト」も姦通、殺人をテーマにしたものである。が、そういう題材を執筆した反動として、直哉は爽やかなものを求めたのである。

「母の死と新しい母」（一九一二・二、「朱欒」）は直哉の自伝的作品であるが、「速夫の妹」に連なる追憶小説とすることもできる。「明治二十八年」（一八九五年）、十三（数え年）の「私」（直哉）は実母銀を失った。実母を失った当時の「私」は毎日泣いていたというが、やがて新しい母を心から待ち焦がれるようになっていたという。新しい母（浩）が結婚披露の席にハンカチを忘れていったのを預かり、その翌朝それを何か口籠りながら母に渡し、「ありがとう」と言われ、「私」は嬉しさから「縁側を片足で二度づつ跳ぶ駆け方をして」、なぜか書生部屋に入って行った。このシーンを好個の例として、作者志賀は子供時代に立ち返り、その子どもらしい挙措の一つ一つまでを追想し、描き上げているのである。

3　清兵衛や仙吉たちに見る子どもの特性

「菜の花と小娘」（一九二〇・一、「金の船」）には鹿野山で執筆された草稿「花ちゃん」（明39・4・2）が残されている。

花ちゃんは「野生への九つ」とされ、その飾り気のない、野生的な可愛らしさが強調されている。流れに添って走って行く花ちゃんの姿態を「小鹿のやうに飛んで行く」とし、それを見る菜の花は「見惚れてゐ」るのである。若き日の直哉はしばしば鹿野山に旅をしていた。都会、それも東京山の手育ちの直哉は、日頃自分の周囲に見られない、花ちゃんのような野生的な女の児に惹かれるものがあったのだろう。が、「花ちゃん」では、菜の花の「もつと賑やかな御友達のゐる方へ行きたい」という願いを受け、「茎」から摘み取り、そのラストシーンが「己が頭にカザシて、仲よく話しながら山を下つて行つた。」となっていることに注意したい。花ちゃんと菜の花の関係は姉妹のような関係で、いかに擬人化された菜の花といえども早晩枯死してしまうのだ。草稿段階では移植という発想は存在しなかったのである。

しかるに「菜の花と小娘」になると、その大筋は「花ちゃん」と同じでも、小娘は、菜の花の「お仲間の多い麓の村へ連れて行つて下さい」という願いを聞き入れ、「根」から抜き取り、菜の花の甘えを許さず時には邪慳に扱うが、優しい愛情で包み込みながら、小娘の家の菜畑に移植させるのである。両者の関係は母子のような関係となり、年齢の明示されない小娘は多分に大人びた、都会的な女の児の印象を強くさせているのだ。その向日的、調和的なエンディングは紛れもなくこの作が志賀中期のものであることを示している。

「真鶴」（一九二〇・九、「中央公論」）にも草稿「小説清兵衛（梗概）」（明42・12・22）が存在する。この草稿作では、「十二」の清兵衛と「八つ」の弟庄吉は、小田原ですんなりと妹たちの分をふくめた下駄を購入している。そして通りかかった法界節の一行の月琴を弾く女に清兵衛が魅せられ、その帰途は夕暮れから夜の景色を背景として「法界節の女の事バカリ考へて」いること、「幕」がしまってからも「独り法界節の事を考へてゐる事」などを書こうとする、いわば青写真が示されている。

作の眼目は、思春期にある清兵衛の一途な初恋のさま、その清純な物思いにあるといえる。これが約十年余りの歳月を経て「真鶴」に変貌するのだが、清兵衛という名前にこだわれば、「真鶴」を検討する前に、「清兵衛と瓢簞」（一九一三・一・一、「読売新聞」）について先に言及した方がよさそうである。

「清兵衛と瓢簞」に、父直温へのプロテストを見るのは常識的な読み方だが、清兵衛という「十二歳で未だ小学校に通《かよ》つてゐる」子どもの在り方、描かれ方に焦点を当ててみたい。彼は瓢簞作りに凝っている。学校から帰って来ても他の子どもと遊ばず、いい瓢簞を見立てに町へ一人出かけるのだ。ある時は、ズラリと並んだ屋台店の一つから飛び出して来た「爺さんの禿頭《はげあたま》」を「立派な瓢《へう》ぢや」と見誤り、一人おかしくなって笑いが止まらなかったほどなのである。子どもには何かに一途に夢中になる性向がある。清兵衛の場合たまたま瓢簞であったが、野球でも初恋であってもいいのだ。だからその一途さという点で、草稿「小説清兵衛（梗概）」の主人公名がここに流用されたのも納得のいくことなのである。

清兵衛はある日、震いつきたい程の瓢を十銭で手に入れた。それを片時も離せなくなった清兵衛は、学校の授業時間にもそれを机の下で磨くようになる。たまたま最重要科目の修身の時間にそれをやったのだから受持教員の激怒を買ったのである。このことは父親にも知られ、丹精込めて作った瓢簞を悉く玄能で割られてしまう。

物語は、教員に取り上げられた清兵衛の瓢簞が五十円からさらに六百円の値がついたことを語り、清兵衛の与り知らぬところで彼の芸術タレントが抜群のものであることを示している。熱中の対象を素早く転換できるのも子どもの特性といえよう。その後の清兵衛は絵を描く事に熱中しているという。早晩この方面で彼の才能が開花し周囲に認められるだろうが、それにも叱言を言い出した父との関係は読者の想像まかせのまま終わっている。

さて、「真鶴」は草稿段階を基本的に踏襲するものの改変された部分が幾つかあるのでそれに注意したい。まず、兄弟の固有名が示されず、草稿に存在していた妹たちは消去された。「小さい弟」は小田原に下駄を楽しみにして兄について来たのだが、「十二三になる男の児」の兄は、その水兵熱から唐物屋のショーウィンドウで見つけた「小さい水兵帽」を財布をはたいて購入してしまうのである。ここにも一途にある物事（水兵へのあこがれ）にとらわれた子どもの姿がある。が、この場合、その幼さから来る我儘な行為であった。

やがて主人公の兄は法界節の一行に出会い、彼の母親と同年ぐらいの月琴を弾く女に魅せられてしまう。初恋は、いついかなる時にどのような相手に抱くかは分かったものではない。この場合も、思春期にある主人公に突然訪れた幾分特異な初恋として理解してよいだろう。

「真鶴」は、小田原からの帰途の深い海を見下ろす海岸の高い道を、兄が弟の手を引きながら歩いているシーンから始まる。近接の過去やそれよりもっと古い時間帯のエピソードが途中何度か挿入されるが、作品の現在時は、薄暮から夜に入っていく伊豆半島の美しい海辺の情景を背景とした兄弟の家路に向かうところにある。主人公の少年には波の音が法界節の琴や月琴の音と交錯して聞こえ、また女の肉声をその奥に聴くのである。初恋の思いを情緒的に見事に描いたシーンだとしてよい。

さらに、この少年は想像力が豊かで、法界節の女が乗っている汽車の脱線というアクシデントを想像し、女との再会の機会を求めるのだ。が、彼が「空想」した「出鼻の曲り角」では何事も起こっていなかった。

このような少年の初恋に関する軸とは別に、「真鶴」には少年の弟を思いやる気持ちの推移という軸が形成されていることに留意せねばならない。自分だけ水兵帽を購入し、下駄を楽しみにしてついて来た弟に済まないという念があった。それは漸次、比重を増していき、長い道のりを歩かされ疲れ切っている弟をおんぶしてやるという行為となって現われる。背中で眠ってしまった弟の身体は重くなるが、「彼はこれを我慢し通さなければ駄目だと云ふ気」がし、頑張り通すのだ。

また、帰りの遅い兄弟を心配して出迎えに来た母親を前にして弟が暴れ出し、二人が持て余すと、兄は「ええ、穏順《おとな》しくしろな。これをお前に呉れてやるから」と言って、水兵帽を弟に与えてやったのである。自分の我儘から弟につらい思いをさせたという後悔の念は当初からあったが、大切な水兵帽を弟に与えるという行為に出たことは、少年に父性にも似たものが急激に備わったことを意味しよう。少年はこの日の小田原行で初恋を体験するとともに、弟への思いやりも自然に発露できるほどひと回りも大きくなったのだ。「今は其水兵帽を彼はそれ程に惜く思はなかつた。」というしめくくりの一文は、主人公の男の児が明らかに子どもから数歩、大人へと成長を遂げていることを表わしていよう。

「小僧の神様」（一九二〇・一、「白樺」）の仙吉は、神田の秤屋に勤める「十三四の小僧」である。奉公に出て一、二年といったところだろうが、「早く自分も番頭になって」「勝手にさう云ふ家《うち》の暖簾をくぐる身分になりたいものだ」といういわば上昇志向がある。とはいえ、幼稚な部分も残っていて、この少年は一途に鮨を食いたいという欲望にかられる。四銭しか持ち合わせがないまま屋台の鮨屋に勇を鼓して入ると、海苔巻はないと言われても、つい眼前の鮪の鮨に手をつけてしまうのだ。その後、若い貴族院議員Aの偶然による御馳走という僥倖を得るが、仙吉はその京橋の鮨屋に再び行くことができるにもかかわらず、「附け上る事」をしない。そして「あの客」を「只無闇とありがた」く崇め、「悲しい時、苦しい時」、必ず「あの客」を想い、「慰め」とするのであった。

「小僧の神様」はAの方に重点が置かれて論じられがちだが、仙吉にスポットを当てると、大人と子どものあわいにある、けなげで愛すべき少年像がクローズアップされてくるのである。

4　「児を盗む話」の二人の女の児など

「児を盗む話」（一九一四・四、「白樺」）では二人の女の児が重要な脇役を務めている。

東京から家出して来た主人公の青年が「瀬戸内海に沿うた或小さい市《し》」の小さい芝居小屋で見初めた「六つばか

りの美しい女の児」は、「色の白い、眼つきと口元に大変愛らしい所のある児だつた。」とされる。

この系統の女の児は、「濁つた頭」（一九一一・四、「白樺」）にちらりと出て来る、「私」の姪に当たる「まき子」（「黒眼勝な眼の大きい、可愛い子供」）、および「襖」（一九一一・一〇、「白樺」）で旅館に襖一重隣合せで泊まることになった弁護士の若夫婦一行の、「ミノリさんと云ふ五ツばかりの――可愛いといふより人形のやうな綺麗な女の子」に溯ることができる。つまり、家族の愛を一身に受ける、都会的な雰囲気の漂う女の児なのだ。

「児を盗む話」の主人公は芝居小屋で見た女の児に執着し盗むことを空想するが、その児を以後見かけなくなり、盗み出す標的を按摩の家の「色の黒い五つばかりの女の児」へと転換させる。「野趣を持つた愛らしさ」が心を惹いたというのだ。が、「児を盗む話」の主人公を直哉の分身だとすれば、草稿「花ちゃん」の女の児のイメージが「菜の花と小娘」に持ち越されなかったように、按摩の家の女の児にはなじめないのだ。現に、盗み出して間もなく、女の児をおんぶすると「田舎の子供らしいいやな臭ひがした。何時か此児を厭きて荷厄介にする時の心持が一寸浮び上つて来た。」とされ、時間の経過とともに自分とこの女の児の間に不調和なものを感じ、ついには「もう此女の児を可愛くは思はなかつた。」として、最後は力なく警察に曳かれて行くのである。

肯定的な子どもの像が多く描かれる志賀文学にあって、「網走まで」（一九一〇・四、「白樺」）の「七つ許《ばか》りの男の子」と「佐々木の場合」（一九一七・六、「黒潮」）に出て来るお嬢さんは否定的なイメージの子ども像としてある。とりわけ「佐々木の場合」のお嬢さんは無気味な存在である。

子守の富をめぐって佐々木とお嬢さんは互いに嫉妬を抱き、敵対関係となる。佐々木は富との関係にこのお嬢さんが「呪のやうにつきまとつて来さうな気」がしていた。案の定、お嬢さんは富との逢引きの最中に大火傷を負い、責任を感じた富は自身の尻の肉を提供し、その一生をお嬢さんづきの女中として過ごす道を選ぶ。一方の佐々木はエゴを通し軍人になれたものの、独身を通し、富への思いを断ち切れずにいる。当時「ひどいすが眼で顔だちも痩せて」（傍点は作者）いた「五つ位」のお嬢さんは、子ども好きでない方であった佐々木の恋愛に亀裂をもたらす怖い存在として妙に印象深いものがあるのだ。

主に「暗夜行路」（一九二一・一～一九三七・四、「改造」）以前の志賀文学に描かれた子どもに着目してみてきたが、いかに子どもが志賀文学形成のうえで重要な因子になっていたかが分かる。なお、「暗夜行路」における子どもについては改めて考えたい。

第九章　「菜の花と小娘」論――第三の処女作の位相――

はじめに

周知のように、「菜の花と小娘」（一九二〇・一、「金の船」）は、志賀直哉いうところの三つの処女作の一つとされている。それが明確にされたのは自作回顧文ともいうべき「続創作余談」（一九三八・六、「改造」）においてであった。問題の所在を明らかにするため、幾分長くなるが、その部分を引用してみたい。

　世間に発表したもので云へば「網走まで」が私の処女作であるが、それ以前に「或る朝」といふものがあり、これが多少とものになつた最初で、これをよく私は処女作として挙げてゐる。「或る朝」以後は書く物が兎に角小説らしくなつたから、これが処女作でもいいわけであるが、更に溯ると、高等科の頃[1]、一人上総の鹿野山に行つた時書いた「菜の花と小娘」を別の意味で処女作と云つていいかも知れない。アンデルセンのお伽噺を愛読してゐた時で、其影響で書いたものだ。如何にも子供らしい甘いもので、そのまま十何年か仕舞ひ込んで置いたが、我孫子に住んでゐた頃、ある婦人雑誌で五円の懸賞金でお伽噺を募集してゐるのを見て、家内に儲けさしてやらうと云ふので、一ト晩かかつて、少し長かつたのを条件通り六枚に書縮め、翌日家内に清書さして、家内の名で応募したところ、見事落選、原稿もそのまま返つて来なかつた。それから間もなく「金の船」といふ子供雑誌から原稿を頼まれ、再び家内に清書さして送つたところ、今度は十八円の原稿料を貰ひ、却つて儲かつた。
（傍点は志賀）

本来、或る一人の作家にとってその処女作は一つだとすれば、直哉の場合、「或る朝」（一九一八・三、「中央文学」）を挙げるのが至当であろう。なぜなら、すでに「創作余談」（一九二八・七、「改造」）において、「こんなものから多少書く要領が分つて来た。」とされ、「続創作余談」に先立つこと十年ほど以前の時点で逸速く処女作規定がなされていたからである。ちなみに、同じ「創作余談」において「網走まで」への言及もあるのだが、これについては「帝国文学」投稿での没に回想の重点があり、処女作視はされていない。むろん、「菜の花と小娘」についての言及はない。

さて、先に引用した「続創作余談」に話を戻せば、「或る朝」（厳密には一九〇八年一月十四日執筆の「非小説、祖母」を指す。—但し、現存せず。—むろん「非小説、祖母」イコール「或る朝」ではないのだが、両作の逕庭はその展開のあり方においてそれほど大きなものではなかったと推測する。）については、創作のコツ会得の意を込め、「これが多少とものになつた最初」とされ、いわば第一の処女作であることを語っている。また、「網走まで」については、「世間に発表したもの」での最初、すなわち「白樺」創刊号掲載、文壇デビュー作としての意味での処女作規定で、いわば第二の処女作といえる。

しかるに、いま問題なのは、いわば第三の処女作ともいうべき「菜の花と小娘」についてである。

まず、「菜の花と小娘」の、処女作の持つ意義として、そのウェートが志賀初期に属すのか、それとも発表時に関わる志賀中期に属すのかという問題が存する。「続創作余談」における「菜の花と小娘」に言及した部分の吟味、注釈の試みが必要となるのだ。

先の引用文中の「……一人上総の鹿野山に行つた時に書いた「菜の花と小娘」を……」における「菜の花と小娘」は、厳密には草稿「花ちゃん」（一九〇六・四・二執筆。—現存する。—）を指す。これならなるほど「或る朝」の原型作「非小説、祖母」よりさらに時期的に古いのだ。ところが、そのあとの文脈を辿ると、我孫子在住期において直哉が、「十何年か仕舞ひ込んで置いた」それ（草稿「花ちゃん」）を、「一ト晩かかつて、少し長かつたのを」「書縮め」たという。これは改作したことを物語っている。となれば、家内（康子夫人）のお小遣いが五円になるところが十八円につり上がったというのはご愛敬だが、「続創作余談」における「菜の花と小娘」は、やはり草稿「花ちゃん」を指すのではなく、改作した「金の船」掲載の「菜の花と小娘」を指すのだと読めてくるのである。回想自体に幾分錯綜したものが認められるが、ここで結論を先走って述べておけば、「菜の花と小娘」の処女作規定は、志賀初期をふくめた中期以降の文学、もっといえば、一九三八（昭13）年までの志賀文学の総括的意味合いからなされたものだと解したい。

さらに問題なのは、「菜の花と小娘」の内容にかかわる事柄である。「続創作余談」においては、「如何にも子供らしい甘いもの」とされ、「お伽噺」、「童話」としてのニュアンスが強いのだが、それに対して、「菜の花と小娘」発表直後の「本年発表せる創作に就いて㈠——好きな作と不満足な作——」（一九二〇・一二、「新潮」）においては、「童話ともいへない、寧ろ童話流のスケッチ」の作とされ、しかも「スケッチとしての出来栄えは悪くないと思」うとされていて、その発言のあり方に落差が認められるのである。(2) ここにわれわれ読み手がいかに「菜の花と小娘」を読み込むかが重要となる。

以上のことから、草稿「花ちゃん」と「菜の花と小娘」の徹底的な比較検討、読み比べが必要となってくる。併せて、なぜ「菜の花と小娘」が敢えて第三の処女作として浮上するに至ったのかという問題も明らかにされねばならない。

「菜の花と小娘」に関する先行論文は思いのほか多く、十数篇の力作論文が既にある。[3] が、私なりの見解もあり、私なりのアプローチの仕方でこの作を論じていきたい。

1　草稿作「花ちゃん」について・花簪にされた〝菜の花〟

草稿「花ちゃん」に遡ること二年、作文「菜の花」なるものが書かれたことが、一九〇四（明37）年の志賀日記に窺える。この年の五月五日の項に「作文は菜の花をあんでるぜん張りにかく」（傍線は志賀）とあるのだ。おそらく高等科の或る授業での課題だったと思われるが、「菜の花と小娘」の形成過程をみるうえで無視できない。

が、残念ながら「菜の花」なる作文草稿は現存しない。アンデルセン童話からの影響を考察した論考[4]は思いのほか少ないが、植物の名をタイトルに冠したり、植物を主人公に据えたアンデルセン童話に[補注]「小さいイーダの花」「ヒナギク」「ホメロスの墓のバラの一りん」「ソバ」「モミの木」「アマの花」「夏もどき（マツユキソウ）」「アザミの経験」などがあり、そのうち「ヒナギク」と「アザミの経験」は、その冒頭部において主人公が他の植物仲間から隔てられ孤絶しているというシチュエーションにあって、草稿「花ちゃん」および「菜の花と小娘」の冒頭部に相通じるものがある。だが、「菜の花」なる作文原稿が現存しない以上、その内容は推測の域に止まざるを得ない。ただ、「菜の花」というタイトルからして〝菜の花〟が主人公とされ、童話風のものが一九〇四年の五月に書かれた、それだけをいまは銘記しておけばよいだろう。

さて、直哉は、一九〇六（明39）年の三月三十一日から四月初旬にかけ一人、千葉県鹿野山の丸七という宿で過ごした。友人田村寛貞らとの富士旅行を破約してのものであった。そして四月二日に草稿「花ちゃん」が執筆されたのだが、そのきっかけとなったものの一つに次のような実体験があったとみられる。

○山路を流れる清い水に菜の花を投げて暫く見てると茎を二寸計り下へ沈めて流れる、其茎が或はもにからまれて止まる、水は　いや己れが伴れて行くんだと　とう〳〵流して仕舞つた、暫く来ると　岸の蛙に驚かされて花は吃驚した、

「手帳1」[5]の「Impressions III」［明治39年］からの引用である。鹿野山の宿の近辺を散歩していてのものであろう。「山路を流れる清い水」、「菜の花」、「も」、「蛙」などから、この折の体験が草稿「花ちゃん」執筆の引き金の一つになったことは確実である。先にも述べたように、「菜の花と小娘」は草稿「花ちゃん」の改作である。プロットの大筋に大きな違いはないが、むしろ両作は全く別の作だと見た方がよい。これから両作の比較検討に入るのだが、まずは草稿「花ちゃん」をじっくりと読んでいきたい。

草稿「花ちゃん」の冒頭部は次のようなものである。

奈何いふ風に吹かれて、こぼれた種の生へて咲いたか、此山奥にたつた一本、それは〳〵可憐な菜花が、瘠せもせずに咲いてゐる。

このように、まずは可憐な〝菜の花〟が登場するのだが、「瘠せもせずに咲いてゐる」というのだから、この〝菜の花〟は、野性的で、たくましさも備えているとすべきである。あるいは、その土地が思いのほか肥えていたともいえる。

次に、いよいよこの草稿作の主人公である〝花ちゃん〟が登場してくるのだが、彼女は「野生への九つ」とされ、白い新しい手拭を「姉《あね》さん被り」にし、いましも「嬉々と」して柴刈りに精を出していた。その「姉さん被り」が

強調されることから、早くも〝花ちゃん〟は〝菜の花〟の姉的存在としてあるようだ。そういう〝花ちゃん〟が、〝菜の花〟からその名をはっきりした声で二度呼ばれ（それだけ〝菜の花〟は元気がよい）、三度目でやっと〝菜の花〟の存在に気づくことになる。

やがて、〝菜の花〟から、「風に吹かれて種がこんな所へこぼれた」、それは「仕方がない」としても、「どうか、花ちゃんの籠になりとツミ入れられてもつと賑やかな御友達のゐる方へ行きたい」と〝花ちゃん〟に頼み込むのであった。

自分の方から摘まれたいとしている〝菜の花〟、彼女の言う〝御友達〟とはいったいどのようなものであろうか。実際、〝花ちゃん〟は〝菜の花〟の頼みを聞き入れ、〝菜の花〟を摘む。根こそぎではないのだから、家に帰って「瓶へでもいけてやらう」としているのである。とすれば、〝御友達〟とは、必ずしも同種の菜の花ではなく、切り花にされた他種不特定の花たちということになるだろう。

ともあれ、摘み取られた〝菜の花〟は、〝花ちゃん〟の手に持たれ、まだ日の高い午後、「山路の清い流れ」に添って下山するのである。そのうち、〝菜の花〟は、「でも余り、熱い手で持たれると私、首が妙にダルくなつて、真直ぐにしてられなくなるのよ」と、その窮状を訴える。首を益々うなだれる〝菜の花〟。それに「当惑」する〝花ちやん〟。しかも荷を背負い、「真珠のやうな玉の汗」をかいている。が、〝花ちゃん〟は、自分の汗ばんだ顔を洗うという目的を兼ね、〝菜の花〟の「茎を下に」水につけてやるのだった。水に浸された〝菜の花〟は、「私、もう水を出るの可厭《いや》」と言うほど心地よさを感じ、いつまでもこうしていたそうである。一方の〝花ちゃん〟は、〝菜の花〟を水から上げて再び手に持って行けばまた「首をうなだれて」弱ってしまうと思い、ではどうすればよいのかと考える。がその時、「忽ち可愛らしい考へ」が浮かんだ。すなわち、〝菜の花〟を小川の流れに流し、〝花ちゃん〟が自家の近くの「水車場」までそれに伴走するというのである。

当初不安がっていた〝菜の花〟も流れに身をまかせると「面白いわ」と言って喜ぶ。が、しばらく行くと〝菜の花〟はその「茎」を水草にからまれ、「アレ――」と叫び、〝花ちゃん〟に助けを求める。それを見た〝花ちゃん〟は、「まあ、い、ぢやあないか、お前もさうして少し御休みよ、私随分息が切れて苦しいよ」と言い、傍らの石に腰を下ろして休息をとるのであった。息切れして苦しそうにしている〝花ちゃん〟。今度は逆に〝菜の花〟が〝花ちゃん〟に同情する。が、そのうち、〝菜の花〟は水に押し流されてしまう。それを〝花ちゃん〟は追いかけ、しかも〝菜の花〟より「二三間先を馳け」るのであった。

この部分が草稿「花ちゃん」の眼目とも思えるので次に引用してみたい。

花ちゃんは随分苦しかつた。目をつぶるやうにして我慢して馳けた。山家に育つた花ちゃんは九つの女の子だが、意地もあれば張りもある。円いがシマッタ顔で、口をグット結んで、ビンをつめて結んだ桃割れの後れ毛を春風に吹かせて、一生懸命に馳けて行く姿、少しも飾り気の無い所が、如何にも可愛い、。

菜の花も流れからそれを見て、本当いい《〔マヽ〕》、姉さんだと思ひながら、小鹿のやうに飛んで行く人の姿に見惚れてゐた。パッタ〳〵〳〵花ちゃんは流れの直ぐワキを馳けた。

思わず長い引用となってしまったが、この草稿作の核心部はこの部分に表出されているとみたからである。都会育ちの直哉は、しばしば鹿野山にやって来ることがあった。それは直哉に、田園風のもの、牧歌的なもの、野性的なものへの憧憬があったからであろう。それゆえ、「野生への九つ」の、「意地もあれば張りもあ」り、「少しも飾り気の無い」、「可愛い、」〝花ちゃん〟が、「小鹿のやうに飛んで行く」姿を生き生きと描くのである。しかもその妹格の〝菜の花〟が〝花ちゃん〟の姿に「見惚れ」るのだ。主人公〝花ちゃん〟の野性的可憐さに〝菜の花〟がエールを送っているといってもよい。

が、次に、〝菜の花〟は不意の〝蛙〟の出現に驚き、「死にさうな声」を出す。先に〝菜の花〟は、「蛇は可恐《こわい》けど、蛙なんか出てもいゝわ」としていたのだが、突然の〝蛙〟の出現に驚き、悲鳴をあげてしまったのだ。しかし、その悲鳴があまりにも大きかったせいか、逆に〝蛙〟の方がびっくりして退散してしまうのである。〝花ちゃん〟は〝菜の花〟の間一髪の危機脱出を「本当にアブなかつたのね」と言い、また先の〝蛙〟なんか平気と言った〝菜の花〟を「トガメる事もせず」、流れから〝菜の花〟を掬い上げ、「今度は手に持たず、己が頭にカザシて、仲よく話しながら山を下つて行つた。」というところでピリオドが打たれるのである。

このようなラストシーンは、〝花ちゃん〟と〝菜の花〟の一体化を示す。〝花ちゃん〟は〝菜の花〟を花簪にした。両者の関係は対等ではなく、〝花ちゃん〟は〝菜の花〟をいわばペットのように扱っている。一方の〝菜の花〟は〝花ちゃん〟に惚れ込み、姉のように慕うが、極端な言い方をすればいささか被虐的要素がないわけでもない。

むろん童話として書かれ、〝菜の花〟は擬人化されているのだが、いくら童話として書かれているにしろ、その後の〝菜の花〟を思うと、悲惨に尽きるのではないか。その後、〝菜の花〟はおそらく〝花ちゃん〟の家の中で「瓶」に活けられただろうが、早晩、枯死するのである。一方、〝花ちゃん〟が〝菜の花〟を摘み取ったことは、本当の優しさの表れとはいえないのではなかろうか。アンデルセンの「ヒナギク」のなかに、一人の少女が庭の中に入ってナイフでチューリップを数本切っていくシーンがあるのだが、それを見た庭の柵の外にいる〝ヒナギク〟は、「もうあの花はだめだわ！」と思い、かえって我が身を「仕合わせ」に思うのである。〝花ちゃん〟の行為は、結果的にはむしろこの少女と同じようなものであったといえるのだ。

草稿「花ちゃん」の末尾には、「（再読）少しも面白くない（翌日）／（三読）駄目だ（五日）」と記されている。これをどのように解するかは難しいところだが、プロットのうえで、〝菜の花〟と〝花ちゃん〟の関わり合いに〝蛙〟

がからんでユーモラスなものを形成しようとした意図が窺えるものの、面白味を出しているとはいえない。四月三日の「少しも面白くない」は、その辺に因がありそうだ。また、先に見たように、草稿「花ちゃん」は救済譚とはなり得ていない。いくら童話とはいえ、アンデルセンの童話を徴するまでもなく、「茎」から摘み取られた〝菜の花〟は救済どころか残酷に扱われたのである。先に草稿「花ちゃん」執筆の契機の一つになったと思われる「手帳1」のメモを引用したが、それを踏襲して摘み花としたことは致命的なことだったと考えられる。四月五日の「駄目だ」という評は、童話としても救済譚とはなり得ていないという冷静な反省に基づくものではなかろうか。

かくして草稿「花ちゃん」は十数年間、篋底に秘されることとなったのである。

2 初出作「菜の花と小娘」を読む・〝菜の花〟の試練の旅

「菜の花と小娘」の冒頭部は次のようなものである。（以下の本文引用はすべて「金の船」初出稿による。初出は総ルビだが、一部を除きルビは省略する）

或る晴れた静かな春の日の午后でした。一人の小娘が山で枯枝を拾つて居ました。

やがて、夕日が新緑の薄い木の葉を透して赤々と見られる頃、小娘は集めた小枝を小さい草原《くさはら》に持ち出して、其所《そこ》で自分の背負つて来た荒い目籠に詰め始めました。（傍点は引用者）

右のように、冒頭部は、草稿「花ちゃん」とは違い、〝菜の花〟ではなく、〝小娘〟にスポットが当てられている。しかも〝小娘〟とされただけでその固有名も年齢も明らかにされない。どこの田舎にもいそうな、ちょっと小生意気な少女というふうに普遍一般化されたとしていいだろう。また、午後から夕刻にかけての柴刈り仕事だったということも分かり、勤勉な農家の一少女という印象も与えている。

なお、草稿「花ちゃん」からの変更点という観点でいえば、固有名および明確な年齢が消されたことともに、これが夕刻に始まる物語とされたことが大変重要であるように思われる。なぜなら、夕刻の淋しい雰囲気が漂うなか、やがて登場する〝菜の花〟の孤絶感がいっそう引き立てられるからである。

〝小娘〟にスポットが当てられたことにより、〝菜の花〟は後景に押しやられ、草稿作のように〝菜の花〟から〝小娘〟(花ちゃん)に呼びかけるといった露骨な表現はとらない。〝小娘〟は「不図誰かに自分が呼ばれたやうな気」がして、『え丶?』、さらに『誰れ《だあ》?　私を呼ぶの』と辺りを見回しながらその声を発する。こうして〝菜の花〟がその姿を現わすのだが、次のように描かれる。

それは雑草の中から只一と本、僅かに首を差出して居た憐れな小さい菜の花でした。

(傍点は引用者)

草稿作にあった「瘠せもせず」の文言はなく、卑小かつ憐れさが印象づけられる。おそらくそこの土地は痩せていたのであろうが、この〝菜の花〟は死滅しかけていたとしていいだろう(6)。先に、夕刻に時間設定がなされたことで〝菜の花〟の孤絶感が強調されていることを述べたが、さらに死滅の予兆すら窺えるという危機に瀕した状態にあったといって過言ではないのだ。

『お前、こんな所で、よく淋しくないのね』
『淋しいわ』と菜の花は親しげに答へました。

『そんなら何故《なぜ》来たのさ』小娘は叱りでもするやうな調子で云ひました。すると、菜の花は
『雲雀の胸毛に着いて来た種が此所《ここ》で零《こぼ》れたのよ。困るわ』
と悲しげに答へました。そして、どうか私をお仲間の多い麓の村へ連れて行つて下さいと頼みました。
（傍点は引用者）

〃菜の花〃は〃小娘〃に救いを求めている。「此所」は本来自分のいるべきところではない、「雲雀の胸毛に着いて来た種が此所で零れた」、それは自分の意志に関わらない運命のいたずらによって齎されたもので、その運命を甘受することはできないとする。いや、その運命を改変、打破しようとしているのだ。「お仲間」（同種の菜の花たちを指そう）の大勢いる「麓の村」へ移動したいと申し出る。それは哀訴に近いものであった。それゆえに〃菜の花〃は〃小娘〃に媚びるように「親しげに」語りかけ、さらに「悲しげに」訴えるのである。

一方の〃小娘〃は、〃菜の花〃から「親しげに」語りかけられたのがむしろ不審のようであった。それゆえ、「叱りでもするやうな調子で」、邪慳に対応したのである。が、〃菜の花〃の悲運を知らされると「可哀想」に思う。その同情心は、すぐさま〃菜の花〃の願いを叶えてやろうとする行為に移される。〃小娘〃は「静にそれを根から抜いてやるのだった。これは、〃小娘〃が〃菜の花〃をあくまで生命ある植物として扱っているのであって、両者の関係には一定の距離が置かれ、決して草稿作のような両者合体、一体化の方向性はとらないのである。

さて、〃菜の花〃の移動、旅立ちに際し、いまひとつの問題点が存する。小林幸夫は、「孤生は不幸で共生は幸福である、という価値観」を〃菜の花〃と〃小娘〃の両者が持ち、それと同時に「雑草」の排除がなされる、その後の〃菜の花〃の水草、いぼ蛙などに対する罵倒、忌避は、排除の論理に支えられているというのだ。(7) また、高橋敏夫は、「菜の花と小娘」を〃菜の花〃の「危機」と「再生」の反復による物語と読むのだが、その「危機」は、「雑

草」から自らを「区別し、特権化した」ところから齎されたものだとする。(8) 確かに、〝菜の花〟は「雑草」の中に埋もれるようにして存在していた。が、「雑草」を排除したことから〝菜の花〟の旅が始まるのであろうか。「雑草」たちにとって、「此所」は彼らの故郷である。むしろ彼らから見ると〝菜の花〟こそ異端なのである。しかるに、〝菜の花〟は、その悲しき運命のため、いま「此所」(その土地は痩せていたのだろう) にあって死滅しかけている。いわば、里子に出された幼子がその環境になじめず、もがき苦しんでいるのに似ている。私は、〝菜の花〟は決して「雑草」からおのれを区別し、「雑草」を排除したのだとは読まない。〝菜の花〟は周囲の「雑草」たちとは無関係に、あくまでおのれに降りかかっていた悲運を打破するための旅立ちを願ったのだと解する。

こうして〝菜の花〟のいわば故郷帰還の旅が始まる。が、この〝菜の花〟は先にも述べたように死滅しかけており危機に瀕していた。そこに現われたのが〝小娘〟であり、彼女は〝菜の花〟の救済者としての任を背負うことになったのである。その後、〝菜の花〟が世間知らずの我儘とも思える言葉を連発するのはその生育環境ゆえの幼さからであり、いまやその保護者、母親的存在となった〝小娘〟がしばしば意地悪く邪慳に接するのは〝菜の花〟の自立を願うがゆえなのである。

しかしながら、〝菜の花〟の旅は、決して安易なものではなかった。幾つかの新たな危機、試練が訪れるのである。まず第一の試練として、〝小娘〟の手がほてるため、「首がだるくなつて仕方がない」、「真直にして居られなくなる」という事態が起こる。が、〝小娘〟は素早く〝菜の花〟の窮状を察知し、「図らず、いゝ考へ」を思いついた。〝小娘〟は道端にしゃがみ、小川の流れに「菜の花の根」を浸してやったのである。〝菜の花〟は生き返ったように『まあ！』と「元気な声」を発する。第一の試練は〝小娘〟の機転により突破されたのだ。

が、すぐさま〝菜の花〟には第二の試練が訪れる。『此儘流れて行くのよ』と〝小娘〟は「宣告するやうに」言い、〝菜の花〟を手放してしまったのである。〝菜の花〟は『先に流れて了ふと恐いわ』と言い、〝小娘〟との距離ができることを不安がる。〝菜の花〟には幼児のごとき甘えがあるのだ。ところが一方の〝小娘〟は落ち着き払っている。この行為は、〝菜の花〟の自立を願ってのものであり、しかも〝菜の花〟を追いかけ伴走するという顧慮のもとでなされたのである。こうして〝菜の花〟は、伴走する〝小娘〟を見上げ、安心を得る。第二の試練も解消されたのだ。

次に、「気軽な黄蝶」がやって来て、〝菜の花〟のうえを飛び回る。それを〝菜の花〟が「大変嬉しが」るシーンが点綴される。これは〝菜の花〟の「社会復帰」を意味するものだとする河上清孝の見解(9)があるが、ほぼ首肯できるものである。ただ、黄色い〝菜の花〟に、「白」ならぬ「黄」の〝蝶〟がまとわりつくという図は、この〝菜の花〟の自立への試練の旅におけるいわば安息のひとときであり、一篇の物語の構成上のアクセントにしか過ぎないようにも思える。現に、〝黄蝶〟は「性急《せつかち》で、移り気」であり、すぐさまその姿を消してしまうのだ。


菜の花は不図小娘の鼻の頭にポツ〳〵と玉のやうな汗が浮び出して居るのに気がつきました。

『今度はあなたが苦しいわ』と菜の花は心配さうに云ひました。

が、小娘は却つて、

『心配しなくてもいゝのよ』

と不愛想に答へました。

菜の花は、叱られたのかと思つて、黙つて了ひました。


(傍点は引用者)

〝小娘〟には疲労が訪れていた。その「玉のやうな汗」がそれを証明している。それで今度は、〝菜の花〟の方から〝小娘〟へ同情が寄せられるのだ。が、〝小娘〟は「不愛想」に対応するだけである。〝小娘〟は、〝菜の花〟の甘えならず同情心さえをも拒もうとしている。「不愛想」な〝小娘〟の態度に接し、〝菜の花〟は「叱られたのかと思つて」しまう。両者は馴れ合うことをしない。その距離は依然平行線を辿ったままなのである。
こうして次に〝菜の花〟に第三の試練が訪れる。〝菜の花〟は「流れに波打つて居る髪の毛のやうな水草」に、その「根」をからまれ、苦しげに首を振っているのだ。
〝菜の花〟は〝小娘〟になんとかしてもらいたいのだろう、それを言葉（「気持が悪いわ」）でも示す。だが、〝小娘〟は次のように対応する。

『それで、い、のよ』小娘は汗ばんだ真赤な顔に意地悪な、然し親しみのある笑ひを浮べて云ました。

（傍点は引用者）

この〝小娘〟の対応をどう読むべきか。〝小娘〟は直接それを言語で発することはないが、「汗ばんだ真赤な顔」をしていてかなり疲れているのである。午後からの数時間にも及んだであろう柴刈り作業のあとのことである。〝菜の花〟に伴走するスピードはいかばかりのものか定かではないが、疲労の到来は無理からぬものがあるのだ。だから、いま、〝菜の花〟がその「根」（足）を〝水草〟にからまれ走行を中断したのは、〝小娘〟自身が休息をとる絶好のチャンスなのである。潔癖性ともいえる〝菜の花〟が不快がっているのを百も承知のうえで、自身の休息時の到来とばかりに北叟笑むのだ。それが「意地悪な、然し親しみのある笑ひ」という両義性を持つ表現となったのだと考えられる(10)。
右のように〝菜の花〟の第三の試練は、身体的不快というものであった。が、しばらくしてのち、自然にその「根」は「水の勢」で「水草」からすり抜け、再び流れに流されることとなる。それを追いかけ伴走する〝小娘〟。もう十分に休息が得られたのであろう、今度は『何でもないの。心配しなくてい、の』と、「優しく」言い、「わざと菜の花より二三間先を馳けて行く事」にするのであった。

高橋英夫は、〝小娘〟には「どこか非情で意地悪な女の気配」があり、「優しさ」と「冷酷さ」の「共存状態」にあるとしている。(11)表面上は全くその通りなのだが、その意地悪さ、冷酷さは、なにも〝菜の花〟に直接向けられたものではない。自身の疲れをしばし癒すために意地悪そうになってもいたのであり、私に言わせれば、〝小娘〟の〝菜の花〟に向ける非情、冷酷さは表面上のものに過ぎず、相手（〝菜の花〟）の自立心養成のためのものであり、優しさの裏返しに過ぎないと考える。

次に、草稿作での核心部がどのように描き直されているかをみてみよう。


麓の村が見えて来ました。小娘は振り返らずに、

『もう直ぐよ』と声を掛けました。

『左《さ》う』と後《うしろ》で菜の花が云ひました。

それきり暫く話は絶えました。只流れの水音に混つて、パタ〳〵、パタ〳〵と云ふ小娘の草履で走る足音が聴えて居ました。


ここには、草稿作にあった〝小娘〟（〝花ちゃん〟）の野性味および可憐さは感取できない。さらに、〝菜の花〟の姉を慕うような気持ちの所在も読み取れない。両者の間に「暫く話は絶え」たのであり、両者の間には距離があって、ひたすら「麓の村」を目指し、駆け、流れるだけなのである。

こうして次に〝菜の花〟にとっての第四の試練が到来する。「ポチヤーンと云ふ水音」、不意の〝いぼ蛙〟の出現である。

〝菜の花〟は、その〝いぼ蛙〟の顔に正面衝突しそうになって、咄嗟に「死にさうな悲鳴」をあげたのである。〝小娘〟はそれに気づき、その「手」ではなく「胸」に〝菜の花〟を抱くようにして掬いあげ、事情を尋ねるのであった。〝菜の花〟の言い訳を聞いた〝小娘〟は「大きな声をして笑」う。それは、〝菜の花〟が、「口の尖《とが》つた、意地の悪さうな、あの河童のやうな顔」をしていた〝いぼ蛙〟と正面衝突しそうになったという話である。その〝菜の花〟の言い振りが滑稽に感じられたので、思わず〝小娘〟は笑ってしまったのだろう。おそらく〝小娘〟にとっても〝いぼ蛙〟は気持ちのよいものではあるまい。それが〝菜の花〟にふりかかってきた。〝小娘〟は文字通り他人事のように笑っているのである。が、〝菜の花〟は、『でもね、私が思はず大きな声をしたら、今度は蛙の方で吃驚して、あわてゝ、もぐつて了ひましたわ』といって「笑」うのであった。〝菜の花〟の笑いは、危機脱出の安堵感と共に、〝いぼ蛙〟を偶発的とはいえ自らの力で退散せしめたという自立の念に支えられたものである。両者の笑いは、決して同一方向に収束するものではない。極めて個別性の強い笑いなのである。が、それとほぼ同時に〝菜の花〟の試練の旅も終わり、〝小娘〟の保護者としての任もほぼ完了するのである。

こうしてラストシーンを迎える。

間もなく村へ着きました。
小娘は早速自分の家《うち》の菜の花畑に一緒にそれを植ゑてやりました。
其所《そこ》は山の雑草の中とは異《ちが》つて土が肥えて居《をり》ました。
菜の花はどん〳〵延《の》び育ちました。
左《さ》うして、今は多勢《おほぜい》の仲間と仲よく、仕合はせに暮らせる身となりました。（をはり）

十数年前の草稿作では、〝小娘〟（〝花ちゃん〟）は、〝菜の花〟をその髪に花簪にしていた。両者は一体化していたのである。が、語られないその後のことを読むならば、〝菜の花〟は「瓶」の類に活けられ、やがて枯死したのだと容易に想像できる。それは「茎」から摘まれたせいなのだ。しかるに、改作された「菜の花と小娘」では、〝菜の花〟は「根」から抜き取られ、〝小娘〟の家の肥沃な「菜の花畑」に移植されたのである。〝小娘〟の優しく、しかも冷静沈着な判断と行為に支えられ、〝菜の花〟は死滅の危機を脱出し、自立への試練の旅を見事に成し遂げたのである。「多勢の仲間と仲よく、仕合はせに暮らせる身」となった〝菜の花〟。この物語は、やはりハッピーエンドであり、志賀文学の向日性が遺憾なく発揮された作品だとすることができるのである。

3　中期志賀諸短篇をめぐる一考察・夕刻に始まる物語

志賀文学の展開上における「菜の花と小娘」の位置づけ、その意義について考えてみたい。

繰り返しになるが、その草稿作「花ちゃん」との比較から浮かび上がってきた「菜の花と小娘」の持つ特徴を挙げれば次の四点が指摘できる。その第一は、夕刻に始まる物語であるということ。夕刻の持つイメージは、光と闇の中間に位置し、淋しさをかきたてるものの、未だ闇に至らず、独特の雰囲気を醸し出す。哀愁、憂欝、感傷などのイメージだが、だからといってその先に暗黒の闇が絶対的に存在するともいえず、逆に闇の中にかすかな光を期待することも可能なのだ。その第二は、〝菜の花〟側からみて、死滅の危機に始まり、幾多の困難を克服し、ついにはハッピーエンドを迎えるという物語であるということ。ハッピーエンドといえば大袈裟だというのなら、ある種の安堵感がもたらされているといってよいだろう。つまり向日性に支えられているのだ。その第三は、〝小娘〟側からみて、その同情心、ヒューマニズムの発露から、それが行為となって実行に移されるのだが、その対象に一定の距離を置き、決してべったりと接近しないということ。逆に、このことを〝菜の花〟側からみれば、接近や甘えを拒まれ、〝小娘〟（救済者、保護者）は近くて遠い存在としてあることになる。その第四は、両者の関係が母と子の関係に近似するということ。草稿「花ちゃん」における両者の関係は姉と妹の関係にあったといえる。それが「菜の花と小娘」では〝小娘〟の年齢はとても「九つ」とは思えないほど（作品では年齢の明示はない）、大人びた印象を与えていて、ここに母なるもののクローズアップがあるといえるのである。

以上のような特徴を持つ志賀作品は、その初期ではなく、むしろ中期、もっと狭めていえば「菜の花と小娘」の発表時と同じ一九二〇年発表の諸作品に多く認められるのだ。このことを以下に検証してみたい。

志賀中期の幕開けとなる作品に「城の崎にて」（一九一七・五、「白樺」、但し引用の際は定稿作による）がある。この「城の崎にて」の持つ作品のありようは極めて「菜の花と小娘」のそれに類似しているのである。

交通事故の怪我の後養生のため、「自分」は一人、但馬の城崎温泉にやって来た。「一人きりで誰も話相手はない」（傍点は引用者）という。山の上に「只一と本」咲いている〝菜の花〟のように孤絶しているのだ。

そういう「自分」は、よく散歩に出かけた。

散歩する所は町から小さい流れについて少しづつ登りになつた路にいい所があつた。……（略）……夕方の食事前にはよくこの路を歩いて来た。冷々とした夕方、淋しい秋の山峡を小さい清い流れについて行く時考へる事は矢張り沈んだ事が多かつた。（傍点は引用者）

この「城の崎にて」もまた夕刻に始まるひとつの物語だとしてよい。

そして、三つの小動物の死が順次語られていく。蜂の死は宿の玄関の屋根で発見され、それは「或朝の事」であった。次いで、鼠の死に到達する直前の動騒を宿を出た小川の石垣の辺りに目撃するが、それは「ある午前」のことであった。が、この作品の核心部を形成する蠑螈の不意の死は夕刻の時間帯のことであったのである。[12]

鼠の動騒の目撃、そこから広がった感慨、それを受け、「そんな事があつて、又暫くして、或夕方、町から小川に沿うて一人段々上へ歩いていつた。」(傍点は引用者)という叙述部につづく。そこでまず「自分」は桑の葉の不思議な現象に遭遇するのだが、これと密接な関連を持って蠑螈の不意の死の場面が形成されている。「自分」は、流れの中ほどにある「半畳敷程の石」の上で体を休めている蠑螈を驚かしてやろうと思い、蠑螈を狙うことなく、「小鞠程の石」を何気なく投げつけた。すると、「石はこツといつてから流れに落ち」、「石の音と同時に蠑螈は四寸程横へ跳んだやうに見えた。」のである。「自分」はとんでもない事をしたと思う。蠑螈を殺してしまったのだが、それは全く偶然に齎されたものであった。前の桑の葉の不思議な現象も稀有のことであり、いま蠑螈を死なせてしまったことも稀有のことに属する。そしてさらには、「自分」が交通事故で九死に一生を得たのも、全くの偶然が齎したものに過ぎないと認識するに至るのだ。かくして、ある日の夕刻の散歩において「自分」は「生きて居る事と死んで了つてゐる事と、それは両極ではなかつた。それ程に差はないやうな気がした。」という死生観を得るに至るのである。

さらに、「城の崎にて」がその作品構造上の外枠で、「自分は脊椎カリエスになるだけは助かつた。」として交通事故禍に付随した危機の脱出を語っていることを見逃してはならない。それは、〝菜の花〟のように〝小娘〟の助力を得、様々の危機、試練を乗り越え、故郷に帰還するというのではないが、「城の崎にて」は、蜂、鼠、蠑螈の死をみつめ、一人での思索を積み重ね、ついには自己の交通事故禍が何故軽傷で済んだのか、「脊椎カリエス」になるという危機さえ乗り越えるほどの軽傷で終結したその原因をついに突きとめたのだ。つまり、両作は危機脱出という同趣のテーマを内包するのである。

ともあれ「城の崎にて」は、孤絶した「自分」がその夕刻の散歩において独自の死生観を獲得し、そして自らにふりかかっていた危機の脱出を語ってピリオドを打った。「菜の花と小娘」は、「城の崎にて」のようないわば螺旋状的作品構造ではなく、むしろ直線的な作品構造しか持たないが、孤絶した〝菜の花〟が、〝小娘〟という助力者を得るものの、様々な危機を乗り越え、ついにはおのれの幸せを獲得するに至った。「城の崎にて」に比べ、そのエンディングのあり方は極めて単純であるが、その作品全体のありようの位相をほぼ同じくしているといって過言ではないのである。

次に、「菜の花と小娘」とその発表時をほぼ同じくする諸作品をみてみたい。「菜の花と小娘」との類似点、共通性が確認できるのである。

のちに「暗夜行路」（一九二一・一～一九三七・四、「改造」）の「序詞」となる先駆作「謙作の追憶」は、一九二〇年一月、「新潮」に発表された。

六歳で実母を失った謙作は、やがて祖父にひきとられていくのだが、その祖父との出会いは夕暮れ時であった。

或る夕方だつた。彼は一人門の前で遊んでゐると、見知らぬ老人が其所へ来て立つた。眼の落ち窪んだ、猫脊の何んとなく見すぼらしい老人だつた。彼は何んといふ事なく反感を持つた。

（傍点は引用者、引用文は「謙作の追憶」による。これ以降の引用も同じ）

「暗夜行路」はその主人公時任謙作の運命悲劇という一側面を持つ。幼い謙作の前に突然立ち現われた見知らぬ老人（祖父）、謙作はその老人に「反感」を抱くが、その老人の「うわ手な物言ひ」に「変に圧迫」され、さらに「或る不思議な本能で、それが近かい肉親である事」を感じ取るのであった。謙作の重苦しい人生行路の幕開けに、祖父（実の父）が登場し、しかもその時間設定が夕刻とされたのは極めて暗示的である。夕刻はやがて暗黒の夜を迎えるのだ。
二、三日して再びその老人が訪れ、父から祖父として紹介され、さらに十日ほどして謙作だけがその祖父の家に引きとられていく。「菜の花と小娘」との関連でいえば、この祖父は〝雲雀〟の役割を果たしているといえよう。こうして謙作の根岸での生活が始まるのだが、この根岸の地は、〝菜の花〟が生い育った場所に相当する。幼い謙作は〝菜の花〟同様、孤絶を余儀なくされるのだ。祖父の妾であるお栄には次第に親しみを感じていくものの、基本的に謙作は、根岸の「貧棒臭く下品」で「自堕落」な雰囲気の環境になじめず、違和感を感じるのである。
「謙作の追憶」の主調を形成するものは、「何んといつても母だけは本統に自分を愛してくれた」という思いである。そしてその母との交流を語るエピソードが二つ描かれる。

まず、「四つか五つか彼は忘れた。が、兎も角秋の或る夕方の事だつた」（傍点は引用者）として、いわゆる屋根事件が回想される。ひとり誰にも気づかれず、掛け捨ててあった梯子から母屋の屋根に登っていった謙作。彼は「快活な気分」になり、大きな声で唱歌を唄い、眼下の景色を眺める。が、屋根の下で、「謙作。――謙作」と優しい調子で呼ぶ母の声を耳にする。間もなく書生と車夫の手で謙作は用心深く屋根から下ろされるのだが、下りると案の定、母から烈しく打たれ、母は泣き出すのであった。ここに後年の謙作が、母と自分の愛の絆を確認、回想し、感傷的な思いに誘われた事由が存する。いまは最早その母を失っているだけ、謙作の憐れみは増すのだが、その母との一つのエピソードが夕刻の出来事であったことは一層の哀傷感を漂わすのだ。朝や昼下りの時間帯ではない、夕刻という時間帯がより効果的なのである。また、「菜の花と小娘」との関連でいえば、死滅しかけていた〝菜の花〟と、ひとり屋根の上に登ってその身を危険にさらした幼児の謙作は瓜二つである。さらにそこに救済者たる〝小娘〟および謙作の「母」が登場してくるのも、同じ構図のもとにあるといっていいのではないか。

もう一つ、母との忘れ難いエピソードは、いわば羊羹事件と呼べるものである。屋根事件につづき、「前後はわからない。が、其頃に違ひない。」とされる、今度は室内での出来事である。これもまた奇妙なことに夕刻に時間設定がなされている。謙作はすでに「其日のおやつ」をもらっていた。「おやつ」はふつう午後三時頃に出されるものである。そして謙作が一人茶の間で寝ころんでいるところに、父が帰宅、袂から菓子の紙包みを出し茶ダンスに置いて出て行く。が、再び父が茶の間に入って来て、その紙包みを戸棚の奥に仕舞い込んだ。こういう父の行為は謙作を意識してのもの、そういうふうに直感した謙作は「むつとし」、「気分」を「急に暗く」する。で、次には、母に「母様お菓子」とねだる。それも露骨に父の持って帰った菓子をせびり出すのである。幼児の心理としていまは「兎も角、思ひ切り泣くか、怒られるか、打たれるか、何にしろそんな事でもなければ、どうにも気持が変えられなくなつて居た。」というのだ。母は謙作のおねだりをあくまで拒もうとするが、謙作は母に力づくでからんでいく。ついに母は本気で怒り出し、幼い謙作を戸棚の前まで引っ張って行き、片腕で彼の頭を抱え、いやがる彼の口へ「其厚切りの羊羹」を押し込むのであった。一種の折檻であるが、そういう行為に及び、母も泣き、謙作も泣き出したのである。ここには母と子の一体感、愛の絆の深さが滲み出ている。このような忘れ難い出来事もまた夕刻に起こったことなのだ。先の屋根事件の回想と同様、いまはその母を失っているだけに、謙作の孤独感、哀傷感は一層引き立てられるのである。「菜の花と小娘」との関連でいえば、謙作の我儘を拒み折檻する「母」は、どこかしら〝菜の花〟の甘えを拒み時に邪慳に扱う〝小娘〟に似通っている。

以上のように、「菜の花と小娘」と「謙作の追憶」とにはある類縁性が読み取れる。より正確にいえば、「菜の花と小娘」の冒頭部の雰囲気と「謙作の追憶」の基調が類似しているといえるのである。先にも述べたように「謙作の追憶」は「暗夜行路」の先蹤作の一つであり、やがて「暗夜行路」の冒頭部を形成する。その夕刻に始まる、あるいは夕刻に設定された二、三のエピソードは、確実に「菜の花と小娘」の冒頭部と響き合っているのだ。

「或る男、其姉の死」（一九二〇、一・六〜三・二八、「大阪毎日新聞」夕刊、但し引用は定稿作による）は、家出した「兄」

（芳行）とその父との不和対立の関係を中心に、異腹の「弟」（芳三）である「私」が物語るという形式をとっている。が、いま問題は、その父子関係を語った中心部（これは旧稿の利用に過ぎない）にはなく、外枠として設けられた「姉」（時子）の臨終を語った部分にある。

「姉」の臨終の報を受けた「私」は、「姉」の住む信州のとある寒村に赴く。その途次、九年振りに家出した「兄」と再会するのであった。その折の「兄」は、家出した頃の「如何にも自信のないオド〱した眼なざし」ではなく、外見上の「見すぼらしい姿、トボ〱とした歩み、そんなものを超えた眼なざし」をしていたのである。「兄」はすでに大きな危機を脱出していたのだ。しかもこのシーンは高原の「薄暮」の時間帯に設定されている。「死が永遠の闇なら人生は高原での寒い日の薄暮といふやうな気がした」と、不幸だった姉の臨終に際し、語り手の「私」は表現するが、いま「兄」は「薄暮」に似た「人生」を歩むものの、その「兄」には「死に反抗もしない代り、又それにも決して打ち負かされないやうな眼」が獲得されていたのである。ここでは「薄暮」、夕刻という時間帯は人生の象徴のように表現される。が、父との不和対立、そして深い自己嫌悪から家出した「兄」は、いまや或る力強さを獲得し、前向きに生きているのである。その向日的な生の姿勢は、「菜の花と小娘」の展開に十分見合っているのだ。

また、「兄」とその「姉」の関係に〝母〟を慕う情の発露が認められる。作品の最終節「四十」において、「兄」の「書捨てて置いた原稿の断片」が紹介される。当時中学校に通っていた兄は「十四五」歳で、「嫁入つた年」の「嫁入前」の「姉」が裁縫の稽古をしている際、「兄」は、「姉」の耳の下にある「青味を帯びた」「痣」を「ひどく美しく」思い、それに触れてみたい「不思議な欲望」にかられる。実際、「兄」はそばにあった「物尺」をとり、「姉」の「痣」に触れる。それを何度か繰り返し、ついには「指の先」でその「痣」に触れて逃げ去るという仕儀に及ぶのである。

このエピソードは、幼子がその母親に甘え、じゃれついているさまとさして変わりはない。しかも作者のケアレスミスから、それまで「姉」と「兄」との年齢差が二、三歳とされていたのが、ここでは五、六歳という広がりのあるものとなってしまっている。ここの「姉」はすでに「姉」ではなく〝母〟的存在となっているのだ。すなわち、草稿「花ちゃん」における〝小娘〟（花ちゃん）と〝菜の花〟の関係が「姉」と「妹」のようなものであったのに対し、「菜の花と小娘」では〝小娘〟と〝菜の花〟の関係が「母」と「幼子」のようなものに変化していることとパラレルの関係にあるのだ。ちょうど〝菜の花〟が〝小娘〟に、幼子が母親に甘えるように振舞ったのと似ている。「或る男、其姉の死」のこの部分は一九二〇年の執筆に関わることは確実で、[13]その点でも「菜の花と小娘」は決して初期に属すものではなく、中期に属すものだとする証左が得られるのである。

「菜の花と小娘」では結局両者が一体化することはなかったが、「或る男、其姉の死」でも、母を早くに失った「兄」がその代償を「姉」に求め、先のような「痣」に触れるというエピソードを語るものの、いまや「姉」の「痣」を「皮膚に附いた一つの汚い汚点《しみ》」のようにしか見ておらず、ついに両者は一体化することはない。不幸だった「姉」とは別に、「兄」はいまや危機を乗り越え、より高次な生を目指して語り手の「私」たちの前から再びその姿を消すのである。

ヒューマニズムという観点からいえば、「菜の花と小娘」と同年同月発表の「小僧の神様」（一九二〇・一、「白樺」、但し引用は定稿作による）にも相通じるものが見出せる。

若い貴族院議員のAと神田の秤屋の小僧仙吉が、初めて同じ場（京橋の屋台の鮨屋）に居合わせるのは「日暮」時であった（もっともこの場合、夕刻の持つ意味合いはさして重要ではない）。そこでAは、小僧（四銭しか持っていない）が鮪の鮨を一つつまんだ瞬間、主人に「一つ六銭だよ」と言われ、その鮨を台の上へ落とすように置いて立ち去るのを目撃した（「三」）。これが発端となる。ついでAが自分の子供のために体量秤を購う目的で神田のとある秤屋に立ち寄った時、偶然にも先日の小僧さん（仙吉）を見つけ、御馳走してやりたいと思っていたことが実現可能となる。この作品は、主に小僧にスポットを当てた章（一、二、八、十）と、主にAにスポットを当てた章（四、七、九）とがほぼ交互に描き出され進展するが、両者が一緒になる章は先の「三」と「五」と「六」である。[14] その「六」においてAは仙吉に或る店（秤屋の番頭たちが噂をしていた店）まで連れていき、鮨を御馳走してやる。が、Aは、仙吉と少しの間でも一緒に食すといった親近感は示さず、「私は先へ帰るから、充分食べてお呉れ」と言い、逃げるように急ぎ足で店を出て行くのであった。小僧に遠慮することなく鮨をたらふく食べさせてやる配慮といってしまえばそれまでだが、Aの方から小僧に馴れ合うことはしないのだ。ある一定の距離を保つのである。のちにAには善意を施したという意識のせいか、「変な淋しい気持」が齎される。が、これは所詮、小僧とは住む世界が違い、そのヒューマニズムには限界があることを自覚していることから生じたものではなかろうか。「菜の花と小娘」において〝小娘〟は時に〝菜の花〟に対し意地悪く接し、〝菜の花〟の接近を拒んだ。それは、〝菜の花〟を自分のペットのように扱うのではなく、一植物としてその仕合せ、自立を願ってのものであった。だから一定の距離を置いたのである。Aの行為はそれと似ている。

さて一方の小僧は、「あの客」のことを「神様」か「仙人」か「お稲荷様」かと思い、とにかく「超自然なもの」と思う。これは「あの客」との距離が大きいところから生じるもので、作の核心は、小僧が「悲しい時、苦しい時」、「あの客」のことを思い、慰めにするところにある。「あの客」は正体不明のままであってこそ尊いのだ。だから、この作の〈附記〉は蛇足であり、「あの客」の正体として「お稲荷様」が出現しては小僧にとって「惨酷」であるのみならず、作の余韻も半減することとなるのである。

「焚火」（一九二〇・四、「改造」、原題は「山の生活にて」、但し引用の際は定稿作による）は、雨あがりの午後「三時頃」より始まるのだが、夜の舟遊びを前にした時間帯は次のように叙述される。

山の上の夕暮は何時も気持がよかつた。殊に雨あがりの夕暮は格別だつた。其上、働いて其日の仕事を眺めながら一服やつて居る時には、誰の胸にも淡く喜びが通ひ合つて、皆快活な気分になつた。（傍点は引用者）

ここからさらに前日の夕暮れ時が回想され、「美しい夕暮」のなか、「大きな虹」を背景に、「自分」「妻」「Kさん」「Sさん」の四人が木登りをして楽しく遊んだことが語られる。「快活な気分」は、夕暮れ時に直結しているのだ。

この日の舟遊びは、前日の木登りの楽しかったことと結び付き、「自分」から他の者たちに提案されたものだったが、夕暮れ時の持つ雰囲気は作の展開上、極めて重要である。舟遊びの開始時も次のように叙述される。

静かな晩だ。西の空には夕映えの名残りが未だ残つて居た。然し四方の山々は蠑螈の背のやうに黒かつた。（傍点は引用者）

次第に日は没し、夜となるのだが、舟遊び、そして岸の砂地での焚火、さらには「可恐いもの」の話から「Kさん」の語る「夢のお告げ」の話、しっとりとした味わいを醸し出しながら作は展開され、焚火の「燃え残りの焚木」を湖水へほうり投げるシーン、「上と下と、同じ弧を描いて水面で結びつくと同時に、ジュッと消えて了ふ。」というクライマックスシーンへと高潮していく。

いま、「焚火」を論ずるのは目的ではない。ただ、作者志賀は、こよなく夕暮れ時を好み、この「山の生活」においては夕暮れ時に特別なアクセントが置かれ、作中人物の「皆《みんな》」に「快活な気分」をもたらしていることを確認したかったのである。「菜の花と小娘」における夕暮れ時も、決してその先に闇を予兆させたものではなかったとしたたいのだ。

さらに、「焚火」においては、「Kさん」の語る「夢のお告げ」のエピソードに、母と子の絆の深さというテーマが見出せる。それは一九二〇年時発表の「謙作の追憶」、「或る男、其の姉の死」などにも通底しているものなのである。

「真鶴」（一九二〇・九、「中央公論」、但し引用の際は定稿作による）もまた夕暮れ時に始まる物語である。

伊豆半島の年の暮だ。日が入つて風物総てが青味を帯びて見られる頃だつた。十二三になる男の児が小さい弟の手を引き、物思はし気な顔付をして、深い海を見下す海岸の道を歩いて来た。

（傍点は引用者）

物語はその日の朝からのことなどを短い回想の形で何回か挿入する。が、あくまで小説の現在時は「薄暮」の時間帯に設定されている。主人公の「男の児」は、「法界節の一行」に出会い、そのうちの月琴を弾いている女に魅せられてしまった。初恋である。主人公の、漁師の子である「男の児」の胸の中は、いまや法界節の女のことで一杯なのだ。私はかつて、この少年の恋は、少年の恋のようではなく、むしろ母を恋うる心情が流露したものであると論じたことがある。(15) その考えは今も変わりはない。母なるもののクローズアップといってよいのだ。

「菜の花と小娘」との関連でいえば次のような共通項が指摘できる。先に私は「菜の花と小娘」において、〝小娘〟を母親、〝菜の花〟をその子供の幼子と見立てることができるとしたが、両者はついに一体化するに至らなかった。この「真鶴」では、主人公の「男の児」は、法界節の女（実質的な母親）との再会を期待する。弟に今通り過ぎた軌道列車に法界節の一行が乗っていたと言われたあと、「此先の出鼻の曲り角で汽車が脱線」し、「女」が崖下の岩角に頭を打ちつけて倒れ、そして立ち上がって来ることを「想像」する。なんとしても法界節の女と別れたくない、再び会いたいと念じたせいなのである。また、「彼は実際に女が何処かで自分を待つて居さうな気がしたのである。」とさえするのだ。が、ついに法界節の女と再び会うことはなかった。両者は決して一体化しない。その位相は「菜の花と小娘」と同趣だといってよい。

さらに、「真鶴」における「菜の花と小娘」との関連という観点でいえばもう一つ、ヒューマニズムのテーマが瞥見できる。「真鶴」の主人公の「男の児」は、弟と二人の下駄を買いに小田原まで出掛けたのだが、その水兵熱から、おのれの欲望にかられ、水兵帽を購入してしまった。何らの楽しみもなく、兄に従う弟は可哀相でみじめですらある。が、この兄である「男の児」は、疲れ切った弟を背負ってやる。眠入った弟の身体の重みで苦しくなるが、「我慢し通さなければ駄目だ」と思い、懸命に歩を進めるのだ。さらに出迎えに来た母親の背に移された弟が、それまでにおさえていた我儘を一気に爆発させて暴れ出すと、「男の児」は弟にその水兵帽を惜し気もなくくれてやるのだった。最早、「男の児」にとって水兵帽は惜しくない。法界節の女を恋しく思った心的体験が水兵帽に勝ったということなのである。このようにみてくると、対弟においてこの兄である主人公の「男の児」には、広い意味でのヒューマニズムが感じられないだろうか。相手を思いやる心が十分に発露されている。それは〝小娘〟が〝菜の花〟に対してとった幾つかの優しい振舞いと相通じるものがあるのだ。

むすび

志賀文学展開上における「菜の花と小娘」の位置づけとしては、一九一七（大6）年に始まる志賀中期以降、殊に「菜の花と小娘」と同じく一九二〇（大9）年に発表された諸作との関連が色濃いことから、志賀初期ではなく、志賀中期に属する作品であると明言できるように思われる。

が、さらに、この作が第三の処女作とされたその理由、その背景を検討してみねばならない。

先にも述べたように、「菜の花と小娘」が志賀によって第三の処女作と規定されるに至ったのは、「続創作余談」（一九三八年・昭和十三年）においてであった。個人全集の刊行に伴い、これまでのおのれの文学活動を振り返り感慨ひとしおのものがあったと想像されるが、その際なぜ、「菜の花と小娘」が自身の処女作の一つとしてクローズアップされてきたのか。私は以下の二点の理由をそこに措定したい。

その第一は、長年中断されたままであった「暗夜行路」が一九三七（昭12）年四月になってようやく完結されたことにあると考える。

「暗夜行路」は、少し大袈裟に言えば、主人公時任謙作が暗く重苦しいその運命を超越し、また、自己の内面に巣食う苦悩、困難と戦い、やがて大山のシーンにおいておのれの堅い自我の殻を破るという境地に到達し、さらには妻直子と真の意味で和合するに至る物語である、といえる。別言すれば、先にみた「謙作の追憶」の改作である「序詞」（これは作中の主人公時任謙作の筆によるものとみる）に始まった暗闇の予兆から、成人後の幾多の困難、危機を乗り越え、ついには光明の兆しをみることで結末を迎えているのである。つまり、「暗夜行路」の文学作品として具有する特徴の一つに向日性が挙げられるのだ。

志賀直哉畢生の長篇小説「暗夜行路」、その完成と相俟って、直哉には、いわばその超ミニチュア版として「菜の花と小娘」が思い返されたのではなかっただろうか。〃菜の花〃は、死滅の危機にあったのを〃小娘〃という他者の助力を得るものの、その後の幾つかの困難を乗り越え、山の麓の故郷（菜の花畑）に帰還して生長し、ついには安心立命に近い境地を獲得するのである。繰り返しになるが、「菜の花と小娘」の作品としての特徴をひと口で言えば、向日性であり、「暗夜行路」全篇と同趣のものといえるのだ。

もっとも、若き日の直哉は、おのれの文学の方向性を次のようにみていた。

ブライトサイドを見よといふのに、二つあると思ふ。一は、ダークサイドに耳をふさぎ、目を閉ぢてゐよといふのである、ブライトサイドだけを見てゐよといふのである、他は、眼も耳もふさぐ要はない、其ダークネスを凝視せよといふのだ、而して其奥に更にブライトネスのあるを、見出せといふのである、

……（略）……

自分は自分の書くものから考へて、より多くダークサイドを見てゐると思つた。而して今日の自分には、闇を通して其先のものを見るだけの力がない。然しその先に必ず光りがあるだらうといふやうな気はする。

これは未定稿「偶感　第二」（一九〇九・一二・二九）からの引用である。当時の直哉は、「ダークサイド」の凝視のみで、その先にある、あるいはその奥にある「ブライトネス」を見出す力のないことを嘆いていた。そしてこのような状態はしばらく続いた。しかるに、「暗夜行路」はまさしくこのおのれの文学上の指針を体現したものといえる。「ダークサイド」の凝視、そしてその先についには「光り」を見出し、表現し終えたのである。今問題の「菜の花と小娘」も、その結末部では、「光り」をしっかりと定着させているのだ。

「菜の花と小娘」は、「暗夜行路」の完成と密接に関わり、また、若き日に抱いていたおのれの文学上の指針、すなわちその向日性の体現という観点からも、自身の処女作とするにふさわしいと顧みられたのではなかったのか。かつての小品はにわかに意義あるものとしてクローズアップされてきたのである。

が、「菜の花と小娘」が第三の処女作とされるには右のような事由によるだけではない。やはり、最も古い時期に書かれたもの、顧みて一個の創作品としての嚆矢であったという意識も作用していたに違いない。

草稿「花ちやん」（一九〇六・四・二）は、その執筆直後に失敗作とされ篋底に秘されたが、直哉なりの創意に支えられていたことは確かなように思われる。その二年前の作文「菜の花」（一九〇四・五・五）はアンデルセンの影響下

のもとに書かれたものらしいが、この作文草稿は現存せず、草稿「花ちゃん」との関連はうまく捉えられない。が、草稿「花ちゃん」を見る限り、直哉のまがりなりもの創意によって成立している。その執筆の記憶は、多少の記憶違いを伴うものの、のちのちの直哉に強く印象づけられていたと考えられるのだ。

草稿「花ちゃん」以前もしくはその直後の草稿作で注目すべきものは、未定稿「脚本雪雄」（一九〇四・七・八、九）および未定稿「脚本悪魔凱歌《あくまのかちどき》」（一九〇六・六・二六）の二作だが、前者はイプセンの「小さいエヨルフ」を、後者はトルストイの「小さい悪魔がパンきれのつぐないをした話」などをそれぞれ種本としていて、創意という点で弱いものがあり、また「脚本」という形式も考慮すると、草稿「花ちゃん」と到底比肩し得るものではない。ここに一九〇八年一月作の「非小説、祖母」（「或る朝」の原型作）以前での最重要作は草稿「花ちゃん」であったと明言できるのである。かくして志賀はその習作期に思いを馳せた時、「菜の花と小娘」の原型作「花ちゃん」（直哉の記憶のなかで作文「菜の花」もこれに付随し関わりを持つ）がクローズアップされたに違いないのだ。

以上のように、「菜の花と小娘」の処女作として持つ位相は、志賀の一九〇四年ないし一九〇六年というごく早い時期の習作期から、一九二〇年の発表時を中心に、「暗夜行路」完成の一九三七年までの長い期間を視野に収めたところに存する。すなわち、これまでのおのれの文学の自己検証に際し、その総括的意味合いを込め、「或る朝」、「網走まで」につぎ、「菜の花と小娘」はいわば第三の処女作として規定されるに至ったのだと考えられるのである。

注

（1）初出は「中学の終り頃」であり、これは志賀の記憶違いであった。「高等科の頃」と訂正されたのは、新書判『志賀直哉全集第十巻』（岩波書店、一九五五・九）においてであった。

（2）須藤松雄は、この二つの志賀自注を引用し、「二通りの語り方」、「たがいに多少食い違った語り方」だとしている。（『志賀直哉の文学』、桜楓社、一九六三・三、増訂新版は一九七六・六）

（3）管見の限り、「菜の花と小娘」を論じたものに次のようなものがある。①町田栄「志賀文学形成考㈣——三処女作の検証——」（「文学」、一九七二・五）②長谷川泉「志賀直哉「菜の花と小娘」」（『長谷川泉著作選7作家・作品論下』所収、明治書院、一九九五・七、収録論文の初出は、一九六七・六および一九七三・九である。）③遠藤祐「志賀直哉——その作家以前についての覚え書き」（「玉藻」12、一九七六・七）④河上清孝「『菜の花と小娘』論——「草稿」「初出」の比較検討を通じて——」（「湘南文学」12、一九七八・三）⑤柳田知常「「菜の花と小娘」」（『志賀直哉の作品』所収、檸檬社、一九八一・六）⑥高橋英夫「邪悪な女神」（『志賀直哉　近代と神話』所収、文藝春秋、一九八一・七）⑦熊木哲「志賀直哉「菜の花と小娘」考」（「九州大谷国文」14、一九八五・七）⑧渡邉正彦「志賀直哉における距離の問題（その一）——志賀直哉「菜の花と小娘」考——」（「群馬県立女子大学紀要」第7号、一九八七・三）⑨山口直孝「志賀直哉「三処女作」についての考察——『菜の花と小娘』・『或る朝』・『網走まで』——」（「日本文藝研究」第三十九巻第二号、関西学院大学日本文学会、一九八七・七）⑩小林幸夫「「菜の花と小娘」論——ユートピアの創成——」（「作新学院女子短期大学紀要」13、一九八九・一二）⑪篠沢秀夫「『菜の花と小娘』の内部構造」（『志賀直哉ルネッサンス』所収、集英社、一九九四・九、初出稿は一九九〇・三）⑫高橋敏夫「「菜の花と小娘」、または願望された処女作——志賀直哉的「主体」批判」（「文学年誌」10、文学批評の会、一九九〇・一二）⑬山﨑正純「志賀直哉論（一）——喪失のかたち——」（「百舌鳥国文」第十三号、一九九七・一一）。なお、上記のうち、草稿「花ちゃん」と「菜の花と小娘」の比較検討は、②長谷川論文、③遠藤論文、④河上論文、⑤柳田論文、⑦熊木論文、⑧渡邉論文、⑪篠沢論文、⑫高橋論文が行なっている。

（4）熊木哲（前掲注（3）の⑦論文）は、アンデルセンの「THE DAISY」（「雛菊」）が作文「菜の花」もしくは草稿「花ちゃん」および初出「菜の花と小娘」に影響を与えたのではないかと推測し論じている。

（5）『志賀直哉全集　第十五巻』（岩波書店、一九八四・七）に収録されている。

（6）町田栄（前掲注（3）の①論文）は、「菜の花」には「怯えのイメージ」があり、「死滅の予兆」が与えられていると指摘している。

（7）前掲注（3）の⑩論文。

（8）前掲注（3）の⑫論文。

（9）前掲注（3）の④論文。なお、河上清孝は、草稿「花ちゃん」を「救済者的物語」とするが、それには賛同しがたい。なぜなら、「茎」から摘まれた「菜の花」は早晩枯死するからである。さらに、初出「菜の花と小娘」を「友情物語」とするのにも賛同しがたい。むしろ、ここに至ってようやく救済譚となり得ているからである。

(10) 定稿作では、初出の「汗ばんだ真赤な顔に意地悪な、然し親しみのある笑ひを浮べて」の部分が削除された。〃小娘〃の疲労がそれ程のものでないこと、また、〃小娘〃の意地悪な要素を取り除く措置だったと考えられる。

(11) 前掲注(3)の⑥論文。

(12) 三谷憲正「「城の崎にて」試論——〈事実〉と〈表現〉の果てに——」(「稿本近代文学」15、一九九〇・一一)は、「城の崎にて」の構成について、「そもそもこの物語は「夕方」から始まり、「夕方」で終わる枠組みをとっていはしないか。」と指摘している。

(13) 「或る男、其姉の死」の草稿「或る男と其姉の死」(一九一四・二・一五)には、姉の「アザ」に関わる「湯灌」のシーンはあるものの、かつての姉の裁縫の稽古に関わってのエピソードは描かれておらず、この部分が、一九二〇年時点で書かれたことは確実である。

(14) 野口武彦「『小僧の神様』と「小説の神様」——志賀直哉のストーリイ・テリング」(『近代小説の言語空間』所収、福武書店、一九八五・一二)は、「小僧の神様」の構成について、「ダブル・プロット」方式、「交替法」として図示し解説している。

(15) 拙著『志賀直哉——青春の構図——』(武蔵野書房、一九九一・四)の「持続と変容——我孫子期短篇二篇——」の章を参照のこと。

(**補注**) アンデルセンの童話のテキストとして大畑末吉訳『完訳アンデルセン童話集』㈠〜㈦(岩波書店、一九八四・五、改版第1刷)を使用した。

第Ⅱ部

第一章　『暗夜行路』における自己変革の行程——祖父呪縛からの解放——

はじめに

志賀直哉の『暗夜行路』（一九二一・一〜一九三七・四、「改造」。のち、一九三七・九および一〇、現在の構成となって改造社より単行本刊行。）は、その照明の当て方によって、さまざまなテーマが浮き彫りにされてくる。まず、はじめに、『暗夜行路』における次のような二ヶ所からの引用部に着目したい。

自分のやうな運命で生れた人間も決して少なくないに違ひない。謙作はそんな事を考へた。道徳的欠陥から生れたといふ事は何かの意味でそれは恐しい遺伝となりかねない気もした。さういふ芽は自分にもないとは云へない気がした。然し自分には同時に其反対なものも恵まれてゐる。それによつて自分は其悪い芽を延ばさなければいいのだと思つた。本統につつしまう。自分は自分のさういふ出生を知つたが為めに一層つつしめばいいのだ。少しもそれに致命的な要素は含まれて居ないのだ。寧ろ親の泥酔中に出来た子の生涯呪はれた生理的の欠陥などに較べると、それは遥かに仕合せに思へた。淫蕩な気持、これを本統につつしまねばならぬ。そんな事を思つた。

（前篇第二の七、傍点は引用者）

右は、尾道にいる主人公謙作が、兄信行の手紙によっておのれの出生の秘密（母と祖父との不義の子であった）を明かされ、信行に返事の手紙を書いたあと、夕刻「芝居」（盛綱の芝居）を見るため外出し、やがて「蠣船料理」の座敷から外の景色を眺めながら物思いに耽った折のものである。ここで謙作は、その出生にまつわる自身の「道徳的欠陥」は、「恐しい遺伝」になりかねないと思い、「淫蕩な気持」を自己制御せねばならぬと再三に渡って言い聞かせる。その「恐しい遺伝」とは、「あの下品な、いぢけた、何一つ取柄のない祖父」（第二の六）からの血筋を直接受けたことを指すに相違ない。が、『暗夜行路』のその後の展開をみれば、謙作は先の決意とは裏腹に、放蕩の深みへと陥っていくのである。

その後、かなりの時の経過を経て、次のような引用部に出くわす。

結婚の第一歩がこんなにして始まつた事は幸先《さいさ》き悪い事のやうな気がした。然し何よりも悪いのは矢張り自分だと彼は思つた。自制出来ない悪い習慣——さういつて自身責任を逃がれる気はないが、若しかしたら祖父からの醜い遺伝から自分は毎時《いつも》、裏切られるのだ。そんな気も彼はするのであつた。何しろ慎まう。今日の事は今日の事だ。これから本統に慎み深い生活に入らなければ結局自分は自分の生涯をその為め破滅に導くやうな事を仕かねない。そして結婚後は殊に此事は慎まねばならぬ。さう考へた。彼は此何度でも繰返す、そしていつも破れて了ふ決心を此時も亦繰返した。（後篇第三の十二、傍点は引用者）

右は、京都に移り住んだ謙作が直子を見初め、トントン拍子で結婚話が進み、見合いの席上（その晩は見合いに列席した皆と一緒に南座の「顔見世狂言」を見物している）で、それまでに抱いていた直子の美しいイリュージョンが崩れたショックから、皆と別れて夜一人になった折の感懐である。ここでいう「自制出来ない悪い習慣」とは、放蕩への誘惑を指しており、それは近々直子と結婚生活に入るに当たって、まさしく「幸先《さいさ》き悪い事」だといえる。しかも、そのような経緯を辿ったことを「祖父からの醜い遺伝」のせいにしようとしている。が、先の引用部同様、謙作はその「淫蕩な気持」が以後頭をもたげることのないよう、「慎み深い生活」に入ろうと何度もおのれに言い聞かせるのであった。

私が上述のような『暗夜行路』本文からの引用を二ヶ所から行なったことは、恣意性はなく、ある明確な意図に基づく。すなわち、引用した二ヶ所は、謙作が「芝居」見物をしたあと（ちなみに謙作の芝居好きは亡き母からの遺伝（第一の五）によるとみられる）、夜一人になってからのものという状況の符合もさることながら、その物思いの内容が同じようなことをいっていて、類似し、互いに響き合っているといえるのだ。謙作は、下根な祖父（実は父）からの「醜い遺伝」を気にかけながらも、「淫蕩な気持」すなわち放蕩への誘惑に必死になってブレーキをかけているのである（「つつしまう」「慎まう」「慎まねばならぬ」などそれぞれ三度ずつ繰り返している）。

宮島新三郎は、『暗夜行路』を「自己脱却の藝術」であるといい、「古い醜い汚ない自己の殻をふり捨てゝ、新しい生々した、生甲斐のある自己をつくつて行かうとする熱烈な人間的欲望が表現されてゐる。」とし、さらに、「歩一歩古い自己から脱却して、新しい自己を築くために勇敢に戦つた。」と論評している。[1] これは『暗夜行路』の同時代評として大変優れたものの一つになっているが、「古い醜い汚ない自己」の具体的内容を宮島に代って次のように言うことは許されるだろう。それは、下根、非道徳的な祖父からの「遺伝」におびえ、いけないことと知りながらも、「淫蕩な気持」を起こし、放蕩を繰り返してしまう謙作を指すのだと思う。が、先に私が引用した部分にもあったように、謙作には「其反対なものも恵まれてゐる」のであって、それは、上品なものにひかれ、清く正しくあろうとする道徳的な側面をいうのである。これは後述するように、母方の祖父、「芝のお祖父さん」からの血筋を受けたものと解することができる。よって、謙作の内面には「清」らかなものと「濁」り澱んだものとが同居することとなる。そして謙作はその内なる「清」と「濁」との格闘の末、やがて「清」なるものが「濁」なるものを制する、そういう筋道を宮島新三郎は逸速く捉えていたと思われるのだ。

そこで本稿は、次の二点につき論及していきたい。

その第一は、作家論的範疇に属すのだが、作者志賀に遺伝のテーマへの関心がなかったならば、先のような引用部の叙述はあり得なかったとみられることから、いわば『暗夜行路』の潜行力ともいうべく、志賀文学における遺伝のテーマの所在をその初期に遡って検証してみることである。また、それに付随して、『暗夜行路』が「時任謙作」という自伝的なものから虚構の作に移転するのに際し、祖父（実際の直道）像の極端な改変と造型を行なった、そのモチーフ（深意）を探ってみたいと思うのだ。

その第二は、私は『暗夜行路』の読みに当たって作者志賀と主人公謙作をことさら重ね合わせる必要はないと考えているので、敢えてテクストとはいわないが、その作品の文脈に即した一つの読みを試みてみることである。いま俎上にのせたテーマは、すでに明らかなように、いかにして謙作は、祖父（実の父）からの遺伝のおそれ、別言すれば祖父呪縛を克服したのか、ということである。これも後述するが、祖父呪縛は、『暗夜行路』の物語が開始するや否や謙作にまとわりついてきたものであり、それは一種の運命として機能する。それをいかに謙作は解放し得たのか、その行程を作品の流れに即して綿密に辿ってみようと思うのだ。

1　遺伝のテーマへの関心、虚構軸への導入

初期志賀文学で遺伝の問題への関心が窺えるのは、その文壇デビュー作の「網走まで」（一九一〇・四、「白樺」）である。

主人公の「自分」は、これから北海道の網走まで行くという「二十六七の色の白い、髪の毛の少い女の人」の一行（「七つ許りの男の子」と赤子を連れている）と同じ汽車（青森行）の同じ客車に乗り合わせた。やがて「自分」は、その「男の子」に親切に接し、「女の人」と会話も交わすようになる。そして「女の人」と「男の子」を目の前にして、ある事柄に「心附」く。それは、汽車が間々田の停車場を出、小山にさしかかる手前の時間帯でのことであった。窓の外の景色にあきた「男の子」は絵本を見始め、下目使いをしてその本を見ている。一方の母親である「女の人」は、伏し目をしてハガキを書いている。その時「自分」は、両者の「眼」が「そつくりだ」と「心附いた」のである。そして次のようなことを思い出す。

自分は両親に伴はれた子を――例へば電車で向ひ合つた場合などに見る時、よくもこれらの何の類似もない男と女との外面に顕れた個性が小さな一人の顔なり、身体《からだ》つきなりの内に、しつとりと調和され、一つになつて居るものだと云ふ事に驚かされる。最初、母と子とを見較べて、よく似て居ると思ふ。次に父と子とを見較べて矢張り似て居ると思ふ。さうして、最後に父と母とを見較べて全く類似のないのを何となく不思議に思ふ事がある。(2)

この主人公は、日頃漫然と電車に乗っていたのではなかった。ある時、右の引用部のような一つの発見をしたのである。仮に男（父）をVとし、女（母）をHとすれば、その間に生れた子供（仮にN）がその一個体のなかにVとHとを同居させていることにまずは驚く。さらにHとNに類似あり、また、VとNに類似あり、という観察を経て、最後にはVとHに全く何の類似もないことに改めて不思議さを感じたのである。この発見は一見至極当たり前のことを言っているようだが、これが起点となって「網走まで」はその後の展開を促される。すなわち、「男の子」（N）の父（V）、「女の人」（H）の夫（V）は今不在であって、その男（V）について「自分」は想像を巡らしてみるのである。具体的には、「自分」の元いた学校の上級生で曲木という男（「男の子」の父親が大酒家だという情報を得ていて、大酒家の連想から曲木が思い浮かんだ。）を想定してみるのであった。

ここでは「網走まで」を論じるのが目的ではない。「自分」の、零落の身である「女の人」への同情がモチーフとなりながらも、この一篇は清らかな余韻を残してその別れを語るのだが、いまは先の主人公の一つの発見の方が大切である。ある一個の人間は、その父親と母親のそれぞれの形質をほぼ半分ずつ持ち合わせている、といういわば遺伝の法則をしっかりと捉えているのだ。これがなければ、「網走まで」における作の展開（汽車の走行よりもむしろ主人公「自分」の想像の走行によっている）は、スムーズに運ばれなかったとさえいえるのである。

なお、先の「女の人」と「男の子」の観察から思い起こされた、親子遺伝に関する発見についての叙述は、すでにその草稿作「小説網走まで」（一九〇八・八・一四執筆）に同じような内容が綴られている。よって、その習作期から直哉には、遺伝のテーマに関心があったのだとすることができるだろう。

次に、未定稿94〜101（新全集では97〜104）(補注1)に注目してみたい。

未定稿94〜101（新全集は97〜104）は、同一の内容を扱おうとしているが、その書き出し部分や形式にこだわって先に十分に展開していない。そのうち一番分量の多い未定稿「退校〔C〕」をもとにその概略を述べてみると次のようになる。

眞岡貞次（未定稿94〜96（新全集は97〜99）では江上俊吉。未定稿「退校〔C〕」では俊吉は貞次の親友となり貞次の話の聞き役となる。）という学生は、その祖父（仁兵衛）が死んでから、放蕩の噂も立ち、退校させられそうになっている。なぜ学業放棄といった生活に傾斜していったのかといえば、父（喜六）が祖父の死（じき誤聞と判明）の報を聞き、気が狂い、やがて死んでしまったこと、また貞次の兄具一（あるいは眞一）も狂気に近い或る事件をひき起こし廃人同然になってしまったこと、そして祖父がその「気違筋」を気にかけ貞次に遺言を残してこの世を去ってしまったことにあるようだ。こうして今の貞次は、「已れ発狂せずやといふ恐怖」、すなわち遺伝の恐怖に脅かされるようになってその生活を暗いものにしていたのである。

未定稿99（新全集は102）は手紙形式のものだが、その主人公の「僕」（眞岡貞次か）は、「一言にいへば僕の家は気違ひすぢなのだ、」としている。また、未定稿「小説退校騒」は、主人公（徳田）の「盗癖」を扱っているが、これも血筋（遺伝）に関わるのだと予測がつくものとなっている。

これらの未定稿作は、紅野敏郎が指摘するように、その習作期である一九〇九（明42）年頃に執筆されたとみてよいだろう。モデルに当たる人物がいたのか、そうではなく全くのフィクションなのかなどの執筆の背景に関わることはつかめないのだが、直哉が、或る男の「気違筋」という遺伝の脅威を中心に据えていることに着目せざるを得ないのだ。

ともあれ、「網走まで」および「退校」関連の一連の未定稿作の所在によって、習作期から初期にかけての直哉に、遺伝のテーマへの関心が大いにあったとすることができるのである。

志賀文学における遺伝のテーマへの関心はその初期にとどまるものではない。次に、未定稿「ハムレットの日記」を取り上げてみたい。

かつて私は、「ハムレットの日記」の執筆時について、紅野敏郎の「大正元年から二年頃の執筆か」という推定とは違って、この未定稿作の執筆契機となった、サー・ジョンストン・フォーブス・ロバートスン主演の映画「ハムレット」の日本公開が一九一五（大4）年であることから、「大正四年暮れから大正五年上半期にかけてのもの」と推定した。(3) が、「手帳2」(補注2)を通読してみると、「大正五年三月十八日」付けの記事から「十月十五日」の記事の間に、「3rd. person で書いて he thought と書くべき所を ich Roman で書く、ハムレットの日記」というメモがあり、実際この未定稿作が「ich Roman」のようになっていることから、その執筆時は一九一六（大5）年上半期のものと、よりその時期を狭めての推定に訂正したいと思うのだ。〔補注3〕志賀の文学活動休止期、父直温との和解以前のもので、貴重な資料であり、いま問題の遺伝のテーマも窺えることから、本稿でも改めてその概略を紹介しておきたいと思うのである。

作中、「出来事の時間的関係も勝手に扱つた」とあるように、その「梗概」は思いつくままに綴られている。ハムレットは、その幼年時代に叔父のクローディアスと角力をとり、「何遍でも負かされ」、「後手でに〔ママ〕縛ばられ」(足も)、部屋に「其儘ころがして置かれた」ことがあったという。また、叔父への憎悪を募らす一方で、「不図、自分は若しかしたら叔父の子ではないかと思」ったり、「似てゐる総て悪いものは叔父の遺伝のやうな気がする、亡父の子でない事は悲みである、」(傍点は引用者)という煩悶を抱くようになるのであった。

右の「梗概」の引用から、ハムレットは自分が亡き父王の子ではなく、叔父クローディアスの子であると信じ込むようになっていることが窺える。とすれば、ここにクローディアスと母ガートルードとの間に不義、姦通があったことになる。ここではクローディアスは徹底的に悪役として仕立てられ、亡き父もクローディアスによって殺されたのだとハムレットは「考へ」、その「空想が空想でなくなる」までにふくらんでいく運びとなっているのである。

このような構想には、現実における直哉とその父直温との暗礁に乗り上げたような不和状況を考慮せねばならない。すなわち、亡き父王は、「何所から如何見ても立派な人だつた。」とされていることから、この父王に直哉が尊敬していた今は亡き祖父直道を当てはめることができる。一方の叔父クローディアスは、先に角力事件(のち『暗夜行路』「序詞」の一つのエピソードを形成する)が実際は父直温との体験であったこと(「続創作余談」および「暗夜行路草稿27「慧子の死まで」を参照)からも、父直温を当て込むことができる。ハムレットはむろん直哉自身で、「亡父の子でない事は悲みである」というのは、祖父直道の子でありたかったのにそうでないことを嘆いたものであり、叔父(直温とする)に「似たといはれた事の不快」、および「似てゐる総て悪いものは叔父の遺伝のやうな気がする」という思いなどは、いわば近親憎悪ともいうべき父直温への憎悪、父親排除の願望がはらまれたものとみるのである。

以上のように、未定稿「ハムレットの日記」の背後には、確実に親（具体的には父直温）からの遺伝を気にかける直哉がいるのだ。また、「ハムレットの日記」の構想をふたひねりほどすると、『暗夜行路』の虚構軸（その主人公は母と祖父との不義の子である）が出来あがることを言い添えておきたい。

直哉は、一九一七（大6）年八月、長年不和の関係にあった父直温と和解した。これに伴い、自伝的な長篇「時任謙作」は虚構の作へと転換を余儀なくされたのである。

「暗夜行路草稿」33は、『暗夜行路』の本格的な構想の嚆矢として注目される。その執筆時は、桜井勝美が推測するように、「大正七年の五、六月ころ」と思われる。(4) 冒頭、「祖父と二人で別居してゐる（祖父モリの爺のやうな奴）」とあり、すでにその祖父像が、実際の祖父直道とは「思ひきり類似点のない」、「当時我孫子で自家に出入してゐた植木屋の親爺をモデル」（「続創作余談」）にしようとする意図が窺える。なぜ直哉は、ことさら下根な、嫌悪すべき祖父像を造型しようとしたのであろうか。この問題を中心に以下考察を巡らしてみようと思う。

直哉の遊里での放蕩は一九〇九年九月に始まる。それはキリスト教の戒律にがんじがらめで不自由さを感じていた自己を解放し自由を得るためでもあった。以後しばらくの間、直哉の放蕩は続き、尾道生活（一九一二・一一）の初っ端も女郎屋に行ったり芸者と遊んだりの、いわば「女」を「常食」しているといった状態であった（「暗夜行路草稿」4より）。しかるにその後、性病を患い、一九一三（大2）年春には東京に舞い戻って、順天堂に通い、性病の治療にかかるのであった。そうして一九一四（大3）年初夏の松江生活では次のような感想を綴るのである。

「手帳2」(補注2) の「大正三年六月三日」以降の項には、「自分に二つある」といい、「自分で気に入らない自分は動物的である。本能的である。」とし、「他方の自分は霊魂的である。理性的で而して、趣味的である、又道徳的である。」と記している。また「肉」と「霊」との「争ひ」を強いられているともするが、「濠端の住まひ」（一九二五・一、「不二」）

の草稿「独語」（一九一四・六・九執筆のもの）の一節には、「自分」には「大事業」が必要だといい、「其大事業といふのは自分を精神的なものにする事である」と明記しているのである。つまり、直哉はこの松江において、自己変革の意志を発芽させたのだ。「動物的」かつ「本能的」である「自分」とは、より具体的にいえば、いわば淫蕩な精神に突き動かされ、欲望のまま放蕩生活に耽ってきたこの数年来の「自分」を指すのだと思われる。

『暗夜行路』の主人公時任謙作は、あくまでも虚構の主人公としてあらねばならぬ。作者志賀とイコールであってはいけない。そういう虚構への転換に際して、自己のマイナス要素ともいえる放蕩体験や淫蕩な精神の襲来に苦しむということは、下根な祖父（実は父）の設定および造型により、その血を引く、その遺伝によるものだということで、いわばすり替えが可能となったのではあるまいか。

また、先の「ハムレットの日記」における叔父（実の父）との角力事件は、そういう叔父がハムレットに「mutual loveを表はす」例としては適切ではなかった。これを謙作の父（名目上の父、戸籍上の父）のものにすれば、そのリアリティーは絶大なものとなるのだ。これが「ハムレットの日記」の『暗夜行路』移行に際してのひとひねり目である。現に、「暗夜行路草稿」33で「彼は父と角力をとつて本気になつた経験がある、」というメモが示されていて、やがて『暗夜行路』のなかの一つのエピソードとして形成される準備がすでに整っていたとさえいえるのである。そのふたひねり目は、父王（祖父直道）を実際の父（戸籍上の祖父）にして、その造型のあり方を直道とは似ても似つかないものにすることであるのはいうまでもない。

では、実際の尊敬する祖父直道はどこへ行ったのか。『暗夜行路』には活かされることはなかったのか。それは、母方の祖父、「芝のお祖父《ぢい》さん」として形象化されたとみる。謙作は、この「芝のお祖父《ぢい》さん」の血筋を受けることによって、道徳的かつ清純なものを持ち合わせることとなったのだ。なお、『暗夜行路』前篇第一の三で語られる「母方の祖父母」における「常燈明」のような愛の心温まるエピソードは、実際の祖父直道と祖母留女の関係（未定稿「次郎君のアッフェヤ」を参照のこと）を虚構のなかに利用したものであって、その点からも「芝のお祖父さん」が祖父直道の影を帯びた人物だといえるのである。

かくして時任謙作の基本的人間像として、「清」と「濁」、「霊」的なものと「肉」的なものとをほぼ半々に持ち合わせ、その葛藤、闘争に苦しむという構図が出来あがる。その源が二人の祖父にあるのはいうまでもない。「清」なるものは、母方の祖父（「芝のお祖父さん」）からの血を引くものであり、「濁」なるものは、父方の祖父（実は父）からの遺伝によるものということになるのである。

果たして『暗夜行路』という虚構世界において、作者志賀が一九一四年の「独語」や「手帳2」(補注2)に示していた、「自分を精神的なものにする事」、「自分の中の二つの自分の一方に味方して一方の自分を殺ろして仕舞はう、」というモチーフは、十全に体現されたのだろうか。次に、『暗夜行路』の本文の展開に即し、主人公時任謙作の自己変革の行程を子細に辿ってみねばならない。

2 祖父呪縛との闘争、解放による自己変革

祖父の形象は、謙作の内に巣食う淫蕩なものの象徴であった。いかにして謙作はこれと戦い、おのれの内から追放し、自己変革を成し遂げたのか。『暗夜行路』の一つの大きな縦糸としてその行程を読み取っていきたい。

はじめに「序詞（主人公の追憶）」の第一のエピソード、六歳の謙作と「見知らぬ老人」（祖父）との初対面の場面に注目してみよう。

ある日の夕方、幼い謙作が自家の門の前で遊んでいると、そこに一人の「見知らぬ老人」がやって来て立ちはだかった。「眼の落ち窪んだ、猫背の何となく見すぼらしい」、そして「釣上つた口元、それを囲んだ深い皺」の目立

つこの老人に、謙作は「何《なん》といふ事なく」「反感」を抱き、「変に下品な印象」を受けたのである。「早く行け」と謙作は心のなかで思う。この「早く行け」という心内語は『暗夜行路』における謙作のはじめての言葉として重要な意味を持つ。つまり謙作はその「老人」（祖父）を自分の視界から早く追い払いたいのだ。が実際は、謙作が「妙に居堪《ゐたたま》らない気持」になって、自分の方から立ち去ろうとして門内に駆け込んだ。すると、その「老人」は、「オイ〳〵お前は謙作かネ」と背後から言葉をかけて来たのである。謙作はこの言葉で「突きのめされたやうに感じ」、立ち止まり、その首をうなずかせてしまう。この瞬間から謙作は「老人」（祖父）の呪縛を受けたとしてよい。結局は父が在宅でないことを知ってこの「老人」は謙作のもとを立ち去るが、その「うは手な物言ひ」に「変に」「圧迫」されたこと、「或る不思議な本能で、それが近い肉親である」と感じ「息苦しく」なったことは、謙作における祖父呪縛を美事に物語っているのである。

それから二、三日後のこと、その「老人」は再びやって来て、謙作は父から祖父として紹介された。さらに十日ほどのち、謙作は一人その祖父の家に引き取られることになるのだった。「序詞」はさらに、祖父の家、すなわち根岸の家が「総てが自堕落」だったことを語る。いろいろな種類の人間が集まり、殊に「花合戦」をして遊んだという。このような生活環境は、謙作の内側に知らず知らずのうちに感染せずにはおかなかったであろう。

本篇に入って、成人後の謙作は、祖父亡きあと、その妾であったお栄とともに赤坂福吉町に住んでいる。が、謙作は、友人の阪口、竜岡とともに、吉原の「西緑」という引手茶屋で、芸者の登喜子らと「軍師拳」や「ニッケル渡」などの遊びに興じた（前篇第一の二）。これは、あの根岸の家における「花合戦」のシーンと相通じるものを形成するものではなかろうか。夜を徹しての「遊び」がひととおり済んで、自分たちのした行為を「甚《ひど》く醜く不愉快」に感じながらも（第一の二）、謙作は「西緑」を再三訪れる（第一の四など）。また、登喜子の美しいイリュージョンが次第に消滅していくのに並行して、今度は、友人緒方に連れられ、銀座の「清賓亭」という洋風酒場に行った（第一の六）ことから、やがて女中（女給）のお加代に関心を抱き、酒の勢いもあって彼女と「接吻する真似」をしたりする（第一の八）。謙作は、一方でこのような「自堕落」ともいえる生活にのめり込みたくない気持ちを抱きつつも、そういう生活は一向に改善されず、繰り返される。それは見えざる祖父的な生活圏のいわば呪力によるものだとも解されるのである。

むろんその間には、謙作の「清」なる側面も幾つか描かれる。「母方の祖父母」の夫婦関係に「常燈明」のような愛を感じていること（第一の三）、電車の中で赤子を抱いた「眉毛を落した若い美しい女の人」の挙措に「精神にも筋肉にもたるみのない」（傍点は作者）ものを感じ、自分の未来の細君としてこのような人が来るのを想像したこと（第一の六）、夜明け時の帰途の際「雨後《うご》の美しい曙光《しよくわう》」を見て、「十年程前」の一人旅で「剣山《つるぎさん》」の「非常な美しい曙光」を思い出したこと（第一の六）などであるが、前篇第一の基調は、やはり重苦しく、謙作は祖父的世界に囲繞されているといえるのだ。

それがさらにエスカレートするのは、第一の十一である。性欲の圧迫に苦しむ謙作は一人で放蕩（プロスティチュート相手）に赴く。そしてお栄を意識し出し、夜になると「悪い精神の跳梁」から寝つかれなくなり、「淫蕩な悪い精神」が跋扈することに苦しむ。『暗夜行路』の読み手であるわれわれは、この時点では謙作が祖父と母との不義の子であると知らされていないので、このような成り行きは謙作の純粋な性欲の圧迫の昂進のなせる業だと読んでしまう。だが、ここで謙作が見る「夢」の解釈次第では次のように読むことも可能となってくるのではあるまいか。

第一の十一に示された「夢」は二段構えになっている。

その一は、阪口が旅先で「播摩」をやって死んでしまったことである。阪口は「淫蕩の為めにはあらゆる刺激を求めて来た」のだが、ついに「播摩まで堕ちた」というのだ。が、この夢のなかの阪口は祖父の化身ではなかろうか。安岡章太郎の、「阪口」は「いわば祖父の身代りとして現れる」という説[5]に私は賛同したい。むろん「播摩と云ふのはどうするのだ」と「もう少しでかう訊きかけて口を噤《つぐ》み、「聴けば屹度自分もやる」とする謙作自身にも阪口的なもの、祖父的なものが十分にあったのである。しかし幸いにも、謙作は反祖父的なものも持ち合わせていて、「播摩」への誘惑に打ち克ったのである。

その二は、謙作が便所に立って行った際、屋根の上に何者かが飛び下り、便所の窓から、「七八歳の子供位の大きさで、頭だけが大きく、胴から下がつぼんだやうに小さくなつた、恐しいよりは寧ろ滑稽な感じのする魔物」が「一人安つぽく跳つてゐる」、その「影」を見て、「淫蕩な精神の本体」がこれほどに「安つぽいもの」と思い、「清々《すがすが》しい気持」になったことである。この「魔物」は、いびつな男根のメタファーのようにも思われるが、「安つぽいもの」とされていることが重要だ。謙作は、「安つぽいもの」、下等なものを何よりも嫌う。それは、「何となく見すぼらしい」、「下品な印象を受けた」初対面の折の祖父の姿と同断ではなかろうか。この「魔物」もまた祖父の本性の化身と解すのである。むろんここでも謙作の反祖父的な側面が勝利を収め、これ以上の放蕩の深みに陥ることにブレーキがかけられることとなったのである。

以上のことから、謙作に間歇的に訪れる「淫蕩」性、その遊里行、お栄に惑い牽引されることなど、それらはすべて祖父的なものからの感染、その見えざる呪力によるのだ、というふうに読めてくるのである。が、いかに「夢」のなかの出来事とはいえ、謙作の反祖父的なものが祖父的なものに打ち克ったことは、読み手に心地よい一種の安堵感を与えるものとなっている。

尾道生活を始めた謙作は、前篇第二の三で、「計画の長い仕事」、「自分の幼時から現在までの自伝的なもの」の執筆にとりかかる。そのうち、次に引用する部分は意味深長なものをふくんでいる。

……只一つ未だ茗荷谷に居た頃に、母と一緒に寝て居て、母のよく寝入つたのを幸ひ、床の中に深くもぐつて行つたといふ記憶があつた。間もなく彼は眠つて居ると思つた母から烈しく手をつねられた。そして、邪慳に枕まで引き上げられた。然し母はそれなり全く眠つた人のやうに眼も開《あ》かず、口もきかなかつた。彼は自分のした事を恥ぢ、自分の仕た事の意味が大人と変らずに解つた。此の憶ひ出は、彼に不思議な気をさした。恥づべき記憶でもあつたが、不思議な気のする記憶だつた。何が彼にさう云ふ事をさせたか、好奇心か、衝動か、好奇心なら何故それ程に恥ぢたか、衝動とすれば誰にも既に其頃からそれが現はれるものか、彼には見当がつかなかつた。恥ぢた所に何かしらさうばかりは云ひきれない所もあつたが、三つか四つの子供に対し、それを道徳的に批判する気はしなかつた。前の人のさう云ふ惰性、そんな気も彼はした。こんな事でも因果が子に報いる、と思ふと、彼は一寸悲惨な気がした。（傍点は引用者）

遠藤祐の注釈によると、「前の人」は「きわめて曖昧な表現」で「漠然と先祖の意に解すべきであろうか。」としている。[6] その「補注」では、「ここで謙作がひっかかるのは、幼い自分に現われた性的衝動、それが「前の人」からの遺伝ではないかということ、つまり自身の内に流れる淫蕩な血の問題である。」とし、「前の人」とは「淫蕩な祖父のイメージ」が浮かぶが、この時点で謙作がおのれの出生の秘密を明かされていないことから、「伏線」としては「不自然」であるとする。ただし、「特定の意味内容を意識せず、漠然と「因果」ということを思い浮かべたと解すれば、話は別になる。」としている。

なるほど、「前の人」という表現は、具体的に誰を指すのか捉え難く、ぼかされているといえる。また、この時点で自身の出生の秘密を知らされていないのだから「前の人」を「淫蕩な祖父」とすることはできない。が、私は、父（本郷の父）が暗に想定されていたとみるのが妥当のように思う。「因果が子に報いる」というのだから、遠い「先祖」よりも近い「父」が考えられたのではないか。しかるに謙作は「父」に愛されていない。漠然とではあるが、自分は本当に「父」の子であるのだろうかという疑念を抱いていたのではなかろうか。そういう意識から「前の人」という「きわめて曖昧な表現」になったのだと考えられるのだ。むろんこの「三つか四つ」の折に体験した「恥づべき記憶」に「道徳的」な「批判」を加えるのは適切ではないが、のちの自身の淫蕩性の発芽ともいえるので、看過できないエピソードとなっているのである。

謙作の尾道生活は、「一ト月ばかりは先づ総てが順調に行つた。」とされる。が、やがて、その「生活」「仕事」「健康」は少しずつ「乱れ」を生じさせて来た。謙作は、「百姓娘のプロスティチュート」とも遊んでいる。ここに謙作の淫蕩性はまたぞろ復活してきたと解すことができるのだ。

第二の四で、謙作は、気分転換を計るため四国への旅を思い立つ。その際、謙作が「祖父の着古した、きたない二重廻」（傍点は引用者）を着ていることに注意したい。この小旅行における謙作は、祖父的なものに包み込まれているといえるのだ。屋島の宿で「心から自分の孤独」を感じ、祖父の妾だったお栄との正式な結婚を決意する（第二の五）のも、祖父呪縛から逃れられずに行なったことと解すこともできるだろう。

信行からの手紙の返事によって自身の出生の秘密を明かされた謙作は、祖父からの「恐しい遺伝」を気にかけるようになる（第二の七）。詳細は本稿の「はじめに」のところで引用した通りである。が、さらに補足すれば、この時点での謙作は、「肺病を遺伝される」（第二の七、信行への手紙のなかの言葉）といったことよりも、「道徳的欠陥」からの「遺伝」は、はるかにましだとしているのが頼もしい。自分自身の内部に淫蕩な祖父的なものがあると自覚する一方で、「其反対なもの」（道徳的で上品なものを好むことなど）にも恵まれていると自己分析し、今後「淫蕩な気持」を慎もうと再三に渡って言い聞かせる。ここは謙作の「清」なるものが「濁」なるものを押さえつけているのである。

しかし、謙作の「淫蕩な気持」を慎もうという決意はあまり長続きしなかった。

軽い中耳炎を患い（第二の九）、尾道から東京に舞い戻った謙作は、耳鼻咽喉専門のT病院に行く（第二の十）。そこには、昨年の秋（第一の九、十）、或る青年をおだてて妹の咲子にラブレターを出させた看護婦がいた。結局、この「不良性のある」看護婦と顔を合わせることはなかったが、謙作はその女に「漠然とした下等な興味」を起こしていたのである。その淫蕩性はまたもや頭をもたげて来たとしてよいだろう。

さらに第二の十は、謙作の祖父との宥和を語っている。お栄は新橋駅に謙作を出迎えに出た。その折の印象をしばらくして、「新橋でひよいと、前へ出て来られた時には、思はず、お祖父《ぢい》さんが……と思ひましたのよ」と謙作に話す。つまり、謙作は、「あの安つぽい、下等な祖父」に「似てゐる」とされたのだ。その死後も相変わらず徹底的に嫌っている祖父に似ていると言われたことは謙作にとってショックであった。が、その「腹立たしい気持」とは裏腹に、それとは「全く思ひがけない反対な気持」、「父親としての或る懐かしさ」や「或る嬉しさ」を「不意に」感じたのである。実の父との宥和、それは一時的なものに過ぎなかったともいえるが、ここから謙作の精神状況は徐々に下降線を辿っていくこととなるのであった。

第二の十三の後半部および十四は、いわゆる「憐れな男」の部分である。謙作はどん底状態に陥り、放蕩の極みを尽くす。そのうち、次のような叙述部に注目してみたい。

彼は前から総ての人が自分に悪意を持つてゐる、かう感ずる事がよくあつた。然し、それは本統はひがみで何の根拠もないものだと打消してはゐたのだが、今自分の出生《しゆつしやう》を知り、それを若し却つて皆《みんな》が前から知つてゐたとしたら、皆《みんな》は自分の背後に何時も何か醜い亡霊を見、それに顔を背向《そむ》ける気持を持つてゐたのではなからうか、さう今更に彼には想ひ起されるのであつた。

（第二の十四、傍点は作者、傍線は引用者）

ここの「醜い亡霊」とは具体的に誰の「亡霊」なのかについて遠藤祐の注釈は何も触れていない(7)。私は、これは祖父と母の二人並んだ姿（現にこの辺りには偶数の「二」の氾濫がある）だと解釈する。謙作は、「あの下品な、いぢけた、何一つ取柄のない祖父、これと母と。此結びつきは如何にも醜く、穢《けが》らはしかつた。」（第二の六）としていた。また、「彼は自身が不義の児である事を知つた場合にも、母と誰か、――それが祖父でない誰かであつたら、まだよかつたと云ふ気がした。母と祖父と、此結びつきが、何よりも堪へられなかつた。」（第二の十）として同じようなことを述べていた。祖父一人のみの亡霊、その呪縛にかかるのは、謙作にとって苦しいにしてもまだなんとか堪えられることなのだ。しかるに、自分を本当に愛してくれたと思う亡き母と、ほとんど嫌悪の対象でしかなかった亡き祖父（実の父）とが二人並んで、謙作の背後に立っているとしたらどうだろう。謙作には、たとえて言えば深い谷底に落とされる自分を食い止める力は最早持ち合わせないのだ。一日のうちにほとんど時を置かず、二人のプロスティチュートを相手にするという放蕩の極みにまで陥るのは、より強力な祖父呪縛を受けたがためと解されるのである。

『暗夜行路』は、その舞台を京都に移したその後篇から、しばらくの間、謙作に祖父の影がまとわりつくことはなかった。が、先に「はじめに」のところで引用したように、直子との見合いの折、それまでに抱いていた直子の美しいイリュージョンが崩壊したことから、謙作は「どうにも統御出来ない自身の惨めな気分」、すなわち放蕩への誘惑にかられ、「祖父からの醜い遺伝」を改めて気にかけるようになるのであった（第三の十二）。が、結婚生活のスタート直前に際し、「本統に慎み深い生活に入らなければ」いけない、と再三言い聞かせる。この度の決意は以前のもの（第二の七）と違ってかなりの効力を持つことになった。のちに、見合いの日の直子が「半病人の状態」にあったことが判明する。また、次に直子と会った折（これは結婚式の直前）、彼女は「見違へる程美しく、そして生々して見えた。」というのだ。さらにその日二人で南禅寺の裏の疏水に添って歩くシーンは、謙作に「何か不思議な幸福」感を与えるもので、祖父呪縛の襲来は弱く一時的なものに過ぎなかったとさえいえるのである。

その後、初子の直謙の死（第三の十九）や直子の過失（不義）（第四の三、四）という不幸（これらも広義での祖父の呪力のせいと解せないこともない）が謙作を襲うのだが、謙作はその淫蕩性から放蕩に走るようなことはなかった。問題は、直子を理性のうえで許せてもその感情が許せない、そういう謙作自身の心の内部の問題に重心が移った印象を与えている。とりわけ謙作の大山行以降はその中心テーマが変化した感がある。では、『暗夜行路』における謙作の祖父呪縛のテーマは終りを告げたのか。いや、そうではあるまい。

一人大山に赴き蓮浄院での生活を始めた謙作は、ある夜、「妙な夢」を見る（第四の十五）。寺の娘で鳥取の嫁ぎ先から赤子を連れて里帰りしている「十七八の美しい娘」（第四の十四）であるお由が「生神様」となって群集に取り巻かれている。その群集の一人である謙作の前をお由が「殆ど馳けるやうにして」通り過ぎて行く際、謙作は突然、「不思議なエクスタシー」を感じたのである。この夢については謙作自身の解釈も施されていて、「あの不思議なエクスタシー」には多分に「性的な快感」がふくまれていたと思い返すのである。遠藤祐の注釈によれば、「三〇前後の、健康な人間が長く妻と離れているという状態に注意すれば、性的な夢をみるのは、むしろ当然だといえよう。」としている。[8] 確かにここには性欲の蠢きがある。が、それは淫蕩性のあるものではない。自然な生理現象であって、あるいは謙作の潜在意識のなかにお由に対する淡い欲情があったことから生じたものとも解されるのである。

謙作の祖父呪縛の問題の決着は『暗夜行路』の最終部である第四の二十においてなされたとみる。

大山より下山し、大腸カタルを起こして寝込んでいる謙作は、「半分覚めながら」の夢を見ていた。それは、自分の足が二本とも胴体から離れ、足だけが勝手にその辺を歩き回って、「うるさくて」「八釜しくて」「堪らない」というものである。謙作はその二本の足を憎み、遠くへ追い払おうとする。「遠く」の「黒い靄」のなかへ追いやろうと努力するのだ。かなり遠くまで追いやったと思ったら、「恰度《ちやうど》張切つたゴム糸が切れて戻るやうに」、消える一歩手前で二本の足はたちまち元の所に戻ってしまう。そして「どん〳〵、どん〳〵、」と前に変わらずにやかましい。だが、謙作は同じ「努力」を繰り返す。「殆ど夢中」となり、そして、「只、精神的にも肉体的にも自分が浄化されたといふことを切《しき》りに感じてゐるだけだつた。」（傍点は引用者）とされるのである。

この『暗夜行路』における四番目の「夢」をいかに解釈すべきか。加賀乙彦は、「どんどんと言うのは心臓の音らしく、謙作は自分の心臓の音をききながら死へ旅立つ自分を意識していると思われる。[9]」としている。加賀乙彦による「夢」の解釈には教えられるところが多く、『暗夜行路』の三番目の「夢」（お由が「生神様」になっている）までの解釈はほぼ首肯できるものだが、この「さいごの夢」に関してはいささか釈然としないものが残る。果たして謙作は「死へ旅立つ自分を意識している」のであろうか。

私のこの「夢」についての解釈は次のようなものである。

夢のなかの謙作は、自分の胴体から分離した二本の足を憎んでいる。この二本の足は何を象徴しているのであろうか。それは下半身であって、一口に言えば性欲、殊に長年煩わされて来た淫蕩なものを象徴しているように思えてならない。換言すれば、謙作の祖父的なものとしていいのではないか。その両足を謙作は「遠く」の「黒い靄」のなかに追い払おうと「非常な努力」をしている。祖父的なものとの最後の格闘といってもよいのではなかろうか。一度は、元の所に戻って来て、「その足を消して了ふ事は出来なかつた。」としながらも、「それからの彼は殆ど夢中だつた。」というフレーズにつながる。ここで再度の闘争がなされたのではないか。そして、「只、精神的にも肉体的にも自分が浄化されたといふことを切《しき》りに感じてゐる」という境地に到達する。全力を傾けての「努力」によって二本の足を「遠く」の「黒い靄」のなか（これこそ死の世界）に追いやることができたのだと解釈したい。だから謙作は「精神的にも肉体的にも自分が浄化された」ことを感じることができたのである。

その翌日、直子が謙作のもとにやって来た。しばらくして直子は病床の謙作と対面する。謙作は、極度の身体的衰弱の状態にあるが、その精神は研ぎ澄まされ、直子に対する愛情にも満ちていた。そして、謙作が、「私は今、実にいい気持なのだよ」と言ったことに注意したい。これは『暗夜行路』における謙作の最後の言葉なのだ。この言葉は、いまや長年に渡って自身の内側に巣くっていた淫蕩なるものを追放し得た、その満足感から発せられたのではなかったのか。別言すれば、謙作は祖父呪縛からようやく解放され、自己変革を成就し得たのである。

そこで翻って、「序詞」に示されていた幼い謙作の、祖父との初対面における「早く行け」という心内語、『暗夜行路』における謙作の最初の言葉を思い起こしたい。「早く行け」と願いつつも、祖父は立ち去ることはなかった。むしろその逃げる背後から「オイ〳〵お前は謙作かネ」と声をかけ、謙作を呪縛してしまったのである。第四の二十に示された半醒半睡での「夢」は、この冒頭部のシーンと明らかに有機的な関連を持つ。胴体から離れた二本の足は、謙作の内に巣くった祖父的なもの、淫蕩なる精神および肉体の暗喩だったのだ。そしてこの時、ようやくのこと、謙作はその「努力」によって祖父呪縛から解放された。かくして、謙作の最後の言葉、「私は今、実にいい気持なのだよ」をもって、この作品は見事にその円環を閉じたといえるのである。

注

（1）宮島新三郎「自己改造の藝術――『暗夜行路』について――」（「新潮」、一九二二・八）。宮島新三郎は、単行本『暗夜行路前篇』（新潮社、一九二二・七）をその批評対象としているが、先に私が引用した後篇第三の十二（初出は「暗夜行路（後篇）」十二で、一九二二年三月に「改造」に掲載されていた）の部分までをその視野に入れていたと思われる。

（2）これは余談であるが、古井由吉の『杳子』（「文藝」、一九七〇・八）の一節に、「杳子」との対話で「彼」が次のような発言をしていることに注目しておく必要がある。

「そうだなあ。電車の中なんかで親子三人づれが並んで坐っているのを見ると、可笑《おか》しくてたまらなくなる。こっちに男がいるだろ。こっちに女がいるだろ。どっちも似ても似つかない顔をしている。なのに、間に坐ってる子の顔を見ると、両方の親がそっくりそのまま同居してるんだからね。まるで作為の露骨なモンタージュみたいで、それでいて自然なんだから、自然って奴はよっぽど道化た露悪家だよ。それにしても、よくもまあ人前に顔を三つ並べていられるもんだ」（『杳子』の四より。引用は新潮文庫版『杳子・妻隠』（一九七九・一二）によった。）この「小生意気」な「彼」の発言は、何も「彼」のオリジナリティーではない。まるで志賀直哉の「網走まで」の一節からの剽窃に近い受け売りだとさえいえる。志賀文学の後代への影響力の大きさは意外なところにまで及んでいる。それを証拠立てる一例ともいえるので敢えて注記した次第である。

（3）拙著『志賀直哉——青春の構図——』（武蔵野書房、一九九一・四）

（4）桜井勝美『志賀直哉の原像』（宝文館出版、一九七六・一二）

（5）安岡章太郎『志賀直哉私論』（文藝春秋、一九六九・一一）

（6）『日本近代文学大系31　志賀直哉集』（角川書店、一九七一・一）

（7）注（6）に同じ。

（8）注（6）（7）に同じ。

（9）加賀乙彦「愛と超越の世界——志賀直哉『暗夜行路』（一九三七）」（『日本の長篇小説』、筑摩書房、一九七六・一一に所収。のち、ちくま学芸文庫『日本の10大小説』、一九九六・七に所収。引用は、ちくま学芸文庫版によった。）

（補注1）　『志賀直哉全集補巻二』（岩波書店、二〇〇一・一二）

（補注2）　新全集（『志賀直哉全集補巻六』、岩波書店、二〇〇二・三）では「手帳14」である。

（補注3）　未定稿「ハムレットの日記」の推定執筆時について新全集（『志賀直哉全集補巻二』、岩波書店、二〇〇一・一二）の紅野敏郎による「後記」では「……大正五年の作と思われる。」と訂正されている。

第二章　『暗夜行路』における原風景とその関連テーマ
――「序詞」の形成とその遠心力――

はじめに

『暗夜行路』（初出は一九二一・一～一九三七・四「改造」に断続掲載。のち、一九三七・九および一〇、現在の構成となって改造社より刊行）の冒頭部に掲げられた「序詞（主人公の追憶）」は、それ自体、極めて結晶度の高い世界を形成しているが、いくつかの研究上の問題点も抱えている。

そもそもこの「序詞」は、一九二〇（大9）年一月に「新潮」に掲載された「謙作の追憶」をベースとしている。この再編成により、その作者は誰なのかという問題が生じてきた。

「謙作の追憶」では、「時任謙作は母と祖父との不義の児であつた。然し彼はその事を二十五六になるまで知らなかつた。」という但し書きがつけられていた。また、作中の主人公「時任謙作」の呼称も「彼」という三人称が用いられていた。しかるに『暗夜行路』に組み込まれると、先の但し書きは削除され、主人公「謙作」の呼称も「私」という一人称が用いられる。これらの改変によって、「新潮」誌上の「謙作の追憶」の作者は志賀直哉だが、『暗夜行路』における「序詞」の作者は、志賀直哉ならぬ作中主人公の時任謙作ではないか、という読みがなされるようになったのである。

時任謙作は、新進の小説家という設定になっている。あまり小説を書かない、いや書けない小説家という印象があるが、『暗夜行路』後篇に入って謙作が直子との縁談をすすめるなかで、謙作が自分の出生の秘密（祖父と母との不義の子であるということ）を先方に予め打ち明けておくべきだとする次のような叙述部に着目したい。

謙作は自分の事を彼方《むかう》へ打明ける一つの方法として、自伝的な小説を書いてもいいと考へた。然し此計画は結局此長篇の序詞に「主人公の追憶」として掲げられた部分だけで中止されたが、其部分も何かしら対手に感傷的な同情を強ひさうな気がして彼はそれを彼方へ見せる事をやめた。……（第三の五）

右の文脈を正しく捉えるなら、「序詞」の「主人公の追憶」の書き手は、志賀直哉ならぬ時任謙作ということになり、またこの小篇は、「此長篇」から独立したものとして作中の直子側にも「見せる事」が可能な代物ということになる。謙作は尾道で「自伝的なもの」の執筆に苦心惨憺し、結局は挫折した（第二の三）。だが、おそらく、収穫は全くなかったわけではなく、挫折した「自伝的なもの」（長い仕事）のなかでの幼年期のものを特別に短篇仕立てにし、時任謙作の署名のもと発表にいたったのがこの「序詞」だと解することができるのである。ここで一つの譬えを用いれば、『暗夜行路』という巨大な建造物は、その母屋（本篇）を志賀直哉が作り、「序詞」は作中の主人公時任謙作が作ったものとして存在することになるのだ。

以上のような指摘はすでに何人かの研究者や批評家によってなされてきている。が、「序詞」の性格を明確にしておく必要から、「序詞」をめぐる問題点の第一として言及した次第である。

私は、『暗夜行路』の読みにおいて、作者志賀直哉と作中主人公の時任謙作とを重ね過ぎないように、それぞれ別個の性格や人格を備えたものとして区別すべきだと思っている。だが、「序詞」が時任謙作の手によるものだとしても、その材源は志賀直哉のものである。元々が志賀直哉のものに虚構や潤色を施し時任謙作のものとして形成されればその意味合いも変質をきたす。ここに、「序詞」の形成のあり方、および「序詞」を一個の独立した短篇小説とみた場合の、その内部構造の分析を徹底的に行なってみる必要性が生じてくる。これが本稿の第一の目的である。

次に、「序詞」は、『暗夜行路』前篇の「第一」「第二」とともに「前篇」に属するものとして構成されているが、そのいわば遠心力は「前篇」にとどまらず「後篇」にも及ぶものとみられ、「序詞」が『暗夜行路』全体に波及する力について考えてみたいと思う。「序詞」は、幼年期の謙作の印象深い幾つかの体験を核として構成される、いわば『暗夜行路』の原風景として存在する。これを起点として、『暗夜行路』本篇における諸風景や幾つかの物語系列に関連づけを行なうことが可能である。『暗夜行路』の随所にちりばめられたさまざまなエピソードや、ワンカット、ワンシーン、それらは決して他との有機的関連を持たずにあるものではない。「序詞」にその源を発する幾つかの場面や形象を摘出することから、『暗夜行路』全体に及ぶ二、三の新しい読みに挑戦してみたいと思うのだ。

1　「序詞」を読む・その円環構造について

「序詞」は五つの章段から成っている。一行空きの箇所が四つあるからだ。進行の順に即し、子細に検討を加えていきたい。

第一のブロックは、謙作がその母の死後二ヶ月ほどして「見知らぬ老人」の訪問を受け、妙な圧迫感を受けたことから始まり、やがてその老人が謙作の祖父であると紹介され、さらに謙作一人、祖父のもとに引き取られていくまでのものである。

この第一のブロックをさらに二つに分けることが可能である。その前半部は、謙作と祖父との初対面を描いた劇的ともいえる場面であり、後半部は、謙作の生活環境の変化を語る説明叙述の部分ということになる。

　六歳になる謙作は、「或る夕方」、自家の門の前で一人で遊んでいた。そこに「見知らぬ老人」がやってきて謙作の前に立つ。謙作は、その「眼の落ち窪んだ、猫背の何となく見すぼらしい老人」を一目見るなり、「反感」を抱く。この老人とは接したくない。心のなかで「早く行け」と思うが、その老人はなかなかその場を立ち去らない。謙作は、「妙に居堪《ゐたたま》らない気持」になって「不意」に立ち上がり、門内に駆け込んだ。すると、その背後から「オイ〱お前は謙作かネ」と声をかけられたのだ。自分の名前をこの老人は知っている。その言葉で謙作は「突きのめされたやうに感じた」のである。謙作はこの老人にいわば呪縛を受けてしまったとしてよいだろう。立ち止まり、おとなしく自分が謙作だとその「首」を縦に「点頭《うなづ》いて了」う。老人の「お父さんは在宅《うち》かネ?」という問いかけには、不在だとしてその「首」を横に振る。謙作は一言の言葉も発しない。いや、言葉を発することができないほど、この老人に「圧迫」を受けたのである。そしてこの老人は、謙作の「頭」へその「手」をやりながら「大きくなつた」と言った。このような所作は、赤の他人ができることではない。幼いながらも謙作は、「或る不思議な本能」から、その老人が「近い肉親」であることを感じ取り、息苦しさを覚えるのであった。

　身体の動きを巧みに捉えながらの感覚的な描写が印象的である。「序詞」の形成のあり方からすれば、この場面は最もフィクションに預かる度合が強い。志賀は、この祖父のモデルとして「当時我孫子で自家《うち》に出入《でいり》してゐた植木屋の親爺」を念頭に置いたという(「続創作余談」、一九三八・六、「改造」)。下品な感じを与えるその容貌と物言いのうわ手な老人。まだ幼い謙作がこの老人にかなうわけがない。両者の視線に注目すれば、謙作のそれは地面の方にあり、常にこの老人は謙作より上にいる。しかも謙作は一言も言葉を発することができなかった。謙作を圧迫し、呪縛する者として異様な老人(祖父)が登場して来たこのオープニングは、読み手にも重苦しさを与える極めてインパクトの強いものとなっている。

第一ブロックの後半は説明叙述部分となっている。

謙作は一人、「根岸のお行の松に近い或る横町の奥の小さい古家」（祖父の住まい）に引き取られて行った。そこには「お栄といふ二十三四の女」がいた。読み手にはお栄が祖父の妾だと見当がつくが、謙作より十七、八歳年上ということで、謙作の第二の母ともいえる存在になることが仄めかされているようにも思われる。また、「根岸」の生活圏については、「総てが貧乏臭く下品だつた」とされる。が、その具体例を欠くので、まずは「根岸」の生活圏の総括的なものが示されたといえる。

そもそも「根岸」は、志賀の生母銀の実家佐本家があった地である。直哉はしばしばこの佐本家に遊びに行った。この佐本家は実際、「総てが貧乏臭く下品だつた」とされるような雰囲気にあったのか。ともあれ、虚構のなかの幼い謙作は「根岸」の地で成育する。その成育環境の重要性はいうまでもない。

また、謙作にとって父は、「常に〱冷たかつた」と総括され、母については、「私には邪慳だつた」が、この母を「心から」「慕ひ愛してゐた」と顧みられる。ここも謙作における対母、対父の具体的な幼時体験の追憶は先送りされているといえる。

第二ブロックは、いわゆる屋根事件を語っている。謙作が「四つか五つか」忘れたが、その頃のものという。時刻はこれも夕方、謙作は一人、かけ捨ててあった梯子から、母屋の屋根に登った。快活な気分になって、大きな声で唱歌を唄うのである。男の本能、子供といえども男の持つエネルギーというものを感じさせる。が、四、五歳の子供が屋根の上にいるのは危険である。案の定、下から母が「謙作。――謙作」となだめすかす声で呼んでいるのだ。なんとか書生と車夫の手で謙作は屋根から無事に下ろされた。が、母から烈しく打たれ、母は泣き出したのである。この出来事を思い起こし回想した謙作は、「何といつても母だけは本統に自分を愛して居てくれた」とするのである。

このエピソードの材源は、志賀にいわせると祖母留女との体験であったという（「続創作余談」）。「暗夜行路草稿」1にそのことが記されているのでその部分を次に引用しておきたい。

　或日自分は隣家の物置きに掛けてあつた梯子から屋根へ登つて見た。二軒棟続きの長屋になつてゐたから棟伝ひに自家の屋根へ来た。自分は多分初めてそんな高い所へ登つたのだ。間もなく祖母が庭へ飛んで出て来た。其気配で自分はこれは怒られるぞと思つた。所がどうしたのか祖母は気配に似ない優しい調子で「其所でジッとしておいで」と云つた。祖母が見張つてゐるので自分は逃げる事も出来なかつた。間も誰れ〔ママ〕か屋根へ登つて来た。案の定降りると自分はヒドク怒られた。

実際、直哉少年が屋根に登って大きな声で唱歌を唄ったかは不明である。また、祖母が涙を流しながら直哉少年を叱ったかも不明である。ここにはかなりの潤色が施されているとした方がよいだろう。

屋根事件の季節を「秋」に、その時間帯を「夕方」に設定したのは、哀愁が漂う巧みな演出としてよい。さらに、幼い息子の危機を救ったあと、涙を流す母の姿にも哀感が漂う。すでにこの母は亡くなっているだけに、そこには感傷的な情趣、悲劇的なイメージがつきまとうのだ。

第三ブロックは、いわゆる羊羹事件である。「前後はわからない。が、其頃に違ひない。」とあって、先の屋根事件と同様、「四つか五つ」の頃のものとされる。ここは、屋根事件と対になるエピソードだが、そこに父が介入する分、多少複雑さをみせている。

父が帰宅し、菓子の紙包みを茶の間の茶箪笥の上に置いて出て行った。それを傍で寝ころんでいる謙作が見ていた。再び父が茶の間に入って来て、今度はその紙包みを戸棚の奥に仕舞い込んだ。この父の行為は明らかに謙作を意識してのものである。謙作にその菓子を取られまいとし、自分の所有物だと主張しているのに等しい。父のこの行為に謙作は直感的に不快を感じ、「むつと」して暗い気分になる。その日のおやつはすでにもらっていた。だが、子供心に、謙作はその菓子を露骨にせびることで、「クシャ〳〵」する気持ちを晴らしたくなる。その相手をする母は当然それを拒むが、謙作は執拗に、しかも力づくでねだった。母は本気で怒り出し、幼い謙作の頭をその片腕で抱え、いやがる謙作の口へ菓子（厚切りの羊羹）を無理に押し込んだのだ。謙作の食いしばった味噌歯の間から羊羹が細い棒になって入って来た。感覚的に捉えた美事な描写である。が、これは母の折檻であり、我儘な駄々っ子をこらしめたのだ。母はその行為のあと、「亢奮」から泣き出し、謙作もそれにつられて泣き出したのである。

このエピソードもその材源は、直哉少年と祖母留女のものであった（「続創作余談」）。「暗夜行路草稿」1には次のように書かれている。

或日祖母が戸棚に到来物のようかんを仕舞ふ所を見て、自分はそれを食ひたいとねだれ［ママ］出した。祖母はどうしても呉れなかつた。自分はあばれ出した。すると祖母が疳癪を起こしてイキナリ切つてないようかんを掴むで自分の口へ押込むだ。自分は吃驚して泣き止むだ。（傍点は作者）

実際上、ここには父は登場しない。また、ここで、泣いているのは直哉少年の方で、祖母はその「疳癪」から我儘な孫に折檻を加えたに過ぎないように見て取れる。が、虚構の施しを受けることによって、このエピソードは極めて奥行きのあるものとなった。我儘な子供に体当たりで接する母、そしていささか変則的な母と子の愛情の通い合い、その点では先の屋根事件と趣きを同じくしている。が、ここには父がからむ。父は謙作に対して「常に〳〵冷たかつた」とされるように、羊羹という食物にさえ自己の所有権を謙作に見せつけた。このエピソードにおける父の行為には謙作に対する冷たさ以上の何かさえ感じさせられるのだ。

屋根事件および羊羹事件で回想された母のイメージはいかなるものか。なるほどこの母は、体当たりで、「きかん坊で我儘」な謙作少年に接している。それは謙作への愛情に裏打ちされたものだということも分かる。しかし、この母の思い出にスキンシップという、やさしくその子を包み込むような愛情が欠如していることに気づかずにはいられない。その「邪慳」さの方がより際立つ。作中、この母の体型については書かれていないが、イメージとして痩せ形の女性であったと思われる。また、よく泣くこと、さらにその若死にということから、悲劇的なイメージが漂い、それをぬぐい去ることができない。このようなことは銘記しておかねばならぬことなのだ。

第四のブロックは、謙作の「根岸」での生活を説明叙述的に語っている。ここで注目しておきたいのは次の三点である。

祖父と共に住む「根岸」での生活は「総てが自堕落」だったとされるが、具体的には、来客が多く、殊に「花合戦」をして遊んでいた、ということである。来客といっても、大学生、古道具屋、小説家、老教授の細君など妙な取り合せの人々だったとされる。が、幼い謙作は、このような生活環境のなかで成長していく。この成育環境は無視できないのだ。

次に、これは多分に私見をはさむことになるが、ここで語られた多くの人々のなかで、「山上さん」という老教授の細君の甥のことが妙に印象に残る。この甥は、「大酒飲みで、葉巻のみで、そして骨まで浸み貫《とほ》つた放蕩者」だったとされる。しかも原因不明の自殺をしたという。かつてこの男がお栄と同棲していたことから、その縁故でその叔母（伯母）が「根岸」の家に出入りしていたのだ。「序詞」を書いている謙作はすでに成人している。ふと、謙作にとってこの「山上さん」の甥がどのような意味を持っていたのかということに考えが及んでしまったのである。

が、なんといっても、ここで語られるお栄と謙作の関係に着目しなければならない。お栄は、湯上がりの時など濃い化粧をしていて、謙作少年には美しく見えた。また、酒が入ると流行歌を唄い、酔って幼い謙作を膝へ抱き上げて、その「力のある太い腕」で、謙作を「ぢつと抱き締めたり」したという。しかもその際、謙作は快感を感じたとしている。お栄は謙作の第二の母のような存在であるが、謙作にスキンシップを与えている。謙作に実母（新）からこのようなスキンシップを与えてもらった記憶があるならば、必ずやそれを追憶しただろう。しかるに、母は謙作に愛情を注いでやったといっても、その「邪慳」さの方が際立っていた。むろんお栄は謙作と血のつながりがない。だから謙作にとってはお栄は母とは違う異性としても存在することになるのだが、謙作に初めてスキンシップを与えてくれた女性ということで重視しないわけにいかないのだ。また、お栄の体型については書かれていないが、その「力のある太い腕」ということから、痩せ形の女性ではなく、肉づきのよい、比較的ふっくらとした体型を思い描くことができるように思うのである。

このブロックの材源の一部は、若き日の直哉が吉原で昵懇にしていた角海老楼のお職枡谷峯（枡谷みね）（補注）から得たものであった。

未定稿「桝本せき」には、お関（峯に当たる）の経歴が綴られているが、お関が吉原に出た際、よく通って来る男の一人に、「重見安定といふ有名な老文学博士のオイで法学士だといふ男」がいた。この男は「強い酒と強い烟草をよくのむだ。」とされる。やがてお関は、この男に身請けされ、芝山内に所帯を持ち、「花を引く面白味を教はつた。」ともされる。が、この男はブラブラしているだけで、金に困るとお関の着物を売るようになった。お関は、この男と別れ、大阪や熊本を渡り歩くが、この男はしつこくお関の居所をかぎつけ、つきまとったのである。

「暗夜行路草稿」13の一節にもこれと同じようなことが記されている。峯にとっていわばヒモのような男が存在したのだ。

「続創作余談」でお栄には性格的にモデルはないが、その境遇には「或女」の経験を利用したと語っている。この

「或女」とは枡谷峯（枡谷みね）を指す。「序詞」で語られる「山上さん」という老教授の細君の甥にははっきりとしたモデルが存在していたのである。

第五ブロック（最終ブロック）は、いわゆる角力事件である。謙作が根岸に移って半年余りを経過していた。その日、兄は書生と目黒の方へ出かけていたが、父は在宅であった。謙作はそこに祖父に伴われて訪問したのである。その日の父は珍しく機嫌がよかったという。その妻の死から八、九ヶ月は経過している。あるいは再婚の話が整っていたのかもしれない。ともあれ、機嫌のよい父は、謙作に角力を取ろうと言い出してきた。謙作は父の愛情を肌で感じたいのである。これは絶好のチャンスであり、また自分の強さを父に見せたいという男の子らしい気持ちもわきあがっていた。しかし、何度角力を取っても父は負けてくれなかった。やがて謙作は父の膝の下に組み敷かれていた。この構図はあの羊羹事件における母との場合によく似ている。が、この角力事件における父はもっと苛酷であった。謙作の帯が解かれ、その帯で謙作は後ろ手に縛りあげられてしまうのである。さらにその足首まで縛られ、身動きが出来ない状態で部屋（父の居間）に放置されたのだ。

この角力事件では、後ろ手に縛られた謙作少年の姿を瞼の底に焼き付けておきたいと思う。というのも、後述するが、『暗夜行路』本篇に入って、後ろ手に縛られた形象は二度ほど出現し、これらの意味するものを考えてみたいと思うからである。

なお、この角力事件の材源を探れば、これは直哉と父直温の実体験であった。「続創作余談」では、「父も序詞だけだが、父と角力《すまふ》をとつて、負けて非常に口惜しく感じた経験はある。」とされているだけだが、「暗夜行路草稿」27「慧子の死まで」には次のような一節があるのだ。

…或る日自分は父の部屋で父と角力を取つた。父は負けてくれなかつた。自分が何遍でも負かされた。父は「どうだ降参か」といふ。自分は降参しなかつた。父はころがして置いて、といた帯で一方の端で後手に、他の端で両足をしばり上げ自分を其所にほつたら《〔ママ〕》して、其儘父は机に向かつて何か始めた。自分は其時非常に口惜しくなつた。自分はもがいた。もがいても〱駄目だ。自分は腹から父を憎いと思つた。其時自分に父は「父」といふ気がしなかつた。それが自分に或る悲みを誘つた。親しみなく父の脊を眺めてゐた自分の眼がくもつて来た。而して自分はとう〱大きな声をして泣き出した。父は驚いて振りかへ《〔ママ〕》た。「馬鹿な奴だ、左ういへば直ぐといてやるに」といつて可笑しさからではない或る笑ひ方をしながらといて呉れた。……

これは自伝的なものとして書かれた未定稿であって、事実そのままとみてよい。また、これは虚構の作だが、未定稿「ハムレットの日記」にも「序詞」にあるような角力のシーンが描かれている。が、いずれも説明的な色彩の強いものである。それを「序詞」では、会話文を多用し、身体の動きもビビッドに捉えた、臨場感あふれるシーンに仕立て上げている。しかもここには、祖父がからんでくるのだ。この潤色で「序詞」の角力事件はいっそう奥行きのあるものとなった。

では、祖父が介入してくるところに注目してみよう。祖父は茶の間に引き返していて、父の居間で起こっていることを知らなかった。一方、後ろ手に縛られ放置された謙作はしばらくして不意に烈しく泣き出した。謙作に背を向け机に向かっていた父は、驚いて振り返り、ようやく謙作の縛りを解いて、なだめにかかった。が、なかなか泣き止まない謙作の声を聞きつけてか、茶の間にいた祖父は父の居間へやって来たのである。

祖父と女中とが入つて来た。父は具合悪さうな笑ひをしながら、説明した。祖父は誰よりも殊更に声高《こわだか》く笑ひ、そして私の頭を平手で軽く叩きながら「馬鹿だな」と云つた。

右の叙述をもって「序詞」の幕は下ろされる。祖父は声高く笑い、そして謙作の「頭」を「平手で軽く叩」いている。しかるに、半年ほど前の初対面の折は、「大きくなつた」と言いながら、謙作の「頭」に「手」を置くだけだった。同じようなポーズだが、祖父が謙作により馴々しくなっていることがわかるのだ。「序詞」を一篇の独立した短篇小説とみなす時、その始めと終わりの部分において、祖父と謙作の二人が立ち並んだ姿がクローズアップされていることに気づく。しかも祖父が幼い謙作の「頭」に「手」をやっているという同じポーズなのだ。かくして「序詞」の世界は、シンメトリーを形成し、美事な円環を結んでいるといえるだろう。

なお、「序詞」の前身作「謙作の追憶」においては、謙作が兄たちと「蛙退治」の遊びをするエピソードが綴られていた。第六のブロックとなる。町田栄によれば、この「兄」は信行とは別人のもう一人の兄であっただろうという。[1] おそらくこのもう一人の兄の存在は、「蛙」の「千人斬り」という言葉のイメージから、放蕩のテーマの所在を仄めかしたものと思われるが、「序詞」においてこのエピソードが削除されたのは賢明な処置であった。放蕩のテーマは、先の「山上さん」の甥のことを示すことで本篇との脈絡はある程度つく。しかも、この「蛙退治」のエピソードがあっては、祖父に始まり祖父に終わるというシンメトリカルな円環構造が形成されなくなるのだ。右のようなことを書き手は意識していたかどうかは分からないが、このエピソードの削除は「序詞」の結晶度を増すことになったのである。

ここで「序詞」の世界を図解してみたい。「序詞」の叙述の進行に即し、時計回りになるよう作成した。円の中心にいるのはむろん主人公の謙作である。そして、謙作との密接な関わりという点で、祖父一回、母二回、父一回という順で、それぞれ描写の施されたエピソードとして回想される。また、父は母との関わりで一回、祖父は父との関わりで一回、いわば脇役の形で登場する。さらに、「根岸」での生活は説明叙述という形で、最初のエピソード（祖父との初対面）のあとと、最終のエピソード（角力事件）のまえに挿入される。これもシンメトリカルなものになっ

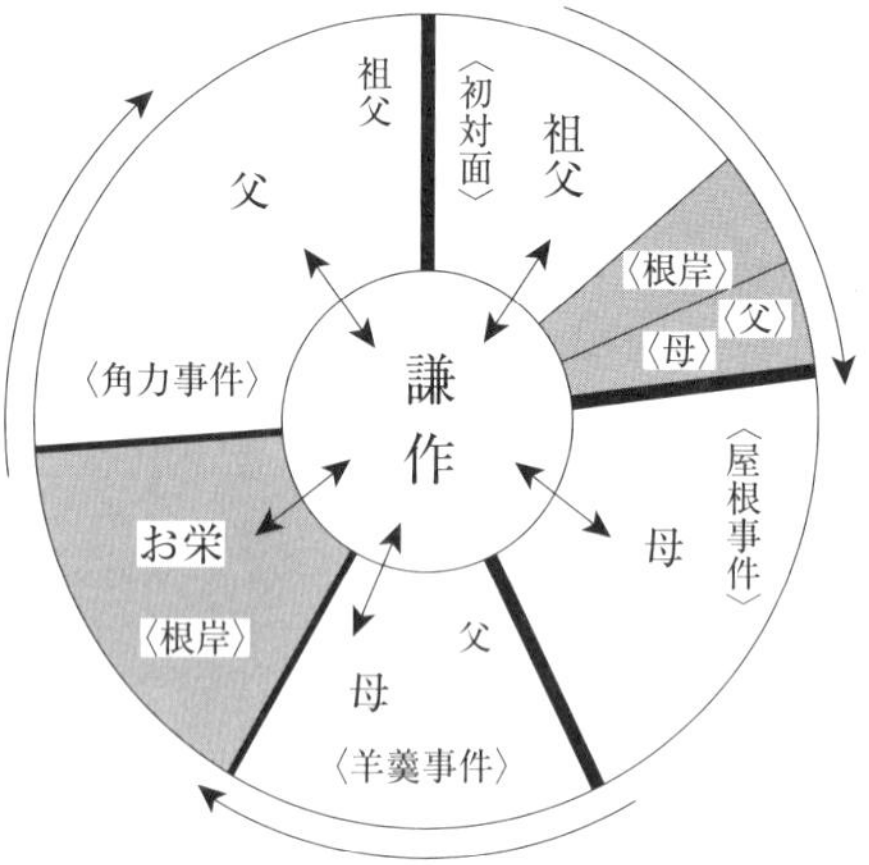

ている。意識的に計算してのものではなかったかもしれないが、「序詞」の書き手とみられる時任謙作という小説家の巧みな構成力に驚かされるのだ。

また、図示して明らかなように、作中人物のいわばヒエラルヒーも捉えることができる。

一番上位に位置するのは祖父である。第一のブロックでは幼い謙作を圧迫していた。いや、謙作を呪縛してしまったといってもよい。また、第五のブロックでは、まるで他愛ない兄弟喧嘩（実際、謙作の父と謙作は祖父からすれば年齢の離れた息子たちということになる）を声高に笑い飛ばすようにして、謙作の父および謙作の上位に君臨するのだ。

一方、謙作の母は、図のうえでは謙作の下位に位置することとなった。これは第二のブロック、すなわち屋根事件で謙作が母を見下ろしたことによる。だが、第三のブロック、すなわち羊羹事件では、母は謙作を組み敷いて折檻していて、謙作より上位に位置するはずだ。羊羹事件は屋根事件と逆の構図を示すものといえる。とはいえ、いずれのエピソードも泣き出した母の姿で結んでいる。しかも、これは謙作のまだ預かり知らないことだが、この母は罪を犯していた。図のうえで一緒になることのなかった祖父と不義（過失）を犯しているのだ。そういう見えざるものを抱えていることから期せずして、この母はやはり最も下位に位置づけられてしまったともいえまいか。

このような「序詞」の世界を原風景として、『暗夜行路』の本篇はどのように展開していくのか。「序詞」のいわば遠心力をみることによって、成人後の謙作の生の軌跡を辿ってゆきたいと思う。

2　根岸における「花合戦」遊びの遠心力

「序詞」冒頭において、幼い謙作は「見知らぬ老人」（祖父）から不吉なものの呪縛を受けてしまった。それは成人後の謙作に見えざる力として覆いかぶさってくる。愛子への結婚申し込みが予期に反してあっけなく断られてしまうのも、自ら放蕩へと傾斜していくのも、祖父の妾であったお栄に求婚を思い立つのも、それらは皆、祖父のいわば見えざる呪力を受けたせいだと説明がつくのだ。そういう祖父呪縛を謙作はいかにして解放していったかについては別稿で論じている。(2) ここでは、それとは視点を幾分変え、「序詞」に示された「根岸」の成育環境が、『暗夜行路』本篇とどのような関連を持つのかについて考察してみたいと思う。

「根岸」での生活は「総てが自堕落」だったと総括される。その象徴ともいえるのは、「根岸」の祖父の家に「色々な種類の人間」が集まり遊んだ「花合戦」だといえまいか。その「花合戦」に類する遊びは、『暗夜行路』本篇に入り、以後しばしば持ち出されるのである。

『暗夜行路』本篇は、謙作（祖父の死後、お栄とともに赤坂福吉町に住まっている）が、阪口と竜岡の訪問を受け、やがて三人で吉原の引手茶屋西緑に出かけることから始まる。そこで三人は、芸者の登喜子らを相手に、「トランプの二十一」をしたり、「軍師拳の遊び」や「ニッケル渡の遊び」などに興じたのである（第一の二）。そのうち、あまり目立たないが「トランプの二十一」という遊びをしたことに着目したい。

そもそもトランプを持って来たのは「豊《ゆたか》と云ふ雛妓《おしやく》」であった。吉原の引手茶屋で初めて遊ぶことになった初心な謙作と「豊と云ふ雛妓」とは重なり合うものがある。謙作がこういう場所で遊ぶのに最もふさわしい遊びがこの「トランプの二十一」だったともいえるのだ。現に、謙作は「ニッケル渡の遊び」になると、こういう場所で遊び慣れている阪口に気圧され、その武骨な手のことを露骨に指摘されて「不愉快」を覚えているのだ。

　謙作の三度目の西緑行（第一の四）は、彼一人となるが、そこで登喜子や小稲を相手に、主にアルマの烟草をその灰をどれぐらい落とさずに吸えるかという競技をする。が、ここでも「花合せの石を使つて、トランプで二十一をした。」ということを見逃してはいけない。この日の西緑行は謙作に満足感があったようで、その帰途には「晴々としたいい気持」になっていたのだ。

　花札とトランプ。その類縁性は否定できない。「根岸」の生活の象徴である「花合戦」（花札を用いて行なう遊戯）のバリエーションである「トランプ」遊びが吉原の引手茶屋で初めて遊ぶ謙作の前に持ち出された。これは、謙作がやがて放蕩生活に入るとば口に立ったこと、「自堕落」な生活に入る前奏のような意味合いを持っていなかっただろうか。

　その後の謙作は、西緑ばかりでなく銀座の清賓亭というカフェなどに出入りを繰り返すが、やがて一人で遊廓での放蕩を始め（第一の十二）、ついにはその放蕩の極みともいえる一日に二人のプロスティチュートを相手にする（第二の十四）というどん底状態まで陥っていくのである。

　謙作の放蕩への誘引は、再三いうように、祖父呪縛の見えざる力によるものといえる。が、ここで「序詞」において語られた「山上さん」の甥のことを想起したい。この「骨まで浸み貫つた放蕩者」である「山上さん」の甥は、その放蕩の果てについに原因不明の自殺を遂げたという。これは、謙作の夢のなかで「播摩」をして死んでしまう阪口（第一の十一）とよく似ているのだ。

　しかし、謙作の放蕩は、死に至る所まではのめり込んではいかない。「山上さん」の甥や夢のなかで「播摩」をして死んでしまう阪口とは一線を画している。それは謙作が母方の祖父（芝のお祖父さん）からの血を引くピュアなもの、理性的な力にも恵まれていたからである。現に、あのどん底の放蕩の只中（第二の十四）にあっても、謙作はプロスティチュートの豊かな乳房を握り、その「空虚」を満たしてくれる「何かしら唯一の貴重な物」を感じ取ることができたのである。

では、「根岸」での成育環境から波及するいわば魔力的なものの襲撃は、『暗夜行路』前篇で途絶えてしまったのか。いや、そうではない。

すでに藤尾健剛が、「「花合はせ」で思い出されるのは、「序詞」に描かれた「花合戦」である。」として、「序詞」と『暗夜行路』第三の密接な関連性を指摘している。(3) が、「花合はせ」をめぐり、さらに掘り下げた考察をしてみねばならない。

京都衣笠村に直子と新しい生活を構えた謙作は、その交友関係も東京のそれとは一変させた。まず、中学で謙作より二歳ほど年下だったが、よく遊んだという末松が登場する。末松は京都の大学にまだ籍を置いていた。ここで注目すべきは、「花合はせ」に関し、「二人は未だ中学生だつた頃お栄と三人でよくそれをした事があつた」（第三の十四）とされていることである。中学時代の謙作は、末松とお栄とともに「花合はせ」を頻繁にしていたのだ。ということは、その頃まで「序詞」に示された「根岸」の生活の雰囲気は持続されていたことになるだろう。あるいは祖父の死はその前後にあったものか。しかしその後の謙作は、「花合はせ」などの遊びから遠ざかっていた。時間にして少なくも十年ほどのブランクがあったとしてよい。しかるに、いま末松を介して「花合はせ」が再び持ち込まれたのだ。この意味合いは大きい。しかも、末松は、その遊び仲間である水谷、久世、さらに要を謙作と直子の新しい家庭に招き寄せてしまうのである。

これは、『暗夜行路』後篇が始まって以来の、謙作の幸運つづきともいえるその歩みに暗雲が立ちこめる小さな予兆として機能しているのではあるまいか。「花合はせ」は、不吉なもの、祖父的なものの到来の記号として存在するのだ。

第三の十四における「花合はせ」（これは三人で遊ぶ遊戯だが、ここでは謙作、直子、末松、水谷の四人が参加し、そのうち手の悪い一人が「寝る」ことになっている。）で見逃せない謙作にとってのマイナス要因は二つあった。

一つ目は水谷という青年の登場である。謙作はその第一印象から水谷を嫌うが、その外貌に注意してみたい。水谷は、「色の白い小作りの、笑ふと直ぐ頬に大きく縦に笑窪《えくぼ》の入《い》る、そして何となく眼に濁りのある」人物だったとされる。笑った時の「笑窪」が特徴的だ。ここで「序詞」に描かれた祖父の外貌を想起したい。祖父は幼い謙作の前に、愛想笑いを浮かべながら近づいて来たのだが、「釣上つた口元」で「それを囲んだ深い皺」、そして「落ち窪んだ」眼が印象的であった。水谷と祖父、奇しくも笑いを浮かべている表情のもとで、その「笑窪」と「皺」が強調されている。その頬に大きく縦に入る「笑窪」といい、その口元を囲む深い「皺」といい、それらはこの両者に与えられたデモーニッシュなものの刻印のように思われるのだ。その点で、水谷は、謙作の祖父の再来ともいえるのではなかろうか。水谷は、幸運につつまれた謙作をやがて恐ろしいもの、不幸なことに誘う存在として登場してきたのである。

もう一点は、謙作にとってこれまでほぼ完全無欠とも見えた直子が、この日の「花合はせ」において「ずる」（傍点は作者）をしようとしたのではないかと疑惑を抱かせたことである。これはのちに誤解ではなかったかとされる（第三の十六）が、この時点で、ほとんどその人間性に何らの瑕も見出し得なかった直子に「ずる」をする悪い面をみたことはやはり重視せねばならない。この謙作の心に入ってきた直子に対する小さな亀裂、それにも関わらず謙作は直子を「いぢらし」く思うのは、一種変則的な愛情の現われではなかろうか。この出来事に、のちの直子が過失を犯す伏線をみるのは大袈裟かもしれないが、この謙作の直子に対する疑惑は、謙作の生活が下降線を辿る前触れぐらいには捉えられるのである。

こうして第三の十四に突如持ち出された「花合はせ」は、やがて謙作に不幸をもたらす暗示を与えた。まずは初子の直謙の発病とその死（第三の十八、十九）が動かしがたい不幸として襲って来たのである。

さらに、『暗夜行路』後篇第四の五は、先の第三の十四とはメンバーを異にする、水谷、久世、要、直子による「花合はせ」が行なわれたことを語る。謙作はお栄を連れ戻すために京城に出かけ（第四の二）、その留守中に、直子の所に従兄の要が立ち寄り、そして要、水谷、久世、直子による「花合はせ」が夜通しで行なわれたのである。この夜通しの遊びは、あの謙作が西緑で初めて遊んだ折のものと似通っている。さらに遡れば、「根岸」での祖父らの「花合戦」にもあるいは夜通しのものがあったのではないかと想像されるのだ。もはや「根岸」の生活の悪い雰囲気が、謙作の留守中に直子の残る家に持ち込まれたことは疑いようがない。

この日の夜通しの「花合はせ」によって直子はその疲れから心身ともに弛緩していただろう。そこに魔の手は忍び寄る。その幼時体験である要との「亀と鼈」という遊び（第四の五）は、性の体験としてトラウマとなっていた。むしろ必然的ともいえる成り行きで直子と要の間には過ちが生じてしまうのである。

一方の謙作は、お栄を連れて京都に戻って来た際、そこに直子のほかに、末松ならぬ水谷が出迎えに来ていることに「何か壺を外《はづ》れた感じ」（第四の三）を抱く。いったんその内に入り込んだ「不愉快」は謙作にまとわりついて離れない。そしてついには直子の過失を嗅ぎ当てるのだ。デモーニッシュ的な存在である水谷が、謙作に直子の過失を仄めかしたともいえるのだ。

以上のように「序詞」に示された「根岸」での「花合戦」という遊びに着目すると、そのバリエーションである「トランプの二十一」がまず現われ、やがてかなりの時間的経過を経て、「花合はせ」が謙作の新婚生活に入り込んだことに、その類縁性およびその波及力をみる思いがする。「トランプの二十一」は謙作が放蕩生活にのめり込むとば口のものとして機能する。「花合はせ」はまさしくあの「根岸」の「花合戦」の再来であり、謙作にもつれた人間関係の渦中に身を置くことを強要してしまうのだ。「序詞」に示された「花合戦」の場景は、絶大な遠心力を発揮して『暗夜行路』本篇の要所要所に強く働きかけていたのである。

3　謙作の対女性関連・実母系からお栄系へ

『暗夜行路』本篇における謙作はさまざまな女性と接していく。が、「序詞」に示されたように、幼い謙作が身近に接し好んだ女性は、母であり、お栄であった。母とお栄は謙作の心の原風景に鮮烈に生きていたのである。そして成人後の謙作の対女性関連は、いわば母系列のものとお栄系列の二つの系列で推移していく。「序詞」の遠心力の大きなうねりとして、『暗夜行路』本篇における謙作の対女性関連の変遷を辿ってみたい。

謙作は母に「邪慳」に扱われた記憶が強いのだが、「心から母を慕ひ愛し」、「母だけは本統に自分を愛して居てくれた」と回想する。そういう母を六歳で失っている謙作は、当然母の面影を求めることになる。具体的には母と幼馴染みとして育った愛子の母を慕うことで現われる。「子供の頃」から謙作は、「牛込の愛子の家《いへ》へよく出入《ではひ》りをした」という（第一の五）。それは、「何よりも愛子の母に会ひたかつたから」だとされるのだ。

このようにして成長した謙作は、愛子との結婚を思い立つ。もともと愛子自身をそれほど好いているわけではなかった。が、愛子を可憐に思うようになるのは、愛子の父が死んだ折の葬式で愛子が「白無垢を着て、泣いてゐる姿」を見た時からであった。その悲劇的なイメージが謙作をして愛子に魅せられていく契機となるのだ。それは亡き母の悲劇的なイメージに通い合うものでもあった。

やがて謙作は愛子との結婚話を持ち込むが、相手側から一方的に断られてしまう。謙作がその人生で母の死についで受けた二番目の受難だったとしていい。が、何よりも謙作が日頃から好意を寄せていた愛子の母に鰾膠もなく冷たく断られたことがショックだった。謙作は亡き母の面影に包まれて過ごす道を閉ざされてしまったのである。

この愛子事件より時間的に遡ることになるが、謙作は仲間と一緒に娘義太夫熱にとりつかれていた。それは、「中学を出る頃から」（第二の十二）の体験とされる。謙作は栄花という娘義太夫語りに、好きというより「同情」を抱いていた。栄花は「瘠せた身体」で「白狐を聯想させる、青白い顔」をし、その声は「何処か悲しい響を持つてゐた」とされる。その体型といい、悲劇的なイメージは、謙作の母のイメージに通じ合うのである。

謙作は、西緑で登喜子という芸者に出会い魅せられていく。愛子や栄花は謙作の回想のなかで語られたが、この登喜子は『暗夜行路』本篇開始後まもなく、物語の現在時において登場してくる。登喜子は「痩せた脊の高い女」だとされる（第一の二）。それと対照するのが「ふつくらした身体」の小稲という芸者である（第一の四）。むろん謙作は、小稲を初めて見た瞬間から「非常に美しく」思うのだが、登喜子の「米噛《こめかみ》や頤のあたりに薄く細い静脈の透いて見えるやうな美しい皮膚」とは反対に、小稲は「厚い、そして荒い皮膚」をしていたと、観察される。芸者は客から品定めをされる宿命にあるともいえるが、謙作は、やはり登喜子の方にひかれている。その「痩せた」体つき、その静脈まで透けて見える「美しい皮膚」、その外貌は、母系のタイプの女性であることを表わしていまいか。

このように、亡き母を慕う謙作は、愛子の母、栄花を挟み、次に、成長した愛子、そして登喜子にと、好意や同情を寄せているのである。

が、このような女性系列への好みはその後、大きな変化をきたす。そのターニングポイントとなるのは、謙作が電車のなかで見た、男の赤子を抱いた「眉毛を落した若い美しい女の人」（第一の六）である。

この「若い美しい女の人」は赤子に日本流の接吻をしている。まさしくスキンシップである。また、謙作の観察によれば、この女の人は「精神にも筋肉にもたるみのない、そして、何となく軽快な感じ」（傍点は作者）を与えているとしている。それのみならず謙作は、将来の自分の「細君」としてこのような人が来るのを「想像」しているのだ。

江種満子は、後篇に移って謙作が一目惚れする女の人（直子）は、「電車の人妻の再来にほかならない。」として、この電車のなかで見かけた女の人の延長線上にやがて直子が出現すると説いている。[4] 全くその通りなのだが、さらに江種は、電車のなかの女の人の性格づけについて次のような注目すべき指摘を行なっている。[5]

以前から『暗夜行路』の名場面の一つとして愛好されてきたこのシーンでは、男の赤ん坊を抱いて電車に乗ってきた若い人妻が、無条件に子供を受け入れ、甘ったるく翳りのない母子風景を演じ、主人公の時任謙作の脳裏に、期待し得る最高の家族的幸せを描かせている。謙作の熱心な注視は、子供の頃にけっして親密な愛情表現をしなかった実母へのわだかまりを滲ませつつ、赤ん坊の上に謙作自身の見果てぬ母子願望を重ねている。電車の女性は、彼の理想の妻のモデルであると同時に、謙作自身の母の欠如を補塡する新たなモデルでもある。

先にも述べたように、「序詞」に示された幼い謙作に対する母の愛にはスキンシップが欠如していた。むしろ幼い謙作にスキンシップを与えてくれたのは「根岸」の生活が始まってからのお栄であった。

電車のなかの女の人は、謙作にとっての理想的な母そして妻としてのモデルとなった。これ以降、謙作の好む女性のタイプは変化をきたすのである。あの幼い日、その「力のある太い腕」で自分を抱き締め、快感さえ与えてくれたお栄、これからは、お栄タイプの女性が謙作の前にクローズアップされてくるのだ。

この電車のなかの女の人は、「今はもう登喜子との関係に何のイリュージョンも作つては居なかつた。」（第一の六）としたその直後に、たまたま出現した。やがて直子と出会う伏線ともなっているのだが、直子との出会いに至るまでには謙作は、実母系のタイプとは違う、お栄系の幾人かの女性（むろんお栄もふくむ）にひかれねばならなかったのである。

その最初の女性は、銀座清賓亭の女給お加代である。登喜子と入れ替わるようにしてこのお加代が登場し、謙作はお加代にひかれていくのだ。

お加代は「身体の大きい美しい女」（第一の六）だとされる。また、その「唇」は「冴えた美しい色」をしていたという。やがてある日、謙作は、緒方や宮本と清賓亭で酒を飲み、その酔いのはずみもあってか、お加代に「僕は君が好きなんだ」と言い、「接吻する真似」までする（第一の八）。謙作とお加代は、「蟀谷《こめかみ》」と「額」とを合わせ、その皮膚の温かみを感じ、謙作はそこに「意識の鈍るやうな快感」を覚えるのであった。『暗夜行路』の数少ないラブシーンの一つとしてよいだろう。

だが、謙作のお加代への関心は長続きしなかった（第一の十）。お加代は同僚のお牧と一緒に界隈の「いい男」の噂話をする。また、毎日昼前に銭湯に行き、誰もいないと湯槽のなかで泳ぐという。こういうお加代に謙作は、「余りに安価な感じ」を受けてしまう。「肉づきのいい」大きな体をしていても、そこに「たるみ」があってはいけないのだ。弛緩したものを感じたから、お加代への関心も急速に冷めてしまったのである。

登喜子の後退にあわせてお加代のクローズアップが目立つ流れ（第一の六から第一の八まで）のなかで、謙作が千代子という芸者にひかれていることも見落としてはいけない。

謙作は緒方と山王下の料理屋に出かける（第一の七）。そこでは「瘠せて小柄な少し青い顔をした」老妓と、「大きな立派な女」とされる千代子という芸者が二人の相手をする。その千代子は、「一寸小稲の型で総てがずつと豊かで美しかつた。」という。また、「其眼《まな》ざしに人の心を不思議に静かにさす美しさと力がこもつてゐた。」という。この品評は、小稲以上、さらに登喜子をも凌駕するものである。明らかに謙作の女性の好みの傾向は変わった。美しい大柄な女性にひかれている。しかし、この千代子は謙作との関係をもたない。この時点では、千代子よりはお加代（体型的に千代子と同じようなタイプの女性）のことが謙作の心のうちでこだわりを持っていたからである。

これまで吉原の引手茶屋や銀座のカフェなどで芸者や女給を相手に遊びまわっていた謙作だが、登喜子からお加代へとその好みが移り、イリュージョンとディスイリュージョンを繰り返すうちに、その性欲の圧迫の昂進があったことも見逃してはならない。

謙作が飼う「仔山羊」は、「赤児のやうな声」を出して謙作に慰みを与えていた（第一の三）が、二、三ヶ月を経過すると「角《つの》も三寸程になり、頤の下からは先の尖つた仔細らしい髯が生えてゐた。」のである（第一の十二）。また、お栄から「此頃山羊が変に臭いの。」と言われる始末である。この二ヶ所に形象化された「仔山羊」は謙作の性欲昂進のバロメーターでもあった。

謙作は、自分からプロスティチュートを相手にする放蕩に入っていた（第一の十一）。とほぼ同時に、お栄を意識し出したのである。

幼い謙作にとってお栄はスキンシップを与えてくれた第二の母として存在した。いや、そこに性的な快感が伴った分、異性愛の萌芽もあったとしてよい。が、この幼時体験は謙作の一方的な受け身であったことから、その成人後もその意識において変わりはなかった。謙作はお栄から誘惑を受ける「想像」をしばしば行なう。その「想像」のなかでは謙作は道徳堅固であり、お栄に説教したりするのだった。お栄と関係を持つことは身を滅ぼすことであるとし、その危機感から謙作は尾道へと旅立つのである。

しかし、物理的な距離の遠さとは裏腹に、心に思う異性がよりその距離を縮めることがしばしば起こる。尾道の孤独な独居生活にやがて耐えられなくなった謙作は、屋島の宿でお栄との結婚を思い立つに至る（第二の五）。これは「新太さんといふ独者《ひとりもの》の乞食」の身の上と自分のそれとを重ね合わせた深い孤独の思いから発せられたものである。寒空の下、肌寒さを感じる旅の宿であった。当然、人の肌のぬくもりを求める。ここに「序詞」に示されていた「力のある太い腕」で自分を抱き締めてくれたお栄がその結婚の対象として絶対的な力をもってクローズアップされてきたとしても何ら不自然ではないのである。

お栄との結婚を兄信行に託す手紙をしたためたあとの謙作は、お栄との結婚を予想し、「肉情的」になったとされる（第二の六）。プロスティチュートとの放蕩、そこにお栄との結婚生活、その性生活を擬したものがあったに相違ない。

しかし、お栄への結婚申し込みは、謙作の出生の秘密を明らかにするという謙作にとっての予期せぬ展開をもたらした。当然、お栄は謙作の結婚の対象とはなり得ない。再び、母代わりの存在、祖父の妾だった女として後退していくのである。

電車のなかの若い女の人を大きな旋回点として、謙作のひかれる女性のタイプは変化した。お加代、千代子、そしてお栄へと辿り着いた。が、直子に辿り着くにはもう一人の女性との出会いが必要だった。

それは、放蕩の極みともいえる一日に二人のプロスティチュートを相手にした、その後者の京都訛りを真似するプロスティチュートである。謙作は自分の居場所が「悪い場所」（遊里）にしかないとまで落ち込んでいた。肉体的な肌と肌との触れ合いでなければその孤独感は癒されないのだ。

前者のプロスティチュートは「小さい女」だとされる。後者のそれは「美しい女」とされるが「痩せた方ではなかつた」という。が、ここではそのプロスティチュートが「ふつくらとした重味のある乳房」を所有していたことが大切である。謙作は、その乳房を軽く揺すって「気持のいい重さ」を感じ「豊年だ！　豊年だ！」と言う。やがて、謙作が京都で豊頬の娘直子に出会うその伏線であったのである。

『暗夜行路』後篇はその舞台を京都に移して開始させる。東三本木に宿をとる謙作は、河原をぶらぶらと歩いている折、一人の「若い美しい女の人」を見そめる。むろんこの人が直子だ。直子は「大柄な肥つた」、そして「豊かな頬」をし、「健康さう」に謙作の目に映った（第三の一）。また、友人の高井は謙作の恋の助力者となり、直子のことを「鳥毛立屛風の美人だ」と評する（第三の三）。さらに謙作は、直子のことを「一ト言に云へば鳥毛立屛風の美人のやうに古雅な、そして優美な、それでなければ気持のいい喜劇に出て来る品のいい快活な娘」（第三の十二）というイリュージョンを作っていた。こうして謙作は、石本らの助力を得て、ほとんどトントン拍子に、まさに理想的な伴侶である直子と結婚することができたのである。

直子は、電車のなかで見かけた赤子を連れた「若い美しい女の人」の再来だとするのは異論のないところだろう。また、体型的に、お加代や千代子につながる女性だとすることも容易である。では、直子とお栄は本当に類縁性のある女性といえるのだろうか。この点についてその裏付けをとってみたい。

ところで、直子の過失を知って精神的に落ち込むようになった謙作はその救いをどこに求めたか。第四の八の次のような叙述部に注目してほしい。

　謙作の心は時々自ら《みづか》堪へきれない程弱々しくなる事がよくあつた。さういふ時、彼は子供のやうにお栄の懐に抱《いだ》かれたいやうな気になるのだが、真逆《まさか》にそれは出来なかつた。そして同じ心持で直子の胸に頭をつけて行けば何か鉄板《てついた》のやうなものを不図感じ、彼は夢から覚めたやうな気持になつた。（傍点は引用者）

謙作は子供に立ち返り、お栄および直子に母性を見、慰めや癒しを求めている。が、本当の母ではないお栄にそれを求めることはできない。まして自分の苦悩のもとになった直子にそれを求めることは矛盾している。とはいえ、右の叙述部から、謙作にとっては、直子とお栄が同じタイプの女性であったことが如実に窺えるのだ。

また、直子は謙作にとってやはり理想的な妻だったと分かる。それは亡き母に欠如していた優しく包み込むような母性をも持ち合わせていたからである。

以上をまとめてみよう。「序詞」において幼い謙作に最も身近な女性としてその実母とお栄とがいた。この「序詞」の世界を起点として、その遠心力ともいえる謙作の対女性関連をみると、はじめは亡き母の面影を求め、母系の悲劇的イメージに通う女性にひかれるのだが、やがてこの母に欠けていたスキンシップを与えてくれるような、いわばお栄系の女性にひかれるようになり、ついには直子という理想的な妻を得ることでその孤独な青春にピリオドを打ったのである。このあと『暗夜行路』は妻直子の過失という事件から新たな展開をみせていくこととなるのだ。

4　後ろ手に縛られた形象の意味するもの

先に私は、『暗夜行路』のなかに後ろ手に縛られた形象が三ヶ所あるとした。だとすれば、後ろ手に縛られた形象のそれぞれを起点として『暗夜行路』を三部構成の物語として読むことも可能となるのではなかろうか。最初のそれはむろん「序詞」における父との角力事件での謙作の姿である。これはいったい何を暗示させているのか。

通常の父子の場合、六歳の子供と角力をとって遊んだら、父はいずれはわざと負けてやるだろう。しかるに謙作の父はそうではなかった。なかなか降参しない謙作に対し、むきになり、謙作の帯をほどいて、その両手を後ろ手に縛ったばかりではなく、両足までも縛って、部屋に放置したのである。

ここから不義の子の物語は開始されるのだ。謙作は以後、いわば手足の自由が利かないような閉塞感、圧迫感にとらわれ、その成長を余儀なくされるのである。

その具体例として、愛子への結婚申し込みの件が挙げられる。謙作は、愛子への求婚の仲介を父に頼みに行くが、分家していることを理由に、「自身でやって見たらいいだらう。」と言われ、冷たくあしらわれてしまう（第一の五）。

父は謙作と関わりを持たぬことで彼を抑圧しているともいえる。こうして一人で交渉に当たった謙作は、予期に反し、愛子の母にあっさりと断られてしまう。おのれの出生の秘密を知らないことから起こった不幸な出来事の一つといえる。この折のショックは、その後、尾をひき、謙作は対女性において極端なほど消極的になってしまうのだった。

第一の九の、謙作の日記に記された自我閉塞感もあるいは父との角力事件から尾をひくものかもしれない。謙作は、「頭の上に直ぐ蒼穹《さうきう》はない。」として、「重なり合つた重苦しいもの」が覆いかぶさっているような感じを受けている。また、謙作の内面には「何物をも焼き尽くさうと云ふ欲望」があるのに、「狭い擦硝子の函の中にぼんやりと点《と》ぼされてゐる日暮れ前の灯《あか》り」のようだと自己の現況を捉える。これは直接的にはおのれの文学の仕事に対する焦燥感を言っていようが、比喩的にいえば、後ろ手に縛られその自由と活力とを奪われた状況に相通じないだろうか。

さらに、謙作が尾道でお栄への結婚を思い立つのもそれ自体不自然さはないのだが、なんとも皮肉な成り行きだと感じてしまう。謙作は、祖父にひきとられ成育した根岸の生活圏という狭いところから一歩も抜け出ていない印象を受けてしまうのだ。これも後ろ手に縛られたあの六歳の少年のもがきにも似たものの延長線上にあるといっては言い過ぎだろうか。

総じて『暗夜行路』の前半部が重苦しい雰囲気に包まれているのは否めない。このことは謙作が不義の子であることと無縁ではないのだ。しかし、謙作はお栄への求婚をきっかけにおのれの出生の秘密を知ることになる（第二の六）。ここに至って、父がなぜ自分だけに冷たかったのか、また幼き日の角力事件で苛酷な目にあわされたそのわけも了解し得たに相違ない。厳密にいえば、『暗夜行路』の第一のテーマである不義の子の物語はこのあたりで終わる。謙作における父との確執も、以後「有耶無耶」のまま、尻すぼみとなってしまうのだ。

『暗夜行路』で次に後ろ手に縛られた形象が出てくるのは、謙作が尾道を引き上げる際においてである。謙作は、東京への帰途、姫路に下車し、明珍の火箸とお菊虫とを土産品として買う（第二の九）。明珍の火箸はお栄に頼まれたものだが、一方のお菊虫は謙作の意思で買ったものだ。このお菊虫に注目したいのである。

お菊虫とはどんなものか（口絵参照のこと）。それはジャコウアゲハの幼虫で、当時はこういうものまで売られていた。さて、そのジャコウアゲハの幼虫だが、その姿が、「口紅をつけたお菊が後手《うしろで》に縛られて、釣下《つるさ》げられた」姿に似ていることから、お菊虫と別称されたという。幼き日、父との角力で後ろ手に縛られた謙作。今度は、後ろ手に縛られたお菊の姿に似ている所からお菊虫と名付けられたジャコウアゲハの幼虫を、その帰京に際し、持ち帰ろうというのだ。ここから『暗夜行路』はこれまでとは幾分異なるテーマを開始させる。そのシグナルとして「お菊虫」が登場したのだと読み取りたい。後ろ手に縛られた形象が謙作自身（不義の子）からお菊（女性）に変わったことに留意したいのである。

なお、「序詞」で屋根に登って大きな声で唱歌を唄う幼児の謙作がいたが、ここ（第二の九）でも、謙作と同じ列車に乗り合わせた「二人の子供を連れた若い軍人夫婦」の一行の「六つ位の男の児」が、大声で風に逆らい唱歌を唄うシーン（それに「女の児」が和している）があることに注意したい。「序詞」の変奏はこのような些細な場面にも発見でき、物語の新たな展開が暗示されているのを知ることができる。

では、お菊虫に話を戻し、ここからどのようなテーマが新たに展開されるのかを考えてみよう。『暗夜行路』は、謙作が尾道から帰って約一ト月後、栄花という娘義太夫のことをクローズアップさせる（第二の十一から十三）。お菊虫は、この栄花のエピソードと密接な関連を持つのだ。

ところで、為永太郎兵衛・浅田一鳥合作の「播州皿屋舗」（一七四一・七、大坂豊竹座初演）や岡本綺堂の「番町皿屋敷」（一九一六・二、本郷座初演）に目を通してみても、お菊が後ろ手に縛られる場面は出て来ない。しかし、お菊は、青山将監鉄山あるいは青山播磨によって斬られ、屋敷の「井戸」に投げ込まれるのである。「井戸」といえば、なんと栄花の身近な所にあったではないか。

栄花は、隣家に住まう大名華族の子息山本の所に、いい水が出る「井戸」があることからよくもらい水に出かけ、山本と話し込むことがしばしばであった。「井戸」を機縁として山本と栄花が親しく話をするようになったのを次のように叙述している。


山本は風呂の縁《ふち》へ腰掛け、栄花は井戸側へ後手に倚りかかりながら、汲んだ水の温《ぬる》むまで話し込む事もあつた。寄席の内幕話だつた。暫くして、謙作は山本がやつたといふ湯呑を高座に見た。（第二の十一、傍点は引用者）

栄花は、山本と話し込む際、「井戸」の方へ「後手」に寄りかかるというポーズをとっている。栄花はこの時点で「後手」に縛られているわけではない。だが、やがて栄花の人生には、いわば「後手」に縛られたような状況に陥る行末が待ち構えていたのである。

栄花と山本の仲は進展せず、栄花は近所の本屋の息子と駈け落ちをし、そのことからその運命は大きく狂い出す。養家からは義絶され、娘義太夫の道は閉ざされ、悪足までついて芸者となって各地を流れ歩く。しかも、本屋の息子との間に出来た赤子は堕胎されたか圧殺されたかと噂される。栄花は、罪を犯した女性として存在するのである。

『暗夜行路』では、女の罪をめぐりこの栄花とはその生のあり方で対照的な蝮のお政のことも語られる。が、これは、謙作の母、そしてその妻となる直子における女の罪をめぐるテーマへと発展していく、そのいわば序奏であった。謙作の母、および直子の場合の女の罪の問題についてはいまは深く追求しない。しかし、お菊虫の形象を起点とし、それが栄花のエピソードに連結し、『暗夜行路』は女の罪をめぐるテーマにその主軸をずらしたことを確認できるのである。

『暗夜行路』においてその第三番目に後ろ手に縛られた形象が出てくるのは第四の十三である。大山に一人赴いた謙作は、蓮浄院に向かう際、老車夫から海老攻めの拷問にあった老盗賊の話を聞かされる。海老攻めの拷問とはどのようなものか。遠藤祐の注釈によると、本来は江戸時代のものだが、ここのは「明治になってからの出来事」で、「土地の人々のいわゆるリンチ（私刑）」ではなかったかとし、その方法については「両手をうしろでしばり、上体をしだいに前にかがませて、あぐらに組ませてしばった足に首を接近させるやり方。」としている。[6] まさしく後ろ手に縛られた形象の出現である。よって、『暗夜行路』はこのあたりからそのテーマの主軸をさらに移動させるとしていいだろう。

なお、お菊虫が登場したあたり（少しまえ）に、「二人の子供を連れた若い軍人夫婦」が謙作と同じ客車に乗り合わせ、「二人の子供」が毛布の中で蹴り合いをするシーン（第二の九）が点綴されていたことを想起したい。それと同じように、海老攻めにあう老盗賊の話が持ち出されたあたり（少しあと）に、茶屋の建物の壁わきに積み上げられた米俵の中でふざけあう「二疋の仔猫」の姿（第四の十三）が点綴されていることに気づかねばならない。同じような、似通った形象や場面が集中的に出現している。その点でも、ある主旋律のテーマがほぼ終息し、新たな別の主旋律のテーマが展開されることが暗示されたとすることができるように思うのだ。

ではどのようなテーマが新たに展開されるのか。謙作は直子の過失（不義）をめぐって直子との直接的な葛藤、対話などによるその解決の道を選ばなかった。すべては自分自身の問題だとして直子との別居を決意し、大山に赴いたのである。そこに海老攻めの拷問にあった老盗賊のエピソードが現われたのだ。この形象の意味するものを深く追求してみねばならない。

この老盗賊のエピソードは、老車夫が若かった頃の時間帯に属する。昔、といっても明治に入ってからのこととみられる。そして今、時を隔て、同じ場所に住む峠の茶屋の老人と美事な対照をもって描かれる。どちらも白髪の老人ということでは共通するが、その内実はまさしく正反対である。動と静の対照といっていい。

そもそも謙作は「人と人と人との関係に疲れ切つ」たその心を癒すために大山にやって来た（第四の十四）。それまでの謙作がそれほどまでに人間関係に疲弊したとは思えないという批判もあるが、とにかく一人になりたかったのである。その点で前篇における尾道行とよく似ている。が問題は、大山行の謙作の目的、何を求めてのものだったかを考えておかねばならない。

海老攻めの拷問にあう老盗賊は謙作にとってどのような意味を持っていたのか。この老人は盗賊である。エネルギッシュで欲望がぎらぎらしている。そこには独占欲や嫉妬心、煩悩などが絡んでいるのだ。種村季弘は、「海老責めに身を折り曲げて満身血脹《ちぶく》れしている山賊の拷問の描写に、奇妙に性的なにおいがつきまとってはいないだろうか。」と述べている。(7) 全く同感である。そして、今の謙作にとって、この海老攻めの拷問にあう老盗賊の姿は否定すべきものなのだ。あるいはこの老盗賊に謙作は自分の過ぎ来し方を重ねてみているのかもしれない。

一方の、峠の茶屋の枯れたような老人には性的なにおいが全くないといってよい。謙作はこの老人のあり方に憧憬の念さえ抱いている。種村季弘がいうように、謙作は去勢されることを願望しているといっても過言ではないのかもしれない。

海老攻めの拷問にあう老盗賊と峠の茶屋の老人との対比、そこから謙作の大山行の目的は自己浄化にあったとすることができるのだ。かくして『暗夜行路』は、このあたりから、自己浄化という新たな主軸のテーマを展開させるのである。

大山での物語は、これ以降、お由や竹さんが登場し、やがて大山中腹での夜明けのシーンを経、下山して病床にある謙作のもとに直子が駆けつけることでそのエンディングを迎える。本稿はこの大山での物語を詳細に考察するのが目的ではない。ただ、海老攻めの拷問にあう老盗賊、それが『暗夜行路』における後ろ手に縛られた形象の三番目の出現であって、そこから『暗夜行路』のテーマは確実に変奏したことを確認すればよいのである。

注

（1）町田栄「「時任謙作」のもう一人の兄・姉・弟の行方――『暗夜行路』諸本追跡――」（「跡見学園女子大学一般教育紀要　第五号」、一九八九・三）

（2）拙稿「『暗夜行路』における自己変革の行程――祖父呪縛からの解放――」（「論究」第15号、二〇〇〇・三）

（3）藤尾健剛「『暗夜行路』の虚構――「序詞」からの読み――」（紅野敏郎・町田栄編『志賀直哉『暗夜行路』を読む』、青英舎・所収論文、一九八五・七）

（4）江種満子「『暗夜行路』の深層」（江種満子・漆田和代編『女が読む日本近代文学　フェミニズム批評の試み』、新曜社・所収論文、一九九二・三）

（5）江種満子「『暗夜行路』と『伸子』をめぐる一面」（『志賀直哉全集』第17巻・月報16、岩波書店、二〇〇〇・七）

（6）『日本近代文学大系31　志賀直哉集』（角川書店、一九七一・一）

（7）種村季弘「時任謙作の去勢願望」（「太陽」2月号、No.116、一九七三・一）

（**補注**）志賀直哉日記（明45・2・13）では「枡谷峯」と表記しているが、近藤富枝（『今は幻　吉原のものがたり』、講談社、一九八六・九、親本は『モナ・リザは歩み去れり――明治四十年代の吉原――』、講談社、一九八三・一一）は、一九一〇（明43）年五月の「新よし原細見」の写真を掲げ、角海老楼のお職大巻が「桝谷みね」であることを初めて明らかにした。

第三章　『暗夜行路』前篇第一と志賀日記——長篇の方法、虚と実の問題——

はじめに

志賀直哉は、本質的に短篇作家であり、のちに名高い短篇の名手とされた。が、次に引用する一九一一（明44）年一月十日の日記記事は、このことを志賀自身が逸速く自覚し、書き留めておいたものと受け取ってよい。

自分は総て物の Detail を解するけれど Whole を解する力は至つて弱い、
小説家としては Life の Detail を書いてゐればい丶と自分は思つてゐるがホールが解からないと考へると一寸不快でもある。ケレドモ、自分にはホールは解かるものではないといふ考へもある。
Detail は真理であるがホールは誤ビョオを多く含むと思ふ。
又かうも思ふ、今からホールが解かる、或はホールに或る概念を易く作り得るやうになる事は結局自己の進歩を止まらせはしまいかと。
兎も角今は Life の Detail を正確に見得る事を望む。

「白樺」創刊（一九一〇・四）からあまり日数が経っていない時期のものである。が、この時点で直哉はすでに自分の小説家としての資質を「Detail」に強く、それには絶対的な自信を持つものの、「Whole」に弱い、もし近い将来長篇に手をつけるようなことがあればさぞ梃摺るだろうということを予感さえしていた、ともいえる。そういう意味で上記引用の一九一一年一月十日の日記記事は志賀文学研究上、見逃せないものとなっている。

が、ここでは、志賀唯一の長篇『暗夜行路』（「改造」、一九二一・一〜一九三七・四、のち、一九三七・九および一〇、現在の構成となって改造社より単行本刊行）と志賀日記との関連を中心に考察してみたい。もっと問題を絞っていえば、『暗夜行路』前篇第一の世界は、一九一二年九月二十一日以降の志賀の実生活を土台にしていることから、その「虚」と「実」の関係を綿密に検証し、『暗夜行路』の虚構性の問題について論じてみたいと思うのである。このような問題設定とその探求は、かつて三好行雄によって行なわれた[1]。三好は、志賀日記と『暗夜行路』前篇第一との照合作業により、第一の十一と十二を「例外」として、「ほとんど作者自身の実生活の忠実ななぞり絵にちかい。」とし、「これは典型的な私小説」であるとまでしたのである。が、果たしてそう言い切ってよいのか。

私は、三好と同様に、『暗夜行路』前篇第一の世界と志賀日記との照合作業を行なうが、三好が見落とした箇所が幾つもあり、『暗夜行路』前篇第一の世界は決して「典型的な私小説」などというものではないことを論証したいのである。

さて、先に私は志賀日記の一九一一年一月十日の項を引用したが、長篇執筆の意欲は早くもその一年後には直哉に湧き上がっていた。一九一二年二月七日の記事を次に掲げたい。

「長篇」は事実を順序に書く事は無益であると思つた。摑むべき所を摑み。抽き出して来て、寧ろアレンヂして考へねばならぬ。骨から考へて行き、肉を考へそれから皮膚の色、そのハダざわりまで及ばねばいけないと思ふ。

兎も角「罪と罰」を読むで考へて見やう。

ここでいう「長篇」とは具体的に何を指すのか明確に捉えられないが、この日記記事の二日前、すなわち一九一二年二月五日には中央公論社の瀧田樗蔭の来訪があり、直哉は小説執筆を依頼され、この時は一応断わったものの、いずれ「中央公論」誌上への発表を「約束」していることから、あるいは「大津順吉」（一九一二・九、「中央公論」）の原型作がその構想に漠然と浮かんでいたのかもしれない。

それよりもいま重視したいのは、一九一二年二月七日の日記に記された、「長篇」作成上の指針である。「事実を順序に書く事は無益」とし、事実を素材にするにしても「アレンヂ」を加えねばならない、さらにそこから全体（Whole、骨や肉）における細部（Detail、皮膚の色や肌ざわり）に及ぼうとしているのである。

むろんのこと、これが実践されたか否かを問わねばならない。結論を先走って言えば、『暗夜行路』は、幾つかの紆余曲折を経、一九一二年二月七日の日記に示された「長篇」作成上のいわば基本的指針が、美事に実践化されたものだとみるのである。その間、じつに二十数年もの歳月を擁したことになる（『暗夜行路』前篇第一の形成に限って言ってもちょうど十年目を迎えてのものとなる。）

では、『暗夜行路』前篇第一の世界と一九一二年九月二十一日以降の志賀日記との照合作業から、どのような「アレンヂ」が施され、「Whole」における「Detail」の彫琢行為がなされたかをみていこう。

1　「アレンヂ」と創作部分の検証㈠・阪口と竜岡

『暗夜行路』前篇第一の一は、謙作が阪口の「今度の小説」に不快を感じ、「三時」近くその興奮から寝つかれずに、階下のお栄の部屋に気楽な講談本を取りに行き、やがて寝入ってその翌日、友人の竜岡と阪口の同時の訪問を受けることから始まる。

志賀日記では、問題の一九一二年九月二十一日の前日、九月二十日の記事にまずは注目する必要がある。

……（略）……かへり柳の家にゐる筈の青木に電話をかけて谷町で出会ふ事にして連れてかへる。三時頃まで話して眠る。

志賀直哉は、この時期、いわゆる友達耽溺に明け暮れしていて、この日は、年下の弟分のような青木（三浦）直介を自家に引っぱり込んで真夜中の「三時頃まで」おしゃべりをしていたのである。祖父の妾だったお栄と同居する時任謙作とはまるで違う状況下にあったのだ。

次に問題の九月二十一日の日記を長くなるが、引用してみよう。

未だねてゐる所に稲生が入つて来た。

午后伊吾来る、伊吾は「腐合ひと蟬脱」といふ小説の書きかけを持つて来た。突つ込むでゐないのに下品を恐れず何んでも書いてあるのが第一にイヤだつた。道徳との関係も突破つて上へ出て自由になるのでなく、逃げて呑気になるのだからイヤだつた。

夕方四人で出る、蛇の市へ行く、酒も飲む、吉原に行く　少し雨が降つて来たので茶屋に上る、（桐佐）小新といふのを呼むで見たがゐなくて松子にする、半玉は「さかえ」といふのが来る、松子はリスの細君に似てゐて、二三年前自分が受けた印象とは大変チガツて割りに音なしいコンヴェンショナルな女だ　夜つぴて大騒ぎをした。

直哉（明16生）と青木直介（明22生）が「未だねてゐる所」に、まず稲生春季（明20生）がやって来、ついで伊吾すなわち里見弴（明21生）がやって来た。弴の「書きかけ」の小説は、その場で直哉によって読まれたのである。そしてこの「四人」は、夕方、吉原に出かける。芸者（松子ら）を相手に「夜つぴて大騒ぎ」をしたのだ。むろん直哉の吉原行はこの時が初めてではなかった。ちなみに、『暗夜行路』では青木直介をモデルにして宮本（第一の八で初めて登場する）が造型され、稲生春季をモデルとして末松（後篇第三の十四で初めて登場する）が造型され、里見弴については、いささか複雑な問題をふくむが、阪口に反映されているといわれている(2)。

このような「事実」を念頭に、『暗夜行路』第一の一および二を読むと、いかに志賀の巧みな「アレンヂ」が施されているかが分かる。しばし作品の内容に即し、その「アレンヂ」の具体的なありようを見ていこう。

謙作は、或る雑誌に発表された阪口の「今度の小説」に不快を覚え、その興奮を和らげようとして気楽な講談本を読みながら、戸外に「雀の快活な啼声」を聴いてようやく寝入った。当然翌日は大寝坊をするのだが、そこに竜岡と阪口の同時の訪問を受けた。この二人は外形上、柔道三段の「大男」である竜岡に対し、阪口は「小柄」で、竜岡は阪口の「倍もあるやうな」とされる。『暗夜行路』に特徴的な対照の描法が用いられているわけだが、阪口と竜岡はそれぞれどのような意味合いを持っていたのだろうか。『暗夜行路』全体（Whole）を見据えながらの考察を巡らしてみたい。

阪口の「今度の小説」のあらましは、「或主人公が其家《うち》にゐる十五六の女中と関係して、その女に出来た赤児を堕胎する事を書いたもの」とされている。謙作はそれを「多分事実だ」と思い、その書く動機、態度、すべてがいかにも不真面目に映り腹を立てたのである。そのうえ、その小説に出て来る「主人公の友達」が「心密かに其女を恋してゐるやうに書いて」あり、そのモデルが謙作だと考えられ、この方面でも怒りを覚えたのである。

このような阪口の「今度の小説」に事実として照応するものは弴の「腐合ひと蝉脱」である。この原稿は現存しないのでその内容は推測するしかないが、里見弴の「二月——四月」（一九一一・一、「白樺」）、「君と私と」（一九一三・四～七、「白樺」）、「善心悪心」（一九一六・七、「中央公論」）など、さらに志賀直哉の「暗夜行路草稿」12、13、20、28などからある程度の輪郭を想い描くことが可能である。弴は、自家の醜い四十女の女中との愛の伴わない肉体関係に苦しみ悩み、またその女の妊娠、堕胎などを知らされていた。志賀がある時（一九一〇年の正月）、その遊郭行（一九〇九年の秋より）という秘密を弴に打ち明け、弴にも秘密の告白を求めたが、弴はその「虚栄《ヴアニテイ》」から、その女中との関係をある時芝居見物で知り合った三十二三の「煙草屋の女」との間のことだとして嘘をついていた。その後も志賀に相手はあの四十女の女中ではないかと突っ込まれたこともあったが、弴はどこまでも白を切り通し、「煙草屋の女」とのこととして辻褄を合わせて話していた。そして今（一九一二年の秋）、弴は事の真相を書きかけの小説「腐合ひと蟬脱」のなかで打ち明けて来たのだった。志賀は、「二年八ヶ月間自分はマルデない人間を形作つて考へさせられてゐた」[3]（草稿12）として、そのことに一番腹立たしさを覚えたようなのである。なぜなら、志賀は弴との友情に一切の秘密はないと堅く信じていたからである。が、このような事情は『暗夜行路』に描かれることはなかった。謙作の阪口に対する「段々に積もつて行つた不快」の内実は霧の中に包まれたままなのである。そもそも志賀と里見の確執問題の追尋[4]は一筋縄ではいかないものがあり、ここではこれ以上の詮索はしないこととする。

　ともあれ、阪口の「今度の小説」では、現実の「腐合ひと蟬脱」からの女中像の改変（トルストイの「復活」の少女「マスロワ」を意識したものになっていよう）などをふくみつつ、とりわけ堕胎の問題[5]がクローズアップされていることに気づかねばならない。謙作自身、堕胎を免れた子であったことがのちに判明する（第二の六）。また、栄花の章（第二の十一～十三の前半）でも堕胎の問題が取り上げられていた。そのような点で阪口の「今度の小説」の内容は、全体（Whole）を見据えての細部（Detail）の一つ一つと有機的な関連を持つもので意義深いものであったと思えるのである。

　阪口の「今度の小説」がもたらしたもう一つの問題であるモデル問題は、竜岡によって和らげられた。竜岡は、阪口の「今度の小説」のなかに出て来る「気の利かない友達」は自分をモデルにしたものだとして、阪口を今朝から散々油を搾っているという。そして今、謙作の前で、「書いたものでは相当悪者らしいが、要するに安っぽい偽悪者だ。——堕胎が何だい」と阪口に向けて言い放すのだった。当然、阪口は「圧迫」されてしまい、その後は「気押されたやうな様子」でおとなしくなってしまうのである。謙作はこれを竜岡の「昔気質」からの行為とも感じたが、とにかく竜岡は謙作と阪口との間のいわば緩衝的役割を務めたことになるのである。

以上のことから、第一の一は、九月二十一日の志賀邸直哉の部屋での出来事に題材を取るものの、その「アレンヂ」の巧みさが認められ、虚構化に成功しているといえるだろう。

第一の二は洋行前の竜岡の発議による吉原見物、引手茶屋西緑のシーンが中心となるが、ここでは阪口が第一の一とは裏腹に生気を帯び勢いづいていることに気づかされる。謙作と竜岡は吉原行が初めてであって、西緑でも「何かしらぎごちない気持」（傍点は作者）に終始とらわれていた。こういう場所に物馴れているのは阪口で、「小稲と云ふ人は居るかい」と訊いたりし、その後の「ニッケル渡の遊び」などでは中心的な存在として振舞うのだった。

事実としてのこの日の吉原めぐりは、志賀がリーダー格で、小新（小稲）を指名したのも志賀だったようだ（草稿13、20）。それを初心な謙作としたのには何らかの理由があったとせねばならない。その祖父との初対面の折、謙作は下品な印象の祖父に呪縛を受けた。今度は、その祖父の再来ともいえる阪口によって放蕩のとば口に立たされたといえる。これ以降の謙作の放蕩への傾斜、お栄へ惹かれついには求婚をすることなど、これらは不義の子としてのいわば呪いにとらわれてのものとさえ言うことができよう。この日の吉原めぐりも全体（Whole）を見据えての細部(Detail)であったといえるだろう。

一方の竜岡は、発動機の研究をしている友人で、理科系の人間である。この竜岡にはモデルが存在しないとされる。[6] さらに竜岡について言えば、発動機の研究ということで、飛行機に関係した人物であり、『暗夜行路』には第一の九で謙作がマースの飛行訓練を初めて見た時の「感動」が語られ、また後篇第四の六、七では陸軍最初の東京大阪間飛行での失敗（二機のうち一機）のことなども書かれている。『暗夜行路』に飛行機の記述が多いことを最初に指摘し、飛行機肯定から否定への推移をみたのは平野謙であった。(7) むろん平野は竜岡の設定の意義にも触れている。竜岡という友人の創出、これは「Whole」をにらんだ上でのもので、巧みな「アレンヂ」であったとせねばならない。

ところで、謙作、阪口、竜岡は、私の目には同年輩の、中学あたりからの同級生で、のちに登場する緒方らのグループとは別の趣きを持った、強い友情で結ばれた三人だったように思えて仕方がない。となれば、『暗夜行路』本篇劈頭の謙作は、阪口との友情の亀裂を体験し、間もなく洋行する竜岡との別れを控えていることになる。謙作が漸次孤独に陥っていく前奏でもあったように思える。

なお、西緑すなわち「桐佐」、小稲すなわち「小新」、登喜子は「松子」、半玉の豊は「さかえ」、このあたりは「事実」に基づく。また、登喜子が石本（リス、岩倉道倶）の細君に似ているというのも「事実」に基づく。「事実」で残して構わないものはそのまま「虚構」のなかに流し込んでいる。いわば「骨」や「肉」の部分（舞台設定など）であり敢えて咎められるべきものではない。

2　「アレンヂ」と創作部分の検証㈡・第一の三から十二まで

『暗夜行路』前篇第一の三の冒頭は、朝帰りをした謙作が飼っている仔山羊と戯れるシーンである。仔山羊は「一週間程前」から飼っているとされる。珍しい動物をペットにしたと思うのだが、実は志賀直哉も仔山羊を飼っていた。しかし、その時期その他について「アレンヂ」を施している。

志賀日記、一九一二年八月四日の項に、「夕方飯倉の鳥文に行つて山羊の仔を五円で買つて来た。」とある。さらにつづけて、「夜平一訪問のつもりで家を出ると捨て犬があつた。その一疋を拾つて飼ふ事にする、」とある。つまり直哉は、仔山羊と犬とを同時に飼うことにしたのだ。翌八月五日の日記には、「山羊は、舞妓の「卯の香」によく似てゐる、羊吉といふ名をつけた。犬の子はワシとした。」とある。動物好きの直哉が見てとれるのだが、問題の九月二十一日より一ヶ月半も以前のことなのだ。それを「一週間程前」のことというふうに改変した。愛らしい仔山羊の姿態を活かすための「アレンヂ」である。かなり成長した仔山羊ではその愛らしさは出ない。さらに、この仔山羊の形象は初めて吉原に遊んだ初心な謙作と重ね合わされるようにしてある。そして捨て犬を拾って飼ったことは捨象し、仔山羊にふざけかかった「近所の小犬」に改変しているとみられる。「長篇」でよい「ハダざわり」を醸し出した箇所としていいだろう。

なお、この仔山羊は第一の十二の冒頭部で再び登場する。その時は、そのエネルギーを持て余し荒れ気味であった。これは、謙作の性欲昂進のバロメーターとしての意味合いを持つだろう。謙作が自ら放蕩を始め、やがて「悪い精神の跳梁」（第一の十二）に苦しめられた直後のことであったのである。

仔山羊の登場のさせ方一つにしても、このように「Whole」を見据えての「Detail」の彫琢がなされているとしていいのである。

一九一二年九月二十三日の日記は次のようなものである。

　午前武者来る、午食后直ぐ長与訪問　マチニーに三人で行く、女優劇も段々上手になるにつけ少しづゝ、面白くなくなつて来た……（略）……

この部分は『暗夜行路』第一の三の土台になっている。吉原行の翌日、謙作は兄信行の訪問を受けた。さらに、妹二人を連れ帝国劇場へ女優劇を見に行く。この折の謙作には登喜子の美しいイリュージョンが残っていて女優劇は上の空であった。その帝劇で偶然にも石本と出会う。その後は石本とつき合うという流れになっている。

女優劇自体を見に行ったこと、石本（岩倉）に結婚を勧められたことなどは「事実」に立脚するが、上述のように細部においてその「事実」に「アレンヂ」が施されている。が、この第一の三には「事実」に基づかない創作部分が加わっている。それを見逃してはいけない。それは、石本と常燈明の愛の蝋燭をめぐって問答をしたエピソード部分の描出である。その材源を未定稿「次郎君のアッフェヤ」に求めることができることは別稿で詳しくふれた。[8]ロマンチストの謙作、建設的かつ向上心に支えられたその恋愛（結婚）観は、やがて直子と出会い、結婚生活を営む（『暗夜行路』後篇第三以降）うえでも、その基底部において重要なものとして機能していただろうことを銘記しておかねばならない。常燈明の愛の蠟燭のエピソードもまた、「Whole」を見据えての「Detail」の巧妙な設定であり、『暗夜行路』という長篇にいわばよい「ハダざわり」を付加したものとしたい。

第一の四では、謙作が二ヶ月後に洋行する竜岡の餞別としてコレクションの「浮世絵」の全部を進呈することが創作部分になっていると見られる。九月二十五日の志賀日記に「浮世絵その他を持つて、下の萬昌堂へ行く、不愉快で何も売らずにかへる、」とあるからである。それに続く翌日の謙作の西緑行に関しては、九月二十六日の日記事にほぼ照応している。

第一の五における幼馴染の愛子への求婚が失敗に終った「回想」部分は、志賀の実体験に基づくものではない。これは青木直介の失恋体験を「アレンヂ」しての創作部分であるとかつて指摘したことがある。[9]その詳細はここでは述べることをしない。が、謙作はこの時点で自分が母と祖父との不義の子であることを知らない。その忌まわしい出生に関わることが齎す不幸の一つとしてこの愛子事件は嵌入されているのだ。愛子の母は、謙作の出生にまつわることを知っている。世間智からいって謙作に愛娘の愛子を嫁がせるわけにはどうしてもいかなかった。この部分は、単なる「アレンヂ」の域を超える、「Whole」に美事にフィットし、いわば血肉化した創作部分になっているのである。

　第一の六は、その二三日後のことで、「丁度十四、五年前に死んだ親しい友の命日」に当たり、謙作は仲間たちと染井に墓参するところから始まる。そして緒方とつき合い、二人は西緑で夜明しの遊びに興じた。その翌日も謙作は緒方とともに行動し、清賓亭から西緑と遊び興じ、翌朝、家への帰途で「雨後の美しい曙光」を見、「十年程前の秋」の一人旅で見た剣山の美しい曙光を思い出すことでしめくくっている。

　このような内容と照応する「事実」を志賀日記に求めれば、九月二十八日に該当する。直哉は睦友会（初めは倹遊会でメンバーは志賀のほか、有島生馬、田村寛貞、森田明次、黒木三次、松平春光、徳田速雄、川村弘、柳谷午郎、米津政賢、三条公輝、佐久間忠雄、杉山得一の十三名であった）の集まりに参加し、染井の森田の墓地に行っている。その後、松平春光（緒方のモデル）と二人きりになり、「春光を誘つて台湾キツ茶店から桐佐へ電話をかけたが二人共ゐないので翌日としてそのまゝかへる、」と記されている。夜明しの遊びはしていないのだ。『暗夜行路』では、謙作のデカダン生活を強調するために、「事実」に「アレンヂ」を施しているとしていい。具体的には、九月二十九日（桐佐で「夜つピテ騒いだ。」）と九月三十日（桐佐で「夜を明かす、」）、そして十月一日（「明方帰宅」）とつづく流れを圧縮、前倒ししたといえるだろう。

　なお、「雨後の美しい曙光」のくだりは、遠く大山中腹での夜明けのシーン（後篇第四の十九）と響き合っていて、「Whole」を見据えた「ハダざわり」のよい「Detail」の部分だと言えるのである。

　第一の七は、謙作が「二ヶ晩家《うち》を空けた」その日の昼頃の目覚めから始まる。兄信行が訪れていて、信行の中学の同級生で今は純粋な雑誌記者になっている山口が謙作の小説をしきりに「○○○」に出したがっていることを伝える。謙作は、「約束は出来ないが、若しかしたら出して貰ふかも知れない」と返答したのだった。そしてその日の夕方、緒方、竜岡、謙作の三人で清賓亭に出かけている。その翌日から謙作は二日ほど風邪で床の中で過ごす。が、風邪がなおると竜岡を誘っての西緑行、その翌日は緒方の訪問を受け、山王下にある料理店に出かけ、老妓と千代子という芸者に会っている。こうしてこのところの生活を振り返り、「全体、自分は何を要求して居るのだらう?」としめくくっている。

この章は、志賀日記では、十月一日から十月六日までのことをベースにしているのがつかめる。十月二日の午後から十月四日の午前まで直哉が風邪で床の中で暮らしたことはそのまま踏襲されている。さらに十月六日の春光の来訪、二人で「ヒル頃三河屋に行く、小たつといふ年寄りと、元蝶々といつた、玉蝶とが来た。玉蝶は美しかつた、小新に似て小新より美しい。からだも立派だつた、」という記事からは、「事実」がほぼストレートに『暗夜行路』という「虚構」のなかに利用されたのだとみられる。

だが、ある雑誌記者からの小説掲載慫慂の件に相当するものはこの時期の日記記事に見当たらない。ここで思い切った推測をすれば、山口のモデルは中央公論社の瀧田樗蔭であり、志賀日記の一九一二年二月五日の瀧田樗蔭来訪を「アレンヂ」したものと考えられる。『暗夜行路』の展開に即すと、謙作が尾道で苦心惨憺した自伝的長篇の一部が短篇仕立ての「序詞（主人公の追憶）」として尾道から帰って間もない頃、雑誌「〇〇〇」に発表されたのだとみるのだ。これも「Whole」を見据えての創作による巧みな「Detail」部分として高く評価したい。

第一の八は、宮本という年下の友人の初登場から始まる。宮本は松茸を持参して旅先の上方（京都）から戻って来たのだ。そしてこの日の夜は、謙作、宮本、緒方の三人で清賓亭で遊んでいる。

ここは、志賀日記の十月十五日の、「京都からの松だけをめしにして、青木を呼むだ。……（略）……有楽軒のお峯から電話で春光がゐるから直ぐ来いといふ　夜になつてから行く、」という記事、さらにこれより時間的に遡るが、十月八日に直哉が春光と有楽軒で出会い、「ウィスキーとペッパーミントを飲むだ。」「自分がスッカリ酔つて……」とする記事から、この日のことも第一の八の形成のベースになっているように思われる。つまり、第一の八は、十月八日と十月十五日のことなどを合体、「アレンヂ」させているとみるのである。なお、言い遅れたが、日記に見られる「有楽軒のお峯」は、清賓亭のお加代のモデルである。

第一の九は、その翌々日の朝のこととなり、兄信行の来訪を受けたあと、謙作は長い間怠っていた「日記」を綴り、その内容が展開される。人類の永世を思い、仕事への意欲に燃えながら、今現在はいわば不完全燃焼の自我閉塞感にあることなどが綴られている。

このような「日記」の内容は、志賀がアナトール・フランスの『エピキュラスの園』の一節を読んで触発されたもので、時期的には一九一二年当初のものとみられる。それをここに嵌入しているのだ。また、この「日記」部分は読みようによっては不義の子の自我閉塞感ともなる。これは、『暗夜行路』という「虚構」のテーマに関わる「骨」の部分を形成するものであったといえよう。

第一の十は、謙作が、妹咲子にラブレターを寄こした男を捜しに氷川神社に出かけたり、緒方、宮本とともに清賓亭に出かけ、ついにはお加代に対しディスイリュージョンを抱くことなどが語られている。

この時期の志賀日記に、妹英子へのラブレター事件は発見できない。また、直哉がお峯にいつどんなことでディスイリュージョンを感じたのかも分からない。だが、「暗夜行路草稿」13によると、これらは一九一二年の十月中旬に実際にあった事のようである。第一の十は、「事実」につきすぎているかもしれないが、謙作が登喜子からお加代へとイリュージョンを抱いてはディスイリュージョンを味わうという対女性関連、またその不良性への関心は謙作自身の問題でもあったということで、虚構世界の「Whole」から逸脱するものでは決してなかったのである。

第一の十一は、謙作の初めての遊里行（直哉の場合は一九〇九年の秋）、第一の十二は「悪い精神の跳梁」（第一の十一）

に苦しめられたあと、意識し出したお栄のもとを離れ一人尾道行を決意するまでのこと（直哉の場合、十月二十四日の父直温との口論が直接のきっかけとなってやがて尾道行となる。）などが書かれている。この二つの章は、志賀の実生活とは大いに異なるので、虚構色が濃いことはいうまでもない。

むすび

先に三好行雄が、『暗夜行路』前篇第一の世界は、その十一と十二を除けば、作者志賀の「実生活」の「忠実ななぞり絵にちかい」としていたことを紹介した。なるほど「事実」につきすぎの部分も幾つかあったが、三好は、創出された竜岡の存在意義、常燈明の愛の蠟燭のエピソード、愛子事件の独創性などを見逃している。総じて『暗夜行路』第一の一から十までは、志賀のおのれの「実生活」から「摑むべき所は摑み」、多くの「アレンヂ」を施し、創作部分もしかるべき所に配置し、主人公時任謙作の生い立ちと境遇にふさわしいものとして虚構世界を美事に構築し得ていると思う。決して「私小説」などとはいえないだろう。「私小説」というならば、「暗夜行路草稿」13を指していうのなら当たっていると思う。この草稿は、直哉の死後発見されたもので、三好論文のあとの公表でもあるが、かなり長めのもので、一九一二年九月二十一日のことから、それこそ志賀の「実生活」の「忠実ななぞり絵にちかい」ものとして書かれているのである。が、これは帰納的にみて、一時の揺り戻しにすぎない。一九二一年一月から「改造」に連載された『暗夜行路』、その前篇第一の世界は、子細に検証してみると、「事実」をベースにするものの、全体を見据えての創作部分や巧みな「アレンヂ」が随所に加えられ、志賀の実生活を離れ、虚構の主人公時任謙作の生活としてリアリティーを十分に確保するものとして昇華されているといえるのである。

注

（1）三好行雄「仮構の〈私〉――「暗夜行路」志賀直哉」（『作品論の試み』、至文堂、一九六七・六、所収論文）
（2）阿川弘之『志賀直哉　下』（岩波書店、一九九四・七）
（3）若き日の志賀直哉は想像力が旺盛でしばしば想像力の魔にとらわれることがあったと考えられる。戦後の作「いたづら」（「世界」、一九五四・四、六）の主人公は、自分らが仕掛けたラブレター・トリックで架空の女性を次第に立体化、具象化していった。このような体験を直哉は弴の話す「煙草屋の女」に対し行なっていなかっただろうか。弴に腹を立てるというよりもそういう自分に腹立たしさを感じたのではあるまいか。
（4）志賀と里見の確執問題、『暗夜行路』本篇冒頭部の問題を追求したものに、山口幸祐「《暗夜行路・前篇第一―一》評註―「草稿」の検討など―」（「富山大学人文学部紀要」第14号、一九八九・二）、大西貢「志賀直哉と里見弴との間柄」（「愛媛大学法文学部論集　人文学科編」第一号、一九九六・七）、大西貢「志賀直哉と里見弴との確執――『暗夜行路』草稿における里見弴の役割――」（「愛媛大学法文学部論集　人文学科編」第二号、一九九七・二）などがある。
（5）志賀直哉がいわゆる堕胎否定論者であったことは、「暗夜行路草稿」12、13、20に明らかである。草稿12には、「兎も角堕胎などをさせては悪い。子供の一人位育てる事はワケない。」、「兎も角も最も自然に生ませなければいけない。」とある。また、草稿13には、「堕胎といふ言葉が浮むだ時に彼は「何しろ最も自然に生ませなければいけない」と思つた。「自分は第一に此事を坂口に注意して置かう」と彼は考へた。」とある。
（6）注（2）に同じ。
（7）平野謙「『暗夜行路』論」（「群像」、一九六八・三、四、六。のち『わが戦後文学史』、講談社、一九六九・七に収録）
（8）拙稿「時任謙作の人間像をめぐる考察――『暗夜行路』の展開に即して――」（「文芸研究」第八十六号、二〇〇一・八）
（9）拙著『志賀直哉――青春の構図――』（武蔵野書房、一九九一・四）の「青春の再生――『暗夜行路』・構想をめぐって――」の章の「五　愛子事件」の節を参照されたい。

第四章　『暗夜行路』における悪女たちのエピソード
――栄花の章の形成とその遠心力――

はじめに

『暗夜行路』（初出は一九二一・一～一九三七・四「改造」に断続掲載。のち、一九三七・九および一〇、現在の構成となって改造社より刊行。）の魅力とは一体いかなるものか。

この作品の長篇としての欠陥はこれまでに多くの評者から指摘されてきているが、そのワンカット、ワンシーンの素晴らしさについては、『暗夜行路』肯定論者はむろんのこと否定論者からも認められてきていることなのである。たとえば、青野季吉は、『暗夜行路』とは主人公時任謙作ひとりの小説であり、その主人公に内的な発展はないと批判しながらも、「部分部分の愉しさ」をいい、「その無類の部分だけで」、この作品は「立派に永く残ると信ずる。」としている。(1)

また、『暗夜行路』ひいては志賀直哉否定論者の代表格である中村光夫は次のように述べている。(2)

個々の挿話は神経の行きとどいた筆で描写されてゐる代りに、それらのあひだの有機的な聯関や展開がややもすれば無視されて、古い比喩ですが、真珠をばらばらに並べただけで、それをつなぐ糸が欠けてゐる印象を与へます。

中村光夫は、『暗夜行路』全篇について、そこには「倫理」はなく、主人公に「内的な発展」や「成熟」もないと批判しているのだが、その数々の「挿話」は「真珠」のごとき光彩を放つものとして、個々の一場面、一場面の描写力を高く評価しているのである。ただ、その多くの「挿話」間に「有機的な聯関や展開」が弱いとしていることには注意しておかねばならない。

ところが、蓮實重彥が次のように述べていることに気がついた(3)。

この作品が、いかにも弛緩しきったその総体的な印象にもかかわらず、実は細部のイメージや挿話のかずかずがいかにも意義深い有機的な共鳴関係をかたちづくり、志賀に先行する世代や同時代の長篇作家にはとても可能であったとは思えないほどの緊密な小説的な構造体として、読む意識を不断に刺激しつづけている……

この蓮實重彥の評言は、先の中村光夫のものとは正反対のことをいっているように思える。蓮實は、『暗夜行路』における多くの「挿話」に「有機的な共鳴関係」を読み取ることが可能であり、『暗夜行路』の持つ、こうした特有の小説的構造を高く評価しようとしているのである。

以上のことから、誰もが認め得る『暗夜行路』の魅力の最大級のものとして、その数々の「挿話」やワンカット、ワンシーンの卓抜さが挙げられるだろう。さらにまた、これからの『暗夜行路』研究やその作品論が、蓮實の指摘した方向に即してなされるべきであることも言を俟たないのである。

そこで本稿は、その一つの試みとして、『暗夜行路』における悪女たちのエピソード（挿話）にスポットを当ててみようと思う。すなわち、前篇第二の十一から十三にかけて描かれる、いわば栄花《えいはな》の章に着目し、そこから『暗夜行路』全体に波及させて浮かび上がってくる幾つかのテーマや構造美を追尋してみたいと思うのだ。

いま悪女たちといったが、具体的には、栄花とそれと対比的に描かれる蝮のお政を指す。むろん栄花も蝮のお政も『暗夜行路』の小説の現在時において直接登場してくるわけではない。主人公謙作の回想シーンを通して幾つかの「挿話」を形成するのだが、その一つ一つがきわめて印象深いものとなっているのである。

本稿は、まず、栄花および蝮のお政のモデル考から始める。栄花のモデルについては、後年志賀が談話記録「木下利玄の思出」（一九五四・二、ラジオ東京：一九五七・二、「心の花」）の中で述べているように、広勝という娘義太夫だと既に知られている。が、さらに、直哉と広勝とのかかわりは古く、志賀の習作期・初期にまで遡ることができることから、『暗夜行路』栄花の章に至るまでのその形成過程を辿ってみたいと思う。(4) もう一方の蝮のお政については、後述するように、『暗夜行路』の現下の研究状況ではそのモデルについて確実なものが得られていない。しかしながら、私見として、そのモデルと想定できる人物をある程度まで突き止めている。いささか横道にそれるかもしれないが、この蝮のお政のモデル考から、『暗夜行路』の抱える時代性やその背景にも目を向け、作品理解の一助にしたいと思うのだ。

栄花の章とは、その内容を簡潔に述べれば、謙作（その母と祖父との不義の子であると自身の出生の秘密を明かされて一ト月余り経っている）が、今は周囲から「悪辣な女」と指弾されている桃奴という芸者（昔は栄花といった娘義太夫）に同情を寄せ、女の罪ということに考えを巡らすくだりである。この間、その生のあり方において栄花と対比されるのが蝮のお政である。謙作は、過去の罪を売り物にしている蝮のお政よりも、今なお悪事を働きつつある栄花の心の張りを高く評価する。が、当然ここには女の罪という問題が重く横たわり、やがて謙作の母、そして直子がそこに関わってくることになる。つまり、栄花の章を一つの核とすれば、その前後に配置されたさまざまなエピソードやワンカット、ワンシーンはどのように絡んでくるのか、栄花の章のいわば遠心力といったものについて考察してみたいと思うのだ。

1 栄花のモデルの広勝を中心に

栄花のモデル広勝を俎上にあげる前に、娘義太夫に関する基礎的な知識を得ておきたい。その際、水野悠子の著書[5]が多くのことを教えてくれる。この著書から主に明治期における娘義太夫の歴史について要約すると次のようになる。

明治の中期に最もポピュラーで最も親しまれていた芸能は、落語、講談、そして義太夫であった。特に若い娘の演奏する義太夫は娘義太夫と呼ばれ人気が高かった。女義（娘義太夫の略称）の歴史では、竹本京枝、竹本東玉、竹本綾之助の三人が女義中興の祖と呼ばれるが、とりわけ、一八八五（明18）年、大阪から上京して来た十一歳の少女綾之助はたちまち人気を集めトップスターの座を射止めたのであった。なお、娘義太夫ブームは時期的に一八九七（明30）年をはさんだ十数年が絶頂期であったという。

娘義太夫には学生親衛隊である「どうする連」がつきものであった。小土佐は明治、綾之助は慶応、住之助は早稲田というふうに学校によって「どうする連」も色分けされていたという。綾之助のブームが去ったあと女義は一時かげりを見せるが、一九〇一（明34）年、これまた大阪から上京して来た豊竹昇菊・昇之助という姉妹の活躍によってその人気は挽回された。義太夫は、原則として太夫（語る人）一名、三味線一名で演奏され、太夫・三味線の順で呼ばれるのが慣例だが、昇菊・昇之助の場合だけは逆の方が定着してしまった。昇菊は美貌の持ち主で、昇之助は綾之助を彷彿させるザン切り頭であった。志賀直哉が妹の昇之助のファンであったことは有名である（水野悠子は志賀日記から昇之助に関する記事を幾つか引用紹介している）。が、綾之助と並ぶ二大スターということでいえば、もう一人は豊竹呂昇である。呂昇は蓄音機の広告にも使われた。また、志賀の『暗夜行路』にも呂昇のことは実名で出てくる（前篇第二の四）。

明治四〇年代になると女義は不振という感じを漂わせてくるが、組幸や朝重などの新しい人気者も生まれた。さらに時代が下ると、関東大震災で寄席が壊滅状態となり、以後急速に女義は衰えていく。大衆は女義から離れて映画や浪曲にその関心を移していったのである。

以上のようなことを水野の著書から教えられた。

さて、若き日の志賀直哉が娘義太夫熱に取り憑かれ、とりわけ「アウフ」こと昇之助の熱狂的ファンであったことは、後年の小説「蝕まれた友情」（一九四七・一、二、三、四、「世界」）や談話記録「娘義太夫のこと」（一九四七・四、「苦楽」）を参看するまでもなく、よく知られている。が、いま注目したいのは昇之助ではなく広勝の方である。

志賀日記を通読すると、一九〇四（明37）年、一九〇五（明38）年は、娘義太夫に関する芸評記事が頻繁に出てくる。むろん昇之助に関するものが目立つが、素行、小清、小政（前掲の「娘義太夫のこと」によると当時「この三人が婆さんで真打だつた」という。口絵の明治三十八年度「東京女義太夫見立鑑」も参照されたい。）、小土佐、吉花、団栄などのほかに、広勝の名が散見できる。次にその広勝に関する記事の主なものを掲げてみたい。

★「次の広勝の鈴ヶ森実に下手なり」（04・2・1）★「広勝の宿屋から聞く　全く駄目なり　此女木下の隣りの今川焼屋の娘の由。」（04・2・3）★「広勝の家の前を通つたら、硝子障子の中で野崎の三味線を弾いていた、」「広勝の名はお竹と云ひて軍人の娘なさうな、」（04・2・17）★「広勝　白石。上手の中にはさまれて苦しさうなり　一つの修業なり。」（04・4・16）★「広勝の家の前を通りしに角に出て居たり」（04・4・18）★「広勝の鈴ヶ森は一寸よし、此人は矢張悲劇的なり」（04・5・14）★「広勝の酒屋中々よく」（04・7・30）★「広勝の中将より聞く　余程上達したり」（04・9・2）★「此日浮びたる想…………木下と広勝より落想せるものなり、」「女主人公の境遇、海軍士官の私生子にて幼きより其母にすら離れ深川辺の亀の子焼きの養となる。………」（05・1・16）★「広勝の日吉　此人にして近来の大出来、」（05・2・20）

これらの日記記事からいえるのは、広勝の芸はあまり上手ではないものの、たまたまその隣家に住まう友人の木下利玄を通して広勝に関する情報が入ることから、次第に直哉は広勝に特別の関心、さらには親近感さえ抱いていったと考えられるのだ。こうして、未定稿「お竹と利次郎（梗概）」が一九〇六（明39）年一月九日に執筆された。そのあらましは以下のようなものである。

お竹の母お静は横須賀大津の菓子屋の一人娘で或る海軍士官に愛された。やがてお竹の兄某、さらにお竹を生むが、まだ正式に結婚をしていなかった。そのうちお静は産後の肥立ちが悪く死んでしまう。父の海軍士官も日清役で出征し戦死した。こうして孤児となったお竹は深川の南山《のうやま》午太郎の養女となる。南山夫婦もやはり駄菓子屋をしていた。

お竹の気性は、「甚だ勝気」、「束縛を悪み、自由を喜べり、」とされる。よって学校を嫌い、学校には行かない。音楽を好み、七歳より義太夫節を学び、初代早の助に師事して竹本を名乗り、小早といった。十二歳で高座に上り、十五歳までが全盛であったが、師匠早の助の模倣を脱すべく独立したあたりからその運気がかげり始めるのだった。

お竹には芳の助という幼馴染の男がいて相思相愛の仲であったが、互いに「剛慢」なため、この恋は実りそうにない。一方、お竹の隣家に大名華族の若様森上利次郎がいて、森上家にいい水の出る井戸があり、お竹がもらい水に来ることから、ここにも恋愛が芽生えかけるが、森上家の監督も厳しく、その恋は成就には至りそうにもない、とされる。

右のような内容から、この未定稿作はのちの『暗夜行路』前篇第二の十一を形成する部分を多くふくみ、軽視できないものがある。が、この未定稿作に限って言えば、「重な部分、即ち三人のからまつた恋を写すのが主眼である」としながらも、上述の展開からして、お竹が悲劇のヒロインとなる行末が見て取れるとしてよいだろう。その点で悲劇志向の強い志賀習作期の特徴が出たものといえる。

さらに突っ込んだ検討を加えるならば、志賀は木下から広勝に関する情報を得ているのだから、お竹（広勝）の生い立ち、およびお竹と森上（木下）の間柄は書き易かったろうが、お竹と芳の助の関係は志賀の創意にかかわることから、芳の助には志賀自身が重ねられていたふしがあるとしておきたい（このことはのちの未定稿作で明確となる）。

この「梗概」未定稿作の末尾の方には、「着想せし時は自分いささか得意なりしが概略を書いたら、もう愛想尽かしてである、」と記されている。が、「然しこれを出来るだけ短篇に書いて見やうかしら」と今後の抱負も述べていたのである。

その試みは、「清作と云つた女」という未定稿作（二種あり。紅野敏郎は一九一二年頃の執筆と推定。）となって残されている。清作《きよさく》という娘義太夫は、「小柄な、肉のしまつた、少し青白い顔をした、神経質らしい美しい女」とされ、その境遇は先のお竹のものを踏襲する。が、ここでは「自分」なる人物が出てきて、語り手になり登場人物の一人にもなっていて、どちらかといえば自伝的な感じの強いものとなっている。そして、「親しい友のT」（↑利次郎↑利玄）が、「自分」（直哉）よりも先に、清作（↑お竹↑広勝）を好きであると発表してしまったことから、「自分」は彼女に対する好意を秘めるしかなかったことを告白している。その後の展開がなされていないので未定稿作となったのだが、直哉の広勝に対する関心は持続していたのである。

次に、一九一三（大2）年六月二四日、未定稿「マリイ・マグダレーン」が執筆された。冒頭、「作り話のやうな、然し本統の話です。」と書かれている。これは信用していいもののように思う。

「私」（直哉）は、或る演芸雑誌（「演芸画報だつたか演芸倶楽部だつたか」と記されその記憶は定かではない）の記事から、元、竹の助（広勝）といった娘義太夫が芸者となって近頃桃の助という名で柳橋から出たという情報を得る。これを起点として回想部、さらに現在時点に戻る形でさまざまなことが綴られていくのだ。

この未定稿作のポイントは次の三点にある。

第一は、昇之助と竹の助（広勝）とが対比的に回想されていることだ。この時期になると志賀の娘義太夫熱も下火となり、過去を客観視できるようになっていたのである。かつての娘義太夫熱においてはその「芸」を味わうためという不文律のようなものがあり、「私」も昇之助に惹かれていた。「アウフ」とあだ名をつけ、仲間うちではその賛美の手紙を無名で送ったこともあったという（志賀日記一九〇四年一月四日の記事でその確認を得ることができる）。が、一方で、「芸」は劣るが、「顔」の美しい竹の助に少なからぬ関心があったことを告白している。竹の助は、「小がらな肉のしまつた美しい小娘」で、また「東京者らしいキリ、とした心持を現はした女」であり、「淋しい影」もあったという。かつての昇之助賛美は仲間うちでの虚勢も手伝い、いくらか割り引いてみねばならぬもので、本音としては、「芸」よりもその「顔」にひかれて広勝の方により好意を抱いていたとしていいだろう。さらにこのことを証拠立てるものとして、かつて「お竹と利次郎」というものを書いてみたが、そこでの新八（これは芳の助に当たる）というお竹と恋仲の若者は、「自分のつもりで書いてゐた」とはっきりと記しているのだ。なるほど、「お竹と利次郎」はその大半が空想から成ったものだが、「剛慢」な性質で意地が強いとされる芳の助（新八）は直哉にふさわしく、若き日（一九〇五、六年頃）の直哉は広勝との恋を夢見、想像していたのだとここに至って明言できるものとなるのである。

第二は、かつて「お竹と利次郎」を執筆したが、その際、お竹（広勝）がその「ゴーマン」ゆえに恋も失い義太夫語りの道も閉ざされ「自棄的になつて行く」運命を予見した、それが今の竹の助（広勝）の運命とほぼ見合うものになった、その「不思議な暗合」を思いかみしめていることである。竹の助（広勝）の運命とは、三代目綾の助になる修業の最中、近くの本屋の息子と恋仲となり身を隠すもののやがて見つかり無理に離され、腹に出来た赤子は堕胎し、そのため声が出なくなる、自棄を起こして箱屋と一緒になり越後へ行き芸者となり、さらに北海道へ渡った、というものである。まさに流転、転落の人生である。

　そもそも「不思議な暗合」は、志賀文学全体にわたる重要なテーマの一つになっている。たとえば、「剃刀」（一九一〇・六、「白樺」）執筆の余談として、いかに剃刀で客の咽を切るのかとそのシーンを作者が思案し想像していたのと同じ頃、自分の隣家の大島圭介氏の三男が西洋剃刀で自殺を計った、そういう「不思議な偶然」「妙な偶然」があったことを述懐している（これは「剃刀」掲載の「白樺」の「六号記事」および「創作余談」）。また、「焚火」（一九二〇・四、「改造」）におけるKさんとその母とのテレパシーの交信を語った「不思議」な話も広く暗合の一致のテーマを扱ったものといえるだろうし、晩年の「盲亀浮木」（一九六三・八、「新潮」）は紛れもない暗合の一致の体験談を語っているのだ。

　「マリイ・マグダレーン」に話を戻せば、竹の助（広勝）が北海道に渡ったあたりまでは、森本という友人（木下）から聞いたこととなっている。そして今、或る演芸雑誌からの情報で竹の助（広勝）が柳橋の芸者になっていることを知ったのだ。

　『暗夜行路』では、謙作が「或日何気なく演芸画報を見てゐると、其消息欄に栄花が柳橋から桃奴といふ名で出たといふ事が書いてあつた。」（前篇第二の十一、傍点は引用者）とされている。が、実際は、「演芸画報」ではなく、「演芸倶楽部」の一九一三（大2）年五月号であることを突き止めた。そこには「続女義の行方」なる記事が掲載されていて、「竹本広勝」に関する消息も十数行にわたり綴られている。いささか横道にそれるが、「続女義の行方」の内容をここで紹介しておきたいと思う。これは先の水野悠子の著書では触れていないものであり、華やかなスターとして脚光を浴びていた娘義太夫たちのその後を知ることができるのである。

「続女義の行方」の筆者は「箱屋の三公」と署名され、前年の「十二月号」では「古い人が多かつた」、「私は新しい女義の行方を書いてみやうと思ひます」、「啻《ただ》事実の有りの儘、懸値なしに書く丈けです。」と前置きされる。記事は、「◎昇之助昇菊の巻」「◎芸者の巻」「◎お妾の巻」という三部構成になっている。ページ数にして七、八ページ分のものである。

「◎昇之助昇菊の巻」は、この記事のトップを飾るメインの消息といえる。たまたまこの記事の中に「竹本広勝」のことも載っていたのだが、志賀はそちらの方に関心が向いて「マリイ・マグダレーン」を執筆する。かつては昇之助に夢中になっていたというのだが、昇之助のその後のことには全く関心が向かわなかったようだ。先に私が、かつての志賀の娘義太夫熱において彼は昇之助よりも内心広勝にこそより魅せられていた、とした証左がこのことからも得られたように思う。

ついでながら昇之助昇菊の「行方」を記しておこう。妹昇之助は姉に先立ち四年前、大阪のラムネ屋に嫁入りした。相手は、幼馴染で、役者のような可愛らしい男で、この亭主には数十万の資産があったという。一方、姉昇菊にも縁談の口があったが、妹の亭主と比べ、適当な相手がみつからず、二十六歳になっても身が定まらない。妹に子が出来る。すると姉は煩悶、ついにヒステリーにかかった。父親は妹を呼び戻し再び高座に花を咲かせたら姉のヒステリーも治るかと思案していたら、昇之助の婿が肺病にかかった。父親は離婚を勧めるが、昇之助が承知しない。そのうち、婿が芸者に狂い出した。くやしがる昇之助。親は離婚の話をすすめるが、今度は先方がなかなか応じない。ケリがつかず弱っているところに、昇菊を秘かにねらっていた山田という男が現われ、美事この悶着を解決した。良人の花柳病が感染したというのを理由に法律を持ち出したというのだ。こうして昇菊は山田に魅せられ、子まで作るが、この山田という男は、女義の仲間の土佐玉を女房にしていて、すでに四人の子があるうえ、他に二、三の女性とも関係のある有名な色事師であった、というのである。

一世を風靡し、「花の昇菊、昇之助」と詩（木下杢太郎の「街頭初夏」という詩）の一節にまで歌われた姉妹のその後は決して幸せなものではなかったといえるだろう。

次の「◎芸者の巻」には、「女義から芸者、同じ三筋《みすじ》の糸、連絡があつて転居するのに誠に都合が好い。其故が、顔の多少成つてゐる女《もの》はちよい〳〵移転《ひつこし》をする。」が、「裏面には皆拠《よぎ》無《な》い事情が潜んでゐる。」として、「竹本団栄」「竹本友昇」「竹本東繁」「歌澤吉春」「竹本広勝」と主にこの五名の消息を伝えている。

「竹本団栄」は津村慎吾という金持ちの男と夫婦になったが、同棲以来、不可思議なことばかりがあって、ついには津村の正体が満韓を股にかけた大盗賊であったと判明したという。津村が捕まったあと、高座にも上れなくなった団栄は、新橋から多丸という芸者になって出たというのである。

志賀はこの団栄にもかなりの好感を抱いていたと思われる。一九〇四（明37）年の志賀日記に、「要するに昇之助は喜劇的　団栄は悲劇的なり」（5・2）とか、「団栄の柳は悲劇的のものだけに中々よく………」（6・29）とあり、悲劇好みだった若き日の直哉の意にかなう娘義太夫の一人であったとみられるのだ。さらに、「続女義の行方」より三ヶ月ほどのちの志賀日記には、「元の団栄が朝好といつて、吾妻橋の寄席にゐるといふ話をきいた。………結局、朝好の寄席へいつた。十年ぶりで聞いた。」（一九一三・八・一四）とある。団栄は、結婚の失敗から立ち直り、また高座に上っていたのだ。

かねがね、『暗夜行路』における広勝をモデルにした栄花という娘義太夫の命名のあり方は、その両者にあまり通じるものがないのを不審に思っていた。が、栄花という名は、イメージ的にも広勝につながる団栄を経由してその「栄」の字を拝借し、それに「花」をつけて出来上がったのではないかと想像する。それにしても栄花という名の響きは美しく悲しくもある素晴らしいものと思う。

「竹本友昇」は、甲府第一の富豪を生け捕って親は大喜びであったが、友昇が浮気をして、千円の手切金をもらい、それを資本に今では秦野で芸者屋を開業しているという。「竹本東繁」は、横浜で「堂摺連《だうするれん》」の情夫と宿屋へ泊り込み、そこに風俗係が飛び込んで来て淫売と認定され警察に引立てられ、女義界から除名された。そのあと、葭町から芸者となって出たが、浮気の仕放題で土地にいられず、今では旅芸者になっているという。「歌澤吉春」は、「跡押し連」の一人と恋に堕ち、失踪したが、捜し出され、今では芸者として成功しているという。

問題の「竹本広勝」に関する記事は次に全文を引用する。

多大の望みを属され、未来の大看板を以て期待された広勝、渠《かれ》は如何に。箱屋の光公と云ふ情夫《をとこ》の為めい幼少から育てられた、大恩ある養父母を振捨て、隅玉と共に旅にさまよつて居たが、終に新潟で芸者に売られ《光公の為めに》東京の太棹芸者で新潟の花柳界を席捲したが、余り濫売を仕過ぎたので、忽ち飽れてしまひ、亦転売されて北海道迄流れ込んだが、昨年東京に舞戻り当今は柳橋で花奴と謂つて発展して居る。身から出た錆とは謂ひながら広勝は體のあらん限り悪足光公母子に仕送りをせねばならぬ。渠には容易ならぬ秘密がある。其弱点を前科のある光公が握つて居る。其秘密は？　こゝには書くまい唯憫れなる女広勝よ。

右の文中で「渠には容易ならぬ秘密がある。其弱点を前科のある光公が握つて居る。」の部分は他の文字よりも大きな活字が使用され、強調されている。志賀が目に止めた記事とはこれに間違いないだろう。志賀は木下利玄から「広勝」が北海道に渡ったままでは聞かされていたのだが、いま偶然にも「広勝」の新しい情報（柳橋から芸者で出ている）を手に入れたのである。

三番目の「◎お妾の巻」には、「金十五円のお手当では妾の部には這入《はひ》れぬ」、「真正にお部屋様の待遇を与へられて居る者」はごくごく少ないとして、「二代目綾之助」（初代の弟子ではない）と「竹本愛子」の二人を取り上げている。いずれもお妾さんとして成功者であるとしている。

「竹本広勝」に関する記事を紹介するのが目的だったが、他の女義の「行方」にまで触れてしまった。アイドルスターたちのその後はまさに明暗、悲喜交々である。が、そのなかで広勝はいささか異質ではあるまいか。まず、彼女は私生児であり孤児である。初期の志賀は「孤児」（一九一〇・七、「白樺」）なる作品も書いていて、もともと不遇な生い立ちの女性には同情心が厚い。また、広勝には「容易ならぬ秘密」があるとされるが、志賀はすでにそれを噂として知っていた。広勝には堕胎あるいは嬰児殺しがあったというのである。ここには犯罪の匂いが漂う。初期の志賀は殺人などの刺激性の濃い題材にはことさら強い関心を抱いていた。「マリイ・マグダレーン」の執筆後わずか三ヶ月ほどあとの「范の犯罪」（一九一三・一〇、「白樺」）で、范の妻は自身の産んだ赤子を死なせてしまうが、それは過失なのか、故意のもの（嬰児殺し）なのか判然としないものにした。ここには広勝の嬰児殺しに関わる噂が微妙に介在し、その形象化がなされたようにも思われるのだ。

さて、「マリイ・マグダレーン」の第三のポイントとは、これが現在進行形のもので、未定稿作とならざるを得なかったということである。

この作の末尾はどうなのかといえば、石川という年上で銀行に出ている男爵の友人（岩倉道倶がモデル・志賀の「祖父」一九五六・一、二、三、「文藝春秋」および阿川弘之[6]によると岩倉具視の妾腹の子）から「私」に電話があり、やがて二人で或る待合に出掛けるところで切れている。ここは志賀日記一九一三（大2）年六月二二日の記事にぴったり符合する。岩倉から電話があって直哉は外出し、やがて二人で柳橋の「喜代中」という待合から「広勝の桃奴」を呼ぶが、彼女は「御参り」で来られず、別の芸者から彼女が「毒婦に近かい女」になっていることを聞かされたのである。その二日後に「マリイ・マグダレーン」が執筆されたのだが、広勝との今後の接触を期待してか、ひとまず中断されたのだと考えたい。

ここはむろんのこと、『暗夜行路』前篇第二の十一を形成する素材の一つとなった。ただし、『暗夜行路』では、兄信行と石本（岩倉道倶がモデル）が連れ立って赤坂福吉町に住まう謙作を訪れ、その晩は三人で柳橋の或る待合に行き、桃奴を呼ぶものの現われず、居合わせた別の芸者や女中が、「昔の栄花、今の桃奴」が「悪辣な女」になっていてその具体的な事例の数々を噂として持ち出す、というものになっている。ここから謙作の「昔の栄花」に関する回想へと展開されていくのだが、その内容についての考察は後回しとする。

ともあれ、『暗夜行路』栄花の章の淵源は古く、直哉が娘義太夫に熱中していた一九〇四、五年頃にまで遡ることができる。栄花のモデルは竹本広勝なのだが、若き日の直哉はむしろ昇之助以上に広勝への関心が強かったようで、その後、折にふれ幾度も彼女をモデルにした創作が試みられ、ついには虚構の作『暗夜行路』に組み込まれるに至ったのである。

2　蝮のお政のモデルをめぐって

蝮のお政のモデルについて考察してみたい。

まずは、蝮のお政が『暗夜行路』のなかでどのように描かれているかをみておこう。謙作は「先年」京都において、夜おそく「祇園の八坂神社の下の場末の寄席といつたやうな小屋」の前を通りかかった際、「懺悔する意味で」「自身の一代記」を芝居にしている蝮のお政を見かけたという（前篇第二の十二）。これも『暗夜行路』という小説世界における現在時（ここは謙作が大森に移転して直後のこと）に挿入された回想シーンの一つであるが、栄花のようなかなりの昔のこととは違って、近接過去のような感じを与えている。その折の蝮のお政は、「長いマントを着、坊主頭に所謂宗匠帽を被つた、大きな一見男と思はれる」、年の頃は「五十余《あまり》」の女であったとされる。また、謙作は、蝮のお政の経歴やその悪事の内容をほとんど何も知らなかったという。だが、後篇第三の十三において、謙作が直子に「あなたは蝮のお政と云ふ女を知つてるかしら？」と質問すると、直子が「何だか、講談で読んだ事があるやうよ」と答えており、蝮のお政のことは講談（本）にまでなり、広く巷間に伝えられていたのだとすることができるだろう。

これらの材料からそのモデルを探索していかねばならぬのだが、栄花の場合と違い、一筋縄ではいかないものがある。

遠藤祐による『暗夜行路』の注釈[7]では、「どんな人物か、不詳。」とされていて、以後そのモデル問題は長い間手つかずの状態であった。だが近年、江種満子は、福田英子とのかかわりから「お政」こと「島津政」なる女性が「蝮のお政と同一人物と想定される」との説を提出した。[8]なるほど、「能く獄則を遵守して勤勉怠らざりし功により、数等を減刑せられ、無事出獄して、大に悔悟する処あり、遂に円頂黒衣に赤心を表はし、……又演劇にも島津政懺悔録と題して仕組まれ、自から舞台に現はれしこともありし」（福田〔旧姓景山〕英子『妾の半生涯』一九〇四年、引用は岩波文庫版・一九五八年による）とされる「島津政」は、『暗夜行路』に描かれた蝮のお政の容姿や行動に吻合するところ大であって、これでモデル問題も解決したかにみえた。

ところが、何気なく手近にある人名辞典の類から「蝮のお政」の項を調べているうち、次のようなもの[9]に出くわした。

生没年不詳　明治期の窃盗犯。本名内田まさ。何回も盗みを働き刑事たちから蝮のお政と呼ばれた。五回目の刑を終えて出獄し、その後悔話を『報知新聞』に連載した。最初の犯罪は明治一五年（一八八二）地方の大家の娘の行儀見習と偽って東京日本橋の蒲鉾屋に雇われ、夫渡辺清次郎とともに土蔵の中の金庫を破り三二〇〇円を盗んだもの。重禁固二年の刑で入獄するが、出獄後も同様な手口で盗みを繰り返し、五回目はついに重禁固五年の刑となる。手記は女囚の獄中での生活を赤裸々に語っており、評判になった。
（『幕末明治女百話』）

蝮のお政と呼ばれた人物は実在したのであり、その本名は「内田まさ」というのである。右に引用した辞典記事のもとになったのは、篠田鉱造『幕末明治女百話』（後篇）（昭和七年四条書房より刊行。が、「内田まさ」へのいわゆるインタビューがなされた時期は不明。なお、現在では岩波文庫（一九九七・九）になっていて容易に入手できる。）である。篠田鉱造の聞き書きによるもので、なるほど「牢内はツルが要る」以下の話は興味深いものがある。これによると、「内田まさ」が、夫渡辺清次郎とは別の駄菓子職人の胤を宿し病監で出産するも赤子を亡くしてしまったことや、夫清次郎との間に出来た最初の娘お清（表面上は妹）と市ヶ谷監獄で出会ったこと、さらには牢内で一緒になった箱屋殺しの花井のお梅の様子など、ドラマチックな数々のエピソードが語られている。しかしながら、この「内田まさ」が、その懺悔話を『報知新聞』紙上に書かせてもらったとあっても、『暗夜行路』における蝮のお政のように頭を丸め自身の一代記を懺悔話にして芝居にかけたとは一言も話していないのである。

かくして蝮のお政のモデル考に及ぶに至り、「島津政」と「内田まさ」の二名がそのモデル候補として挙がってきたものの、そのいずれとも確定できないのである。モデルの穿鑿はあるいは文学研究のうえで些末なことかもしれない。が、『暗夜行路』という文芸作品の背後にある世相や時代性が見えてくることもあると思われるので、さらに執拗にこの問題にこだわってみたい。その際、きわめて有益な参考文献となるのが綿谷雪《わたたにきよし》の著書(10)である。

この綿谷の著書には、雷お新、高橋お伝、夜嵐お絹、鳥追お松、島津お政、茨木お滝、今常磐布施いと、雲霧のお辰、花井お梅、権妻お辰、蝮のお政、幻お竹、班猫お初、大阪屋花鳥、妲妃のお百、鬼神のお松、大経師小町おさん、以上十七名の「悪女」が取り上げられている。「元禄期以降、特に幕末から明治の前半期へかけての悪女を中心に集め」た（「あとがき」より）というこの著書は、厖大な資料に基づき執筆、論評されていて、とりわけ明治期の世相史の側面で教えられることが多い。

以下、綿谷の著書をもとに、いま問題の「島津お政」と「蝮のお政」（内田まさ）についてその内容を要約しながら、私なりの『暗夜行路』における蝮のお政のモデル考の結論を導き出したいと思う。

綿谷雪は、「島津お政」について「毒婦の実演は表むきは懺悔という形になっていて、その例をつくったのは大阪の島津お政が元祖だと思う。」としている。さらに悪婦の実演は、島津お政から、雷お新、花井お梅、近くは終戦直後の阿部お定が行なったとしている。

さて、「島津お政」の「履歴」だが、綿谷は、明治二一（一八八八）年九月末に刊行された吉田香雨の『悪事悔悛／島津お政の履歴』という薄っぺらな本が最も信用できる資料として、そのシノプシスを綴っている。

お政は、十四歳の折、有名な富豪の家へ女中に上がるが、その二、三年後、別家の一子某（ぼんぼん）に口説かれて私通したことから、仲を裂かれ実家に帰された。お政は、実家の継母とは折り合いが悪く、家出する。その後、負債を抱え窃盗もするが、やがて怪盗紀田安蔵なる大男と知り合い、ひょんなことから二千円近くの大金が入り込み、この世の名残にとその大金を派手に使おうと決意する。男装して島津春三郎と称し、馴染みの芸妓を五、六名もつれて遊びまわった。比叡山の白道上人に懇々と教化され自首しようとした矢先、探偵吏に捕まった。明治一四年二月一六日、大阪裁判所で無期徒刑の判決を受けたが、その悔悛ぶりは著しく、人の倍働いたという。明治一六年二月には懲役一〇年に減刑された。牢頭の雷お新が中心になって牢破りを企てたが、お政は仮病をつかい、脱走には加わらなかったという。明治一八年二月以降、獄則勤守の賞状をもらうこと前後四度、明治二〇年には国事犯の景山英子と同室となり、やがて義姉妹の約を結んだ。放免は明治二〇年一〇月一七日であった（綿谷は同年一二月一〇日に放免としている）。

問題はその後の「島津お政」のことである。綿谷雪は何を根拠にしたか明記していないが、次のように綴っている。お政が出獄した明治二〇年の年末頃には住吉の寺で黒髪を下ろして尼になり、托鉢と勤行の修業に打ち込んだ。その後、大阪歌舞伎の花形中村鴈治郎が中心になって、お政の経歴を劇化して『島津まさ菩提日記』の外題で上演することになったが、稽古の段階で当局から禁止されてしまった。その脚本を下っ端役者が手に入れ、それを書き直してタンカラ芝居の一座を組み、堀江の小芝居の舞台にかけて大評判となって、七三日通しての大入りを記録したという。一方、お政は、ほとんど毎日この芝居を見に通い、自然とセリフや動きを覚え、自分で自分の芝居をやってみようかと思いついた。「改心劇」と名乗って道頓堀の弁天座で旗上げをする。連日の満員で、大阪を打ち上げてからも全国津々浦々まで股にかける盛況をきわめた。年齢の進行とともに、勧善の主旨を演舌するようなことを始め、芝居は役者にまかせ、自分は懺悔の講話をするようになった。ドサ回りは案外長く続き、入場料の大半は社寺への寄付金となった。芝居をやめたのは大正年代のはじめ頃で、年齢も六十何歳かになっていた。

綿谷雪は、毒婦の実演は興行師の奸策におどらされた気味が強いといいつつも、「島津お政」の場合は、むしろ大真面目な勧善色の方が濃かったようだとして、かなり弁護的な肩入れをしている。

ともあれ、「島津お政」が出獄後、尼となり改心劇や懺悔の講話を全国津々浦々まで興行していたというのは事実と受け止めてよい。が、「島津お政」は島津であって、蝮のお政ではない。蝮のお政こと「内田まさ」は、いわば自分の後輩に当たるが、その蝮のお政という異名を借り、芝居に出たものだろうか。悔悛著しく、大真面目なものであったというのであればなおさらのこと、同時代の蝮のお政（内田まさ）を名乗ったとはとても考えにくいのである。

綿谷雪は、「蝮のお政」（内田まさ）について、「前科十犯」、「十犯という累犯であるところが女の犯罪者としてはボリュームであろう。」としている。最後の入獄は明治三一（一八九八）年だが、その入獄の直後の明治三二年の『都新聞』に蝮のお政の実歴が探偵実話として連載され、同年一二月に菊判三冊本にまとめられて大川屋から出版された。また、「内田まさ」の懺悔話が『報知新聞』に連載されたのもその直後であったという。綿谷は、『都新聞』の連載記録をまとめた三冊本（それに加えて長谷川伸の同題の長篇小説）をもとに「蝮のお政」の経歴を綴っている。

これは探偵実話というジャンルの読み物であり、すでに多くの粉飾が施され虚実入り乱れていて、そこから事実を掬い取るのはかなりの困難を伴うと思うが、「内田まさ」の面貌を窺い知るためにもやはりその概略を述べておかねばならない。

お政は、愛知県知多郡内海町に、大工棟梁喜左衛門の長女として生まれた。母が死んでから、お政は幼い身空で母替わり（下に妹二人あり）として、まるで男のように身を粉にして働いた。孝貞義者表彰候補となり、孝女はこのお政で決まりとなったが、急にそれが取り消しになった。土地の小学教諭との不行跡が明るみにされたのだ。これ以降、お政の運命は狂い出す。故郷を離れたお政は、或る成金の妾となったり、好いた男と内縁関係になったりしたが、その間、窃盗を何度も行ない、ある時は偽名を使って勤めていた質両替店で放火したのち大金を持ち逃げしたのであった。また、水練を得意とするお政は、怒っている時、なまなかの男なんかより強かったという。刑事に追われると、川へ飛び込んで逃げのびるのだった。出入獄を繰り返すが、その間に好いた男は別の女と一緒になり、やがて織屋として栄えた。また、一時横浜で英国商館主の洋妾（ラシャメン）になっていた折には、たまたま自害しようとしていた乞食に出くわして、それが実はあの小学教諭だと知り驚くものの、情けをかけて助けてやり衣類と金銭を与えてやったりした。のちにこの小学教諭は更生して巡査になったという。

お政の出獄は、明治三五（一九〇二）年一一月であった。綿谷は、さらに篠田鉱造の『幕末明治女百話』（後編）から幾つかを引用し、この「蝮のお政」の章を補強しているが、出獄後のお政についてはほとんど何も知られていないのか記述がなく、ましてや懺悔芝居に実演したなどとはどこにも書いていないのである。

では、モデル考の結論を急ごう。

島津お政は出獄後、改心著しく、尼となり懺悔芝居の興行に出た。が、同時代人の蝮のお政こと内田まさがいるのに関わらず、蝮のお政と名乗ってその芝居の看板に掲げたとは到底考えられない。一方、内田まさが蝮のお政とあだ名された人物であったことは紛れもない事実であり、おそらくは水練を得意とする男まさりの大きな女であったろうと想像される。また、むろん興行師が絡んでのことだが、同年輩とみられる花井お梅と張り合う形で、懺悔芝居を一時期行なった可能性もなきにしもあらずである。(補注)が、内田まさが自身の罪を悔い、尼となって懺悔芝居に出ていた、という確証はどこからも得ることができないのだ。

そこで私は今のところ、『暗夜行路』における蝮のお政のモデルとして、島津お政が四分、内田まさが六分の割合で考える。が、さらにこだわれば、次のようなことも可能性として全くないとは言えなくなる。

綿谷の著書によれば、明治の中頃、島津お政の懺悔芝居を真似てか「祇園」で懺悔物語を興行していた高橋お政なる人物がいたという。また、これは篠田鉱造の聞き書き『明治開化奇談』(一九四三)によるが、蝮のお政の後身だとして報知社の受付で威張っていた江戸っ子の女性がいたという。このように便乗者や偽物があちこちに出没していたことから、興行師が絡んでの、実際の島津お政とも内田まさとも違う、蝮のお政を名乗る別人の女性による「祇園」の場末での芝居興行があって、そこに直哉が遭遇した(直哉は明治四〇年代に三、四回京都に赴いている)とも考えられるのだ。

『暗夜行路』における蝮のお政のモデル考にかなりの紙幅を費やしてしまったが、ここで日本近代文学史における毒婦ものの流行、その消長の跡を一瞥しておきたいと思う。

いわゆる毒婦ものの草双紙がベスト・セラーになった始まりは、『鳥追阿松海上新話』全三編(明治一一年一月~三月)からで、ついで『夜嵐阿衣花廼仇夢』全五編(同年六月~一一月)、『高橋阿伝夜叉譚』全八編(明治一二年二月~四月)とつづき、お伝の場合はその処刑からわずか四ヶ月後には演劇にもなり、やがて毒婦ものはボール表紙本、探偵実話へと形を変え、演劇のみならず講談の好演目となって大正年代の初め頃まで持続したという。

だから、『暗夜行路』の謙作が箱屋殺しの花井お梅を実際に高座に見たこと（前篇第二の十三）、また直子が蝮のお政の話を「何だか、講談で読んだ事があるやうよ」としたこと（後篇第三の十三）などは、とりも直さず作者志賀が体験したことだとしてよさそうである。

志賀直哉はこのような毒婦ものにはさほどの興味を寄せなかった作家と思われるが、同時代作家の谷崎潤一郎は多大の関心、好奇心を向けていたようである。ちなみに「続悪魔」（一九一三・一、「中央公論」）によると、強度の神経衰弱にかかっている主人公の佐伯は、こっそりと「高橋お伝」の講釈本を読み、さらにそのあと「佐竹騒動妲妃のお百」というのを本箱の底から引き抜いて熱心に読み耽っているのである。また同じ谷崎の「お艶殺し」（一九一五・一、「中央公論」）になると、そのラストシーンで、お艶が最初の恋人新助に殺される際、「息の根の止まる迄新しい恋人の芹沢の名を呼び続けた。」とされている。これは、高橋お伝が処刑される際、しきりに情夫小川市太郎の名を連呼したという逸話にピタリと合致するものではなかろうか。それほどまでに明治前半期に流行した毒婦ものはしぶとく生き続け、大正初年代までその影響力を持っていたとしてよいのである。

だが、『暗夜行路』が「改造」誌上に連載されたのは一九二一（大10）年以降である。この時期は、すでに毒婦ものはすたれ、それに代って明治中期以降からのナショナリズムの進行に伴い、「良妻賢母」の像が理想的な女性として世間一般に次第に浸透、根づいていたという事情を考慮しておかねばならないだろう。

3　栄花の章を読む・女の罪の問題㈠

『暗夜行路』における栄花の章とは、前篇第二の十一から十三にかけての部分を指す。小説世界における時間的推移の側面でいえば、謙作が尾道から帰京して一ト月余りを経過した頃から、大森への移転をはさみ、いわゆる〈憐れな男〉の部分（前篇第二の十三の半ばあたりから最終の十四まで。ここは先に「憐れな男」と題し一九一九年四月に「中央公論」に発表したものを改稿して『暗夜行路』に嵌め込んだのである。）に入る直前までの時期をいうのである。

なお、ここではあくまでも『暗夜行路』の文脈に即した読みに心がけたい。その際ポイントとなるのは次の二点である。第一に、栄花の章にスポットを当てることから、そこと栄花の章以外の『暗夜行路』の随所に散りばめられている様々なエピソード、あるいはワンカット、ワンシーンとの相互関係、有機的関連をみることであり、第二に、これは『暗夜行路』全篇に渡るきわめて特徴的な方法の一つとしてよい、いわば対照の美学といったものに着目することとである。

ひと口に栄花の章といっても、大きく四つのブロックから形成される。その一つ一つを子細に検討する前に、この章における謙作の「心」の状態に注意しておかねばならない。尾道滞在時、謙作は、おのれの出生の秘密を兄信行の手紙によって明かされた。母と祖父との不義の子だというのだ。が、それを知ってかえって「肯定的な明るい考」を持った。いい意味での「心」の緊張が到来していたのである。しかるに、それから一ト月余りを経た今は、「心の緊張が去るにつれ」、「時々参る事が多くなつ」ていた（第二の十一）という。これが栄花の章における謙作の「心」の起点である。

そういう折、謙作は「移転」を考える。環境の変化に伴う気持ち、気分の好転を期しての打開策としてよい。下降しかけている自分自身の「心」の状態を自覚し、それを上向きにさせようとしているのである。

何故、謙作の「心」の状態にこだわるのかといえば、『暗夜行路』という作品がその縦糸として、起伏に富んだ謙作の「心」のありようの変遷を描いている、とみるからである。

ともあれ、栄花の章のとば口にある謙作の「心」の状態は下降しつつあるのだ。

第一のブロックは、兄信行と石本が、謙作（まだ赤坂福吉町に住まう）を訪ねて来、やがて三人連れ立って柳橋の或る待合にその夕刻から夜を過ごした「或日」のことをいう。この待合の場面で謙作は桃奴という芸者を呼ぶもののついに彼女は現われることはなかった。そしてここで若い芸者二人とその家の女中一人から、「昔の栄花、今の桃奴」が、「芸者の中でも最も悪辣な女」になっている、その噂を聞かされたのである。

まずは、この場のシチュエーションとして男三人に女三人がいる情景に注目したい。するとこれは前篇第一の一・二と類似し、小さな反復をなしていることに気づくのだ。

前篇第一の一・二といったが、厳密にいえば、阪口と竜岡が赤坂福吉町に住む謙作を訪れ、やがて三人連れ立ち吉原見物に出かけ、西緑という茶屋で登喜子（当初阪口が小稲を呼んだのだがその代わりに来た芸者）、豊（雛妓《おしやく》）、女中一人（「眼の細い体の大きな、象のやうな印象を与へる女中」とされている）を相手に、夜通しで軍師拳の遊びやニッケル渡しの遊びに興じたことをいう。男三人が連れ立って待合（茶屋）に出掛け、それを女三人が相手にするという情景は『暗夜行路』の冒頭部にすでにあったのだ。私のいう栄花の章第一のブロックは、その内容こそいささか異なるものの、形のうえでそれときわめて類似する経過とシチュエーションを現出させているのである。

ところで、噂に出された桃奴（昔の栄花）の具体的な悪事とはいかなるものであったのか。土地の古株の芸者と喧嘩をしたこと。自動車の中で酔った客の指輪を抜き取ったこと。古い事だが生まれたての自分の赤子を押し殺したこと。現在一人の若い人（石本の甥）を有頂天にさせ我儘一杯に振舞っていること。列挙されたのは以上のようなもので、「噂」であるからその真偽のほどは見定めがたいところがあるが、嬰児殺しや窃盗、なるほど「悪辣な女」とされても仕方がないといえるだろう。

が、謙作はこのような桃奴（昔の栄花）に同情心を抱き、栄花をモデルとした創作に着手しようとする。それは、昔の栄花のイメージが鮮烈なためなのだが、直接的には、柳橋から帰ったあと、信行（次の日、謙作と五反田、大井方面に謙作の貸家捜しに出掛けることになっていて、この日は謙作の家に泊まるのである。）が、お栄に栄花のことを幾分誇張して話し、それにお栄が「ひどい女もあるものね」と言ったことに反撥を覚えたことにある。ここまでが第一のブロックである。

第二のブロックは、謙作らが柳橋の待合に出掛けた日のこと（第一ブロック）の中に挿入された栄花に関わる回想シーンである。第一と第二のブロックを分かつのは、謙作が何気なく「演芸画報」を見ていて、栄花の消息を知った「或日」のこととなるのはいうまでもない。

この第二ブロックは、いわば栄花の〈物語〉を形成している。入れ子型の一種の作中作だと思えばよい。そのあらましは幾分詳しく書いておこうと思う。

謙作は少年の頃より祖父やお栄に連れられて芝居や寄席によく行っていた。中学生の頃からは一人でも出掛けるようになり、殊に女義太夫をよく聴いたという。その頃の栄花は、十二三歳の「小柄な娘」で、「白狐」を連想させる「青白い」顔、「甲高い」が「何処か悲しい響」を持つ声をしていた。謙作の寄席行仲間の一人は、「あれは艶《たぶ》れて後、やむ、といふ女だね」と適切と思える評を与えていたのである。一方、山本という華族の友人が、彼の家にある掘井戸が機縁となって隣家に住まう栄花と親しくなっていたが、二人の仲は深く進展していかなかった。やがて栄花は、「めき〳〵と美しくなり」、「芸も上り、人気も段々出て来」て、早之助三代目を継ぐという手筈となっていた。ところが不意に栄花は家出をした。近所の本屋の息子と失踪したのだ。が、その隠れ家はすぐに知れ、二人の仲は引き裂かれてしまった。栄花は養家の今川焼屋から絶縁される。元々曹長の私生児とかで、本当の子ではなかったという。この事件は栄花に二重、三重、いやそれ以上の苦しみや不幸を齎した。恋を失ったこと、養家から絶縁されたこと、義太夫の道が閉ざされたこと、さらに重要なことは、その時妊娠していて、その窮地にやさしい手を差し伸べて来た一人の男（悪足）のせいか、腹の児は堕胎されたか生まれたてを押し殺したのだと噂されたのである。こうなれば転落の人生を辿るだけで、悪足に連れられ、新潟、さらに北海道で芸者になった、という噂を聞いていたのである。

こうしてそれから二、三年を経過した今現在の「或日」のこと、謙作は、栄花が東京に戻っていて柳橋から芸者に出ているという消息を得たのである。さらに、時間的にここから柳橋の或る待合に出掛けたシーンにつながっているのだ。

第二ブロック（娘義太夫時代の栄花の回想）で大切なのは、栄花が私生児であるということである。謙作は、その母と祖父との不義の子である。ともに世間から白眼視される存在なのだ。謙作は栄花と直接話したことは一度もなかったが、二人をつなぐ接点はまさにここにあるとしてよい。謙作が栄花に同情を寄せ、彼女をモデルにした小説を執筆しようとするそのモチーフにも納得がいくのである。

ところで、栄花と本屋の息子との間に出来た赤子は、栄花によって殺害された可能性が高いようだが、一方で堕胎されたのだともされていた。堕胎ということになれば、謙作は堕胎を免れた子（前篇第二の六）であり、その点で関連性があるわけだが、『暗夜行路』全体を眺めた場合、もう一つ堕胎に関連して響き合うエピソードがあることに気づく。

それは、前篇第一の一に示された阪口の小説世界にある。そこの主人公は、自家の十五六になる女中と関係して妊娠させ、出来た赤子を堕胎させたというのである。そのうえ、その主人公の友達（どうみても謙作をモデルにしているとしか思えない）が心ひそかにその女中を恋しているように書いてあるというのだ。ここに謙作は阪口に対し怒りを覚え、不快をその頂点にまで募らせていたのである。

斎藤美奈子によれば、(11)一八六八年は「堕胎薬の販売が禁止された年」であり、これは脱亜入欧策の一環としてなされたものであって、ついで「堕胎罪」の発足（一八八〇年の旧刑法、施行は八二年）、さらに刑法の改訂に伴う堕胎罪の罰則規定の強化（一九〇七年、施行は翌年）によって堕胎管理は完成したという。むろんこの時期（明治末）とて「ヤミ堕胎」は横行していて、今日では文学史の藻屑と消えた「堕胎系」の作品が数多く書かれていたことを斎藤は指摘している。

『暗夜行路』は、斎藤の表現を借りていえば、「望まない妊娠をした女」、すなわち謙作の母が、「嫌も応もなく生む」（堕胎罪は免れたことになる）ことで、この作の主人公時任謙作を誕生させた「出産系」の「妊娠小説」の一つだとさえ言えるかもしれない。が、阪口の小説の中に出てくる女中、および栄花の場合に焦点を当てると、これらは謙作の母の場合とは明確な対照をなしていることに気づくのだ。ともあれ『暗夜行路』にも、妊娠や堕胎のテーマは確固たるものとして存在していたのである。

第三のブロックは、前篇第二の十二全体である。小説の時間的進行に即せば、謙作が兄信行と一緒に五反田から大森方面に貸家捜しに出掛け（第一ブロックの翌日のこととなる）、やがて謙作の大森生活（お栄も一緒）が始まって間もなくの頃までとなる。

ここでは、栄花との対照として蝮のお政のことが回想されているのが重要である。

謙作は、「先年」（近接過去であろう）、京都の「祇園の八坂神社の下の場末の寄席といつたやうな小屋」で、懺悔する意味で自身の一代記を芝居にしている蝮のお政を見かけた。これは通りがかりのもので一瞥した印象を述べたものだが、お政は「気六ヶしさうな、非常に憂欝な顔」をし、また「心が楽しむ事の決してないやうな顔」をしていたとされる。その「顔つき」から「其心持」を察しているのだ。しかし、この謙作の洞察力に信憑性があると我々読み手が感じてしまうのは、蝮のお政のことを語る直前に植木屋の亀吉のことが語られているからである。

植木屋の亀吉は、信行が同行した謙作の貸家捜しの道々で噂に出てくる人物である。謙作は、「或時」本郷の家で、実際に亀吉を一瞥しただけなのだが、「余りに見かけが好人物すぎ」るとし、そこに見かけとは違う「一種の不自然さ」、漠然とした不信感を抱いていた。謙作はその時の感想をその「日記」にまで書きつけていたという。むろん亀吉は、信行ならずとも誰もが「ずるい事をされる心配はない」と思うような人物として印象づけられている。しかるに、この貸家捜しの「二三ヶ月後」のこと、亀吉が「本統の正直者」ではなく、なかなかの狡猾な男だと証明される出来事が起こったのである。これは謙作の人間洞察力の鋭さを示した好個のエピソードとなっているのである。

蝮のお政の場合も謙作は彼女を一瞥しただけであったのだが、その「顔つき」から、その「心」にやすらぎのないことを見て取ったのである。亀吉のエピソードの直後だけに、謙作の一瞥による人間洞察力の鋭さ、その信憑性もまた疑いを入れなくなるのだ。

栄花と蝮のお政とが対照的に描かれているとしたが、そのメルクマールはその「心」のありようにある。お政には懺悔という「苦しい偽善」が絡み、その「心」の状態はよくないとする。むしろ悪事を働きつつあった時の「心」の状態の方がよかったのではないかともする。一方の栄花は、いまなお悪事を働いていて、「生々した張りのある心」を持っているだろうとするのである。

謙作は栄花（今の桃奴）に会ってみる必要性を感じながらも、「億劫」を理由に彼女を訪ねることをしない。実際に彼女に会った場合を「想像」してみるが、「総て懺悔し悔改めた栄花」というものは「妙に空ろ」でしかないという。一種の固定観念のように、「甦れて後やむ」というのが栄花にはふさわしく、悪事を働きつづけているその「心」の張りに価値を置くのである。

その「心」の張りの有無は、謙作の対女性における好悪の基準であり、この場合栄花と蝮のお政という悪女二人が比較され、前者はその「心」に張りのあることから好ましい者となり、後者はそれがないことから嫌悪の対象となるのである。

「心」の張りという観点でいえば、前篇第一の六で謙作が電車の中で見かけた、赤子を抱いた「若い美しい女の人」が想起される。謙作は、この女性に「精神にも筋肉にもたるみのない、そして、何となく軽快な感じ」（傍点は作者）

を受け、自身の未来の細君としてこのような女性が来ることを想像するのである。これは明らかにのち（後篇第三の二）に登場する直子につながっていくものである。が、軽快な点は差し引いても、「たるみのない」ということでいえば、栄花にもそれは言えることなのである。電車の中に見た「若い美しい女の人」の延長線上におけるその後身を直子とすれば、罪とか悪が絡んだいわば下降線上に出現したその後身は栄花だとしていいだろう。

第四のブロックは、第二の十三前半部をいう。

謙作は又段々と参り出した。気候も悪かつた。湿気の強い南風の烈しく吹くやうな日には生理的に彼は半病人になつてゐた。そして生活も亦乱れて来た。

右のようにしてこのブロックは開始される。謙作の「心」の状態は、生理的悪条件も重なり、次第に下降のカーブを描きつつあるのだ。

ここで謙作は女の罪について思索を巡らす。罪の報いという点で、男の場合と女の場合とが対比される。具体的には、本屋の息子と栄花の、それぞれのその後のことによってコントラストが形成されるのだ。本屋の息子の場合、栄花との間に出来た自身の初児は生かされておくことはなかったのだが、今は、別の女性（親の承諾を得て結婚した女性）との間に出来た赤ん坊をその膝の上に乗せ、父親として気楽に落ちついているように見えた。彼の場合、過去と現在とが断絶している。しかるに女の栄花の場合は、本屋の息子と同じ過去を持つものの、それは断絶することなく現在に連続しているというのだ。

ここから先は多分に一般論として敷衍されていて、男の場合でも、過去の一つの罪から惰性的に自暴自棄な生活を続けていることもあるが、女の場合は、より絶望的になる傾向が強く、しかも運命に対し盲目的で、また「周囲」

が男の場合より厳格で、その「罪の報から逃れる事を喜ばない」とするのである。

ここで問題とされている中心点は、男の罪および女の罪が「周囲」とどのような関係にあるかということである。このあたりの文脈に頻出する「周囲」ということばは、世間ということばで言い換えることが可能である。世間とは男性中心の社会のことであり、それは男が中心になって形成してきたものなのである。それ故、男の罪の場合は寛容となる。しかるに、世間（男社会）によって男より劣るものとして位置づけられた女の場合、その罪は許容されにくいのだ。男尊女卑の考えがきわめて強い社会にあっては至極当り前のこととしてよいだろう。だが、まがりなりにもそれに疑問を投げ掛けた謙作を今日の我々がけなすことはできない。

ついで、同じ女の罪でも、栄花と謙作の亡き母とが対比される。結論からいえば、栄花の場合はその「周囲」が愚かであり厳格に過ぎた、謙作の母の場合は、その「周囲」が賢く寛大であったということになる。つまり彼女らを取り巻く「周囲」（近親者や関係者）の賢愚の差に帰結しているのだ。

謙作が生まれるに当たってはそこにドラマがあった。ここで前篇第二の六の信行の手紙の内容を想起せねばならない。父方の祖父（実の父）と祖母は、父に秘密にして堕胎をしようとした。が、母方の祖父（芝の祖父）は堕胎をすることに反対する。そのうえ娘が離縁されるのを覚悟のうえでドイツにいる父に事実を報告した。ところが、父は総てを許すとしたのである。堕胎を免れた子である謙作は、この世に生をうけたことを是として、芝の祖父および父（本郷の父）に感謝するのだ。――ただし、謙作は当時の母の気持ちを深く想像してみることはしない。いかに罪の子とはいえ、妊娠した子を出産できたのを「幸福」だとするのである。また、当時の父の気持ちを忖度する度合も薄い。――

一方の栄花の場合は、本屋の息子の親および栄花の養家の理解を得ることができなかったのだと容易に想像がつく。両者の親たちは当然ながら世間体を第一としたのだ。そして本屋の息子は、男であるが故に、やがて若気の過ちとして許されたに相違ない。しかるに栄花は、女なるが故に、また養家の愛情不足も加わってか、ひとり見放されたのである。孤絶する栄花。そこに出現した悪足によって、堕胎もしくは嬰児殺しが敢行されねばならないところに追い込まれたのである。

謙作は栄花をヒロインとした小説を書いている。結局は完成されず発表にも至らなかったのだが、その構想の幾つかは示されていた。

まず、「栄花が或時蝮のお政に会ふ事を書いてもいいかも知れないと思つた。」というところに注目したい。だが、謙作は蝮のお政がどのようなことをしたのかを知らなかった。蝮のお政にも栄花とは違う〈物語〉があるのであって、いやしくも小説家であるならば、それを調べてみるべきではなかったろうか。そうすれば、栄花と蝮のお政の会見の場は、「世間」と女の罪の関係、女の自我の問題が浮き彫りにされ、ダイナミックなものになったのではないか。しかし謙作は蝮のお政の〈物語〉には関心がない。蝮のお政がその罪を売り物にしている、その一事をもって嫌悪の対象とするだけなのだ。それ故、蝮のお政と同様の所に位置する花井お梅のことも素材となってくる。「其頃丁度矢張り寄席芸人として出てゐた、箱屋殺しの花井お梅といふ女を見る事なども書いていいかも知れないと考へた。」というのである。謙作が花井お梅を高座に見て「惨めな、不快《いや》な感じ」を受けたのと同様に、小説中のヒロイン栄花も同じような気持ちを抱いたことを書こうとしたのだと思う。が、これではあまりに作者謙作につきすぎ、広がりと深みに欠けてしまうのではないか。

謙作の創作は無残にも挫折する。その理由を、「これまで女の心持になつて、書いた事はな」く、そういう「手慣れない事」も重荷となり、また、具体的には「北海道へ行くあたりから先が、如何にも作り物らしく」なって「気に入らなくなつて来た」ためだというのである。その「想像」力には限界があったということか。それならば、それを打開すべく今度こそ勇を鼓して、謙作は実際に栄花（今の桃奴）に会いに行くべきではなかったのか。そうすれば新しい局面が開けたかもしれない。小説家としては積極性に欠け、やはり小説の書けない小説家とされても仕方のないものを感じるのである。

しかし、それを非難しても始まらない。結局は流産してしまった小説なのだが、その眼目は掬い取ることができる。それは、罪を犯した女たちとして栄花を中心に、蝮のお政や花井お梅も登場させ、後者二人は自身の罪を売り物にしていることからそこに「苦しい偽善」があるとして否定的、批判的に描き、栄花の場合は、「寧ろ罪を罪のままに押し通してゐる女の心の張り」（傍点は引用者）を肯定的にみる、そういうものであったと推察できるのである。

が、皮肉にも、『暗夜行路』の主人公である時任謙作の「心」がその「弾力」を失ってしまうのだ。不義の子と知ったその直後からの「心の緊張」はすでになくなっていた。こうして〈憐れな男〉の部分へと接続していくのである。

4　栄花の章の行方・女の罪の問題（二）

栄花の章は『暗夜行路』全体においてここだけが浮いているといった性質のものではない。それ以前のエピソードやワンカット、ワンシーンとの関連については先に述べた通りである。では、それ以降のものとの関連、いわば栄花の章の行方について触れておきたい。

謙作は栄花への同情から彼女をモデルとした創作を試み挫折する。が、その過程で「本統に一人の人が救はれるといふ事は容易な事ではないと思つた。」（第二の十二）とあるように、謙作に栄花を通しての人間弁護[12]から人間救済の念があったことは確かである。それならば、栄花を救うことなく終わってしまったのだろうか。

第二の十四は、栄花の章の直後の〈憐れな男〉の部分だが、ここにこのテーマのひとつの決着を見出すことができる。
突飛な言い方かもしれないが、ここで謙作は、栄花の形を変えた後身の或る女性と結婚するのだ。むろん現実世界でのことではなく想像世界においてである。
その女性とは、京都訛りを真似るプロステチュートである。気持ちの極端に落ち込んだ謙作は、「根こそぎ、現在の四囲から脱け出」て、「今までの自分、――時任謙作、そんな人間を知らない自分、さうなりたかつた。」として、次のような想像を巡らす。

今まで呼吸してゐたとは全く別の世界、何処か大きな山の麓の百姓の仲間、何も知らない百姓、しかも自分がその仲間はづれなら一層いい。其処で或る平凡な醜い、そして忠実なあばたのある女を妻として暮らす、如何に安気な事か、彼は前日の女を想つて少し美し過ぎると思つた。然しあの女が若し罪深い女で、それを心から苦んでゐるやうな女だつたら、どんなにいいか。互に惨めな人間として薄暗い中に謙遜な心持で静かに一生を送る。笑ふ奴、憐む奴、などがあるにしても、自分達は最初からさういふ人々には知られない場所に隠れてゐるのだ。彼等は笑ふ事も憐む事も出来ない。そして仮令《たとひ》笑つても憐んでも、それは決して自分達の処までは聴えて来ない。自分達は誰にも知られずに一生を終つて了ふ。如何にいいか――。

（傍点は作者、傍線は引用者）

謙作は、どこかの山麓の百姓、しかも村八分にされているような者に変身したいと願う。そして、この疎外による孤独の中にあって、その伴侶は、想像裡の醜い女よりも現実性のある「前日の女」（京都訛りを真似たプロスティチュート、「昨日の後の人」）を想定し、しかも彼女が「罪深い女で、それを心から苦んでゐるやうな女だつたら、どんなにいいか。」とするのである。これは、自身の罪を懺悔することなく「斃れて後やむ」のイメージを持つ栄花のまさしく後身といえまいか。罪を背負った、互いに名もなき男と女、そういう一対の夫婦として謙遜な心持ちで静かにその一生を送る。このような想念世界で謙作は栄花と結ばれ、それによって栄花も救われたのだといえまいか。

なお、これは『暗夜行路』の文脈と作者志賀側のものとの関連から言うのだが、京都訛りを真似たプロスティチュートの「自家《うち》」は「深川」とされ、栄花の章の淵源となった一九〇五年一月一六日の日記に記された落想メモおよび未定稿「お竹と利次郎（梗概）」（一九〇六・一・九）における女主人公（お竹）の住まいが「深川」であったのは、単なる偶然ではなく、その深層の領域で両者の根が同じものであったことを証左するものと思われる。もっとも、未定稿「マリイ・マグダレーン」（一九一三・六・二四）では、竹の助（栄花の前身、広勝がモデル）の住まいは「四谷」となっていて、木下利玄が四谷に住んでいたことから、おそらくこれが事実だと受けとめられる。そして『暗夜行路』では、モデル問題を配慮してか、栄花の住まい（「元、栄花のゐた辺《あたり》」・第二の十三）の地名は明記されていない。しかしながら、そのスタートラインにあった一九〇五年一月一六日の落想メモおよび「お竹と利次郎」では、女主人公（お竹、やがて竹の助→栄花となる）は「深川」の亀の子焼き屋（駄菓子屋、やがて亀の子焼きを作る家→今川焼屋となる）の養女であった。その構想の最初期の段階にあった栄花の住まいと、京都訛りを真似たプロスティチュートの住まい、すなわち同じ「深川」という地名の重なりは重視されねばならないのである。

こうして、その「心」がどん底状態にある謙作が、見知らぬ山麓での、栄花の後身とみられる京都訛りを真似るプロスティチュートとの同棲を夢想することで、その栄花救済のモチーフも結実したと思われるのである。

ところが、しばらく時間を置いて、栄花は、蝮のお政とともに、後篇第三の十三で再び話題に上ってくる。ここでそこに至るまでの概略を述べれば、京都に住まいを移した謙作は、そこで見初めた直子とトントン拍子に結婚することができた。直子は、「鳥毛立屏風の美人」（友人高井の評、第三の三）のイメージで、古雅な、いわゆる良妻賢母型の女性として登場する。「甃れて後やむ」（謙作の仲間の一人の評）のイメージに通う栄花のような悲劇的かつ悪女的タイプの女性とは対照的だといえる。では、謙作の好みの女性のタイプも変わったのか。だが、謙作が直子と疏水べりを歩くシーンで、「後から来る直子の、身体の割りにしまつた小さい足」の歩み（第三の十二、傍点は引用者）を感じるところには、身体のみならずその心にも張りのあることを窺わせている。だから直子は、その外形やイメージこそ異なれ、芯のところでは栄花同様の謙作好みの女性であったのだといえるのである。

さて、問題の第三の十三は、結婚後の謙作と直子が「祝物の返しの品」を買いに外出した日のことを中心にしている。用事が済んだ二人は、やがて祇園の茶屋町から東山側の電車通りに出、そこで謙作が「嘗つて」蠖のお政を見たという「場末の寄席のやうな小さい芝居小屋」の前を通りかかった。この折、謙作と直子に対話が繰り広げられるのだが、ここで謙作が栄花と蠖のお政とを比較し、その「心の状態」として栄花の方に軍配を上げるのは以前と変わりないにしても、直子の発言によって、直子のいう「悪い事」と、お政や栄花の「悪い事」とが「一緒にならない」としていることにまずは注目する必要がある。ここのシーンはのちの直子の過失の遠い伏線としても機能しているのだが、ここでは謙作によって、直子は、蠖のお政や栄花とは峻別された所に置かれる。別言すれば、ここで栄花は蠖のお政と同じ範疇に位置づけられてしまうのだ。むろん、ひとくちに「悪い事」といっても、その内容には程度の差がある。なるほど栄花には嬰児殺しの疑いや窃盗の噂があった。また、蠖のお政の悪事については謙作はよく知らないというが、たいがい窃盗の類いだろうとの見当はついていたはずだ。繰り返せば、「悪い事」の内容で、栄花は蠖のお政と同類となり、以後謙作の意識の中で栄花は色褪せた存在として後退していく。現に、これ以降謙作は栄花に触れることはない。そして、直子の比重がどんどん大きくなっていくのだが、ここでは直子がその種の「悪い事」をすることは十中八九、いや絶対にないと謙作は信じ込んでいる。ここまでは、ほとんど大きな問題はないといいえる。

しかるに、「悪い事」には懺悔や悔悟ということが絡んでくるというふうに話が発展しているので、「悪い事」の意味概念は、「誰れでも赦せる程度のもの」ではないものにまで拡大してしまった。ここに女の〈性〉に関わる過失や不義が絡むのはいうまでもない。だから謙作は、「不図」亡き母のことを思い浮べ、「陥穴《おとしあな》に落ちたやうな気」がして、口をつぐんでしまったのである。

謙作は母の不義（過失）について考えることを避けている。第三の八で謙作は母の郷里亀山を訪ねるが、「総ては自分から始まる。俺が先祖だ」として、母の結婚以前のことを穿鑿するのをやめる。まして母と祖父、および父との間にあった過去のドラマも探ろうとはしない。母については、ひたすら自分を本当に愛してくれた唯一の存在（前篇「序詞」の屋根事件、羊羹事件がそれを例証する）として封印し、聖域に閉じこめようとするのである。

直子の場合は、現実に降りかかってきたものだけに苦しむ。その過失（不義）を理性で許しても感情で許せないものが残った。これは『暗夜行路』後篇の中心テーマであり、むろんそこには女の〈性〉の問題が深く関わるのだ。現に、謙作は大山にあっても（第四の十五）、「あの女は決して盗みをしない、これは素直に信じられても、あの女は決して不義を働かない、この方は信じても信じても何か滓のやうなものが残つた。」（傍点は引用者）としているのである。

謙作の母および妻直子における罪の問題（それは厳密に言って過失か不義か定かではない）については、もう少し熟慮を重ねないといけないと思うが、この『暗夜行路』のメインテーマを要所、要所において支えたのは、栄花および蝮のお政のエピソードであったともいえる。

本稿では、『暗夜行路』における栄花の章に焦点を当て、『暗夜行路』の持つ魅力の幾つかを述べてきたつもりである。栄花にしろ蝮のお政にしろ、謙作の回想シーンで語られた女性に過ぎないが、きわめて印象的で、なんと生彩を放っていることか。この二人のいわば悪女のエピソードは、『暗夜行路』にその小説としての幅と深みを確実に与えていたのである。

注

（1）青野季吉「「暗夜行路」について」（『志賀直哉研究』、河出書房・所収論文、一九四四・六）

（2）中村光夫『志賀直哉論』（文藝春秋新社、一九五四・四）

（3）蓮實重彦「廃棄される偶数・『暗夜行路』を読む」（「國文學」、學燈社、一九七六・三）。のち『「私小説」を読む』（増補新装版）（中央公論社、一九八五・一一）に収録。引用は『「私小説」を読む』所収のものに拠った。

（4）拙稿「志賀直哉と娘義太夫」（『志賀直哉全集第四巻』「月報」、岩波書店、一九九九・三）でその概略は既に述べている。

（5）水野悠子『知られざる芸能史娘義太夫』（中央公論社、一九九八・四）。本稿はこの著書に拠っているが、その後、水野悠子は、『江戸東京娘義太夫の歴史』（法政大学出版局、二〇〇三・三）を出版された。

（6）阿川弘之『志賀直哉　下』（岩波書店、一九九四・七）

（7）『日本近代文学大系31　志賀直哉』（角川書店、一九七一・一）

（8）江種満子「『暗夜行路』の深層」（『女が読む日本近代文学　フェミニズム批評の試み』、新曜社・所収論文、一九九二・三）

（9）『日本女性人名辞典〔普及版〕』（日本図書センター、一九九八・一〇）

（10）綿谷雪『近世悪女奇聞』（青蛙房、初版は一九七九・五、再版は一九九〇・一一）

（11）斎藤美奈子『妊娠小説』（筑摩書房、一九九四・六）

（12）谷川徹三「「暗夜行路」覚書」（「文芸」、一九三七・一二、一九三八・一）は、栄花をめぐるエピソードが描かれていることをもって、『暗夜行路』を「人間弁護の書」であるとしている。

（**補注**）大下英治『悪女伝』（徳間書店、一九九七・五）所収の「内田まさ——「干支に呪われて」」の章は、むろん小説仕立てなのだが、「おまさ」は明治三十五年十一月に市ヶ谷監獄を出獄、「翌明治三十六年の春」には、「四谷荒木町の末広座に「蝮《まむし》のおまさ」の演《だ》し物」がかかり、「なんと、主役のおまさを演じるのは、役者でなくおまさ自身であった。」としている。

第五章　時任謙作の人間像をめぐる考察――『暗夜行路』の展開に即して――

はじめに

『暗夜行路』（初出は一九二一・一～一九三七・四「改造」に断続掲載。のち、一九三七・九および一〇、現在の構成となって改造社より刊行。）の主人公時任謙作はどのような男なのか。そもそも『暗夜行路』で全円的に描かれた人物は時任謙作ただひとりだとされる。そこで本稿は、その人間像について徹底的にメスを入れてみようと思う。これはいずれ『暗夜行路』の主題や作品構造を深く考察する際にも極めて重要な梃子の役割を果たすものと信ずる。

『暗夜行路』を通読すれば、「不愉快」や「不快」、「拘泥」などといった用語が頻出し、主人公謙作が気むずかしい気分屋であることが容易に捕捉できる。が一方で、『暗夜行路』全篇を通し、「想像」や「空想」、また「考」や「夢」といった言葉が随所に現われ、さらに謙作の見た四ヶ所の睡眠時における「夢」の記述があることから、私は、時任謙作を夢想家であるとすることができるように思う。すでに竹盛天雄が「『暗夜行路』には、いかにも空想家もしくは夢想家というにふさわしい空想や夢想、または夢そのものが、その体験世界の狭さや筋の単調さを補償するかのように、重大な意味あいをもってあらわれる。」と指摘している。(1)が、竹盛の論は前篇を中心にしたもので後篇への目配りには不十分であって、私は私なりに夢想家時任謙作の足跡を全篇にわたり子細に辿ってみる必要がある

と思ったのである。(2)

謙作が夢想家であることの証しは、わかりやすい例を挙げていえば、前篇第二の四で謙作が尾道の生活に行き詰まり四国への小旅行に出かけた折に示される、いわゆる象頭山の空想によって明確にされる。象頭山の空想の内容についてはのちに詳しく述べるが、この空想から覚めたあとの次のような叙述に注目したい。

彼はたわいない空想から覚めた。然しそれをさう滑稽とも彼は感じなかつた。人類を対手取る所に、変な気がしたが、子供からの空想癖が、一人になつて話し相手もない所から段々に嵩じて来た此頃、彼は今した想像に対しても別に馬鹿々々しいとも感じなかつた。

（傍点は引用者）

謙作が「子供からの空想癖」を持つことがここにはっきりと示されている。謙作の「空想癖」は、その強いられた孤独な境遇から胚胎したと思われるが、『暗夜行路』にはほかにも夥しい数の謙作の夢想や空想が描き出されているのだ。その一つ一つを『暗夜行路』の展開に即し吟味しながら辿っていきたい。そこに夢想家時任謙作という、この人物に最もふさわしいと思われる人間像が鮮明に浮き彫りにされてくるはずである。

「空想癖」ということを第一にピックアップしたが、「癖」ということに着目すればほかに四点ほどの「癖」を見出すことができる。そこから謙作の人間像を捉えることも可能だ。

まず、前篇第二の六で、謙作がお栄との結婚を兄信行に託し、その返事が来るまでの間、彼がどのような思いでいたかに注目してみよう。

実際彼には同じ位の強さで二つの反対した気持があつた。此事がうまく行つて呉れればいいといふ気持と、うまく行かないで呉れ、といふやうな気持と。何方《いづれ》が彼の本統の気持かよく分らなかつた。何方にしろ決定すれば、彼はそれに順応した気持になれるのだつた。然しさうはつきり決定しない内は、変にかういふ反対した二つの気持に悩まされる。それは癖で、又一種の病気だつた。そして、結局はお栄の意志で運命を決める。それより他《ほか》はないといふ受け身な気持にをさまるのであつた。

（傍点は引用者）

ここに謙作の性癖、性格の一端が如実に窺える。お栄求婚のあり方に徹底した強い意志力はみられない。賽は投げられたが、自分の意志より相手の意志に自分の運命をゆだねようというのだ。謙作は物事に対し決して能動的かつ積極的な男ではない。むしろ受身的であって、しかもしばしばそこに不徹底さや曖昧さを内包する。このような傾向は他のケースにも多々見られる。これも『暗夜行路』の展開に即し、検証していきたい。

次に、後篇第三の九で、直子との結婚を間近に控え、お栄と旅館の一つ部屋に寝ることとなった謙作のありように着目したい。

謙作は誰にしろ、同じ部屋に人が居ると安眠出来ない方だつた。かういふ時、疲れ切るまで本を読む癖から、彼は紐を延ばし、電燈を頭の上へ引き、「から騒ぎ」と云ふ、今、古本屋から買つて来た喜劇の訳本を読み始めた。

（傍点は引用者）

この「癖」はいわば生活様式に関わり、些末なことかもしれない。しかし、その神経質な性格とともに、寝つきがわるくなったら「疲れ切るまで本を読む癖」のあることを謙作の人間像の一端として銘記しておきたい。

次に、後篇第四の三、謙作が留守中に妻直子に過失（不義）があったことを嗅ぎ当てる経過のうちに着目したい。

季節は春から夏にかけての時期とみられるが、謙作は京城にお栄を迎えに行き戻って来る。駅のプラットホームに直子に付き添い水谷が出迎えていたことから謙作の「不愉快」が始まり、留守中に要が三日も泊まって夜明しで花をしたりしたことを知ってさらに謙作の「不愉快」は増幅、それは加速度的に強くなっていく。それを謙作は「自分の悪い癖なのだ。」（傍点は引用者）としている。ここには多分に生理的なものが関わっていると思われる。これと関連して、第四の九には、「謙作は毎年《まいねん》春の終りから夏の初めにかけ屹度頭を悪くした。」と書かれている。謙作がそのような「不愉快」を増殖させたり「頭を悪く」したりするのは、どうやら季節的に春から夏にかけて顕著なことのようである。この時期、謙作の生理的バイオリズムとして、ことさらその神経が過敏になる傾向が強いことを指摘しておいていいだろう。これも謙作の人間像の一面として『暗夜行路』を読む際の重要な視点としたい。

次も、前記のものと密接に関連するが、謙作は勘が鋭く、直感的な人間洞察力に長じている、ということである。具体的に、第四の六で、水谷を嫌う謙作は、末松に次のように話している。

「実際さうだ。それはよく分つてゐるんだが、遠ざける過程としても自然憎む形になるんだ。悪い癖だと自分でも思つてゐる。何でも最初から好悪《かうを》の感情で来るから困るんだ。好悪が直様此方《すぐさまこつち》では善悪の判断になる。それが事実大概当るのだ」（傍点は引用者）

謙作にとって好ましいものは善であり、嫌なものは悪だというのである。なんとも身勝手な気分のメカニズムである。しかし謙作は「大概当る。人間に対してさうだし、何か一つの事柄に対してもさうだ。」として、自分の感性に絶対的な自信を持つ。好き嫌いは誰しも持つものだが、謙作の場合は甚だしいものがある。下品なもの（例えば祖父）は嫌い疎んじ、上品なもの（例えばN老人）を好み親しみを覚える傾向が著しいこともここにつけ加えておいてよいと思う。

寝つかれずにいる時「疲れ切るまで本を読む癖」のあること、晩春から初夏にかけて心身ともに不調に陥りやすくなること、直感的に好ましいものは善で嫌いなものは悪であるとする価値判断を持つこと、これらは一括りにして捉えてもよい。一口にいって、謙作は繊細な神経の持ち主なのだ。『暗夜行路』を読む際、これらの面が前面に出る時、それと併せて、「不愉快」や「不快」「拘泥」などの語が頻出することも見逃してはならない。

ところで謙作はあちこちとその居場所を変えた。東京赤坂福吉町から尾道へ、帰京すると大森へ、さらに京都へ、そして大山へと向かった。その間にはいくつかの小旅行もあった。これらすべては気まぐれから実行に移されたわけではない。なかには意図的に場所変えを行なったケースもある。そこには謙作のいわば場所変えの哲学が働いていた。[3]謙作における旅や転居の一つ一つについても子細にみていきたいと思う。

謙作の人間像をめぐり、主にその記述された「癖」に着目しながら幾つかの面をみてきた。が、私の捉える時任謙作の人間像の最大のポイントは、彼が夢想家であるということである。ついで、これは夢想家という性格から逸脱するものではないが、彼はいかにも文学青年らしい繊細な神経を持つものの、決して物事に能動的、積極的な男ではなく、むしろ物事に対し人任せにする傾向の強い、受身的、内向的な男である、ということである。とはいえ、謙作は常に前向きに生きた。その向日的人生態度がその人間像の核心部にあったことを忘れてはいけないのである。

以上のようなことをひっくるめて『暗夜行路』の筋の展開に即し精細に検証、跡づけをしていきたい。

1　前篇第一の謙作・想像する男

『暗夜行路』前篇第一の冒頭は、謙作の阪口に対する「不快」から始まる。それは具体的には阪口の「今度の小説」に起因するのだが、謙作はその「興奮」からなかなか睡ることができなくなった。このような場合、謙作はどのような行動をとるのか。「何か気楽な読物を見ながら眠むくなるのを待たう」とし、講談本（「塚原卜伝」）を取りに階下のお栄の部屋に降りていったのである。これは直接的には気分転換を計るためのものだが、ここに先に述べた、寝つかれずにいる時「疲れ切るまで本を読む癖」、謙作に備わった生活スタイルが関与しているとも解されるのである。

謙作が夢想家であることは、謙作の登喜子に対するイリュージョンからディスイリュージョンへと至る過程のうちに読み取ることができる。

謙作は、突然の竜岡と阪口の訪問を受け（第一の二）、吉原の引手茶屋西緑に遊ぶこととなった（第一の二）が、いつしか芸者登喜子に対する淡い恋心が芽生えていた。それは、「こちらは私の昔の岡惚れにそりやよく似ていらつしやるわ」という登喜子が謙作に向けて言った何気ない言葉などを受け、次第に醸成されていったものだといえる。

謙作の登喜子に対するイリュージョンの所在は、具体的には第一の三で、謙作が妹たちをつれ帝国劇場の女優劇を見に行った際に示される。この折、「彼の頭は絶えず淡いながら登喜子の事を考へて居た。」（傍点は引用者）とされ、「身を入れて女優達の芝居が見て居られなかつた。」のである。おそらく西緑での登喜子の様々な表情や出来事の一つ一つを反芻していたに違いない。まさしく登喜子のイリュージョン（幻）にとりつかれてしまったのだ。恋はその対象の幻をふくらませ追いかけることから始まるといえる。こうして以後しばらく謙作は「不思議な悩ましさ」（第一の四）にとらわれたり、「変に重々しく息苦し」いもの（第一の五）を感じたりしていくのである。

謙作はロマンチストである。と唐突にも言うのは、第一の三の後半部で、常燈明の愛の「蠟燭」のエピソード(4)が語られているからである。

謙作は、帝国劇場で偶然出会った石本とつきあい、石本と別れたあとの自宅への帰途の道すがら、石本が「誰かの言葉」として言った「若い二人の恋愛が何時までも続くと考へるのは一本の蝋燭が生涯点《とぼ》つて居ると考へるやうなものだ」というのを思い出す。が、これには謙作は反発を覚えていた。そして「成程最初の蝋燭は或る時に燃え尽されるかも知れない。然し其前に二人の間には第二の蝋燭が準備される。第三、第四、第五、前のが尽きる前に後々《あとく》と次がれて行くのだ。愛し方は変化して行つても互に愛し合ふ気持は変らない。蝋燭は変つても、その火は常《じやう》燈明《とうみやう》のやうに続いて行く」という「考」が開陳されるのだ。この「考」の背後には謙作の「母方の祖父母」のケースがモデルとして存在していた。謙作はこの「考」を先刻石本に言ってやれなかったのを残念に思うのであった。

謙作がロマンチストであることを示すだけならこのエピソードはここでピリオドが打たれてよかった。しかし次のようにつづく。不意に、「然し西洋蝋燭は次げないネ」という想像上の石本の声を耳にする。そして「同じ想像の自分」（傍点は引用者）が、「其二人は純粋に日本蝋燭なんだよ」と答えるのである。これは想像世界での石本と自分（謙作）の会話であり、謙作はいわば寸劇を作って楽しんだのだといえる。夢想家としての謙作、謙作の「空想癖」がよく現われたところだとしてよい。

このような「考」、一つの恋愛（結婚）観はいわばプラス志向のものである。これは『暗夜行路』の物語が終結するまで底流していく美しい「考」として記憶に止めておきたいと思う。

さて、謙作が登喜子と二度目に会ったとき（第一の四）はどうであったか。西緑の前に来ると、謙作は瞬間的に次のような感じを抱くのだった。

> 登喜子はもう来て待つて居た。お蔦と店へぴたりと坐つて、往来を眺めながら気楽な調子で何か話して居た。そして、謙作の姿を見ると、二人は一緒に「さあ、どつこいしよ」と云ふ心持で起上《たちあ》がつた。——と、そんな気が謙作はしたのである。
>
> （傍点は引用者）

ここには謙作の想像力が働いている。お目当ての相手（登喜子）の「心持」を読んでいる。この折の登喜子の態度から、彼女は謙作に特別な感情を抱いているわけではなく客の一人として接しているにすぎないということを嗅ぎ取ったのである。これ以降、謙作の登喜子に対するイリュージョンは変化、衰退していく。その思いは「妙に軽快なもの」（第一の五）となり、三度目に登喜子と会ったとき（第一の六）は、「謙作は今はもう登喜子との関係に何のイリュージョンも作つては居なかつた。」とされるのである。

登喜子との関係に「力瘤」（第一の四）を入れて期待していたにも関わらず、次第に些細なことからそのイリュージョンは萎えていった。その背景には、愛子事件のショックから生じた、いわばマイナス志向の「考」が拍車をかけていたとも考えられる。

第一の五で幼馴染の愛子への求婚が失敗したことが回想される。とりわけ、絶対的な親しみと信用を寄せる愛子の母に裏切られた形となったことがショックであった。謙作はこの事件から、「人の心は信じられないものだと云ふ、俗悪な不愉快な考」（傍点は引用者）が次第に「自分の心に根を下ろして行く」のを感じていたのである。この人間不信に傾斜していく「考」が、登喜子に対する感情や気持ちにブレーキをかけるものとなったともいえるのだ。

ところで、愛子事件を回想するなかで、謙作の「空想癖」、夢想家としての性格がよく現われた箇所があるのでそれに注目しておきたい。謙作は愛子求婚の仲介を父に願い出た。むろん父から快い返事を予期してはいなかったが、「万一として気持のいい父の態度を空想して居たのが事実だつた。」（傍点は引用者）とされているのだ。幼い頃から自分に冷たい態度をとりつづける父に対して謙作はそれでも快いものを期待し、そういうことが現実となるのを「空想」することがあったのである。

謙作における登喜子へのイリュージョンとディスイリュージョンの顚末、それを第一の五の末尾で次のように叙述する。

そして登喜子との事が既にそれであつた。彼は自分に盛上がつて来た感情を殺す事を恐れながら、扨て近づかうとして、それが最初の気持には全《まる》で徹しない或る落着きへ来ると、それでも尚、突き進まうと云ふ気には如何《どう》してもなれなかつた。其処で彼の感情も一緒に或る程度に萎びて了ふ。（傍点は引用者）

先に私は、時任謙作の人間像の一面として、物事に決して積極的かつ能動的ではなく、受身的で、徹底力に欠けることを指摘した。愛子事件とてなぜ失敗に終わったのかその理由を徹底して究明しようとはしなかった。いま謙作は、「愛子さんとの事を書いてゐる」（第一の三）というが、「どうしても彼方《むかう》の気持が分明《わか》らない」のではこの創作が早晩挫折することは明白なのである。また、阪口の小説に不快を覚え、それを「面と向かつて思ひ切り云つてやつてもいい」（第一の二）としながらも、結局は何も言えなかった。そして、登喜子への淡い恋心も一時は盛り上がりをみせながらも結局は徹底させることはできずに萎縮させてしまったのである。

第一の六、「謙作は今はもう登喜子との関係に何のイリュージョンも作つては居なかつた。」とされた直後、謙作は電車のなかでわが子（赤子）にスキンシップを与える「若い美しい女の人」を見かける。そして「彼は恐る〳〵自分の細君としてかう云ふ人の来る場合を想像して見た。」（傍点は引用者）のであった。今は亡き母（新）からスキンシップを与えられた記憶のない謙作にとってこのような「若い美しい女の人」（母）は自分の未来に光を投げかけるものであった。その意味でここでの「想像」は、向日性があり、やがて直子と出会う遠い伏線ともなっているのである。

また、第一における謙作の対女性関連で、登喜子からお加代へとその関心が移る、そのターニングポイントとしてこの電車のなかの若い美しい細君が点綴されたとしてもよい。

では、お加代へのイリュージョンとディスイリュージョンはどのような形でなされたのか。謙作は、緒方に連れられ銀座のカッフェ清賓亭でお加代と初めて会った（第一の六）のだが、「多少惹きつけられ」ながらも、その後特別なイリュージョンを抱いた形跡はみられない。しかるに、その数日後、緒方から「お加代と云ふ人が一寸でもいいから君を呼んで呉れと云ふので、十時過ぎに俥を迎へに寄越したが、聴かないかい？」と言われ、謙作は「顔を赤く」し、「変に甘い気持が胸を往来し始め」るのであった（第一の七）。これを恋の芽生えとしてよいだろう。ただし、謙作の方から積極的な働きかけをしたというのではない。あくまで謙作は受身の姿勢であることに留意したい。お加代との関係はその後、おそらくお加代のコケティッシュな感じにひかれ、酒の勢いからお加代と接吻をする真似をしたりする（第一の八）のだが、この方面はここで一旦中断され、突如、謙作が夢想家であることを如実に示す好個の例が第一の九に現われる。

それは長い間怠っていた「日記」の執筆に表出された、いわゆる「ヒコーキ空想[5]」というもので、それを要約すると次のようになる。自分は今閉塞感に苦しめられている。しかしその一方で「何物をも焼き尽くさうと云ふ欲望」があってそれをどうすればいいか焦っている。「仕事の上でも生活の上でも妙にぎごちない。」（傍点は作者）のである。自分は天才の仕事にあこがれる。人類の運命は決して地球の運命に殉死するものではない。文学の仕事のうえで自分は人類の永生と幸福に寄与するものを目指すべきなのだ。

人類の永生と幸福に貢献する文学の仕事の担い手になろうという、高遠だが、建設的な「考」の開陳といえる。そして「此考は此間中から漠然彼の頭に往来してゐた考であつた。」（傍点は引用者、第一の十）とされる。謙作は「亢奮」し、いつの間にやら部屋の中を歩き廻っていた。こうして階下からお栄に「謙さん。謙さん」「お昼はどう？」と声をかけられ、「彼は一寸夢から覚めたやうに感じた。」（傍点は引用者）のである。まさしく夢想のひとときであったのだ。なお、「夢から覚めたやうに感じた。」というフレーズは『暗夜行路』でこれ以降重要な箇所で反復されるキイワードとして銘記しておきたい。

だが、現実の日常に戻れば謙作の生活は閉塞感に包まれたままであった。第一の十では早くもお加代へのディスイリュージョンが示される。お加代は同僚のお牧と界隈の「いい男」の噂話を始める。また、昼前銭湯に行って誰もいないと、両方に留桶を抱えてよく泳ぐのだという。この話から、「肉づきのいい此大きな女が留桶を抱へて風呂の中で泳ぐ様子が謙作には可成不恰好な形で想像された。」（傍点は引用者）という。このような「想像」によってお加代の価値は急落する。謙作は、下品なもの、「安価な感じ」のするものを嫌う。当然、お加代に対する気持ちは急速に冷えていくのだった。

第一の一から十にかけて漸次、謙作の性欲が昂進されていることは十分に読み取ることができる。登喜子からお加代へとその関心が移った際も、そこには肉感的なものが大いに関わっていた。また、謙作が飼う仔山羊の二ヶ所の形象（第一の三と第一の十二）によっても謙作の性欲の昂進は象徴的に描かれたといえる。

第一の十一は、当然の成り行きとして謙作の遊里での放蕩の開始が語られる。と同時に、謙作はお栄を意識したというのだ。が、対お栄を子細にみれば、二段階のものとして把握する必要がある。

その第一段階は次のようなものである。

　彼は放蕩を始めてから変にお栄を意識しだした。これは前からも無い事はなかつたが、彼の時々した妙な想像は道徳堅固にしてゐる彼に対し、お栄の方から誘惑して来る場合の想像であつた。その想像では常に彼はお栄に説教する自分だつた。さう云ふ事が如何に恐ろしい罪であるか、その為めに如何に二人の運命が狂ひ出すか、そんな事を諄々《じゅん〱》と説き聴かす真面目臭い青年になつてゐた。しかも、さう云ふ想像をさす素振りがお栄の方にあつたわけではなかつたが、彼は時々そんな風な想像をした。

（傍点は引用者）

ついでに第二段階のものを引用しておこう。前述のもののすぐあとにつづく文脈である。

> それが此頃になつて変つて来た。夜中《よなか》悪い精神の跳梁から寝つけなくなると、本を読んでも読んでゐる字の意味を頭が全《まる》で受けつけなくなる。只淫蕩な悪い精神が内で傍若無人に働き、追ひ退《の》けても〱階下《した》に寝てゐるお栄の姿が意識へ割り込んで来る。さう云ふ時彼は居ても起つてもゐられない気持で、万一の空想に胸を轟かせながら、階下《した》へ下りて行く。お栄の寝てゐる部屋の前を通つて便所へ行く。彼の空想では前を通る時に不意に襖が開《あ》く。黙つて彼は其暗い部屋に連れ込まれる。——が、実際は何事も起らない。彼は腹立たしいやうな落ちつかない気持になつて二階へ還つて来る。然し、段々の途中まで来て又立止る。降りて行かうとする気持、還らうとする気持が彼の心で撃ち合ふ。彼は暗い中段に腰を下ろして、自分で自分をどうする事も出来なくなる。
> （傍点は引用者）

いずれも引用が長くなったが、この二ヶ所の推移のうちに「悪い精神の跳梁」の作用がその強度を増しているさまがつかめよう。第一段階のものでは「想像」という言葉が多用されるが、謙作は「道徳堅固」でお栄の誘惑（想像上のもの）には負けないのである。そういえば第一の一で深夜寝つかれずにいた謙作が階下のお栄の部屋に講談本を取りに行くシーンがあって、少し「拘泥」したのだが、実際に講談本を取りに行き、彼特有の「疲れ切るまで本を読む癖」から寝つくことができた。それ以降もお栄の誘惑を時々「想像」することはあっても危険な感じはなかったとしてよい。しかるに第二段階のものではもはや深夜読書に耽っても寝つくことは不可能となっていた。お栄の誘惑が「空想」世界で起こり、その強さを増し謙作を圧迫するのである。階段（段々）の中段に宙ぶらりんの状態に置かれた謙作の姿は危険なゾーンへと明らかに踏み込んでいるのを示している。

つづいて播摩の「夢」が描かれる。これは睡眠時の文字通りの「夢」であるが、謙作にとっては現実と陸つづきのものと捉えてよい。むろんこれも「悪い精神の跳梁」の作用によるものである。その「夢」のなかでは、阪口が淫蕩の果て、その旅先でついに播摩をやって死んだというのだ。謙作と阪口の関係は、『暗夜行路』第一の世界の重要なポイントの一つになるものだが、ただここでは、「阪口は淫蕩の為めにはあらゆる刺激を求めて来たが、到頭其播摩まで堕ちたかと思ふと謙作は身内が寒くなるやうな異様な感動を覚えた。」（傍点は引用者）という文脈に注意したい。なぜ、嫌っている阪口の、たとえ「夢」のなかでの行為にしろ、謙作は「感動」を覚えたのか。阪口には物事に徹底する力の強さ、いわば豪胆さがある。十中八九、それをやると死ぬとわかっていても放蕩の極みである播摩を実行に移してしまうのだ。物事の価値観からすれば播摩はマイナス志向のものである。しかし物事への徹底力という点では賞賛に値すべきものであったのではないか。謙作はその理性の力が勝っているので、なるほど播摩まで堕落してはいかない。しかしそれは裏を返していえば、物事に徹底する力の弱さを認めることにつながらないだろうか。謙作が「夢」のなかとはいえ阪口の行動に「感動」を覚えた背景にはこのような事情があったと解したい。

翻って謙作にあっては、愛子求婚失敗の原因究明は徹底したものではなかった。また、登喜子への思い、お加代への思いも自らブレーキをかけたようなもので、徹底してはいかなかった。むろん文学の仕事の方面でもその努力のさまがこの時点まで全く窺えない。謙作は、その日記に記したように、「仕事の上でも生活の上でも妙にぎごちない。手も足も出ない。」（傍点は作者）という閉塞状況に置かれていたのである。このような状況を招来したのは、謙作の物事に対する徹底力の希薄さに一つは起因しているとしてよいだろう。

播摩の「夢」につづくもう一つ別内容の「夢」は、「淫蕩な精神の本体」が「安つぽいもの」だと知ったことである。謙作は相手が安価なものだと判断できれば重苦しいものから解放されるのである。

だが、お栄との同居をつづける限り、お栄に抱いた思いは燻ってしまう。また、その「生活」の閉塞状況を打破するのも難しい。そこで謙作は、おのれの居場所を変えること、一人暮らしを思い立つ（第一の十二）。行き詰まりをみせている今現在の「生活」の立て直し、および第一の九に示された高い目標に向けての「仕事」の実践のため、謙作は一人尾道へと旅立つのである。

2　前篇第二の謙作・変身する男

尾道への移転（場所変え）により、「東京とは全く異つた生活」が謙作を楽しませ、「先づ総てが順調に」運んだ（第二の三）。が、一ト月ほどを経過すると、「仕事」面でも「健康」面でも乱れを生じてきた。そういう時、謙作はさらなる場所変えを思いつく。四国の山々を眺め、「不図旅を思ひ立つた。」（第二の四）のである。これは気分転換のための小旅行としてよい。

その四国へ向かう船のなかで謙作は、いわゆる象頭山の空想をめぐらす（第二の四）。それは具体的には、船の事務長が言った、象の頭に似ていることから象頭山とされている山とは別の、その手前の山がもっと象の頭に似ていると謙作が思ったことから湧き起こっている。「大地へ埋《うづ》まつてゐる大きな象」が「全身で立ち上つた場合」を「空想」するのだ。そしてその巨大な象と人類の戦争となる。むしろ人間たちの方が好戦的で巨大な象の殺戮のため様々な詭計を弄する。しかしその巨大な象を攻略することは困難を極めた。とうとうその巨大な象は怒り出すのだが、謙作はいつしかその象になっていて、人間たちと戦っていた。象はその足と鼻を巧みに使い人間社会の破壊へと立ち向かうのである。

このような「空想」を行なっている間、謙作は「退屈」さを感じなかった。また、謙作に「子供からの空想癖」があったことがここで明らかにされたことは先に述べた。では、この「空想」の意味をどのように捉えるべきなのだろうか。

この「空想」の眼目は、謙作が巨大な象に変身していて「人類を対手取る所」にある。人類とは敵対関係にあり、人類を破滅させようとしている。これは、先の第一の九に示された建設的なあの「ヒコーキ空想」とはちょうど裏返しの意味合いを持つものだとしていいだろう。人類の永生と幸福に寄与する文学の「仕事」は挫折した。いまやそのプラス志向のエネルギーは行き場をなくしてマイナス志向のものへと大きく転位し、人類との戦争、そして人類社会の破壊という「空想」へと掻き立てたのである。

屋島の宿で謙作は深い孤独感を味わう。それを癒してくれるのは異性の存在である。ここで謙作は「お栄と結婚するといふ考」（傍点は引用者）を抱き、その気持ちを明るくさせた（第二の五）。第一の最終部で燻っていたお栄への思いが形を変えて再燃したと捉えていいだろう。

お栄への求婚のあり方をみれば、そこに謙作の、物事に徹底した姿勢で臨めないこと、受身的性格が捉えられる。謙作はお栄に直接手紙を書くのはやめにして、兄信行を介し求婚してもらうことにした（第二の六）。慎重で賢明な方法のようにみえるが、兄信行を頼みにしたこと自体にすでにその他人任せな消極性が出ている。が、さらに「此事がうまく行つて呉れればいいといふ気持と、うまく行かないで呉れ、といふやうな気持と。何方《いづれ》が彼の本統の気持かよく分らなかつた。」としている。なんとも曖昧で、腰が据わっていないのだ。こうして謙作は、「お栄の意志で運命を決める」という「受け身な気持」で信行からの返事を待つのである。

しばらくして信行からの返事を受け取った。その手紙の内容は謙作が母と祖父との不義の子であることを打ち明けたものであった。『暗夜行路』前篇のクライマックスシーンとしてよい。が、謙作が信行の手紙を読み終えた直後の反応に着目したい。謙作は、信行の手紙を読みながら「自分の頬の冷たさを感じ」ていたのだが、手紙を読み終わると、「総てが夢のやうな気がした。」（傍点は引用者）とされているのだ。突きつけられた現実を「夢」のなかの出来事のように捉えている。出生にまつわることは謙作の預かり知らぬことなので、現実のものとして手応えの薄い「夢」のように受け取らざるを得なかったということなのか。ともあれ、母と祖父との不義の子という衝撃的な事実は、「夢」に近似したものとして把握されたのである。

尾道をひきあげた謙作は、やがて赤坂福吉町から大森へと移転を行なった（第二の九～十二）。またしても場所変えである。謙作は不義の子だと知らされたその当座は「肯定的な明るい考」（第二の十一）を抱き、それを持続させていた。が、帰京後一ト月ほどを経て、「心の緊張」がゆるむのを自覚すると、場所変えを思い、断行するのであった。もっとも結果的には「大森の生活は予期に反し、全く失敗に終つた。」（傍点は引用者、第三の一）とされるのだが、この大森移転に恣意性はなく、そこには危機脱出のためのプラス志向による場所変えの哲学が働いていたのである。

さて、この大森生活前後における謙作にしばし注目してみよう。

謙作は、昔栄花といった娘義太夫がいま柳橋で桃奴という名の芸者になっていることを知る（第二の十一）。栄花に同情を寄せる謙作は栄花をモデルにした小説を書こうとし、現に「四十枚近く」（第二の十三）書きすすめたのである。しかしこの「仕事」も挫折する。なぜ挫折したのか。そこには謙作の性格が深く関わっていたのだ。

謙作は栄花に会いに行こうと思えばいくらでも会いに行けた。しかるに謙作にあっては、「栄花に会つた場合を想像」（傍点は引用者、第二の十二）してみることが実行より先行した。具体的には、昔の栄花を知っている自分と会えば、栄花は「多少其頃の気持を呼び起すであらうか？」、あるいは「心は現在を少しも動かない」「荒《すさ》んだ調子であるか？」、その「何方《どっち》とも想像出来た」（傍点は引用者）とする。また、過去の罪を懺悔し悔い改めた栄花を想像すると、それは「妙に空ろな」ものでしかなかったという。そしてやはり栄花には「斃れて後やむ」というのが彼女らしいとする。こうして謙作は、「会ひに行く機会を作る事」は「億劫」だとして、「其儘書き出した。」（第二の十二）というのである。

ここにも謙作の物事に対する徹底力の弱さが指摘できる。はっきりしたモデルがある場合、そのモデルに関する情報を貪欲に収集する必要がある。それはこの種の創作の基本事項ではないか。しかるに謙作は、栄花と会った場合をあれこれ「想像」はしてみるものの、実践には移せなかった。昔の美しいイメージが壊されるのを嫌がったせいなのか。ともあれ、会いに行くのが「億劫」でそのまま書き始めたというのでは早晩、行き詰まるのは目に見えているのだ。

ところで、栄花をモデルとした創作が挫折した直後、謙作が西鶴を羨望するくだり（第二の十三）があるが、その意味合いがここでつかめるような気がする。

謙作は日本の小説家で誰が偉いかとお栄に訊ねられた際、西鶴だと答えた。それは西鶴の「本朝二十不孝」の「最初の二つ」に感服したことによるが、こと親不孝について「それは余りにと云ふ程徹底してゐた。」（傍点は引用者）からだというのだ。そして西鶴の「変な図太《づぶと》さ」に対して羨望の念を抱くのである。

謙作に、物事に徹底する強い力、ある種の「図太さ」があったなら、栄花をモデルとした小説を書こうとした場合、必ずやモデルである栄花（桃奴）に会いに行っただろう。会うことによって新たな発見も齎されるのだ。しかるに謙作は想像の世界に踏み止まる。謙作はリアリストではなく、あくまでロマンチストなのだ。

第二の十三は、季節的には晩春から夏にかけてである。「湿気の強い南風の烈しく吹くやうな日には生理的に彼は半病人になつてゐた。」と叙述される。先にも述べたように、謙作は生理的バイオリズムの点で、最も不調をきたす時期（晩春から初夏にかけて、殊に梅雨期）を迎えていたのである。

とりわけ、「それは蒸暑い風の吹くいやな日だつた。」とされる、それ（第二の十三の後半部、いわゆる〈憐れな男〉の部分）以降の謙作の行動に注目してみよう。

夢想家時任謙作という側面は、彼が惨めな心持ちに囚われ、「根こそぎ、現在の四囲から脱け出」て、「今までの自分、――時任謙作、そんな人間を知らない自分、さうなりたかつた。」（第二の十四）という変身願望となって現われるところに窺える。具体的には次のような夢想をめぐらすのだ。

そして、今まで呼吸してゐたとは全く別の世界、何処か大きな山の麓の百姓の仲間、何も知らない百姓、しかも自分がその仲間はづれなら一層いい。其処で或る平凡な醜い、そして忠実なあばたのある女を妻として暮らす、如何に安気な事か、彼は前日の女を想つて少し美し過ぎると思つた。然しあの女が若し罪深い女で、それを心から苦んでゐるやうな女だつたら、どんなにいいか。互に惨めな人間として薄暗い中《なか》に謙遜な心持で静かに一生を送る。笑ふ奴、憐む奴、などがあるにしても、自分達は最初からさういふ人々には知られない場所に隠れてゐるのだ。彼等は笑ふ事も憐む事も出来ない。そして仮令《たとひ》笑つても憐んでも、それは決して自分達の処までは聴えて来ない。自分達は誰にも知られずに一生を終つて了ふ。如何にいいか――。（傍点は作者）

謙作はしばしば夢想の世界にその身をゆだねた。疎外された意識は、今現在の自分という存在を否定し抹消しようとする。その結果、どこかの大きな山の麓の百姓、それも村八分にあっている百姓の身に変身していた。が、彼は一人ではない。その伴侶として、前日の京都訛りを真似るプロスティチュート、それも「罪深い女で、それを心から苦んでゐるやうな女」ということにして、見立てているのだ。世の中から疎外、隔離されたような自分たち夫婦、どん底状態の謙作が夢見る夢想世界としてふさわしいものがある。

このあとにつづくシーン、銀ぶらをする謙作は、禅の世界への憧憬を抱きつつも、幾たびか強迫観念に囚われる。その際、時間的には短いが幾つかの想像を行なっている。顔馴染の寿司屋が屋台を出していたが、謙作はそこを素通りして天ぷら屋に入って食事をした。そして天ぷら屋を出る時、「其処にすし屋が待伏してゐて自分を袋叩きにしはしまいかといふ愚にもつかぬ不安を感じた。」というのである。一瞬だが、謙作の脳裏には袋叩きにあう自分の姿が映し出されたのだ。また、謙作は時計屋の飾り窓をガラス越しに眺めていて、「其内不図、店の者が自分を泥棒と思ひはしまいかといふ気がした。」というのである。謙作の想像は「店の者」の視線、思惑にまでのびていっているのだ。このあたりも、どん底状態にある謙作にふさわしいものがある。

謙作は前日の京都訛りを真似るプロスティチュートと再び会った。が、「前日とは大分異つた印象」を受け、「前日程女のいい処が」「映つて来なかつた。」とされる。これもディスイリュージョンとしてよい。しかし、その女の豊かな乳房から謙作はその「空虚」を満たしてくれる「何かしら唯一の貴重な物」を感じ取ったのである。

3　後篇第三の謙作・夢想家の恋

『暗夜行路』後篇第三の世界は、舞台を京都に移して開始される。京都への場所変えは「不図した気まぐれ」（第三の二）によるものという。恣意的な場所変えだが、皮肉にもこれが謙作の人生に幸運をもたらすこととなった。

謙作は京都で古寺、古美術に接し、慰藉される。が、作中、「古い土地、古い寺、古い美術、それらに接する事が、知らず彼を其時代まで連れて行つて呉れた。」とあるように、彼の想像力はいにしえの異なった時代へと飛翔し、しばしそこに身をゆだねているのだ。別言すれば、いわばタイムスリップによる旅で、現実世界から逃避しているともいえる。

また、この京都散策においても、謙作の「想像」の方が実践よりも先行していることが確認できる。

「早く秋になるといいな」彼はさう思つた。冷えぐ〳〵と身のしまる朝、一人南禅寺《なんぜんじ》から、若王寺《にやくわうじ》、法然院《ほふねんゐん》、あ

のあたりに杖をひく自身の姿を想ひ浮べると、彼にはしみぐ〳〵さう思はれるのであつた。（傍点は引用者、第三の一）
かくあるべき、かくありたい姿、それを想像し、実行へ移そうとしているのだ。
ところで、第三の世界の最大の出来事は直子との出会いと結婚である。この経緯のうちに謙作の人間像をしっかりと捉えておきたい。
謙作は直子を見初めるものの、彼女に接近する術を持てずにいる。そのような折、二つのエピソードが紹介されていることに注意したい。

……彼は彼の或る古い友達が、さういふ機会を作る為めに其人の家《うち》の前で、故意に自分の自転車を動かせない程度にこはし、その家《うち》に預かつて貰ひ、翌日《よくじつ》下男を連れて取りに行き、段々に機会を作つて行つた話などを憶ひ出した。然し自分の場合では其前で偶然卒倒でもしない限り、そんなうまい機会は作れさうもなかつた。（第三の二）

意中の女性に接近するため謙作の「或る古い友達」は作為的とはいえ積極的な行動を取った。しかるに、謙作は積極的なアプローチをしようともしない。相変わらず対女性において消極的である。

謙作は一人宿へ帰つて来たが、帰りながら彼は昔、或るむさくるしいなりをした大学生が上野公園で美しいお嬢さんが俥で行くのを見掛け、直ぐそれを追ひかけ、俥が家《うち》へ入ると一緒に主人に面会を求め、結婚を申し込み、其場でうまく話をまとめたといふ話を憶ひ出した。これは其大学生の友達だつた国語の教師から聴いた話なので、彼は多分本統だらうと思つてゐる。そしてそれを聴いた時彼は随分笑つたものの、何となく其男のやり方に、不快な気持が感ぜられた。……（第三の二）

一目惚れした女性を短い時間で結婚にまで持っていった男の話である。(6) なんと豪胆、積極的なことか。しかし謙作はこのようなやり方の「奇抜さ」を嫌う。謙作はたとえ一目惚れをした女性がいたとしてもそのイリュージョンをじっくりと醸成していかねば気が済まなかったのである。

直子との結婚話は、周囲の人々、友人の高井や兄信行、その友人の山崎という医学士、市会議員のS氏、そしてとりわけ石本の助力を得、トントン拍子に運んでいく。

そういう折、謙作は反逆人となって追われている「夢」を見る（第三の七）。この睡眠時における「夢」のストーリー、刑事に追われついには捕まるということにどのような深層心理が窺えるのだろうか。そもそも不義の子は、世間一般から白眼視され、疎んじられる存在である。白日のもとにさらされれば、寄ってたかって迫害されるかもしれない。その点で逃亡中の反逆人と結びつくものがある。ともあれ謙作は不義の子であることを気にかけている。そういうハンディを持つ自分がいま理想的な女性直子と結婚しようとしている。もしかしたら土壇場でこれは破談になるかもしれない。そういう深層の不安からこのような「夢」を見たのだと解したい。「夢」の世界は現実世界での意識と通底しているのである。

その直後、謙作の不安は、石本宛のS氏の手紙によって解消される。とりわけN老人の、出生の件については問題にせずという言に心を打たれた。こうしてこの縁談は「十中七分通りもう大丈夫だ」と謙作は考えるのだった。

謙作は、伊勢参りから、亡き母の故郷亀山を訪ねる（第三の八）。このシーンにも謙作特有の性格、その人間像が窺えるので注目してみたい。

謙作は、公園のようになっている所で一人掃除をしている「身なりの悪い、然し何処か品のいい五十余りの女」（傍点は引用者）に親しみを覚える。ここにも謙作が品のよい人、上品な人を直感的に感じ取り、そういう人にひかれるという性向がみてとれる。が、それだけではない。「そして丁度亡き母と同じ年頃である事が、そして昔の侍の家《うち》の人であらうといふ想像が、彼に何かその女と話してみたいと云ふ気を起こさせた。」（傍点は引用者）というのだ。その女は、士族の出であろうと「想像」し、母（旧姓佐伯、名は新）のことを当然「知つてゐる」と「予期」して謙作の方から話しかけていくのである。母にゆかりの土地、母にゆかりのある人に会えたならという期待が大きすぎたのか、ここでは謙作の「予期」は外れてしまうのだが、謙作の「想像」がその行動に先立って発現したところなので敢えて取り上げてみたのである。

さて、謙作は直子との見合いに及び（第三の十二の前半部）、これまで直子のイリュージョンをふくらましすぎていたことに初めて気がつく。それは次のように叙述される。

謙作は直子を再び見て、今まで頭で考へてゐた其人とは大分異ふ印象を受けた。それは何と云つたらいいか、兎に角彼は現在の自分に一番いい、現在の自分が一番要求してゐる、さういふ女として不知《いっか》心で彼女を築き上げてゐた。一ト言に云へば鳥毛立屏風の美人のやうに古雅な、そして優美な、それでなければ気持のいい喜劇に出て来る品のいい快活な娘、そんな風に彼は頭で作り上げてゐた。総ては彼が初めて彼女を見た、その時の一寸した印象が無限に都合よく誇張されて行つた傾きがある。……（傍点は引用者）

謙作における直子のイリュージョン形成に関わったのは、古美術鑑賞と喜劇類の読書によるといえる。直子は友人高井が評したように「鳥毛立屏風の美人」（第三の三）とされ、古雅で優美なイメージが付与された。また、謙作は、シェークスピアの「真夏の夜の夢」を活動写真で見て面白く思った（第三の三）ことから、さらに同じシェークスピアの喜劇「から騒ぎ」を古本屋から買ってきて読んでいた（第三の九）のである。そういう喜劇類から「品のいい快活な娘」のイメージが付与された。謙作は直子を自分の求める理想の女性として「頭で作り上げてゐた」。これはまさしく夢想家の恋であったのだ。

見合いにおける直子が「前夜の睡眠不足」などから「半病人の状態」にあったことを「後《あと》で」知り、謙作の直子に対するイリュージョンは修復される。結婚の直前に直子と会ったときは、「見違へる程美しく、そして生々して見えた。」のである（第三の十二の後半部）。南禅寺裏から疏水べりに二人で歩くシーンは謙作に「何か不思議な幸福」感を与えていた。先の常燈明の愛の「蠟燭」（第一の三）の比喩でいえば、この時、第一の蠟燭から第二の蠟燭へとその火は次がれたといえるだろう。

結婚後の謙作（第三の十三以降）は、穏やかな気持ちでその日々を送った。梅雨の時期における生理的バイオリズムの不調に見舞われることもなかったようだ。そしてその夏、身重の直子を気づかい国元から「直子の年寄つた伯母」が出て来ていた。この人に謙作は親しみを感じ、次のような「想像」をめぐらすことがあった。

> 余りの暑さに謙作は避暑を想ひ、此気のいい年寄と三人で何所か涼しい山の温泉宿に二三週間を過ごす事を考へると、子供から全くさう云ふ経験がなかつただけに、彼にはそれが胸の踊る程に楽しく想像された。
> （第三の十六、傍点は引用者）

謙作は結婚して孤独ではなくなったのだから、当然その「空想癖」も減退する。しかし右のような「想像」を行なっている。謙作はその生い立ちからして家族旅行といったアットホームなものに無縁であった。だからこそこのような「想像」も真実味を持つのである。が、この「思ひつき」も、直子の身を案ずる伯母の反対にあって実現はしなかった。

長男「直謙《なほのり》」の誕生（第三の十七）以降で注目されるのは、謙作が丹毒に罹ったわが子を必死に死神の手から救おうとする、そういうひたむきさが強く窺えることである。謙作自身、その生い立ちは家庭的な幸せに恵まれなかった。が、直子という絶好の伴侶を得て、幸せな家庭を築いていこうとするよき夫、よき父としての姿勢にゆるぎはなかったのだ。しかし、謙作（夫婦）にはその初児を失うという「運命」の「悪意」が容赦なく降りかかった（第三の十九）。こうして『暗夜行路』第三の世界は幕を閉じるのである。

4　後篇第四の謙作・勘の鋭い男

『暗夜行路』後篇第四の世界は、謙作がお栄を迎えに京城まで旅をすることから始まる。その季節は春から初夏にかけての時期とみられ、現に謙作がお栄を連れて帰る旅は、「蒸々暑い日中の長旅」（第四の三）とされている。謙作にとってその身体上のバイオリズムが最も不調となる季節であったのだ。

謙作は、直子に付き添い京都駅に出迎えた人が末松ではなく、水谷であったことに「何か壺を外《はづ》れた感じ」を抱き、「不愉快」を覚える。一度入り込んだ「不愉快」は加速度的に増幅されていく。それが「自分の悪い癖」だと自覚はあったがどうにもならない。そして第四の四の冒頭の一文は、「不図、或る不愉快な想像が浮んだが、謙作は無意識にそれを再び押し沈めようとした。」（傍点は引用者）という叙述になる。直子と要に過失（不義）が起こったことを察知したのだ。直子が声をあげて烈しく泣き出したあと、「少時《しばらく》すると」謙作は、「自分の心が夢から覚めたやうに却つて正気づいた事を感じた。」（傍点は引用者）というのである。

謙作が直子の過失（不義）を知るくだりは、『暗夜行路』後篇のクライマックスシーンとしてよい。が、なんと前篇で謙作がおのれの出生の秘密を知らされた折の反応と同じような反応を示していることに注意せねばならない。前篇の尾道での謙作は信行の手紙を読みながら「自分の頰の冷たさ」を感じていた。ここ（第四の四）でも「不意に自分の顔の冷めたくなるのを感じた。」という。それぞれ衝撃的な事実に直面しての肉体的反応（急激な顔面の体温低下）は、まさしく平仄を合わせているといえる。が、これだけではない。尾道での謙作は、出生の秘密を知り、「総てが夢のやうな気がした。」としていた。今度は、最愛の妻直子の過失（不義）を確信するに至って、「夢から覚めたやう却つて正気づいた事を感じた。」という。謙作にあって降りかかる衝撃的な不幸は、夢のなかの出来事のように捉えられるということなのか。ともあれ、謙作は妻直子の過失（不義）を知ったのだ。

その翌日の謙作は一条通りを東へ急ぎ足に歩いていた（第四の六）。この時点ですでに直子を理性のうえで赦していたが、千本通りから市電に乗るつもりで上七軒に入って行ったところでは次のように叙述される。

「つまり、此記憶が何事もなかつたやうに二人の間で消えて行けば申分ない。――自分だけが忘れられず、直子が忘れて了つて、――忘れて了つたやうな顔をして、――ゐられたら――それでも自分は平気で居られるかしら?」今はそれでもいいやうに思へたが、実際自信は持てなかつた。お互に忘れたやうな顔をしながら、想ひ出してゐる場合を想像すると怖しい気もした。（傍点は引用者）

謙作は歩きながら自分たち夫婦の今後のことを「想像」している。右の叙述部は、いわば仮面をつけ合った夫婦として過ごすケースを「想像」し、それはおそろしいことだとしているのだ。さらにつづけて、「自分は又放蕩を始めはしないだらうか」と「不図、こんな事も想つた。」（傍点は引用者）と叙述される。直子との夫婦関係が次第に壊れていく場合を想像してしまうのである。

　この日、謙作は末松と会ったのだが、その会話のなかに謙作の勘の鋭さ、直感的人間洞察力に優れていることが彼自らの言葉によって表明される。


「……（略）……何でも最初から好悪《かうを》の感情で来るから困るんだ。好悪が直様此方《すぐさまこつち》では善悪の判断になる。それが事実大概当るのだ」

　……（略）……

「大概当る。人間に対してさうだし、何か一つの事柄に対してもさうだ。……」


　謙作は水谷を嫌っている。その水谷が自分を出迎えに来ていたということ（一つの事柄）から不快が募り、そこを起点としてついに直子の過失（不義）を嗅ぎ取った。具体的にはそういうことを末松に語っている。好きは善につながり、嫌いは悪につながるという価値判断のメカニズムも言っている。

　翻って、前篇で謙作が兄信行と大森界隈を貸間捜しに出かけたシーン（第二の十二）を想起したい。そこには植木屋亀吉をめぐるエピソードが挿入されていた。これはおそらく『暗夜行路』本篇が開始された第一の一の時点より過去に遡るもの（近接過去）とみられるが、本郷の家に遊びに行った謙作は植木屋の亀吉を見かけ、その見かけが好人物すぎることから裏のある人物だと直感的に嗅ぎ取り、その時の感想をその「日記」に書きつけていたのだった。そして実際亀吉が「本統の正直者」でないこと、ずるい人間であったことはのちに明らかとされたのである。

　謙作の勘の鋭さ、直感的人間洞察力に長じることは彼自身も自負しているものだった。ただ、謙作が直子の過失（不義）を嗅ぎ当てる過程では、その神経に季節の天候も作用し、一層の冴えをみせたのかもしれない。

謙作は、おのれが不義の子だと知ってその後しばらく心の緊張からその生活が乱れることはなかった。それと同じように、直子の過失（不義）を知ってしばらくの間は「平和な日が過ぎた。」（第四の八）のである。同居することになったお栄と直子との関係も「謙作の予想通り」（傍点は引用者）よかった。しかし漸次、謙作の生活、心持ちに乱れが生じてきた。

謙作の心は時々自《みづか》ら堪へきれない程弱々しくなる事がよくあつた。さういふ時、彼は子供のやうにお栄の懐《ふところ》に抱《いだ》かれたいやうな気になるのだが、真逆《まさか》にそれは出来なかつた。そして同じ心持で直子の胸に頭をつけて行けば何か鉄板《てついた》のやうなものを不図感じ、彼は夢から覚めたやうな気持になつた。（傍点は引用者）

右の叙述から謙作がある種の「夢」を見ようとしていたことが窺える。それはその心の弱まりから子供に立ち返って母代わりとなるお栄もしくは直子に甘えていこうというものである。が、それは出来ないことであり、また拒否されるのを感じてしまうのである。

秋になって謙作は、発作的に癇癪を起こすようになった。荒れ始めたのである。が、ここで謙作の場所変えの哲学がうまく機能する。「久しく遠退いてゐた、古社寺、古美術行脚を思ひ立つた。」（第四の八）のである。高野山、室生寺などへの二三日がけの小旅行を行なった。翌年一月末には大和小泉から法隆寺に日帰りの旅をし、その日、赤子（隆子）の誕生があった。こうして謙作は危機を乗り越えていく。

だが、理性のうえで赦せても感情では赦せない、そういう積もりに積もった直子への思いはついに爆発することとなった。動き出した汽車のうえからプラットホームを駆けてくる直子を突いてしまう、いわゆる京都七条駅事件が起こってしまうのだ（第四の九）。それが「毎年《まいねん》春の終りから夏の初めにかけ屹度頭を悪くした。」（第四の九の冒頭の一文）という、謙作の生理的バイオリズムが最悪となる季節に起こったことに注意せねばならない。「気候のせゐですよ。今頃は何時だつて私はかうなんだ」と謙作は言い訳をしているが、この事件は謙作と直子の夫婦関係においてその立場を大きく転換させるものとなった。妻に過失（不義）をされた謙作はそれまでは被害者であったのだが、発作的暴力とはいえ直子に危害を加えたことで、これ以降謙作は対直子において加害者意識を持つこととなるのである。(7)

謙作と直子の夫婦は、先の常燈明の愛の「蠟燭」の比喩でいえば、直子の過失（不義）から京都七条駅事件に至り、その二本目の蠟燭は燃え尽きる寸前まで来たといえよう。三本目の蠟燭はどのような方法で用意されるのか。謙作は、「総ては純粋に俺一人の問題なんだ。」（第四の十）として、伯耆大山への旅に赴く。「寛大でない俺の感情」、これをなんとかしようとするのだ。自己改造の目的を持った旅、場所変えを敢行するのだとしていい。

謙作が城崎温泉に宿をとった折のこと（第四の十一）に注目したい。

> 翌朝起きたのは六時頃だつた。彼は寝不足のぼんやりした頭で芝生の庭へ出て見た。直ぐ眼の前に山が聳え、その山腹の松の枯枝で三四羽の鳶が交々《かはるぐ》啼いてゐた。庭に、流れをひき込んだ池があり、其所には青鷺が五六羽首をすくめて立つてゐた。彼は未だ夢から覚めないやうな気持だつた。
>
> （傍点は引用者）

遠景は聳え立つ山に松、そこに三四羽の鳶がいて啼いている。近景は庭の池に五六羽の青鷺が立っている。なんと美しい光景ではないか。それを謙作は「夢」のなかの風景のように意識するのだ。夢と現実とは不可分のようになっている。謙作はすでに自然からの慰藉を受け始めていたのである。

なお、大山への途次における自然からの慰藉、そして大山蓮浄院での日々における小動物との接触など、謙作における自然との関わりについては別の機会に考えたいと思っている。

『暗夜行路』を読む場合、第四の世界、とりわけ大山の世界をどう解釈するかが難しい。が本稿は、時任謙作の「夢」や「想像」や「考」に注目してその人間像を考察してきたのだから、これ以降もその方針に添ってみていきたい。

第四の十五で謙作は「妙な夢」を見る。お由が生神様となっていて、多くの群集のなかの一人となっている謙作の前をその生神様のお由が駆けるようにして通り過ぎたとき、「突然」「不思議なエクスタシー」を感じたというのである。

この「夢」については謙作自身の解釈も示されているのだが、その「不思議なエクスタシー」には多分に「性的な快感」がふくまれていて、そういう気分とは遠い所にいると思っていた謙作は「可笑《をか》しな事」だと思うのであった。お由は、「十七八の美しい娘」だが、鳥取に嫁入っていて、いま赤子を連れて実家に戻って来ていた。この「夢」は謙作の無意識的な軽い浮気願望を示すものなのか。それとも単なる自然に蠢く性欲の作用でしかなかったのか。ともあれ、この時点で謙作における自己浄化、自己変革は十分になされていないことは確かである。女性不信、「あの女は決して不義を働かない、この方は信じても信じても何か滓のやうなものが残つた。」とされていることからも、まだ直子を絶対的に信用する心持ちになれていないことが証されるのである。

第四の十六で謙作は直子に手紙を書く。その内容の要点をいえば、「数年来自分にこびりついてゐた、想ひ上つた考」（傍点は引用者）が溶け始め、それとは反対の心持ちになっている、「自分ももう他人に対し、自分に対し危険人物ではない」という方向に向かっているというものである。「想ひ上つた考」とは、第一の九で謙作の日記に記された人類の永生、幸福に寄与する「仕事」をすること、その延長線上にある自分が「総ての人々を代表」しているという気分（第二の一）から派生するもろもろのことを指すのだろう。謙作はともかく「謙遜な気持」に包まれているというのだ。謙作の自己変革は着実に実現されつつあるといえる。

第四の十八で謙作は郵便脚夫から「電報」を渡される。その時、謙作は「ドキリとし、不意に、直子が死んだ」、「自殺した」と思うのだった。その電報、「オフミハイケン、イサイフミ、アンシンス、ナホ」を見て安心するが、謙作は改めて「馬鹿気た想像」（傍点は引用者）をしたものだと苦笑する。この「想像」は時間にすればごく短いものだが、しばらく影をひそめていた謙作の「想像」が示されたことで軽視できないものがある。

なぜ謙作は咄嗟に直子の自殺を「想像」してしまったのか。ここには先の京都七条駅での事件が尾をひいている。謙作は直子に対し加害者意識を強めていて、かわいそうなのは直子の方だという思いに囚われていたのである。そこには直子が再び不義を働くという不安はなくなっていただろう。直子との本当の意味での和解は目睫に迫っているとしていい。

第四の二十（最終章）において、謙作は半睡半醒の「夢」を見る。自分の足が二本とも胴体から離れ、「どん〳〵、どん〳〵」と歩き回ってうるさいのだが、それを謙作は「遠く」へ追いやろうとしているというものである。この「夢」の解釈については先に述べたことがある。[8] 復唱すれば、謙作は二本の足を憎んでいることから、この二本の足はいまなお謙作に巣食う淫蕩なもの、祖父的なものの象徴と考えられ、それを努力の果てについに追放することができ自己浄化が完遂された、としたのである。

最終部（謙作が半醒半睡の「夢」を見た翌日のこと）における謙作は身体の衰弱が著しく、このまま死んでしまうのか、それとも駆けつけた直子の看護もあって病から回復し日常生活に戻るのかは、見解の分かれるところである。[9] これは別の機会に考えるべき課題としておこう。

『暗夜行路』は、このあたりから、直子の内面にその描写の重心が移される。この視点の転換こそ余程重要なことに思える。直子は、病床の謙作に「未だ嘗て何人《なにびと》にも見た事のない、柔かな、愛情に満ちた眼差《まなざし》」を感じ取る。そして直子は、「助かるにしろ、助からぬにしろ、兎に角、自分は此人を離れず、何所までも此人に随《つ》いて行くのだ」ということを思いつづけるのであった。ここに至って謙作と直子の間に和解が成立した。先の常燈明の愛の「蠟燭」の比喩でいえば、二本目の蠟燭が消えかかる寸前、三本目の蠟燭に火が点されたのである。

注

（1）竹盛天雄「『暗夜行路』前篇の「夢」と「目覚め」」（『介山・直哉・龍之介』、明治書院、一九八八・七。初出原題「『暗夜行路』の夢」、「志賀直哉全集月報」5、岩波書店、一九七三・六）

（2）竹盛の説以降、謙作を夢想家だとする論に、清水康次「『暗夜行路』「第一」を読む――「結論」への疑い・「答へる事」の限界――」（「光華女子大学研究紀要」第38集、二〇〇〇・一二）がある。同感し、示唆される点が多々あったが、清水論文はそのタイトル通り『暗夜行路』前篇第一の世界に限定したもので、私は、謙作が夢想家であることを『暗夜行路』全篇に渡り検証しようとするものである。

（3）小原信は、謙作は或るところで行きづまりを感じると「場所を変える」（傍点は小原）、その「復元力のつよい生き方」（傍点は小原）は彼の持つ「哲学的な考え」によるのだろうとしている（『われとわれわれ』、中央公論社、一九七四・八）。

（4）常燈明の愛の「蠟燭」のエピソードの淵源を未定稿「次郎君のアッフェヤ」（紅野敏郎の「後記」によればその執筆時は大正五年頃のものと推定されている）に探ることができる。それによると、「恋愛がいつまでも続くと思ふのは一本の蠟燭が一生燃えてゐると思ふやうなものだ」というのは、トルストイの「クロイチェル・ソナタ」の一節であると判明する。これに「自分」は一方で不服を感じたのだが、それは「自分の八十と七十の祖父と祖母の関係」に未だ燃えている「恋愛の蠟燭」があるではないかと思ったことによる。なお、次々に新しい蠟燭に火が燃え移っていってその愛の性質を変えていくという考えを抱いたのは、この未定稿の執筆の「七八年前」のことだとされる。が、問題はいかにこの材料を活かしたかである。夢想家時任謙作の性格づけをするうえでこの材料は美事に昇華されていると思う。

（5）鹿野達男『志賀直哉　芸術と病理』（金剛出版、一九七五・三）。なお、鹿野より以前に、同じ内容のことを、須藤松雄は「対立的自然関連」と呼んでいる（『志賀直哉の文学』〈増訂版〉、桜楓社、一九七六・六、初版は一九六三・五）。

（6）このエピソードの材源は、『祖父』（一九五六・一、二、三、「文藝春秋」）で語られた、平田元吉の体験（往来でよく出会う美しい娘を好きになり、その人と結婚したいと思ったが、その人には婚約者がいた。先輩の岩元禎に相談すると、岩元は、婚約の男をどういう風に説得したか知らないが、婚約の男が断念して、平田元吉の話はうまくまとまったというもの。）あたりかもしれない。高橋英夫は、上記のことに触れたあと、「街で見かけた娘のあとをつけてその家にゆき、親に求婚を申出て娘を貰うというのは、当時新しいタイプの学生の求婚譚としてよく話題にされたが、平田元吉はその原型の一人だったかもしれない。」としている（『偉大なる暗闇』、新潮社、一九八四・四）。

（7）安岡章太郎は、謙作が直子を突き飛ばした出来事について、「一と言でいえば、謙作と直子はこのことから後、意識のうえで被害者と加害者と、おたがいの立場が入れ換る。許すのは、むしろ直子の方で、謙作は許しを乞う側になる。」としている（『志賀直哉私論』、文藝春秋、一九六八・一一）。

（8）拙稿「『暗夜行路』における自己変革の行程――祖父呪縛からの解放――」（「論究」第15号、二〇〇〇・三）。ここでは、謙作の基本的人間像として、二人の祖父（母方の祖父〈芝のお祖父さん〉と父方の祖父〈実は父〉）からの遺伝ということで、「清」と「濁」とをほぼ半々に持ち合わせ、その葛藤、闘争に苦しむという観点でみている。淫蕩な祖父からの呪縛はなるほど前篇に顕著だが、後篇にも点在、潜在していて、この第四の二十の半醒半睡の「夢」において祖父的なものとの最後の格闘がなされたと解するのである。

（9）遠藤祐は、「時任謙作は、おそらく最後には死ぬにちがいない。」、「私は謙作の死を予想する。」といい、結末での謙作の死にアクセントを置いた見方をしている（「時任謙作の死と生――母、そして漂泊あるいは孤独――」、「志賀直哉全集月報」9、岩波書店、一九七四・二）。遠藤祐は『暗夜行路』の主題を「母を戀ふる記」、「母性回帰の心情」だとしていて、上記のような見解を導き出しているのだが、母恋いのテーマは改めて吟味、検討されねばならない。一方、本多秋五は、「謙作はここで、確かに死ぬか生きるかわからぬように描かれている。しかし、読者は多分彼は回復するだろうと思う。思うだろうと私は思う。」といい、その後の謙作を「新しい人格として再生した謙作」とし、その「人格変容」（「自己」を確立した人間）を強調している（『志賀直哉㊦』、岩波新書、一九九〇・一）。

第六章　『暗夜行路』における子ども——その類似と対照を中心にして——

はじめに

志賀直哉という作家は、その初期から子どもへの関心が頗る強く、その唯一の長篇『暗夜行路』（一九二一・一〜一九三七・四、「改造」に断続掲載。のち一九三七・九および一〇、改造社より単行本刊行。）以前の作品をみても実に多様な子どもたちが描かれていた。(1)『暗夜行路』にもやはり多くの子どもが描かれている。そこで本稿は、『暗夜行路』における子どもに焦点を当て、そのテーマに関することや、これまでの研究で見過ごされてきた事柄などの考察に及びたいと思う。その際、『暗夜行路』の作品構造上の特徴である〈類似〉と〈対照〉ということに十分留意したい。(2)すなわち、子ども中心の幾つかのエピソード、子どもの出てくるワンカット、ワンシーン、それらは他の部分とどのように関連しているのか、また、描き出された子どもそのものの意味づけなどを考えていきたいのだ。これは『暗夜行路』に対するこれまでにほとんど類例のないアプローチの仕方だと思うが、『暗夜行路』のその深みのある世界から、あまり言い古されていないようなことを述べようとするならば、このような視座の創設もあるいは有効に働くのではないのかと考えたのである。

1　幼少年期の謙作をめぐって

『暗夜行路』前篇での子どもといえば、やはり謙作少年がその中心をなす。作中、小説家である時任謙作自身の「幼時から現在までの自伝的な」「長い仕事」は挫折する（第二の三）が、「序詞」や第二の三などに描かれた事柄を時系列の順に並べ替えを行なうと、謙作の幼少年時代の形成がある程度まで可能となる。謙作はどのような子どもであったのか、『暗夜行路』の他の部分も視野に入れつつ、考察してみたい。

謙作は、茗荷谷の「小さい古ぼけた家《うち》」に生まれた。父はドイツ留学中で、父の顔を知らずに成育したのである。幼児にとっては、見るもの聞くもの全てが新鮮であるが、謙作の場合、とりわけ小動物への関心が語られている。家の縁側で悠々と立ち去る狐を見たこと、柿の木に止まっている油蟬を見て非常に大きな蟬だと思ったことが思い返されている。また、次の本郷竜岡町時代に、上野池ノ端で亀の子を夢中で見ていたことも思い返されている（第二の三）。

小動物への関心といえば、後篇第四の十四の大山における謙作は、小さな蜻蛉の動作にある種の人間より上等なものを感じたり、石の上で遊び戯れる二匹の蜥蜴の姿態を見て快活な気分になったり、青空の下、悠々と舞う鳶の姿を仰ぎ見て飛行機の醜さを思ったりしている。つまり、第四の十四は、第二の三と〈類似〉し、人間関係に疲れた謙作が幼児期に立ち返っているのだともいえるのである。

しかし、茗荷谷時代の回想で一番重要なものは、母と一緒に寝ていて、母がよく寝入ったのを幸いとして、床の中に深くもぐって行き、間もなく眠っていると思った母から烈しく手をつねられ、邪慳に枕まで引き上げられたという「恥づべき記憶」である。「三つか四つの子供」である謙作が母と一緒に寝るのは日頃からのことであっただろうが、いったい、このエピソードをどのように解釈すべきなのか。何より床の中深くもぐって行って母から手を烈しくつねられたことに注意したい。その手は確実に母の下半身に触れようとしていた、いや触れたはずなのである。それは女体への興味、極めて早い性の目覚めとするしかないだろう。回想時点（尾道滞在当初）の謙作は、この行為の意味づけを「前の人のさう云ふ惰性」（「前の人」とは具体的に誰を指すか曖昧だが、普通に考えれば父を想定しているはずである。）、「因果が子に報いる」というふうにしているが、それにしてもなんとも特異な幼時体験だとせねばならない。これは、子どもの異様な性欲にまつわる深淵なるものを示したものであり、のちに描かれる後篇第四の五の、直子と要の「亀と鼈」の遊びのエピソードと通底し、〈類似〉するものとして位置づけられるのである。

父がドイツ留学から帰朝して間もなく、一家は本郷竜岡町に移転した。旧藩主が死んだ時、幼い謙作もその葬儀の行なわれた伝通院に赴き、おかくれになったというのを「隠れん坊」と解して、棺の後ろへ立て廻した金屛風の裏をしきりに探し廻ったことを思い出している。茗荷谷時代の、近所の子と「坊や」というのは自分のことだと互いに主張し合ったこととともに、ユーモアを誘うエピソードである。

が、本郷竜岡町での印象深い思い出は、なんといっても「序詞」に描かれた「四つか五つか」の折の、屋根事件と羊羹事件である。

幼児期の謙作は「きかん坊で我儘でもあつた。」とされる（「序詞」）が、その「きかん坊」ぶりの一面をよく示しているのが屋根事件である。

秋の夕暮時、謙作は「しも手洗場《てうづば》の屋根へ懸け捨ててあつた梯子から誰にも気づかれずに一人、母屋の屋根へ登つて行つた」（傍点は引用者）のである。屋根の上で快活な気分になり、大きな声で唱歌を唄う。前向きな力強いエネルギーを感じさせる。このエピソードは、危険な立場にあった謙作とそれを心から心配してくれた母との愛情の交流を示しているのだが、男の児の持つ力強いエネルギーという点で、のちに〈類似〉するエピソードが配置されていること（第二の九などにある）に留意せねばならない。

一方、幼児期の謙作が「我儘でもあつた」という面をよく示しているのが羊羹事件である。

謙作が「一人茶の間で寝ころんで居」（傍点は引用者）ると、そこに父が帰宅し、袂から菓子の紙包みを出して茶箪笥の上に置いて出て行った。それをじろじろ見ていた謙作。が、父はまた茶の間に入って来て、その紙包みを戸棚の奥に仕舞い込んで出て行った。この父の行為は、明らかに謙作の存在を気にかけ、謙作に菓子を与えたくないことを示唆したものと受け取れる。当然ながら謙作は「むつと」し、気分が急に暗くなる。そして「我儘な気持が無闇と込み上げて来」、母に執拗にその菓子をねだるのだった。とうとう本気で怒り出した母は、謙作に折檻を加える。それは謙作の口に菓子（厚切りの羊羹）を無理矢理押し込んだのである。「食ひしばつてゐる味噌歯の間から、羊羹が細い棒になつて入つて来るのを感じながら」、「度胆を抜かれて、泣く事も出来なかつた。」という謙作。紅野敏郎がいうように、「厚切りの羊羹が細い棒になって口に入ってくる肉感、それがつたわってくる描写」（傍点は紅野）で、作者の優れた力量を感じさせる描写部分である。[3]

謙作が六歳の折、その母は亡くなった。その前後の詳しい回想はない。そしてその後、二ヶ月ほどして、謙作が「一人、門の前で遊んでゐる」（傍点は引用者）と、そこに「見知らぬ老人」がやって来た。祖父との初対面のシーンである。幼い謙作はこの老人から圧迫感を受けるが、その老人が「近い肉親」であることを本能的に察知した。息詰まるような緊張感のある描写が施されているが、『暗夜行路』全篇において、老人と子どもの組合せは三ヶ所あり、それがそれぞれどのような意味を持っているのかは、のちに考察を加えたいと思う。

やがて謙作は、祖父の住む根岸の「小さい古家《ふるいへ》」に引き取られて行った。祖父をどうしても好きになれなかったが、そこに祖父の妾のお栄がい、お栄を段々に好きになっていったという。そこの生活ぶりは、「総てが自堕落だつた。」というが、『暗夜行路』ののちの展開からみて、花札遊びがここで盛んになされていることに留意したい。謙作は中学生の折、二歳程年下の友人末松とそれにお栄の三人でよく花札遊びをしたという（第三の十四）。これは、根岸での幼年体験の延長であり、やがてその花札遊びは謙作と直子の新婚家庭に持ち込まれるのである。

祖父の根岸の家に引き取られて行って半年余りのち、謙作は祖父に連れられて本郷の父の家を訪問した。珍しく機嫌のよい父は謙作に角力を取ろうと言ってきた。これに謙作は嬉しさを感じ、その小さな身体全体で嬉しがって全力で立ち向かっていったのである。父は謙作に「常に〳〵冷た」く、謙作はそれに「余りに慣らされてゐた。」とされるが、子ども時代の内実は多分に違っていたはずである。現に、父に角力を取ろうと言われ、異常な喜びぶりを示すのだから、父からの愛情の発露を内心期待していたと解されるのである。父との角力は父の愛情を感じ取れる絶好のチャンスだったのだ。とはいえ、悲惨な思いを残す結果になったのは言うまでもない。ここで翻って羊羹事件の際に、何故謙作は父の振舞いに接し、「泣きたいやうな、怒りたいやうな気持」を抱き、それをエスカレートさせていったのかを絡めて考えてみてもよい。それは、父のやさしい態度、愛情を期待していたからではなかっただろうか。菓子（羊羹）をあとでお前にも分けてやるからな、といった父の一言があれば、謙作はあんなに執拗に母に菓子をねだることもなかったのである。

前篇第二の三および「序詞」に示された謙作の幼年期の回想において訝しく思われるのは、二歳年長の兄信行が全くその姿を見せないことである。第一の二で、謙作が「誰よりも此一人の兄に好意と親みを持つて居た。」というのだから、なおさらその幼年時代の思い出に信行が一度も登場しないのが腑に落ちないのである。しかし次のように解すれば辻褄が合うのではないかと思う。幼少時の謙作は、「他《ほか》の同胞《きやうだい》」とは「不公平」に扱われ、それに慣らされていたという（「序詞」）。「他の同胞」といっても信行一人としか受け取れないのだが、謙作は、両親および祖母の愛が長男の信行に集中していることを思い知らされていたということなのではないのか。[4] だから謙作は一人で遊ぶことが多かったのだといえる。とはいえ、父の持ち帰った菓子についても信行にだけ分け与えられるのかと思えば、父の振舞いにむしゃくしゃとした反応を現わしてしまったのも当然かもしれない。あるいは、普段母からスキンシップを受けた覚えがない（不義の子ゆえの不幸）ことから、屋根事件や羊羹事件のような多分に変則的な肌と肌との触れ合いのあるものにおいてはじめて母の愛を実感できたのかもしれない。

しかし第一の五で、愛子の兄慶太郎と信行（この二人は同年）と謙作の三人は、「子供の頃からよく遊んだ。」とされていることに注意したい。「子供の頃」といっても謙作が何歳の頃か定かではないが、三人グループでは一人が他の二人と親疎の距離が出来るもので、信行も謙作も慶太郎とはそう親しくなれなかったとあり、信行と謙作の仲は慶太郎がそこに加わることによってより親しくなっていったと考えられるのである。それに母の死が謙作と信行を一層親しくする契機になったと思われる。信行とてその母の死を深く悲しんだはずである。謙作と悲しみの共通体験を得、別々に暮らしていても、その母恋しさから信行と謙作は牛込の愛子の母（信行と謙作の母の親友）の家にしばしば訪れることがあったのではなかろうか。むろん謙作の方は一人でもよく愛子の母の家に出入りしたというのだが、母の死を境に謙作と信行はそれ以前に比べ、かえって親密になっていったと想像されるのである。（補注）

そうだとしても、幼少年期の謙作は基本的に孤独であった。だから次第に「子供からの空想癖」（第二の四）が身につくようになったのも納得がいくのである。

その後の謙作の少年時代のことは『暗夜行路』の記述からは数多くは掬い取れない。第二の十一に「一体、謙作は子供のうちから寄席とか芝居とか、さういふ場所によく出入《ではひ》りした。それは祖父やお栄が行くのについて行つたからだといふ。その中学卒業時あたりから女義太夫に凝ったこと（第二の十一）、また、成人後の謙作が、二人の妹を連れ帝国劇場へ女優劇を見に行ったり（第一の三）、尾道で自身の出生の秘密を知らされた直後に「盛綱の芝居」を見て気を紛らせたこと（第二の七）などは、その少年期体験の影響として捉えられると思われるのだ。

が、これは子どもへの視点という側面からいささか逸脱するが、謙作の母も「芝居好き」だったとされていること（第一の五）に注意せねばならない。謙作の芝居好きは単に母からの血筋を引くものだったともいえるのだが、ここで謙作の母と祖父との共通項が見出されてくるのだ。それは二人とも芝居好きだということである。『暗夜行路』では謙作は母と祖父の結びつきを厭い、その穿鑿を一切しない。しかし、父の留学中、茗荷谷の「小さい古ぼけた家」で祖父と同居する謙作の母は、祖父と芝居の話にうち興じたことが何度かあったのではないのか（祖母は屋根裏部屋での機織仕事に余念がない・第二の三）。われわれ読み手は、謙作の側に立って、母の不義（過失）を安易に下根とされる祖父の強姦に近いものだったと想像しがちだが、それには慎重であらねばならぬと考えるのである。

以上で、謙作の幼少時代がどのようなもので、謙作少年の性格などがある程度まで把握できたと思われる。ともあれ、『暗夜行路』前篇、とりわけ謙作の尾道生活までは、子どもといえば謙作少年が中心に描かれ、曲がりなりにも謙作の幼少時の自伝的なものが形成できる仕掛けになっていることを多とすべきなのである。

2　男の児・女の児の特性、亀と鼈の遊び

次に、主人公謙作以外の子どもに注目してみたい。

前篇第二の二で、謙作は尾道でのその住居を決めるために千光寺という山の上の寺を目指す。道が分からずにいると、そこに突貫ラッパの節で大声に唄って細い竹の棒を振りながら元気よく駈け下りて来る「十二三になる男の児」に出会う。謙作がこの少年に「千光寺へ行くのはこれでいいの?」と訊ねると、「口で云うても分らんけえ。俺《わし》が一緒に行きやんせう」と言って、その「前こごみの身体」を「快活に左右に振りながら」、先導するのであった。

「十二三」という年齢だが、この少年は「きかん坊」の部類に属し、その元気のよさ、快活さが強調されている。この少年に好感を持ったことが一因となり謙作は尾道という土地を好ましく思う。人類の永生、幸福に寄与する文

学の仕事をこの地に滞在して目指そうとする謙作にとって、まことに好ましい少年像であり、あの屋根事件で屋根の上で大声で唱歌を唄っていた幼児の謙作ともつながりを持つものであったのだ。

この突貫ラッパの少年と〈類似〉する少年がそのすぐあとに点描されている。謙作の寓居は決まったが、ある夕方、長屋の狭い濡縁から下の方を眺めていると、ある商家の屋根の物干しで、沈みかけた太陽の方を向いて子供が棍棒を振っているのが見えた（第二の三）。これもあの屋根の上の幼児の謙作に通じ、向日的で、前向きのエネルギーが感じられるのである。

が、謙作の仕事は挫折した。気分転換を計るため、四国への小旅行を思い立ったところで、隣の爺さんと近所の芳子という「六つばかりになる女の児」とが互いに呼び交わすシーンが描かれる（第二の四）。これは老人と子どもの組合せの二番目のもので、あとで詳しく考察に及ぶこととする。

謙作は、おのれの出生の秘密を知らされ、中耳炎の治療もあって、東京に戻る際、その汽車の中で軍人夫婦の子ども二人を見かける（第二の九）。これ自体、ほほえましい家族愛の姿を描き出しているのだが、ひとときもじっとしていない子どもたちはやがて車窓を開け、外を眺め出した。「六つ位の男の児」は、車窓から首を突き出し、大声に唱歌を唄った。下の女の児は、首を出さずにそれに和した。外は風が強い。男の児の声が風にさらわれそうになると、「わざく野蛮な銅鑼声《どらごゑ》を張上げたりした。」のである。これを見て、謙作は「其処に子供ながらに男性を見る気」がし、「何となく愉快」になるのであった。この軍人の男の児は、屋根の上の幼児の謙作、突貫ラッパの少年、夕陽に向かい棍棒を振る子供と連なるものであることはもはや言うまでもない。謙作の尾道での仕事は挫折したが、進歩、発展の思想に支えられた、いわゆるヒコーキ空想（第一の九）はまだ持続していたのである。

『暗夜行路』後篇になると、このような元気いっぱいの子どもはその影をひそめる。わずかに、第三の十に次のような叙述がみられる。

彼が京都へ来た頃、よく此隼のやうな早い飛行機が高い所を小さく飛んで居るのを見た。町の子供達がそれを見上げ「荻《をぎ》野《の》はんや荻野はんや」と亢奮してゐた事を憶ひ出す。子供ばかりでなく「荻野はん」の京都での人気は大したものだつた。それが今は死に、其遺物がかうして大勢の人を集めてゐる――。

謙作の京都滞在当初、飛行士の「荻野はん」の人気は大変なもので、子どもたち（主に男の児であろう）は熱狂していた。飛行機は科学の進歩の象徴であり、成長、発展を特権とする子どもが飛行機に湧き立たないはずはないのである。が、謙作の直子との縁談が本決まりになったこの時点では、「荻野はん」の試験飛行での墜死が語られている。これは何を示しているかといえば、謙作のヒコーキ空想が肯定から否定に向かうターニングポイントであり、それに伴い、元気いっぱいの前向きの男の児の姿もその歓声を記憶に止められただけで、後景に追いやられてしまっているのである。その後、飛行機は鳶の姿と〈対照〉をなし、完全に否定されていることは言うまでもない（第四の十四）。

『暗夜行路』の展開に即し子どもの姿に注視してみると、謙作の尾道生活以降は、男の児に代わり、少女や女の児の姿が目につくようになっていることに気づく。

第二の十一で謙作は、娘義太夫の栄花のことを回想する。「其頃十二三の栄花」は「小柄な娘」で、「声は子供としても甲高い方で、それに何処か悲しい響を持つてゐた。」（傍点は引用者）とされる。その「何か痛々しい感じ」に謙作は同情を抱いていたのである。その後、栄花は謙作の同級生山本と仲よくなるが、この二人の関係が進展しないでいるうちに、近所の本屋の息子と駈け落ちをしてしまい、以後転落の人生を歩む。本屋の息子からは引き離され、腹の児はおそらく堕胎され（あるいは嬰児殺し）、養家からは離縁され、三代目早之助になる望みも失ってしまったのである。そしてその後、悪足がつき芸者となって各地を点々とし、今現在、柳橋から桃奴という名で出ていて、

「芸者の中でも最も悪辣な女」だとされているというのだ。

おそらくこの栄花は、『暗夜行路』のなかで最も不幸な女性として存在していると思われる。子どもから大人に移るところで大きくつまずいてしまったのだが、それは栄花が私生児であったことに大きく起因すると思われる。私生児や謙作のような不義の子は、世間から白眼視され、生まれながらにしてハンディキャップを負っている。ここで謙作が栄花のことを小説に書こうというモチーフは十分に説得力を持つ。が、栄花と謙作とでは、肉親の愛に恵まれたか否かで大きな差が出来てしまったのだ。謙作は母方の祖父の力があって堕胎を免れた。その母の死後も、母方の祖父母の陰ながらの愛や兄信行などの愛に支えられて成長していったのである。しかるに、栄花の養家の今川焼屋の人々はおそらく肉親ではなかったのだろう、子どもと大人のあわいにある栄花を冷たく突き放してしまった。栄花の転落の人生はまさに肉親愛なり家族愛に恵まれなかったところにあるとしていいのである。

後篇第三の十一で、直子との結婚を間近にひかえた謙作は上京し、妹の咲子と妙子から祝福を受ける。とりわけ下の妹の妙子（その年齢は第一の三で十二とされていたがそれからちょうど一年ほどを経過しているので十三歳ほどになるとみられまだ子どもだといえる）は、謙作への贈物として、リボン刺繍をした写真立てと宝石入れの手箱を用意していた。その祝福の手紙も心の底から嬉しさを表したものだった。このことに謙作は、意外に思うが、嬉しく思い、涙ぐむのだった。

妙子は、いわゆる良家のお嬢さんである。その無邪気さに汚れがない。妙子も上の咲子（こちらは十七でもう子どもとはいえないが）も、謙作の醜い出生の秘密を知らされていないはずである。謙作を信行同様、父の先妻の子、異母兄とみている。一緒には育たなかった兄であるが、その慶事を心から喜んでいるのだ。ここは、謙作にとって思いがけない肉親愛なり家族愛の発露を感得していて、心温まるシーンとなっているのである。

第四の二で、お栄の京城での生活が語られているが、そこに「京子といふ五つになる女の児」が出てくる。お栄が厄介になった野村宗一という警部の家の子である。京子はよくお栄に懐き、お栄も京子を可愛がっていた。ところが、野村の妻が留守の時、野村がお栄を腕力で自由にしようとしてきた。それだけお栄にまだ色香があることを示しているのだが、お栄は野村を突き飛ばしてやった。するとそこに京子が「小母ちやん、馬鹿々々、畜生々々つて泣きながら二尺差しを持つて」、お栄を「ぶちに来」、本気になって親の加勢をしてきたというのである。このエピソードは、その味を知らないお栄に、「親子といふものはいいものだ」ということを実感させるものとなっている。肉親愛、親子の愛の所在を、京子という女児を通して描いているともいえるのである。

ここで翻って、第二の九の、汽車の中の軍人夫婦一家のことを想起してみたい。「六つ位の男の児」とその妹の「髪の房々した女の児」は、眠ろうとして眠れず、毛布の中で蹴り合いをしたり、車窓を開け大声で唱歌を唄ったりしたのだが、軍人の父はその髭の愛玩に余念のないなか、子どもたちを二度ほど叱り、細君の方は夫の仕草も含め、子どもたちのはしゃぐさまをただ笑って見ていたのである。[5] ここには家族愛、微笑ましい肉親愛のさまが描かれていたのだ。

第三の十一の妙子、第四の二の京子、これらの子どもを通して描かれたものも、軍人夫婦一家のスケッチのバリエーションとして位置づけることが可能であり、そこでは肉親愛なり家族愛の所在がテーマとなっていたのである。ただ、私生児の栄花はそれに恵まれなかったがゆえに転落の人生を歩み、不義の子の謙作はそれに恵まれていないと思っていたのが実は思いのほか肉親愛なり家族愛のなかにいたことを認識していったとみればよい。『暗夜行路』は、子どもにとっていかに肉親なり家族の愛が大切かを読み手にさりげなく語りかけているのである。

栄花の章（第二の十一〜十三の前半）は、栄花と蝮のお政とが〈対照〉をなし、女の罪をめぐるテーマを鮮明にさせ、謙作の母および直子の過失（不義）に連動している。直子のそれは、第四の五で語られる「亀と鼈」という「卑猥な遊戯」に深く関わっている。幼児の直子にとって「亀と鼈」という遊びはどのような意味をもっていたのかを考察してみねばならない。

小学生の要が下男から教えられたという「亀と鼈」とはどんな遊びなのか。あらかじめ庭に隠して置かれた硯を子供役になった直子よりも年下の近所の女の児が探している間、お母さん役の直子とおそらくお父さん役の要は室内の炬燵の中で抱き合っていた。やがて硯を探し出して来た女の児が障子の外から「お母さん亀を捕りました」と言うと、お母さん役の直子が「それは亀ではありません」と答え、お父さん役の要が大声で「鼈《すっぽん》」と怒鳴るという遊びだとされる。その遊びの持つ卑猥な意味を要は幾らか分かっていたが、直子の方は要と抱き合っている間に頭がぼんやりしてくるものの、何の事かよく分からなかったという。また、三人は幾度かこの遊びを繰り返したというのだ。

安岡章太郎は、この遊びは「意味不明瞭」、「不得要領」で、「雰囲気の猥褻さだけがヘンに生なましく残る話だ」とし、遊びそのものの意味するものの把握には至っていない。(6) 遠藤祐もその注釈で、「「すっぽん」は音自体に意味があると想像され、「亀」は男性の性器との関連があるだろう。」としながらも、この遊び自体「いかなる意味を持つのかは不詳。」としている。(7) つまり、その卑猥さの理解には及んでいないのだ。しかるに、本多秋五になると、その「意味はわからなくもない。」とし、「卒業証書などを入れる堅い紙筒の蓋を、勢いよく引き抜いた場合を考えればいい。」と述べている。(8) 本多秋五は、その内容があまりにも卑猥なので露骨に説明することが憚られ、この遊びの意味するものを示唆するに止めたのであろうか。とはいえ、直子ののちの過失（不義）に大きく関わることなので、「亀と鼈」という遊びの意味するところのものをこの際しっかりと捉えておく必要がある。私は、誤謬を恐れずにその想像力をフルに働かせた結果、次のような解釈を得るに至った。

子供役にされた女の児が庭で硯を探している間、要と直子は抱き合っていた。しかし抱擁だけでは卑猥なものとはいえない。卑猥というのだから、ここに亀のメタファーである男性器が絡んでいたはずである。要と直子は抱き合いながら、要の男性器（小学生のそれ）はこの時、直子の股間にしっかりと挾まっていたのではないのか。そうであってこそ擬似夫婦の遊びとなる。そして子供役の女の児が円硯（亀の姿に類似する）を持って障子の外に現われ声をかけた時、要はその男性器を勢いよく引き離し、「鼈」と大声で怒鳴り、飛び起きるのだ。密着していた要と直子の体が急激に離されるのである。それはちょうど卒業証書などを入れておく紙筒のその蓋の部分が紙筒の本体の部分から勢いよく引き抜かれた時に発するスッポンという音に通い合うので、それは亀ではなく鼈（食い付いたらなかなか離れないということも含意する）だと強調したのだろう。こうして要が「鼈」と大声で怒鳴った時、その擬似性交は完遂したのである。このように解釈すれば、なるほど卑猥な遊びだと得心できるのではなかろうか。

この遊びを何回か繰り返したことが重要な意味を持つことになる。そして要も直子も大人になってもそれを忘れなかったという。とりわけ直子にとっては「寧ろ甘い感じで」「憶ひ出され」るものだったというのだ。だから新婚の直子が水谷の口から「要」という名が出ただけでわけもなく赤面した（第三の十四）その理由もつかめるのである。池内輝雄は、オーストリアの動物学者K・ローレンツのいう「刷り込み」を援用し、直子が犯した過失は「その幼少期に「刷り込」まれた性体験を、自然の本能に従って再現した」ものに過ぎないとしている。(9) なるほど二人の性交渉は、なるべくしてなった自然で必然的ともいえるものだったといえるだろう。それだけ幼児期における「亀と鼈」という遊びは、重く、恐るべき体験だったといえるのである。

この「亀と鼈」という遊びは、第一の十一における謙作の夢のなかに出てくる「播摩」と〈類似〉する性欲の深淵に関わるものといえるが、子どもの体験という点では、第二の三で示された幼児の謙作が母と一緒に寝ていて床の中に深くもぐって行き母からその手を烈しくつねられた体験とも〈類似〉していると思われる。子どもの性に関わる体験としてはいずれも特異なものだといえるが、その材源はいったいどこにあったのだろうか。

母と一緒に寝ていて床の中に深くもぐって行った体験は実際の幼児期の直哉のものであったと容易につかめる。

一方、「亀と鼈」の遊びがどこから得られたかを突き止めるのは大変難しいが、志賀直哉という作家はおのれの体験をベースに創作することが多く、「亀と鼈」の遊びもあるいはその幼児期の実体験から発想されたものではないかと推測されるのである。(10)

『暗夜行路』において最後に子どもが出てくるのは第四の十二である。謙作は「大山といふ淋しい駅」で汽車を下り、目的の大山までの初めの三里を人力車に乗って行くことにする。「五十余りの瘠せた男」である「老車夫」が俥を引いて狭い通りに入ると、「子供達」が「人取りのやうな遊び」に夢中になって騒いでいて、なかなか俥をよけなかった。そこで「老車夫」は道に落ちている細い竹の枝を拾って、手の届く「子供等の頭」を一々ちょいちょいと叩き、笑いながら俥を進めて行ったのである。子どもらは「老《お》ぼれ」とか「阿呆」と毒づいていたが、結局は道を開けてやった。ここは、老人と子ども（ただし複数）の三番目の組合せであり、その意味するものについては先の二つをふくめ、まとめて考察に及びたいと思う。

3　老人と子どもの組合せ場面について

『暗夜行路』に描かれた夥しい数のワンカット、ワンシーン、私は無駄なものは一ヶ所とてなかったとみるのだが、先に意図的にその考察を保留にしておいた三ヶ所の老人と子どもの組合せの場面は、『暗夜行路』のテーマを捉える際に役立つものと思われる。三ヶ所の老人と子どもの組合せの場面に注目すると、これまた『暗夜行路』に後ろ手に縛られた形象が三ヶ所あり、それぞれが近接して配置されていることに気づく。これは、『暗夜行路』に大きなテーマが三つあって、それぞれその開始を告げるサインとなっているのではないかと考えられるのである。三ヶ所の後ろ手に縛られた形象の指摘と三つのテーマの存在については以前に述べた(11)ことだが、これに三ヶ所の老人と子どもの組合せの場面が絡むとすることで、私見の補強を試みてみたいと思う。

最初の老人と子どもの組合せは、むろん「序詞」冒頭の、謙作と「見知らぬ老人」（祖父）との初対面の場面である。ここでは謙作は家の「門の前」で一人で遊んでいた（どのような遊びかは定かでないがしゃがんでいる）のだが、一瞥したこの老人に反感を覚え、立ち上がって門内に駆け込んだ。その時、「オイ〳〵お前は謙作《けんさく》かネ」と声をかけられる。何故この老人は自分の名前を知っているのか。その衝撃から立ち止まり、振り返っておとなしくうなずいてしまう。次に老人は「お父さんは在宅《うち》かネ?」と訊ねてきた。謙作は首を横に振るだけである。そして老人は謙作に近寄り謙作の頭に手をやって「大きくなつた」と言ったのである。終始謙作は老人から圧迫を受け、一言も発していない。呪縛されたといっていいのだ。また、謙作と老人の位置関係は、常に謙作より老人の方が上で、謙作は常に下向きであったことに注意したい。

そして「序詞」の掉尾に父との角力事件が語られる。父はムキになって負けてやらない。やがて謙作の帯を解いて後ろ手に縛り（両足首も）、身動きの出来ない状態にさせてしまうのである。とうとう烈しく泣き出した謙作は、縛りを解かれても泣き止むことが出来なかった。この騒ぎを聞いて茶の間から父の居間にやって来た祖父は、父からその事情の説明を受け、声高に笑い、謙作の頭を平手で軽く叩きながら「馬鹿だな」と言ったのである。

この二つのシーンをもって、『暗夜行路』は第一のテーマである不義の子の物語を開始させる。

それはまず、「万々一《まんくいち》にも不成功に終る事はないと信じて居た」幼馴染の愛子への求婚が不首尾となり、とりわけ日頃から好意を抱いていた愛子の母から突き放されたと感じたことが大きなショックになるという体験として現わされる（第一の五）。不義の子なるがゆえに蒙った受難だといってよい。それ以後この人間不信は尾をひき、謙作の対女性関係は、吉原の引手茶屋西緑で知り合った芸者の登喜子、さらに銀座のカフェ清賓亭で知り合った女給のお加代に対し、淡い思いを抱いてはついにはディスイリュージョンに陥るという経緯を辿る。そして深い孤独を感じた謙作は、お栄との結婚を思い立ち、これが契機となっておのれの出生の秘密を知るに至るのだ。むろんここには昂進する性欲の問題も絡み、性の過ちの子の苦悩にふさわしいものも醸成させているのである。

以上のことは、第一のテーマの主旋律を形成するが、いわば低音部といえるものである。しかし謙作がまだおのれの出生の秘密を知らないうちは、ことさら暗い思いにのみ打ち沈む必要もなく、自由気儘に振る舞い、いわば高音部ともいえるものを奏でていいのである。謙作は生来「きかん坊」であって、「序詞」の屋根事件に示されたように、高い所で大声で唱歌を唄う、前向きでエネルギッシュなものを持ち合わせていた。それは第一の九の謙作の日記に直結している。いわゆるヒコーキ空想というもので、科学の進歩を肯定し、天才でなければ出来ない文学の仕事を目指すのである。その高揚した心持ちにそぐうように、尾道では突貫ラッパの少年が登場したり、夕陽に向かって棍棒を振る子どもが点描されているのである。

だが、この第一のテーマは、以後消滅するわけではない。第二のテーマ、第三のテーマが展開されても、点在あるいは底流していく。謙作は不義の子であると知った当初「淫蕩な気持」を慎もうと決意する（第二の七）が、時が経つうちに放蕩にのめり込んでどん底状態に陥ったり（第二の十四）、直子の美しいイリュージョンが崩されたと感じた折は「祖父からの醜い遺伝」を思ったりする（第三の十二）のである。一方、その高音部の方も、エネルギッシュな男だけの祭である「鞍馬の火祭」が描かれたり（第三の十七）しながら、やがて墜落する飛行機（第四の六）に代わって、青空の下、悠々と舞う鳶の姿が描き出される（第四の十四）のである。

謙作少年と「見知らぬ老人」（祖父）との初対面のシーンは、それが肉親同士のものだけにドロドロとしたものを内包していることを、また後ろ手に縛られた謙作少年の形象（不義の子への懲罰の意が込められていよう）は、今後そこから解放されるまでの長い闘いが強いられることを、それぞれ暗示させるものとしてあったと捉えられるのである。この二つのシーンをセットにして考えると、第一のテーマである不義の子の物語の開始を告げるものとしてあったことに気づき、それはまことに巧妙なものだったとせねばならないのだ。

二番目の老人と子どもの組合せのシーンは、第二の四に現われる。謙作が「自伝的なもの」の執筆に挫折し、気分転換のために四国への小旅行を思い立った折であった。謙作の小さい棟割長屋の隣は「人のいい老夫婦」であったが、そこの「爺さん」は毎日商船会社の船着場に切符切りの仕事に出ていた。といっても、朝から午前中までのいわゆるパート勤務らしく、昼頃には石段の下から急な坂道をよちよちと登って帰って来るのである。その時、「近所の六つばかりになる女の児」が、自分の家の「小さい門の前」に立って、「お爺さーん」と大声に呼んだ。それに応えて、「爺さん」は「芳子《よしこ》さあー」と呼び返した。「お爺さーん」という「甲高い声」と、「芳子さあー」という「幅のある濁声」とが呼び交わされる。そういう長閑で心がなごむシーンである。

これを謙作少年と祖父との初対面のシーンと比較してみると、子どもの年齢はいずれも六歳で、子どもはその家の「門の前」にいるという点で奇妙に一致する。(12) が、その相違点に注目する必要がある。ここの子どもは女の児で、子どもの方から老人に声を発している。両者の位置関係も、祖父が上、謙作が下というのとは逆で、女の児が坂の上、老人が坂の下となっている。さらに、謙作少年と祖父との初対面のシーンに息づまるような圧迫感があったのに対して、こちらは肉親でもないのに、お互いに好意を持っているせいか、美しいハーモニーさえ奏でていて、微笑ましいものとなっているのである。この二つの場面は、老人と子どもの組合せという点では〈類似〉するが、その内実は〈対照〉を成しているとせねばならない。

一方、後ろ手に縛られた形象は、第一のテーマのクライマックス部分である謙作の出生の秘密が明かされた（第二の六）あと、謙作が尾道を引き上げる帰京の途次（第二の九）に出て来る。それはお菊虫という姫路の土産品である。ジャコウアゲハの幼虫なのだが、その姿が「口紅をつけたお菊が後手《うしろで》に縛られて、釣下《つるさ》げられた所」に似ていることからこう命名されたもののようである。謙作はなんとも妙なものを買ったものである。

『暗夜行路』の第二のテーマは、女の罪をめぐる問題である。だから、まず老人と子どもの組合せにおいて芳子という女の児が登場し、後ろ手に縛られた形象として「皿屋敷」のお菊という女性が示されたことは、女の罪をめぐるテーマの開始のサインとしての意味を持っていたと思われてくるのである。むろん、この第二のテーマは第一のテーマと重なるところがある。母の不義（過失）が第二の六で明らかにされるわけだが、これはまさしく第一のテーマと第二のテーマが重なった部分といえるのだ。以後、栄花のこと、蝮のお政のことが語られ、やがて直子の過失（不義）が描かれる運びとなる。ここに「亀と鼈」という幼児期の遊びが大きく関わっていたことは先に見た通りである。そして妻の過失（不義）を知った謙作の苦しみが重く澱みながら描かれていくのである。

『暗夜行路』における子どもという観点に立ってみても、第一のテーマの展開の場合、謙作少年を主として男の児がもっぱら描かれていたが、第二のテーマの展開になると、むしろ女の児の方が多く描かれているのに気づく。軍人夫婦の連れた子どもたち（男の児と女の児）のスケッチは家族愛を表現していた。そして、謙作の妹の妙子、京城の京子という女の児、これらが肉親愛ということに大きく関わっていたことは先に見た通りである。謙作は肉親愛や家族愛に恵まれずに成育した。それゆえ肉親愛や家族愛に人一倍ひかれるのである。

第二のテーマである女の罪をめぐる問題は、先の譬えでいえば、主旋律であり、低音部を形成するが、その高音部として肉親愛や家族愛の大切さ、素晴らしさを奏でていたといえまいか。いや、血縁でなくてもいい。人と人との和の大切さ、素晴らしさとしてもよい。謙作は、第一のテーマの展開部では他人頼りの結婚をいやがっていた（第一の三で石本が謙作に結婚のことを心配してやろうというのをにべもなく断っている）のだが、直子を見初めると、友人の高井、とりわけ石本の助力に素直に応じ、直子との結婚にトントン拍子で漕ぎ着けているのである。謙作の対人関係のあり方は次第に変化していっている。そのせいか、『暗夜行路』後篇第三の世界には謙作と直子が疏水べりを歩く美しい場面（第三の十二）など、人と人との調和的なものが点在する。その点で、第二の四の「お爺さーん」「芳子さあー」と呼び交わしたシーンは、人と人との和合、広い意味での愛の所在や交流に通じ、『暗夜行路』の第二のテーマの高音部の展開の前奏ともなっていたのではないかと思われるのである。

三番目の老人と子どもの組合せは、謙作が大山生活に入るとば口に現われる（第四の十二）。老車夫と「人取りのやうな遊び」をしている複数の子どもたちである。ここで、老車夫は、なかなか俥をよけない子どもらの頭を細い竹の枝で軽く叩きながら道を開けさせ、謙作を乗せた俥を進めて行ったのである。「序詞」の角力事件で最後に祖父が謙作の頭を平手で軽く叩きながら「馬鹿だな」と言ったことと呼応するものがある。ただしここでは逆に老人（老車夫）は子どもらから「老ぼれ」「阿呆」などと毒づかれている。ともあれ、ここは、『暗夜行路』で子どもが出てくる最後の場面である。ここにいったいどのような意味が込められていたのだろうか。

謙作は、過失（不義）を犯した直子をその理性の上では赦せても感情の上では赦せないものが残っていた。だから隠遁生活に逃れ、何らかの解決を試みようとしたのである。こうなれば自然のなかの動植物によって慰藉されるしかないだろう。動植物はそれまでにも所々で点描されていたが、自己改造という第三のテーマの展開部になると、じつに夥しい数の動植物が謙作の目の前に出現する。まずは、車窓から盛夏のなかの景色を眺め、「ああ稲の緑が煮えてゐる」と「亢奮」を覚えている（第四の十二）。それに比べれば、「人取りのやうな遊び」（勝敗で人を奪い合う花一匁のような遊びだろう）をしている子どもたちは、あまりにも人間くさいのだ。だから第三のテーマの開始とほぼ同時に、子どもたちは謙作の眼前から追放されねばならなかったのである。

後ろ手に縛られた形象は、現在時のものとして出てくるわけではないが、分けの茶屋で老車夫の若かった頃の話に、海老攻めの拷問にあう老盗賊の姿として出てくる（第四の十三）。この懲罰を受ける老盗賊の姿に謙作は自分自身の過ぎ来し方を重ねて見ていたはずである。それは謙作が羨望する分けの茶屋の置物のような枯れた老人と美事な〈対照〉を形成していることからも明らかなことである。謙作の自己改造の旅はすでに始まっていたのだ。

私の指摘する『暗夜行路』のなかの大きな三つのテーマは、むろん截然と区分されて存在するものではない。それは重層的に存在し、その密度の濃淡によって推移するのである。ただその際、『暗夜行路』に描かれた子どもに注視すると、そのテーマの把握がより明確化されることをいいたかったのである。

注

（1）拙稿「志賀直哉の子ども」（「國文學」、學燈社、二〇〇二・四）
（2）拙稿「『暗夜行路』のモザイク構造――時間と空間、類似と対照――」（「文芸研究」第八十七号、二〇〇二・二）
（3）紅野敏郎編著『鑑賞日本現代文学⑦志賀直哉』（角川書店、一九八一・五）
（4）信行の母が不義の子を身籠もったのが発覚したあとのゴタゴタは、第二の六の信行の手紙に記されているが、母は一時その実家の芝の祖父母のもとに引き取られて行ったという。これを機に、まだ二歳の信行の養育は母から祖母の手に移されたと推測される。父の赦しが出たあとも、信行は祖母と寝室をともにし、謙作と一緒に母と寝ることはほとんどなかったのではなかろうか。こういう兄弟別々のあり方ではその仲が幼児とはいえ親しいものとなるとはとても考えにくい。また、母は罪の子だと思えば謙作に十分なスキンシップを与えることが出来なかったと考えられる。
（5）軍人家族一行のシーンの材源を「ノート14」（『志賀直哉全集補巻六』、岩波書店、二〇〇二・三）に見出すことができる。このノートは、はじめに「大正七年一月元日」と記されていて（「後記」）、直哉の我孫子在住期のものとみられる。最初のパラグラフの末尾に「汽車の中にて転任の騎兵大尉の家族を見ながら、六月十日、」とあるが、次のパラグラフには男の児と女の児が毛布の中で足で互いにいたずらを仕合ったり、汽車の窓を開けて唱歌を唄い出したりすることなどが綴られ、「尾の道へ行く汽車で見る事にする。」という当初の構想も示されている。さらにこのノートの記述によれば、軍人は事実では女の人の弟のように受け取れるが、それを夫婦として改変し、ある家族の醸し出す雰囲気に「特殊な味」、「広い意味の美」を打ち出そうとしたもののようである。『暗夜行路』前篇はその細部まで直哉の体験をそのままストレートに謙作のそれに流用しただけだとみられがちだが、この軍人一家のことは、実際の尾道からの帰途のものではなく、我孫子在住期の見聞（おそらく大正七年の六月十日）に基づくもので、家族愛の所在などを表わすものとして意図的に嵌入されたものだといえるのである。
（6）安岡章太郎『志賀直哉私論』（文藝春秋、一九六八・一一）

（7）『日本近代文学大系31　志賀直哉集』（角川書店、一九七一・一）

（8）本多秋五『志賀直哉㊦』（岩波書店、一九九〇・二）。なお本多秋五は、安岡章太郎『志賀直哉私論』の書評（「群像」、一九六九・一）で同じ趣旨のことをすでに述べている。

（9）池内輝雄『志賀直哉の領域』（有精堂出版、一九九〇・八）

（10）「暗夜行路草稿」1に、幼児の「自分」（直哉）が同年輩の近所の或る女の児とよく遊んだことが回想されているが、その遊びは「情欲的な関係」でのもので、「二人はキタナイ真似をした。」とされているのが気にかかる。「亀と鼈」という遊びは、志賀の純然たる創作ではなく、自身の幼児でのこの体験（ただし「キタナイ真似」の具体的な内容は不明）を幾分かはベースにしているのではなかろうか。『暗夜行路』では謙作は要に対しあまり批判的でないが、それは要の幼児体験に作者自身が重なるものを持っていたからなのかもしれない。なお、母と一緒に寝ていて床の中に深くもぐって行き母から烈しく手をつねられた体験も「暗夜行路草稿」1に記されている。直哉は普段祖父母と一緒に寝ていて、たまたま母と一緒の折があり、好奇心なり衝動からこのような行為に及んだものと思われる。しかるに、これが『暗夜行路』という虚構のなかに組み込まれると、皮肉にも不義の子のものとして不思議なリアリティーを帯びることになる（第二の三の「前の人」とは結局は淫蕩な祖父を指すものとなる）のである。

（11）拙稿「『暗夜行路』における原風景とその関連テーマ――「序詞」の形成とその遠心力――」、「文芸研究」第八十五号、二〇〇一・二）

（12）芳子という女の児とお爺さんが呼び交わすシーンは「暗夜行路草稿」7と10に見られ、よほど尾道滞在期の直哉にとって印象深いものだったと受け取られる。ただし、「芳子といふ十才位のいたづらな女の子」（傍点は引用者、草稿10）というのがおそらく事実で、六歳の謙作と符合するようにその年齢が改変されているのだと考えられる。

（**補注**）私見では、信行も謙作同様、亡き母を慕っていたと考える。信行は、謙作の出生の秘密を中学を出る頃、「神戸の叔母さん」から聴かされたという（第二の六）。「神戸の叔母さん」とは何者か。謙作出生前後の「芝の祖父上」の言動にも詳しいことから、信行および謙作の母方（佐伯家）の叔母とみるのが妥当だろう。「神戸の叔母さん」とは、母方の縁者であり、信行はその人と親しくしていたからこそ、謙作の出生の秘密も聴くことができたのだ。また、信行は、噂としてだが「一と頃」芸者を囲っていたという（第一の三）。おそらく父の勧める縁談は一度ならずあったと推測されるが、それなのに芸者を囲う。この辺のドラマは語られないが、思いのほか信行はその父に従順なわけではないといえよう。謙作同様、亡き母を慕っていて、そのいわば紐帯感からも謙作のよき理解者となっていたとみるべきではなかろうか。（以上、拙稿「本多秋五の『暗夜行路』論——その批評の軌跡——」より。『本多秋五の文芸批評—芸術・歴史・人間—』、文芸理論研究会編、菁柿堂、二〇〇四・一一所収。）

第七章　『暗夜行路』のモザイク構造——時間と空間、類似と対照——

はじめに

『暗夜行路』（初出は一九二一・一～一九三七・四「改造」に断続掲載。のち、一九三七・九および一〇、現在の構成となって改造社より刊行。）の作品構造はいかなるものか。『暗夜行路』は、いわゆる西洋風のロマンではない。日本的なものであることから、一見、絵巻物のような印象を与えている。が、もう少し奥行きがあって、立体的ではあるまいか。それを証してみたい。

物語は主人公時任謙作に焦点が当てられ展開する。『暗夜行路』の作品構造を分析するにあたり、まずはその〈時間〉の推移と〈空間〉の移動に着目したい。そこからこの長篇特有の構造を捉えてみたいのだ。その〈時間〉の推移に関していえば、時任謙作が夢想家であることに注意せねばならない。(1)『暗夜行路』はしばしば小説世界の現在時から異世界（過去のことや現時異世界）に飛翔する。〈時間〉の流れを川の流れに譬えれば、ある時は淀みを作り停滞し、そして再びすみやかに流れ出すということを何度も繰り返すのである。一方、その〈空間〉の移動に関していえば、時任謙作の転居や小旅行の一つ一つに注視する必要がある。その前篇が東京から尾道へ、その後篇が京都から大山へと移動し、いわば対称形を形成しているのは見易いことだが、総じて『暗夜行路』の〈空間〉形成には、細心の伏線が張られていたり、主人公の〈空間〉移動のあり方にある種の法則性さえ見出すことができたりするのである。

『暗夜行路』には、作者志賀直哉のいわば無意識の美学が働いている。随所にちりばめられた夥しい数のワンカット、ワンシーン、そして様々なエピソードは、決して無造作に配置されているわけではない。具体的にどことどこが有機的な関連を持っているのか、それらをどれだけ説得力をもって解読できるかが問題である。その際、ポイントとなるのは、〈類似〉と〈対照〉である。蓮實重彦が『暗夜行路』に偶数が氾濫していることを指摘したのは今やかなりの昔のこととなったが、この指摘は正しいもので、それをいかに応用するかにかかっている。[2]〈時間〉の推移に従い〈類似〉の系列を形成するものもあれば、異なった〈空間〉に〈類似〉を発見できることもある。また、二つの事柄（二人の人物）の〈対照〉は『暗夜行路』の随所に見出される。そこから、謙作の人間観や人生観が捕捉でき、『暗夜行路』のテーマに迫ることさえできるのである。

以上のような観点から『暗夜行路』の作品構造の内実を追尋していきたい。

1　前篇のモザイク紋様

『暗夜行路』前篇における〈時間〉の推移と〈空間〉の移動からみていきたい。

「序詞」は前篇に所属している。『暗夜行路』本篇の謙作が成人した二十代半ばの青年であるのに対して、「序詞」は（主人公の追憶）とされ、〈時間〉のうえではむろん過去のこととなる。が、「序詞」自体の構成は、謙作の母の死後「二月《ふたつき》程」のちのこと、謙作が「六歳《むっつ》の時」を起点にしている。謙作少年の前に見知らぬ老人が現われ、その出会いのシーンから始まる。その「二三日」後再びその老人がやって来、父から祖父であると紹介され、さらに

「十日程」して謙作は祖父の住む根岸に引き取られて行く。が、次に謙作と母との忘れられない「四つか五つか」の頃のエピソードが二つ（屋根事件と羊羹事件）嵌入されている。そして根岸での生活のあらましが叙述され、根岸の家に移って「半年余り」を経過した「或る日曜日か祭日か」の日に父の本郷の家を祖父と訪問し、父との角力事件のエピソードが語られて「序詞」の世界は幕を閉じる。つまり「序詞」は時間的経過の順に話が進展していないのだ。なぜ、このようなことになっているのか。それは、別稿で述べたように、謙作の祖父からの呪縛が眼目であり、祖父に始まり祖父に終わるという円環構造にあるからである。(3) 一方、〈空間〉の面でも、本郷に始まり、途中で二度根岸の生活を挟み、その間に本郷でのこと（屋根事件と羊羹事件）が挿入され、最後は本郷で終わるという形を取っている。謙作は本郷から根岸に移動しただけなのだが、「序詞」の世界の〈空間〉は、本郷→根岸→本郷→根岸→本郷と移動しているのである。これも円環構造となっているのだ。先に私は、『暗夜行路』の本篇を建物の母屋だとすれば、「序詞」は別棟であるとした。だが、「序詞」は本篇から孤立して存在するのではなく、そのいわば遠心力は前篇のみならず後篇にまで及んでいる。先に指摘したことも必要があれば再度触れることとしたい。

前篇第一の一は、謙作が「阪口の今度の小説」を読み終え、その読後の「興奮」からなかなか眠ることができず、階下に「気楽な読物」、この場合は「塚原卜伝」を取りに行き、それを読みながら眠りに就いたことから始まる。「塚原卜伝」の内容が示されているわけではないが、しばし謙作が「塚原卜伝」の異時空間に身を置いたことは確かである。『暗夜行路』ではこのように謙作が本の世界に入り込むことがしばしばある。ともあれ、劈頭、本の世界（異世界）への没入があった。

翌日、寝坊をした謙作は、竜岡と阪口の同時の訪問を受ける。二人を待たせている間、謙作は洗顔をするのだが、この間に「阪口の小説」のあらましと阪口に対する思惑などが挿入される。小説の現在時の流れから逸脱するものではないが、「阪口の小説」の世界、すなわち異世界が展開されたのである。前夜にこれが示されなかったのは、謙作が「腹立たしい中《うち》にも清々《すが〳〵》しい気持」になっていて、阪口との関係に一応の決着をみていたからである。ところが予想外の阪口の訪問を受け、謙作は動揺したのだ。これから起こるであろう阪口との葛藤や対立を前に、謙作の洗顔の時間を利用して「阪口の小説」の世界がここで提示されたのはうまい演出法だと思う。

その後、謙作の初めての吉原行（引手茶屋西緑での遊び）が中心に描かれる（第一の二）が、謙作は今、「精神的にいい状態に居ない」のだとされる（第一の三）。が、突如、ロマンチックな常燈明の愛の蠟燭のエピソードが展開される。それは石本と別れた帰途の道すがらに起こったのだが、謙作が夢想家であることをよく表している。想像世界での自分と石本との会話や「母方の祖父母」の追懐もあって、現時点とは陸続きだが、別趣の世界を形成している。現時異世界の展開としていい。

第一の五は、回想部分を中心にしている。愛子への求婚失敗の顚末である。正確にこの事件が今から何年前のものかは書かれていない。阿川弘之は、『暗夜行路』本篇の開始時を、謙作数えの二十六歳、大正元年九月と定め、この愛子事件をそれより三年前の明治四十二年のこととしている。[4] 二、三年前のこととみるのが妥当なところだろう。ただ、阿川は、時任謙作の年譜の「明治四十五年・大正元年（一九一二）二十六歳」の項に、「父の戸籍を離れ、赤坂福吉町に住む。」としているが、愛子求婚の折、父は謙作に「然しお前も今は分家して、戸主になつて居るのだから、……」と言っていることから、祖父亡きあと謙作が根岸を離れ、お栄と赤坂福吉町に住まうようになったのは、明治四十二年頃とみた方がいいように思う。それはともあれ、第一の五は、登喜子に対するイリュージョンが冷めかけた折に配置されている。登喜子へのイリュージョンが持続されていれば、昔のことなど回想するに及ばないのだ。以上のように、第一の五の大半は、愛子事件の回想という過去のことが嵌入されている。そして第一の六は、亡くなった旧い友の命日に仲間たちと染井に墓参することから始まる。『暗夜行路』の現在の〈時間〉の流れは一旦中断されたが、再びなだらかに流れ始めるのである。

第一の六は、友人緒方とのつき合いが中心となっているが、その結末部で、「十年程前の秋、一人旅で日本海を船で通つた時、もう薄く雪の降りてゐる剣山の後ろから非常な美しい曙光の昇るのを見た」ことが思い出されている。前篇第一では謙作の自然との関わりは極めて少ないのだが、現在時の「雨後の美しい曙光」とは別に、剣山の曙光のことは過去回想部としてあることを銘記しておきたい。

そのあと、緒方、宮本らとのつき合いのなか、謙作の銀座清賓亭の女給お加代に向ける関心が中心に描かれる（第一の七、八）が、突如、第一の九では謙作の「長い間怠つてゐた日記」の世界が展開される。ここも夢想家謙作の性格がよく表れたところで、人類の永生、発達を思い、飛行機を肯定し、天才でなければ出来ない文学の「仕事」を目指すというのである。いわば「ヒコーキ空想」というもので、謙作は「亢奮」し（第一の十）、夢想のひとときを過ごしたのである。現時異世界のこととしてよい。なお、この日記のなかで、マースという飛行士が日本で初めて飛行機を飛ばした日（明治四十四年四月一日から四日間）のことが回想されている。謙作はその場に居合わせ、目撃し、「不思議な感動」を覚えたというのだ。『暗夜行路』の現在時から一年半ほど前の過去の回想である。

第一の十では、お加代へのディスイリュージョンが示されるが、それは謙作の「想像」世界から齎されたものであった。謙作は、銭湯の湯槽の中で両手に留桶を抱え大きな体で不恰好な姿で泳ぐお加代のことを「想像」し、幻滅を覚える。現時異世界が映像のように展開されたとしていい。

第一の十一では、謙作の「深川のさう云ふ場所」（洲崎遊廓）での放蕩を語ることから始まる。こうして謙作は、祖父の妾だったお栄を変に意識し出し、お栄から誘惑を受ける「想像」や「空想」の現時異世界にしばしば入り込んでいく。その具体的なシーンはここでは省略するが、総じて前篇第一の世界では、現時異世界の叙述が多く見られるのが特徴となっている。

さらに第一の十一では、謙作の見た「夢」の世界が展開されている。阪口が旅先で「播摩」をして死んでしまったこと、および「淫蕩な精神の本体」を知るという内容のものである。むろん「夢」の世界は、現実世界と通底しているが、現時異世界の展開としていい。こうして謙作は、お栄から逃れるべく、また文学の「仕事」に傾注すべく、場所変えを思い立ち、尾道行を決意するのである。

謙作にとっての「初めての土地」、尾道は、その景観にしろ人間にしろ「いい感じ」を与えてくれた（第二の二）。そういう尾道到着直後に謙作は、千光寺に登る石段の中頃の或る「掛茶屋」で、茶店の主から「玉の浦」の伝説を聴く。伝説の世界も明らかに異世界のことで、本の世界と同じように捉えてよい。昔、この辺りは、山の上の「光る珠《たま》」のおかげで夜も灯りがいらぬほどだったが、或る外国人に安易に売り持っていかれてからは、他の土地同様、夜は提灯が必要になったという「祖先が間抜だつた伝説」だとされる。この時は、謙作はこの伝説をほほえましいものとして受け入れる。が、この伝説は『暗夜行路』の展開のなかでどのような意味合いを持つのだろうか。深読みかもしれないが、尾道での今後の謙作のことが予見されたとみたい。「光る珠」がすでにないように、謙作の文学の「天才」もあるようでないものであり、その仕事は挫折する。さらに、この土地で自身の暗い出生の秘密がもたらされる。まさしく謙作に暗夜が訪れるということを暗示していまいか。後篇にも伝説の記述があり、読み過ごせないものがあるのだ。

第二の三には、謙作の「幼時から現在までの自伝的なもの」の内容の一部が示されている。茗荷谷に住んでいた頃の思い出、本郷竜岡町に移ってからの思い出の数々が断片的に回想され叙述されている。『暗夜行路』の〈時間〉は過去に遡及するのだ。なお、「序詞」は、この自伝的長篇が挫折し、その残された膨大な草稿のなかから、とりわけ幼時期の印象深いものを作者謙作が短篇仕立てにしたものと捉えてよいだろう。

第二の四には、いわゆる象頭山の空想が展開されている。巨象に変身した謙作が人類との戦争に及ぶのだ。夢想家謙作による、現時異世界の現出である。

屋島への小旅行は謙作に深い孤独感を齎し、お栄との結婚を思い立たせる（第二の五）。そして尾道に帰り、お栄求婚の思いが変化しなかったことから、これを兄信行に託すことにする。第二の六には、その信行からの返事の手紙が示される。ここで謙作の出生の秘密が明かされるのだが、ひととき〈時間〉は謙作の出生時に遡及する。祖父母は秘密で堕胎しようとしたが、芝の祖父（母方の祖父）がそれに反対した。謙作は堕胎を免れた子でもあったのだ。ともあれ、謙作出生時にまつわる過去の時間帯のことが挿入されているのである。

謙作は、中耳炎を患い、帰京する。帰京するとすぐに「耳鼻咽喉専門のT病院」で手術をしてもらい、手軽く済んだが（第二の十）、ここでこの病院に勤める「見かけによらず所謂不良性のある」看護婦のことが思い出されている。昨年の秋、「或る青年」をそそのかして妹咲子にラブレターを書かせたという看護婦である。むろんここでは直接この看護婦は出て来ない。が、この時点から二年遡る、すなわち明治四十四年に、咲子はこの病院に入院したことがあった。その折、謙作はこの看護婦を見知っていたのである。なお、その頃、謙作が大学時代の仲間が始めた「或る同人雑誌」に短い小説を二、三度出したことも判明する。愛子事件よりはあとのことだろう。ともあれ、ここは過去の回想部分の嵌入である。

第二の十一では、娘義太夫の栄花のことが回想されている。謙作が中学を卒業する頃から高等科にかけて女義太夫ファンになっていたことがつかめるが、とりわけ栄花に関心を寄せていたのである。過去回想部なのだが、今は桃奴という芸者になっている栄花の人生も語られていて、第二の十三の前半までは、栄花の章と呼んでもさしつかえのないものになっている。

第二の十二で、謙作は信行と一緒に五反田から大森方面に貸家捜しに出かける。その折、植木屋の亀吉に関することが話題に上る。謙作はこの亀吉を本郷の家で見かけたことがあった。余りに見かけが好人物すぎることから、裏があるように感じた。その印象はその「日記」に書きつけておいたほどである。これは、『暗夜行路』本篇開始時よりは以前の時間帯のこととみられ、近接過去の嵌入としていい。だが、この現在時から「二三ヶ月後の話」として、亀吉が「本統の正直者」ではない、狡猾な男であったことを括弧に括って説明している。亀吉のエピソードは、現在時をまたいで過去のことと先のことがひとまとまりとなって叙述されているというのが正確なところである。

同じく第二の十二で、「先年京都で、蝮のお政といふ女を見た事がある、」ということが示される。これも過去の回想部分といえる。「先年」とはどれほど前のことかはっきりしないが、そんな古い話ではあるまい。謙作は、お政の「気六ヶしさうな、非常に憂欝な顔」を一瞥し、その心には張りがなく、その懺悔芝居には偽善が伴っているはずだとするのである。

亀吉のエピソードと蝮のお政のことは、謙作の人間観察力の鋭さを示すものとして〈類似〉している。また、女の罪（むろん母の不義から連動する）ということで、蝮のお政のことは、「斃れて後やむ」というイメージの栄花のことと〈対照〉をなしている。亀吉のエピソードと蝮のお政のことは、配置のうえからいっても、栄花の章に組み込まれて至当なものだったといえる。これは、のちに述べるつもりであったが、あまりに捉え易いことなので、敢えてここで記しておくことにした。

大森移住後の謙作は放蕩の深みに陥っていく。ただ、前篇第二における謙作の〈空間〉移動は、大雑把にいって、東京（赤坂）→尾道→東京（赤坂）→大森になっていることを銘記しておきたい。

第二の十三で、謙作は、心身ともに不調をきたし、心の貧しさを感じる。そのような折、信行から聞かされる数々の「禅の話」は救いとなった。殊に「徳山托鉢といふ話」を聴いた時は泣き出してしまったという。こういう「禅の話」の一つ一つも異世界のこととしてよい。現実とは異なる世界に没入できるからこそ感動もできるのだ。ただし、謙作の禅に対する姿勢は、信行とは違い、師につくことをいやがるものであったことに注意したい。

第二の十三の後半部で謙作は、電車の中で西鶴の「本朝二十不孝」を懐から出して読んでいる。この時は、「仕舞ひの一節」から読み出しているが、それ以前に「最初の二つ」を読んで「悉く感服して居た」とされる。近接過去に属する読書の感想が中心に語られているが、本の世界という異世界の展開をここに見出せるのである。

第二の十四では、その深い疎外意識から謙作は、「根こそぎ、現在の四囲から脱け出る」という変身願望を語る。それは想像の翼に乗って、「何処か大きな山の麓の百姓」、それも「仲間はづれ」の男になっていて、そして罪深い醜い女を妻としてひっそりその一生を終えることを夢想する。これは現時異世界の展開としていい。

第二の十四のしまいの方で、謙作は、お目当てのプロスティチュートを待つ間、つい先刻買ったばかりの「李白の小さい詩集」を読み始める。雑念を払うためだ。李白の伝記から酒にまつわる感想を抱いたり、「荘周夢蝴蝶。蝴蝶為荘周」という句に何となく心を惹かれたことが書かれている。しばし謙作は、曲がりなりにも本の世界の現時異世界に身を置いたとしていいだろう。

総じて、前篇第二に流れる現在の〈時間〉の流れを中断するものとして、夢想家謙作による現時異世界の展開もそれなりに見られるが、過去の回想部の挿入が多いのが特徴となっている。謙作は尾道で「自分の幼時から現在までの自伝的なもの」の執筆に挫折した。が、『暗夜行路』の所々に嵌入された過去のことを並べ変え、順序立てると、謙作の自伝がかなりの程度まで形成できることに気づくのである。阿川弘之が時任謙作の年譜作成という実作者らしい試みをなし得たのも、『暗夜行路』の特殊な〈時間〉構成を見逃していなかったからだと思われる。

2　後篇のモザイク紋様

高橋英夫は、『暗夜行路』の「後篇」は「さまざまのシチュエーションにおいて前篇のくりかえし、変形、再現であった。」としている。(5) この見解におおむね賛同するが、それを念頭に置きながら、『暗夜行路』後篇における〈時間〉の推移のあり方と〈空間〉の移動のあり様をみていきたい。

後篇第三の一は、謙作が「不図した気まぐれで、一ト月程前から」やって来ている京都にその舞台を移している。その〈空間〉の起点は京都なのだ。

そして「古い土地、古い寺、古い美術、それらに接する事が、知らず彼を其時代まで連れて行つて呉れた。」と叙述されている。謙作は、いわばタイムスリップをしていて、異世界にその身をゆだねているのだ。二尊院の「法然《ほふねん》上人《しやうにん》足びきの像」（第三の一）や博物館の「如拙《じよせつ》の瓢簞鮎魚図《へうたんでんぎよづ》」（第三の二）などの具体的な古美術品の鑑賞がなされている。古美術品鑑賞は、読書の世界と同様に、現時異世界を現出させるのである。

東三本木の宿に泊まっている謙作は、夕涼みがてら河原に散歩に出かけ、そこで「若い美しい女の人」（直子）を見初める（第三の一）。一目惚れとしてよい。そして、「あの気高い騎士ドンキホーテの恋」を思い描く。実は大森に住んでいた折、謙作は、「ドンキホーテ」を読んでいたが、その時はさして迫ってくるものがなかったという。だが、いま意味あるものとして甦ってきたというのだ。これも現時異世界のものが入り込んだところだとしてよい。恋愛のあり方として、その対象を崇高なものとし、またおのれを気高いものとする、そういう形のものを考えているのである。

とはいえ、実際問題として、その人と接触の機会を得られそうにない。そういう時、謙作は、「彼の或る古い友達」が、好きな女性の家の前で故意に自転車を動かせない程度にこわし、その家に預かってもらい、次第に接触の機会を作って行った話を思い出す（第三の一）。この小さなエピソードは過去のものに属する。

同じように、「昔」のこととして、「或るむさくるしいなりをした大学生」が上野公園で通りかかった美しいお嬢さんを見初め、あとを追いかけ、その家に入って主人に面会を求め、結婚を申し込んでうまく話をまとめてしまったというエピソードが嵌入されている（第三の二）。超スピード結婚の例である。「国語の教師」から聴いた話だというのだから、謙作が学生時代のことだろう。

この二つのエピソードは〈類似〉している。そしてドンキホーテ的な恋愛とは〈対照〉をなす。謙作はドンキホーテ的な恋愛に邁進していくのだが、謙作の人間性を明瞭にするうえで、この二つの過去の時間帯に属する他人のエピソードの挿入は巧妙なものだったといえる。

第三の三で、謙作は友人の画家高井と新京極で活動写真を見る。「真夏の夜の夢」を現代化した独逸ものの映画である。これを謙作は面白く思ったというのだから、この時、現時異世界にその身を置いたのである。

この関連でいえば、お栄と一つ部屋に寝ることになって、気まずさからなかなか寝つかれない折、謙作は、古本屋から買って来た「から騒ぎ」を読み始めるのであった（第三の九）。謙作は、喜劇「から騒ぎ」の異世界に身を置き、「軽い自由な気分」になり、やがて眠りに沈んで行ったのである。

古美術の鑑賞、喜劇類に接することで、謙作は実現化しつつある直子との結婚において、直子のイリュージョンを大きくふくらませてしまっていた。「鳥毛立屏風の美人のやうに古雅な、そして優美な、それでなければ気持のいい喜劇に出て来る品のいい快活な娘」というふうに、直子を作り上げ、それに恋していたことに気づくのである（第三の十二）。まさしく夢想家の恋であり、ドンキホーテ的な恋を持続させていたのである。

総じて、第三の前半部における〈時間〉の流れは、謙作と直子の結婚に向けて進むので、淀みがほとんど感じられない。しいて挙げるならば、第三の七で、謙作がいったん大森に帰っている折に見る「夢」の世界の展開がそれに当たると思われる。

この「夢」は二段構えとなっている。その前段は、謙作が最近南洋から帰ったTを訪ねると、「雨中体操場《うちゆうたいさうぢやう》」のような大きな建物があり、その中に檻のようなものがたくさんあって、その一つに「何十疋といふ栗鼠《りす》くらゐの小さな狒々《ひひ》が、目白押しに泊り木にとまつてゐる」のを、謙作が面白く思ったことである。加賀乙彦をして、「何を意味するか私には不明だ。」と言わしめた箇所である。[6] おそらくこれは、前篇第二の十三で謙作が女中の由《よし》を博覧会見物（南洋館というので土人の踊りがある）に連れて行けなかったことと連動している。今、謙作は、いったん大森に帰って来ている。心残りなことは形を変えて「夢」に現われやすい。「雨中体操場《うちゆうたいさうぢやう》」のような大きな建物とは博覧会関連の建物で、「何十疋といふ栗鼠《りす》くらゐの小さな狒々《ひひ》」とは南洋に関連するものと思われる。後段は、謙作がTと別れ、反逆人となっていて刑事たちに追われ、上野の博物館の門の辺りに逃れて来ていることから始まる。通りかかった兵隊の一人とその着衣を交換するが、軍服の着方がまずく、見破られ、捕えられてしまったというのである。なるほど反逆人とは唐突のようだが、謙作がアウトサイダー的な存在に関心が強いということで納得いくものがある。水戸天狗党の末路の話（第三の八）や不逞鮮人の閔徳元の話（第四の二）に関心を寄せていること、また、山の麓の村八分の百姓の身に変身することを想像したり（第二の十四）、人類全体を相手に戦う巨象に変身している空想をなしたこと（第二の四）などは、アウトサイダー的存在への関心ということで〈類似〉するのである。ただ、軍服に関し、謙作の徴兵体験などが『暗夜行路』のどこにも書かれていないのが惜しまれる。とはいえ、この部分の解釈としては、謙作はまだ不義の子という出自を気にかけていて、直子との縁談がそのために土壇場でダメになるのではないかという不安が「夢」に現われたとすることができるのである。私自身の勝手な解釈を長々と試みてみたが、この「夢」も現実と陸続きであり、『暗夜行路』を流れる〈時間〉の、いわば同じ川の流れに出来た小さな淀みに過ぎなかったとしたい。

　そして、石本の所に届いているS氏からの手紙のなかの、N老人が謙作の出生について「差支へなきもの」としたことに謙作は感動を覚えるのであった。だが、謙作は「十中七分通りもう大丈夫だ」とし、まだ慎重だ。

　第三の八は、京都に戻って、N老人夫婦との会見に臨む。「余りに社交馴れない」という謙作は、この会見がうまく運ぶかどうかに不安があった。「普通の世間話」に終始したのがかえって気持ちよかったのだが、そのなかでN老人が語った武田耕雲斎一味が敦賀で捕えられ倉に閉じ込められて「しつか」（傍点は作者）にかかった話は印象深いものがある。謙作は、「暗い、じめ〳〵した塩魚の倉で、全身しつに悩まされ、寒さに向つて一人々々仲間が死んで行く」そういうシーンを想像し、「一寸かなはない気」がしたのである。これも現時異世界の点描としてよい。

そのあと謙作は、奈良から伊勢へ、そして母の故郷の亀山に旅をし（第三の八）、やがて南禅寺北の坊の寓居に住むこととなる（第三の十）。『暗夜行路』の〈時間〉では大正二年の秋となっている。そのあと上京して妹達（咲子と妙子）との心温まる交流があったり（第三の十一）、直子との見合い（第三の十二）、そして結婚の簡単な式が挙げられ（第三の十三）、衣笠村に移転して二人の新婚生活は本格的に開始されるのである（第三の十四）。後篇第三の謙作は、あちこち移動しているが、その生活〈空間〉の本拠はすでに京都にあるのだ。

第三の十六は、〈時間〉の流れが速くなる。さりげなく四月から五月にかけての京都の年中行事が列挙されたりして〈時間〉はなだらかに流れていく。身重の直子を気づかい伯母がやって来るが、謙作はこの伯母に親しみを感じ、八月の暑さを避け、三人で「何所か涼しい山の温泉宿に二三週間」逗留することを「想像」する。これまでそういうアットホームなことを経験していない謙作にとって「胸の踊る程」の楽しい「想像」だったのである。この思いつきのような短い「想像」も現時異世界の展開としていい。もっとも、身重の直子を気づかう伯母の反対にあって実現はしなかった。ともあれ、この第三の十六は、他の章とは異質で、〈時間〉という川の流れでいえば、急速な流れとなっているのである。

第三の十九には、「赤児の誕生の日の夜《よる》」、謙作が末松らと「シューバートのエールケーニヒ」を聴きに演奏会に出かけたことが回想されている。小説の〈時間〉は近接の過去に遡及しているのだ。その曲は、嵐の夜に子供を死神に取られるという内容のもので、縁起の悪いものだった。謙作は、「厄落し」のつもりで、その帰り道でプログラムを何気なく落としてきたという。

翻って、第三の十七は、十月の下旬のある日、謙作が末松、水谷、久世などと鞍馬の火祭りを見物しに出かけたことを語っていた。朝早く帰宅すると、女中の仙が、お産があったことを告げている。本来なら、「赤児の誕生の日の夜《よる》」というのだから、「エールケーニヒ」の演奏会に行ったのは、第三の十八に配置されねばならなかった。しかし、「エールケーニヒ」のエピソードは、第三の十九に置いた方が据りがよいのだ。直子の母などは鬼門の柳だといって台所口の柳を植え替えさせたがった。謙作の周りの人たちも赤子の病気を本気で気にかけ必死な思いでいるのである。「エールケーニヒ」の件がここに挿入されたことで、赤子の危機、その運命が抜き差しならないものとして重くのしかかってくるのだ。長男直謙の死、こうして大正三年は暮れていく。

後篇第四の一の謙作は、初児を失っているので、この年、大正四年の春を「前年とは全《まる》で異《ちが》つた心持」で過ごしていた。やがて、お栄が大陸での失敗から内地に帰りたがっていることを知り、謙作は、お栄を迎えに京城まで出かけていく。『暗夜行路』に〈空間〉の移動が起こり（第四の二）、お栄の大陸でのことが叙述される。お栄の天津から大連、そして京城でのことは、過去に属するものであって、それが嵌入されている。さらに、不逞鮮人の閔徳元のエピソードが挿入される。これは、高麗焼の研究家から聞いた話となっているのだが、ここにも現在の時間帯とは異なる異世界が展開されるのだ。

お栄を連れて京都に帰って来た謙作は、その留守中に直子と要の間に過失（不義）が起こったことを嗅ぎ当てる。そして、直子が幼い頃、要と「亀と鼈」という卑猥な遊びをしたことが叙述される（第四の五）。『暗夜行路』に描写のあり方の異なるものが入り込んでいるのだが、過去の世界（謙作の預かり知らない世界）の嵌入でもある。直子はこの遊びがトラウマとなって要との間に過失（不義）を犯してしまったのだ。

直子を理性の上では赦せても感情の上でどうしても赦せない謙作は、しばしば癇癪を起こしたりする。が、謙作は、「久しく遠退いてゐた、古社寺、古美術行脚」を思い立ち、高野山、室生寺などに小旅行に出かけたりする。翌年、すなわち大正五年の一月には法隆寺への旅から帰ると赤子（隆子）の誕生があった。以上のようなことは第四の八に叙述されている。第四の八も『暗夜行路』の〈時間〉の流れ方でいえば、急流となっている。その後、いわゆる京都七条駅の事件（第四の九）を経て、やがて謙作は、いわば自己改造を目指し伯耆大山に向け旅立つ（第四の十一）。大正五年の夏のことである。ここに大きな〈空間〉移動がなされた。後篇の京都→大山という図式が、前篇の東京→尾道に対応し、〈対照〉かつ〈対称〉を形成していることはいうまでもない。

謙作は、大山までの途次、城崎と鳥取に泊まる。鳥取の宿では、宿の女中から「多鯰《たね》ヶ池《いけ》の伝説」と「湖山長者《こやまちやうじや》の伝説」を聞かされた（第四の十二）。前篇の尾道における玉の浦の「伝説」などと密接に関連していよう。むろん、現時異世界の展開である。「多鯰ヶ池の伝説」とはこの池の主である大蛇になっているお種という娘の男（鳥取の侍）への妄執のようなものを主眼にしている。そういうお種を、瀬戸内の島々によくある伝説（第二の四）のなかの「心変りのした」恋人のために溺死した「若い娘」の後裔とすることもできるだろう。「湖山長者の伝説」は自然の摂理に逆らって天罰を受けた話である。とりわけ「湖山長者の伝説」は、やがて謙作に自然に逆らうことなく宥和する方向性を示唆するものだったかもしれない。

第四の十三は、大山の蓮浄院に向かう途次の、分けの茶屋周辺を舞台としている。謙作は、「五十余り」の「車夫」から、昔、海老攻めの拷問にかけられた老盗賊の話を聞かされる。それは過去のことだが、謙作にとって現時異世界の展開として現前する。そしてこの「昔の爺《おやぢ》」は、いま謙作の眼の前にいる「分けの茶屋」の、老樹のような、あるいは苔むした岩のような「八十近い白髪の老人」と美事な〈対照〉を形成する。謙作は、この〈対照〉から、この枯れたような老人が醸し出している「静寂な感じ」に羨望の念を抱くのであった。

この場面は、前篇第二の二における、千光寺に登る石段の中頃にある「掛茶屋」でのシーンと〈類似〉している。尾道生活のとば口でその後の謙作のことが暗示されたように、この「分けの茶屋」のシーンは、謙作の大山生活のとば口にあり、謙作のその後のことが暗示されているとみることができるのである。

第四の十四で謙作は、鳥取で買った「帝国文庫の高僧伝」（第四の十二）のなかの恵心僧都が空也上人を訪ねての問答を読み、涙まで流している。また、第四の十六で謙作は、同じ「帝国文庫の高僧伝」のなかの元三大師の伝をじっくりと読み始めている。これらも読書の世界であり、現時異世界が開けているとしていい。

第四の十五には、お由が「生神様」になっている「夢」が描かれる。この「夢」は、根深い性欲の蠢きを現わしていて、謙作は現在の心境との違和感を感じるが、ともあれ「夢」という異世界が展開されているのである。お由を通して、竹さんとその女房の「血塗騒《ちまみれさわぎ》」のことが謙作の耳に入って来る（第四の十五、十七）。曲がりなりにも謙作は小説家である。その豊かな想像力をもってすれば、竹さんのことを題材に一篇の作品が出来るほどのものがある。竹さん夫婦に関わることも現時異世界のこととしていいだろう。

第四の二十（最終章）で謙作は、半睡半醒の「夢」を見る。これもむろん異世界のこととしていい。この「夢」についての私見はすでに述べているので省略するが、この「夢」のあと謙作が浄化されたことを認識しているのをポイントとしておきたい。

総じて、『暗夜行路』後篇の〈時間〉はなだらかに流れていき、謙作自身の過去よりも他者の過去が挿入されることが多いのが特徴といえるだろう。が、次の頁の一覧表を参照すれば明瞭だが、現時異世界の展開の嵌入などは、その数のうえで前篇のそれとほぼ拮抗しているのである。

3　〈類似〉系列と〈対照〉形成

『暗夜行路』における飛行機の肯定から否定の推移をみたのは平野謙であった。(7)このことを私流に捉え直してみた

一覧表・『暗夜行路』の時空間（●過去のこと、○現時異世界、▽現時異世界（本や伝説）、□異世界、◎夢の世界）

前篇

第一

●（序詞）本郷、根岸
・大正元年秋（推定）
［東京・赤坂福吉町］
▽塚原卜伝（一）
□阪口の小説（一）
○常燈明の愛の蠟燭のエピソード（三）
●愛子事件（五）
●剣山の曙光（六）
○謙作の日記（九）
●マースの飛行演習
○お加代へのディスイルージョン（十）
●お栄誘惑の想像（十一）
○お栄誘惑の空想（十一）
◎播摩の夢（十一）

第二

・大正元年暮れ～
［尾道］
▽玉の浦の伝説など（二・四）
●「自伝的なもの」の執筆（茗荷谷、本郷）（三）
○象頭山の空想（四）
（尾島）（金刀比羅）
●信行からの返事の手紙（茗荷谷、本郷）（六）
［赤坂福吉町］
●不良性のある看護婦（十）
●栄花のこと（十一）
●植木屋亀吉（十二）
●蝮のお政（十二）
［大森］
▽禅の話（十三）
▽本朝二十不幸
○変身願望の想像（十四）
▽李白の詩集

後篇

第三

・大正二年夏
［京都］・東三本木の宿
▽古寺、古美術（一）
▽ドンキホーテ
●或る古い友達のこと
●超スピード結婚（二）
▽真夏の夜の夢（三）
（大森）（六・七）
◎反逆人になっている夢
●「しつ」の話（八）
（伊勢）（亀山）（八）
▽から騒ぎ（九）
［京都］・南禅寺北の坊（十）
・大正三年
［京都・衣笠］（十四）
○家族旅行の想像（十六）
●エールケーニヒ（十九）

第四

・大正四年春
（朝鮮）
●お栄の大陸でのこと（二）
●閔徳元の話
●亀と鼈の話（五）
・大正五年夏
（城崎）（鳥取）
▽多鯰ヶ池伝説（十二）
▽湖山長者伝説（十二）
●○海老攻めの拷問にあう老盗賊の話（十三）
［大山］
▽帝国文庫の高僧伝（十四・十六）
◎お由、生神様の夢（十五）
□竹さん夫婦（十五・十七）
◎分離した足の夢（二十）

い。第一の一で謙作は、友人の竜岡と阪口の同時の訪問を受ける。この竜岡と阪口は外見上からも〈対照〉をなしている。「竜岡は小柄な阪口に較べては倍もあるやうな大男で、その上柔道が三段であつた。」とされているのだ。が、竜岡は、飛行機の発動機の研究で近くフランスに行くことになっている。竜岡の存在が以後、飛行機に関する〈類似〉系列の起点となる。謙作はむろんこの竜岡に好意的であり、謙作自身もかつてマースの飛行演習を目撃して「感動」を覚えことがあり、飛行機肯定、すなわち科学の進歩を願ってやまないのである（第一の九）。ところが、『暗夜行路』後篇になると、飛行機肯定の考えにゆらぎが生じているのが読み取れる。謙作が京都に来た頃、飛行士の「荻野はん」の人気は大変なものであったが、東京までの無着陸飛行に失敗、墜死し、その遺物は展覧されていた（第三の十）。このニュースを謙作はパリにいる竜岡に宛てた手紙にも書いていた。このエピソードは、謙作の京都での東洋古美術への接近ののちに配置されたもので、西洋文明の象徴である飛行機の肯定思想に翳りが生じているとみることができるのだ。次に、飛行機は第四の六から七にかけて現われる。謙作が妻直子の過失（不義）を知り、末松と会っている折、実際に飛行機の墜落を目撃するのである。謙作は直子のことで暗い思いに覆われている。そこに飛行機の墜落の目撃である。飛行機の肯定思想は、大きく旋回し否定される寸前のところまで来たとしていいだろう。そして、大山における謙作は、空を悠々と舞う鳶の姿を仰ぎ、飛行機の醜さを思う（第四の十四）。ここで鳶と飛行機は〈対照〉をなしているのだが、この飛行機否定の思想は飛行機肯定の思想（第一の九）とも美事な〈対照〉を形成するのである。自然の意志に逆らう無制限な人間の欲望の否定に逢着するのだ。それを『暗夜行路』は、〈類似〉の連鎖と〈対照〉の重層的な描出によって定着させているのである。

『暗夜行路』における謙作の対自然関連は、すでに須藤松雄が指摘しているように、大雑把にいって、前篇の「対立的自然関連」から後篇の「調和的自然関連」への推移とみていい。(8) むろんこれは〈対照〉も形成する。謙作は尾道に向かう夜の船上の甲板で、「総ての人々を代表」しているような「誇張された気分」でいながら、「何か大きなくもの中に自身が吸ひ込まれて行く感じ」（不安感が伴う）に捕われた（第二の一）。しかるに、夜明け前の大山の中腹での謙作は、「大きな自然の中に溶込んで行く」「不思議な陶酔感」を味わった（第四の十九）。一方は海、もう一方は山、大自然に対する抵抗感の有無で〈対照〉をなしている。また、吉原行の朝帰りの帰途、謙作は「雨後《うご》の美しい曙光《しょくわう》」を見、併せて「十年程前」の剣山の「非常な美しい曙光」を思い出したのだが、これは時間的にも非常に短い自然への共感に過ぎなかった（第一の六）。しかるに、第四の十九では、「橙《だいくいろ》色の曙光《しょくわう》」が昇るのを見、大山の影を平地に眺めるという稀有の体験から「感動」を受けたのである。この三つの「曙光」は、〈類似〉系列にあるが、謙作に与えた「感動」の深浅という点で、〈対照〉も形成するものだったのである。『暗夜行路』には、夥しい数の自然（景色や動植物）が出てくる。その自然関連については、稿を改めて私なりの考察にチャレンジしたいと思っている。

謙作には二人の祖父が存在し、これが〈対照〉をなしている。父方の祖父（実は実の父）は、下品であり、放蕩の雰囲気を漂わせ、幼い時分から謙作の嫌悪の対象であり、また謙作を呪縛していた。母方の祖父（芝のお祖父様）は、謙作の尊敬の対象とされ、またその夫婦関係は理想的なものとされていた。『暗夜行路』は、謙作が父方の祖父から受けたものといかに闘い、その呪縛から解放され、どれくらい母方の祖父に近づけるかという物語だともいえるのだ。そのうち父方の祖父に関するものは、幾つかの〈類似〉の系列を形成する。根岸の生活（「序詞」）で示された「花合戦」は、謙作と直子の新婚生活に「花合はせ」として突如持ち込まれ（第三の十四）、やがて直子と要の間に過失（不義）が起こる契機となった（第四の三、五）のである。また、父方の祖父の再来として、前篇における阪口、後篇の水谷と要に見出すことができる。謙作は堕胎を免れた子であった。父方の祖父は、謙作の母の妊娠を知ると秘かに堕胎することを主張したが、母方の祖父（芝のお祖父様）の反対にあい、それは実現しなかった。青年謙作は、阪口の書いた堕胎の小説に憤りを感じた。さらに阪口は、「夢」のなかのこととはいえ、「播摩」まで堕ちていくほどの放蕩者であった。阪口が父方の祖父の再来といえる所以である。後篇の水谷は、謙作の嫌悪の対象であり、デモーニッシュ的な存在ということで、これも父方の祖父の再来といえる。要は、謙作の惹かれる上品なN老人の息子なのだが、N老人とは皮肉なことに〈対照〉をなしていて、「播摩」と〈類似〉する性の深淵に関わる卑猥な遊戯「亀と鼈」の当事者であった。謙作の母と関係を持った父方の祖父、直子と関係を持った従兄の要、要が父方の祖父の再来であることは自明なのだが、『暗夜行路』の他のエピソードや人物と〈類似〉や〈対照〉を形成していることに気づかねばならないのである。

お栄は祖父の妾だった女性である。どうしてもそこには不穏な性的なものが絡んでくる。尾道にその生活の本拠を置いた謙作は、気分転換のため四国への小旅行を行なう（第二の四、五）。そして、屋島の宿でお栄との結婚を思い、尾道に帰って信行を介してその意を伝えてもらうが、自身の出生の秘密が齎されるということを招来した。この〈空間〉移動にお栄が深く関わっていたのである。同じようなことは、後篇でも起こっているのだ。謙作は、その生活の本拠を京都に置いていたが、大陸で失敗して困窮しているお栄を迎えに、朝鮮までの小旅行に出かける（第四の二）。この〈空間〉移動、すなわち謙作の留守中に直子の過失（不義）が起こったのである。四国への小旅行と朝鮮までの小旅行、この二つの〈空間〉移動は、ともにお栄が絡み、謙作に衝撃的なことが齎されるという点で、〈類似〉性とある種の法則性すらを見出せるのである。

謙作の恋愛や結婚に対する姿勢は、前篇と後篇では、まさに〈対照〉をなしている。第一の三で、謙作は石本から「若し君にその気があれば僕達は本気でいい人を探したいと思ふんだが……」と言われるが、あっさりと断っている。愛子求婚失敗が尾をひき、他人を信用できなくなっているのだ。対女性に関していわば自力本願でいこうとしているのだが、登喜子やお加代に好意を持ってもそのイリュージョンは持続しない。お栄への求婚もその意志がふらついたままで敢行され、それは悪あがきに似たものに過ぎなかった。しかるに、第三の二では、「若い美しい女の人」（直子）を見初めたことを友人の高井に素直に話し、高井から、「頼むのさ、誰れか人にやつて貰ふのさ」と言われると、即座に、「うん」と答えている。そして、とりわけ石本の助力を得て直子との結婚話はトントン拍子に運んでいくのである。自分の消極性、非社交性を自覚できるようになったからこのような姿勢で臨めたのかもしれない。

愛子と直子は、〈類似〉する側面を持つ一方で、〈対照〉をなしていることに気づかなければならない。〈類似〉するのは、その家族構成である。愛子は彼女が十五六の時にその父を失い、母と兄の三人家族となった。一方の直子も、いつかは定かではないがその父を失っていて、母と兄の三人家族である。単なる偶然なのか、父を亡くしている女性に謙作は繰り返して求婚したことになるのである。が、その〈対照〉の方を重視せねばならない。そもそも謙作の愛子求婚は、愛子の母が謙作の母と幼馴染で親しかったことから、亡き母を慕う動機で思い立たれたものと解される。そして、直接的には、愛子がその父の葬式の際、白無垢を着て泣いている姿を見て、愛子を可憐に思ったことによる。ここには悲劇的な雰囲気が漂っているのだ。しかるに、直子は、「鳥毛立屏風の美人」というイメージが一方にあるものの、もう一方で「気持のいい喜劇に出て来る品のいい快活な娘」（第三の十二）というイメージが付加されていた。喜劇的な明るいムードのなかにいるのだ。また、愛子の父が水戸の漢方医であったとされ、その水戸出身の武田耕雲斎一味がその最期を過ごした地、すなわち敦賀が直子の出身地になっているのも、奇妙な〈空間〉の〈対照〉を形成していて、因縁めいたものすら感じられるのである。

先に、悪女の栄花と蝮のお政が、その心に張りがあるかないかで〈対照〉的に描かれていることを述べた。これと同じようなことは、後篇にも見出せる。謙作は直子と結婚の式を挙げたあと、何日か経って、二人で「祝物《いはひもの》の返しの品」を買いに出かける（第三の十三）。「有名な陶工の家《うち》」を何軒か見るのだが、「宗六の家《うち》」と「木仙《もくせん》の家」（「宗六の家」の分家）が〈対照〉をなしていることに気づく。「宗六の家《うち》」が陰気でじめじめしているのに対し、「木仙《もくせん》の家」は生き生きしていて、「二代木仙」も「如何にも覇気のある人物」だとされる。むろん謙作は、「木仙の家」で「返しの品々」を揃えたのだが、ここに悪女ならぬ職人の〈対照〉が見られ、それは前篇の反復ともなっているのである。

前篇と後篇の〈対照〉は、二ヶ所の蠣船のシーンにも見出せる。尾道における謙作は、おのれの出生の秘密を知ったあと、薄暗い倉庫町にある蠣船に行った（第二の七）。陰気臭い座敷のなかで、淫蕩な気持ちを慎もうとしきりに思うのだが、その孤独のさまは際立っていた。しかるに、第三の十三、先の「木仙《もくせん》の家」での買物のあと、謙作と直子は、菊水橋の袂から蠣船に行った。その周囲は「祇園の茶屋々の燈《あか》り」や「四条のけば〳〵しい橋」の「燈り」などで、まばゆいほどに明るかったのである。直子という絶好の伴侶を得、幸福感に浸っている謙作に、同じ蠣船という場にあってもそれにふさわしいものが提供されているのがつかめるのだ。

そして第三の十三はこのあと、かつて蝮のお政が芝居をしていた小屋の前を二人が通りかかるシーンとなる。ここで謙作は直子に蝮のお政や栄花のことを話す。前篇にあったあの印象深いエピソードは決して流し飛ばされてはいなかったのだ。このように『暗夜行路』は二重三重の〈対照〉を形成しながら展開していくのである。

最後に、『暗夜行路』に描かれた病い関連に注視してみたい。前篇第一では、謙作がそのいわば友達耽溺の疲れから風邪をひいて二日ほど床の中で過ごしたぐらいのものである（第一の七）。第二では、謙作は尾道で軽い中耳炎にかかり、この地を引き上げることとなった（第二の九）。後篇第三では、長男直謙が丹毒にかかり、直謙を失うこととなる（第三の十八、十九）。第四では、お栄が瘧の発作に苦しんだりしたことも示されているが（第四の二）、謙作が大山で大腸カタルを患い、床に就いたままでこの物語が終わる（第四の二十）ということになっている。このうち、尾道での中耳炎と大山での大腸カタルは〈空間〉移動と連動して〈対照〉を形成し、直謙の丹毒をめぐる医者たちと謙作の大腸カタルをめぐる医者たちが〈類似〉かつ〈対照〉を形成していることを明らかにしたいと思う。

直謙の発病に際し、初めに診断したのは「薄い天神髭《てんじんひげ》」を生やした「見すぼらしい小男」の医者であった（第三の十八）。この医者の診断は「不得要領」で、一種の消化不良だろうとした。次いで、「K医師」が診断をする。「K医師」は、「半白の房々とした口髭を持つた大柄な人」とされる。丹毒と診断し、なかなか困難な病気だとした。天神髭の医者と「K医師」はその外見上まで〈対照〉をなしているのである。が、このあともう一人医者が登場してくる（第三の十九）。手術のあとは、「K医師」に代わり、「同じ病院の外科医」が、よく来るようになって、この外科医が直謙の最期を診取ったのである。

一方、謙作の病いを初めに診断したのは、「年寄つた小さな医者」であった。急性の大腸加多児（カタル）と診断した。次いで、「余り若くない代診」が来て、もしかしたらコレラではないかと心配した。が、いずれも頼りないところがある。そこで、三番目に、「米子の○○病院の院長さん」、すなわち「○○博士」に診てもらうことにする。むろん「○○博士」の登場はないのだが、「年寄つた小さな医者」および「余り若くない代診」とは〈対照〉をなす人物だろうと予測がつくのである。

謙作の尾道での中耳炎と大山での大腸カタルは、その病状の軽重で〈対照〉をなしている。が、ここに謙作の〈空間〉移動を絡めて、大山での謙作がこのまま死んでしまうのか生きのびるのかを推測してみたい。

前篇の謙作は、東京の赤坂福吉町から尾道に移転し、再び東京（赤坂福吉町）に戻り、大森に転居した。そして、やがて謙作が京都に移るであろうことは、京都好きの友人宮本が謙作とお加代を「「仲のええ事」と京都訛りを真似て冷やかした。」こと（第一の八）、なぜか時々京都訛りを真似るプロスティチュートの登場（第二の十四）などの〈類似〉系列で細心の伏線が張られていたことで納得がいく。後篇の謙作は、京都をその生活の本拠としてしばらくここに暮らすが、やがて大山へと旅立ち、そこにしばし滞在する。謙作の大山行も、「何処か大きな山の麓」の村八分の百姓に変身するという想像を巡らしたこと（第二の十四）、謙作が伊勢に旅をして、同宿の鳥取県の人から山陰の「何とかいふ高い山が、叡山に次ぐ天台での霊場《れいぢやう》で、非常に大きなそして立派な景色の所だといふやうな話」を聞かされたこと（第三の八）などの〈類似〉系列の伏線の設置で予測できることだったのである。が、前篇で謙作が尾道から東京（赤坂福吉町）に戻り、大森に転居したように、『暗夜行路』の〈空間〉移動の法則からいって、後篇の謙作は大山でその生涯を終えてはならないのだ。前篇の反復として、謙作は大山に長くとどまってはいけない、とその〈空間〉移動の法則が示唆するのである。

『暗夜行路』の前篇に「序詞」があったように、後篇にもいわば別棟のエピローグが本来は設けられるべきだったと思う。しかし、それは読み手がある程度予測できるものだったので、作者志賀は敢えて書かなかったのかもしれない。謙作は、その後「〇〇博士」の診察を受けてその病いに打ち克ち、快方するに違いない。そうであってこそ直謙の場合との〈対照〉が形成できるのだ。そして謙作は『暗夜行路』の〈空間〉移動の法則に従い、直子といったん京都（衣笠村）に帰ることになる。さらに次なる転居は、同じ関西の古都である奈良が有力な候補地として想定される。奈良に住む高井は謙作に奈良に来ることを勧めていた（第三の二）。謙作が日帰りで奈良法隆寺に旅をした折、隆子の誕生があった（第四の八）。このように伏線はすでに周到に張られているのである。

『暗夜行路』の作品構造を子細にみると、いかに手の込んだ細工が随所でなされているかがよく分かる。明らかに意図的なものもあれば、この作者特有のいわば無意識の美学が働いて成ったものもあるに相違ない。すでに作品は作者から離れ、一人歩きをしている。『暗夜行路』は、近代の長篇小説として、類まれな構造を持つ、譬えて言えば随所にモザイクを張り巡らしたような、極めて美しい大きな建造物として、われわれの前に存在しているのである。

注

（1）拙稿「時任謙作の人間像をめぐる考察――『暗夜行路』の展開に即して――」（「文芸研究」第八十六号、二〇〇一・八）

（2）蓮實重彦「廃棄される偶数『暗夜行路』を読む」（「國文學」、學燈社、一九七六・三）。のち『「私小説」を読む』（増補新装版）（中央公論社、一九八五・一一）に収録。この蓮實論文から、私流に捉え直した一例を挙げるなら、西緑の二階に持ち込まれた煙草の「サモア」と「アルマ」は〈類似〉するもので、やがてそれは謙作による芸者登喜子と小稲の比較、〈対照〉に発展する機能を担っていた（第一の四）、というふうに読み取ることができるのである。

（3）拙稿「『暗夜行路』における原風景とその関連テーマ——「序詞」の形成とその遠心力——」（「文芸研究」第八十五号、二〇〇一・二）

（4）阿川弘之『志賀直哉　下』（岩波書店、一九九四・七）

（5）高橋英夫「さすらいびと時任謙作」（『志賀直哉　見ることの神話学』所収、小沢書店、一九九五・五）

（6）加賀乙彦『日本の長篇小説』（筑摩書房、一九七六・一一、のち、ちくま学芸文庫『日本の10大小説』（一九九六・七）として刊行。）

（7）平野謙「『暗夜行路』論」（「群像」、一九六八・三、四、六。のち、『わが戦後文学史』に収録、講談社、一九六九・七）

（8）須藤松雄『志賀直哉の文学』〈増訂版〉（桜楓社、一九七六・六）

（9）志賀直哉は、「「現代日本文學全集・志賀直哉集」序」（改造社、一九二八・七）で、「夢殿《ゆめどの》の救世《ぐせ》観音《くわんおん》を見てゐると、その作者といふやうなものは全く浮んで来ない。それは作者といふものからそれが完全に遊離した存在となつてゐるからで、これは又格別な事である。文藝の上で若し私にそんな仕事でも出来ることがあつたら、私は勿論それに自分の名などを冠《かぶ》せようとは思はないだらう。」としている。『暗夜行路』こそ、今やまさしく作者志賀から遊離して、一人歩きをし出した格別な文芸作品であると思うのである。

志賀直哉作品年表

＊本書関係の発表作品（太字）、草稿、未定稿などに限定し掲げた。
＊志賀直哉年譜上の重要事項は▶印以降の文で記載した。

1883（明16）年	▶２月20日陸前石巻に、父直温（当年31歳）、母銀（当年21歳）の次男として生まれる。兄直行（明13生）は前年に夭逝。
1885（明18）年	▶父母とともに石巻を去り、東京の相馬家旧藩邸内の祖父母の家に移る。以後、祖父母の深い愛情のもとに育つ。
1889（明22）年	▶９月学習院初等科に入学。
1895（明28）年	▶７月学習院初等科卒業。 ８月30日母銀死去。 ９月中等科にすすむ。秋、父直温、浩《こう》（明５生）と再婚。
1901（明34）年	▶内村鑑三のもとキリスト教の教えに接する。以後７年あまりつづく。
1904（明37）年	５・５作文「菜の花」（現存せず）。 ７・８、９、15、16未定稿「脚本雪雄」。
1906（明39）年	１・９未定稿「お竹と利次郎（梗概）」。 ４・２草稿「花ちゃん」。 ５・22「不具の子」（「手帳３」より）。 ６・26未定稿「脚本悪魔凱歌《あくまのかちどき》」。 ▶７月学習院高等科を卒業、９月東京帝国大学文科大学英文学科に入学。
1907（明40）年	１・18未定稿「愛子と徳田　梗概」。 ▶夏、自家の女中「Ｃ」との結婚問題を起こすが、結婚は実現しなかった。
1908（明41）年	１・14「非小説、祖母」（現存せず）。 ４・24未定稿「小説「ブラックマライヤ」」。 ８・14草稿「小説網走まで」。 ９・５草稿「小説速夫の妹」。 10・18草稿「二三日前に想ひついた小説の筋」。 11・17草稿「誕生」。 11・28未定稿「小供の美」。 12・10未定稿「物の観方」。 12・22草稿「湯ヶ原より」。 草稿「隠ッ坊」（この年の執筆と推定される）。

1909(明42)年	1・15草稿「小説神経衰弱」。 9・14草稿「一日二ヶ晩の記」。 9・30草稿「小説人間の行為［A］」。 ▶9月より遊里での放蕩始まり、まもなく吉原角海老楼のお職との交渉も始まる。 草稿「小説人間の行為［B］」(10月上旬の執筆か)。 10・13草稿「小説殺人」。 11・6草稿「小説薫さん」。 12・22草稿「小説清兵衛(梗概)」。 12・29未定稿「偶感　第二」。 未定稿「退校［C］」や未定稿「小説退校騒」関係のものなど(この年頃の執筆と推定される)。
1910(明43)年	▶4月、洛陽堂より、「白樺」創刊。同人は、直哉、武者小路実篤、正親町公和、木下利玄、里見弴、児島喜久雄、園池公致、田中雨村、正親町実慶(日下諗)、柳宗悦、郡虎彦で、そのほか有島武郎、有島壬生馬(のち生馬)、三浦直介らが参加した。 4月「網走まで」(「白樺」)。 6月「剃刀」(「白樺」)。 7月「孤児」(「白樺」)。 10月「速夫の妹」(「白樺」)。
1911(明44)年	1月「鳥尾の病気」(「白樺」)。 2月「イヅク川」(「白樺」)。 4月「濁つた頭」(「白樺」)。 10月「襖」(「白樺」)。 未定稿「桝本せき」(この年の執筆と推定される)。 未定稿「Barにて」(この年かその翌年の執筆と推定される)。
1912(明45)年 (大元)	2月「母の死と新しい母」(「朱欒」)。 未定稿「清作と云つた女」(この年頃の執筆と推定される)。 9月「クローディアスの日記」(「白樺」)。 9月「正義派」(「朱欒」)。 9月「大津順吉」(「中央公論」)。 ▶10月下旬、家出し、11月中旬、尾道で一人暮らしをする。のちの「暗夜行路」前篇を形成する幾つかの草稿(「暗夜行路草稿」1・2・3・4など)が執筆されたと推定される。12月中旬、祖母留女の病気看護のため、一旦帰京する。

1913(大２)年	第一創作集『留女』(洛陽堂、1月1日発行)刊行。 1月1日「清兵衛と瓢簞」(「読売新聞」)。 ▶1月中旬、尾道に帰り、のちの「暗夜行路」前篇を形成する幾つかの草稿(「暗夜行路草稿」5・7・8・10・11・13など)が執筆されたと推定される。4月上旬、東京に帰る。 6・6、8未定稿「坂井と女」。 6・24未定稿「マリイ・マグダレーン」。 8・7草稿「従弟の死」(現存せず)。 ▶8月15日の夜、里見弴と散歩に出、山の手線の電車にはねられて重傷を負い、東京病院に入院する。27日退院する。 9月「出来事」(「白樺」)。 9・1、9草稿「支那人の殺人」(現存せず)。 9・4、5、19草稿「仁兵衛の初恋」(現存せず)。 9・9散文詩「船が重い」。 10月「范の犯罪」(「白樺」)。 ▶10月18日傷の後養生のため城崎温泉に赴き約3週間滞在する。 11月7日城崎を発ち尾道に帰るも、中耳炎にかかり尾道をひきあげ、17日帰京する。
1914(大３)年	▶1月9日東京府下大井町に移る。 2・15草稿「或る男と其姉の死」。 4月「児を盗む話」(初出作、「白樺」)。 ▶5月中旬、松江生活に入る。 6・9、19、28草稿「独語」。 夏、「暗夜行路草稿」20執筆と推定される。 ▶7月下旬、松江を発ち、伯耆大山に赴き蓮浄院に10日間滞在する。 ▶9月中旬、京都市上京区南禅寺町北の坊に移る。12月21日勘解由小路康子（戸籍面は「康」、明22生）と結婚する。 草稿「いのち」(この年の執筆と推定される)。
1915(大４)年	▶1月京都衣笠村に移る。5月赤城生活に入る。9月千葉県我孫子に買った家で生活する。
1916(大５)年	▶6月7日長女慧子出生、7月31日腸捻転のため我孫子にて夭逝。 未定稿「ハムレットの日記」(この年の上半期までに執筆と推定される)。 未定稿「次郎君のアッフェヤ」(この年頃の執筆と推定される)。 「暗夜行路草稿」27「慧子の死まで」(この年の8月以降の執筆と推定される)。
1917(大６)年	5月「城の崎にて」(「白樺」)。 6月「佐々木の場合」(「黒潮」)。 6月新進作家叢書『大津順吉』(改稿作「児を盗む話」も収録、新潮社、6月7日発行)刊行。 ▶7月23日、次女留女子出生。 8月「好人物の夫婦」(「新潮」)。 ▶8月30日、長年不和であった父直温と和解が成る。 9月「赤西蠣太」(初出原題「赤西蠣太の恋」)(「新小説」)。 10月「和解」(「黒潮」)。 10月「鵠沼行」(「文章世界」)。

1918(大７)年	１月創作集『夜の光』(新潮社、１月16日発行)刊行。 ３月「或る朝」(「中央文学」) 「暗夜行路草稿」33(この年の５、６月頃の執筆と推定される)。
1919(大８)年	１月「十一月三日午後の事」(「新潮」)。 ４月「憐れな男」(「中央公論」)。 ▶６月２日長男直康出生するも、生後37日にて、丹毒のため死亡。
1920(大９)年	１月「謙作の追憶」(「新潮」)。 １月「菜の花と小娘」(「金の船」)。 １月「小僧の神様」(「白樺」)。 １月６日から３月28日「或る男、其姉の死」(「大阪毎日新聞」夕刊)。 ４月「焚火」(初出原題「山の生活にて」)(「改造」)。 「暗夜行路草稿」28(この年の４月以降の執筆と推定される)。 ９月「真鶴」(「中央公論」)。 12月「本年発表せる創作に就いて(一)――好きな作と不満足な作――」(「新潮」)
1921(大10)年	１月「暗夜行路」序詞(主人公の追憶)、一、二、三、四、五、六、七(続く)(「改造」、現行・序詞(主人公の追憶)、前篇第一の一、二、三、四、五、六、七)。 ２月「暗夜行路」八、九、十(続く)(「改造」、現行・第一の八、九、十)。 ３月「暗夜行路」十一、十二、十三、十四(続く)(「改造」、現行・第一の十一、十二、前篇第二の一、二)。 ４月「暗夜行路」十五、十六、十七、十八(前半)(続く)(「改造」、現行・第二の三、四、五、六)。 ５月「暗夜行路」(十八の続き)、十九、二十(つゞく)(「改造」、現行・第二の六、七、八)。 ６月「暗夜行路」廿一、廿二(続く)(「改造」、現行・第二の九、十)。 ８月「暗夜行路」廿三、廿四、廿五、廿六(前篇了)(「改造」、現行・第二の十一、十二、十三、十四)。
1922(大11)年	１月「暗夜行路(後篇)」一、二、三、四、五(つゞく)(「改造」、現行・後篇第三の一、二、三、四、五)。 ２月「暗夜行路(後篇)」六、七、八、九(つゞく)(「改造」、現行・第三の六、七、八、九)。 ３月「暗夜行路(後篇)」十、十一、十二(前半)(つゞく)(「改造」、現行・第三の十、十一、十二)。 ７月単行本『暗夜行路』前篇(新潮社、７月６日発行)刊行。 ８月「暗夜行路(後篇)」十二(後半)、十三、十四(つゞく)(「改造」、現行・第三の十二、十三、十四)。 ９月「暗夜行路(後篇)」十五、十六(つゞく)(「改造」、現行・第三の十五、十六)。 10月「暗夜行路(後篇)」十七、十八(「改造」、現行・第三の十七、十八)。
1923(大12)年	１月「暗夜行路(後篇)」十九、二十(つゞく)(「改造」、現行・第三の十九)。 未定稿「革文函の手紙」(この年９月以降の執筆と推定される)。 ▶３月我孫子をひきあげ、京都市に移る。

1924(大13)年	3月「転生」(「文藝春秋」)。 4月「子供四題」(「改造」)。
1925(大14)年	1月「濠端の住まひ」(初出時「濠端の住ひ」)(「不二」)。 1月「冬の往来」(「改造」)。 1月「黒犬」(「女性」)。 ▶4月奈良市に移る。
1926(大15)年 (昭元)	11月「暗夜行路(続篇)」一、二(未完)(「改造」、現行・後篇第四の一、二)。 12月「暗夜行路(続篇)」三(つゞく)(「改造」、現行・第四の三)。
1927(昭2)年	1月「くもり日」(初出原題「曇日」)(「新潮」)。 1月「暗夜行路(続篇)」四、五(つゞく)(「改造」、現行・第四の四、五)。 2月「暗夜行路(続篇)」六(「改造」、現行では全部削除)。 3月「暗夜行路(続篇)」七(前半)(つゞく)(「改造」、現行・第四の六、初出続篇七の前半の一部が削除された)。 9月「暗夜行路(続篇)」七(後半)、八(「改造」、現行・第四の七、八)。 10月「暗夜行路(続篇)」九、十(未完)(「改造」、現行・第四の九、初出十(未完)は削除)。 11月「暗夜行路(続篇)」十(改訂)、十一、十二(未完)(「改造」、現行・第四の十、十一、十二)。 12月「暗夜行路(続篇)」十三(未完)(「改造」、現行・第四の十三)。
1928(昭3)年	1月「暗夜行路(続篇)」(十三後半)、十四(「改造」、現行・第四の十三、十四)。 6月「暗夜行路(続篇)」十五(「改造」、現行・第四の十五)。 7月「創作余談」(「改造」)。 7月「「現代日本文學全集・志賀直哉集」序」(『志賀直哉集』、改造社)。
1935(昭10)年	3月「『范の犯罪』に就いて」(「現代」)。
1937(昭12)年	4月「暗夜行路(続篇)」十六、十七、十八、十九、二十(完)(「改造」、現行・第四の十六、十七、十八、十九、二十)。 9月「暗夜行路」前篇(改造社版九巻本全集第七巻)(構成は、序詞(主人公の追憶)、第一(一〜十二)、第二(一〜十四)となる)。 10月「暗夜行路」後篇(改造社版九巻本全集第八巻)(構成は、第三(一〜十九、但し、初出後篇二十の後半が削られ、前半は後篇第三の十九に繰りこまれた)、第四(一〜二十))。
1938(昭13)年	▶4月奈良をひきあげ、東京に転居。 6月「続創作余談」(「改造」)。

1946(昭21)年	4月「悪戯(1)」(のちの「いたづら」の三節の半ばまで)(「座右寶」)。
1947(昭22)年	1月2月3月4月「蝕まれた友情」(「世界」)。 4月「娘義太夫のこと」(「苦楽」)。 11月「「好人物の夫婦」あとがき」(太陽書院版『好人物の夫婦』)。
1954(昭29)年	4月6月「いたづら」(「世界」)。
1955(昭30)年	6月「続々創作余談」(「世界」)。
1956(昭31)年	1月2月3月「祖父」(「文藝春秋」)。
1957(昭32)年	2月「木下利玄の思出」(「心の花」)。
1963(昭38)年	8月「盲亀浮木」(「新潮」)。
1971(昭46)年	▶10月21日、肺炎と全身衰弱のため死去。享年88歳。

初出一覧

第Ⅰ部

第一章　「ある一頁」の世界（志賀直哉「ある一頁」の世界――貸間捜しの振り子運動――）
明治大学文学部紀要「文芸研究」第七十八号、一九九七年九月

第二章　「児を盗む話」の世界（「児を盗む話」の世界――試練としての一人暮らし――）
明治大学文学部紀要「文芸研究」第九十七号、二〇〇五年九月

第三章　「范の犯罪」とその周辺（志賀直哉「范の犯罪」とその周辺――「右顧左顧」からの脱却――）
明治大学文学部紀要「文芸研究」第八十二号、一九九九年九月

第四章　志賀直哉の叶わぬ恋の物語（志賀直哉の叶わぬ恋の物語――「佐々木の場合」と「冬の往来」――）
明治大学文学部紀要「文芸研究」第九十二号、二〇〇四年一月

第五章　「城の崎にて」の重層構造（『城の崎にて』の重層構造――変転する〈気分〉と〈頭〉の働き）
「国文学解釈と鑑賞」第68巻8号、至文堂、二〇〇三年八月

第六章　「好人物の夫婦」考（志賀直哉「好人物の夫婦」考――身体反応、眼のドラマ――）
「日本文学」、二〇〇二年一月

第七章　志賀直哉のラブレター・トリック（志賀直哉のラブレター・トリック――「赤西蠣太」と「いたづら」――）
「群系」第9号、一九九六年八月

第八章　志賀直哉の子ども（志賀直哉の子ども）
「國文學」第四十七巻第五号四月号、學燈社、二〇〇二年四月

第九章　「菜の花と小娘」論（志賀直哉「菜の花と小娘」論――第三の処女作の位相――）
明治大学文学部紀要「文芸研究」第八十号、一九九八年九月

第Ⅱ部

第一章　『暗夜行路』における自己変革の行程（『暗夜行路』における自己変革の行程――祖父呪縛からの解放――）
文芸理論研究会「論究」第15号、二〇〇〇年三月

第二章　『暗夜行路』における原風景とその関連テーマ（『暗夜行路』における原風景とその関連テーマ――「序詞」の形成とその遠心力――）
明治大学文学部紀要「文芸研究」第八十五号、二〇〇一年二月

第三章　『暗夜行路』前篇第一と志賀日記（近代「日記」資料の諸相――志賀直哉・山口茂吉・太田静子――）
明治大学人文科学研究所紀要第51冊、二〇〇二年三月
（但し、この論考の「志賀直哉」の部分を独立させ、大幅な加筆、訂正を行なった。）
第四章　『暗夜行路』のおける悪女たちのエピソード（『暗夜行路』のおける悪女たちのエピソード――栄花の章の形成とその遠心力――）
明治大学文学部紀要「文芸研究」第八十三号、二〇〇〇年二月
第五章　時任謙作の人間像をめぐる考察（時任謙作の人間像をめぐる考察――『暗夜行路』の展開に即して――）
明治大学文学部紀要「文芸研究」第八十六号、二〇〇一年八月

第六章　『暗夜行路』における子ども（『暗夜行路』における子ども）
明治大学文学部紀要「文芸研究」第八十九号、二〇〇三年一月

第七章　『暗夜行路』のモザイク構造（『暗夜行路』のモザイク構造――時間と空間、類似と対照――）
明治大学文学部紀要「文芸研究」第八十七号、二〇〇二年二月

あとがき

本書は私にとって志賀直哉に関する二冊目の著書となる。前著（一九九一年）から十六年の歳月が経っているが、その「あとがき」では、志賀直哉といえば『暗夜行路』であり、ようやく『暗夜行路』を本格的に論じられる地点まで到達できたと書いた。その後、どのように『暗夜行路』を論じるかという構想は練ってはいたが、高校教師の職務の多忙さのなかでは論文執筆もままならなかった。それが、思いもかけず、明治大学の文学部に専任で勤務できるようになった。一九九七年のことである。で、本書は、ここ十年ほどの間に執筆発表した論文を中心に纏めたものとなった。簡潔にその概要を綴り、併せて今後の課題なども記しておきたい。

本書第Ⅰ部は、志賀の幾つかの短篇を俎上にしたもので構成した。が、ここでの作品選択は決して恣意的なものではない。『暗夜行路』との関連が深いと思われるものを意識的にピックアップして論じたつもりである。第Ⅱ部は、様々なアプローチの仕方で『暗夜行路』を真正面から論じたものを配した。つまり、本書の全体が有機的な関連を持って、志賀直哉および『暗夜行路』を浮き彫りにしようと目論んだのである。

その具体例を幾つか挙げてみよう。若き日の直哉の自家離れ、一人暮らしの課題は、「ある一頁」と「児を盗む話」を連結させることで理解しやすくなる。しかも、それぞれに『暗夜行路』のある部分との密接な関連を見出せるのである。また、志賀中期の、「佐々木の場合」と「冬の往来」は、その作品構造およびテーマが酷似し、併せ論じることが可能であった。そしてそこからは呪いのテーマ、あるいは運命のテーマが浮上し、それは『暗夜行路』の主人公時任謙作がその初対面の折に祖父の呪縛にあい、不義の子という運命に苦しむというのちの展開と通底するのである。「范の犯罪」と「城の崎にて」が『暗夜行路』と密接な関連を持つことは志賀直哉研究の常識である。さらに、「菜の花と小娘」は、『暗夜行路』との関連において第三の処女作としてクローズアップしてきたと考えた。ただ、第Ⅰ部で「雨蛙」や「濠端の住まひ」を論じられなかったのが心残りである。今後に期したい。第Ⅱ部の『暗夜行路』に関する諸論は、祖父像、「序詞」の内実とその遠心力、栄花や蝮のお政のエピソード、時任謙作の人間像などに焦点を当てたものを並べている。志賀直哉と時任謙作はどう違うのか。例えば、里見弴の「友達の見舞」（一九一〇・九、「白樺」）に出て来る大津なる人物は、志賀がモデルであり、その積極的、家長的ともいえる勇姿が際立っていた。里見弴の捉えた若き日の志賀の一面だが、おそらくこれが実像に近いものだったろう。しかるに一方の時任謙作は、内向的で、社交性に乏しい青年だった。今の私は、時任謙作は虚構の『暗夜行路』の主人公にふさわしいように造型されたのだと考えている。また、『暗夜行路』は四部構成で、それ自体ある種の交響曲に喩えられると思うが、その随所に対照描法や類似するワンカット、ワンシーンを発見する時、この長篇に無駄なものはほとんどなかったという思いを強くしている。『暗夜行路』は、やはり近代日本文学の屈指の名作長篇だと言える。『暗夜行路』への私なりの切り込み方による腹案中のものはまだ二、三あるが、それは今後の課題である。

作家を人生派、芸術派、社会派の三つに分ける見方が古くからある。志賀直哉は従来、人生派とされてきた。それに異論はないが、本書では志賀の芸術派的側面、小説という近代文学形式での技巧派としても大変優れた作家であったと強調したつもりである。なお、そういう志賀直哉の影響圏の探究も今後の課題である。作家作品研究は、幅の広さと深みを増していくべきものであろう。まだまだ、志賀直哉を卒業できない思いでいる。

宮越　勉

二〇〇七年五月二七日

【す】

【せ】

【そ】

【た】

索 引

【著者略歴】
宮越　勉（みやこし・つとむ）
1949年、岩手県に生まれ、青森県に育つ。明治大学大学院文学研究科日本文学専攻博士後期課程単位取得退学。
神奈川県立高等学校教諭などを経て、
現在　明治大学文学部教授　博士（文学）
著書『志賀直哉——青春の構図——』
（武蔵野書房、1991年4月）
『本多秋五の文芸批評―芸術・歴史・人間―』
（共編、菁柿堂、2004年11月）

志賀直哉
暗夜行路の交響世界

発行日	2007年7月31日　初版第一刷
著　者	宮越　勉
発行人	今井　肇
発行所	翰林書房
	〒101-0051　東京都千代田区神田神保町1-14
	電話　03-3294-0588
	FAX　03-3294-0278
	http://www.kanrin.co.jp/
	Eメール●kanrin@mb.infoweb.ne.jp
印刷・製本	アジプロ

落丁・乱丁本はお取替えいたします

ISBN978-4-87737-252-1